Über den Autor:

Iain Gale hatte immer eine Leidenschaft für Militärgeschichte. Er ist Herausgeber von *Scotland in Trust*, der Zeitschrift des National Trust for Scotland, und schreibt als Kunstkritiker für *Scotland on Sunday*. Er wohnt mit seiner Frau und ihren gemeinsamen Kindern außerhalb von Edinburgh.

Iain Gale

STEELS EHRE

Jack Steel und die Schlacht von Höchstädt 1704

Aus dem Englischen von
Dr. Holger Hanowell

BASTEI
LÜBBE
TASCHENBUCH

BASTEI LÜBBE TASCHENBUCH
Band 16 693

1. Auflage: Juli 2012

Dieser Titel ist auch als E-Book erschienen.

Vollständige Taschenbuchausgabe

Bastei Lübbe Taschenbuch in der Bastei Lübbe GmbH & Co. KG

Deutsche Erstausgabe

Titel der englischen Originalausgabe: »Man of Honour«
Originalverlag: HarperCollins Publishers Ltd.
Originally published in the English language by
HarperCollins Publishers Ltd. under the title
Man of Honour

Textredaktion: Volker Neuhaus, Oberhausen
Karte: Dr. Helmut Pesch, Köln
Titelillustration: © Larry Rostand
Umschlaggestaltung: artistpartners
Satz: Urban SatzKonzept, Düsseldorf
Gesetzt aus der Garamond
Druck und Verarbeitung: CPI – Ebner & Spiegel, Ulm
Printed in Germany
ISBN 978-3-404-16693-0

Für Sarah

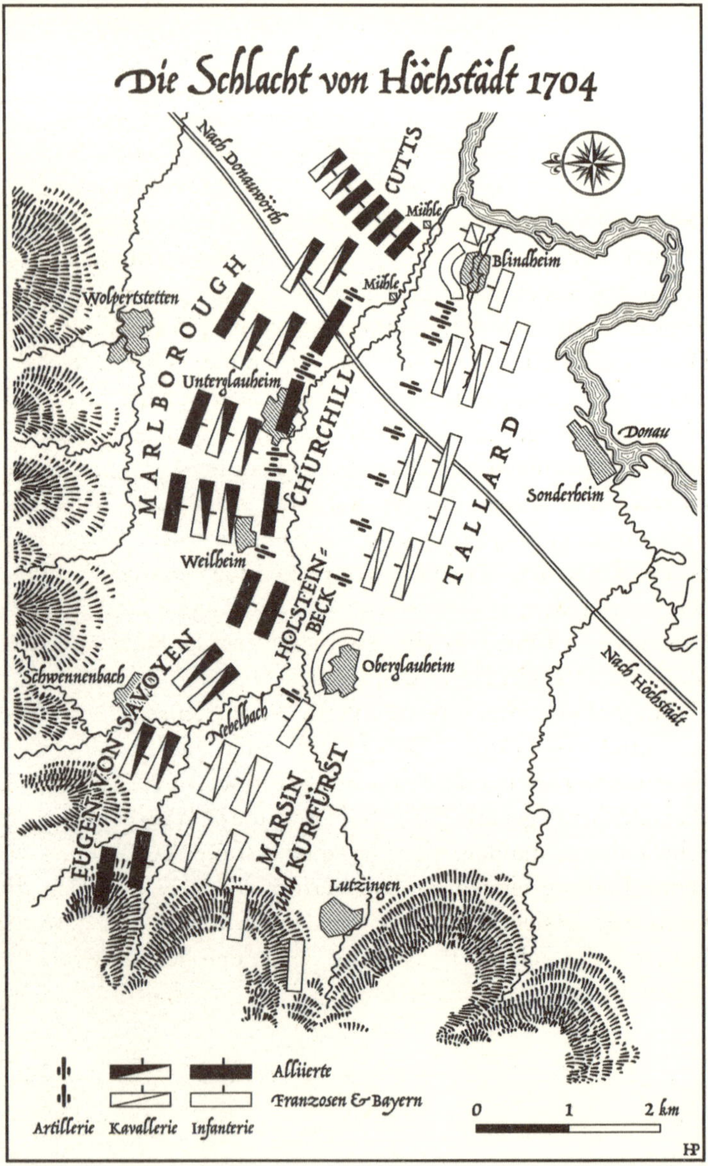
Die Schlacht von Höchstädt 1704
Nach Donauwörth
CUTTS
Mühle
Mühle
Blindheim
Wolpertstetten
MARLBOROUGH
Unterglauheim
CHURCHILL
TALLARD
Donau
Sonderheim
Weilheim
HOLSTEIN-BECK
Oberglauheim
Nach Höchstädt
Schwennenbach
EUGEN VON SAVOYEN
Nebelbach
MARSIN und KURFÜRST
Lutzingen
Alliierte
Franzosen & Bayern
Artillerie
Kavallerie
Infanterie
0
1
2 km
HP

Prolog

Oberbayern, Juli 1704

Unvermutet waren sie bis hierher gekommen, um den Krieg tief in den Süden zu tragen. Ein Armee aus vielen Nationen: Engländer und Schotten, Hannoveraner und Preußen, Hessen, Dänen und Niederländer. Sie verfolgten nur ein Ziel: Frankreich und sein Verbündeter Bayern sollten besiegt werden. Den französischen König, Ludwig XIV., hielten sie für einen machthungrigen Wahnsinnigen, der sich selbst als »Sonnenkönig« titulierte. Es war offenkundig, dass er erst dann zufrieden sein würde, wenn er ganz Europa besaß, von Spanien bis Polen. Und so kam es, dass das Schicksal an diesem schwülen Tag Anfang Juli, als der Nachmittag dem frühen Abend wich, Tausende Männer nach Donauwörth führte, in eine kleine bayerische Stadt mit alten Mauern und Verteidigungsanlagen.

Oberhalb des Städtchens, auf der Kuppe eines steilen Hanges, stand eine Festung. Den Hügel hatten die Einheimischen aufgrund seiner charakteristischen Form schon vor langer Zeit »Schellenberg« getauft. Allen Soldaten, die jetzt im Schatten des Schellenbergs standen, war klar, dass erst die Anhöhe und die kleine Festung eingenommen werden mussten, ehe man die Franzosen besiegen und nach Paris zurückdrängen konnte. Nur so ließe sich die Bedrohung durch den Sonnenkönig für immer aus der Welt schaffen.

1.

Ein hochgewachsener junger Offizier stand ein paar Schritte vor der angetretenen Kompanie englischer Soldaten, wegen ihrer Uniformen auch »Rotröcke« genannt, und blickte hinauf zu der Festung auf dem Hügel. Seit zwei Stunden wartete dieser Offizier nun schon auf den Befehl zum Angriff, und mit jeder verstreichenden Minute kam ihm die feindliche Stellung abschreckender vor. Wie fast jeder Offizier in der Armee hegte er die größte Achtung und Bewunderung für seinen Oberbefehlshaber, aber in diesem Augenblick überkam ihn die Furcht, dieses Unternehmen könnte zum Scheitern verurteilt sein. Doch er versuchte, den Gedanken zu verscheuchen und vor den Reihen seiner Männer wenigstens ein Mindestmaß an Kaltblütigkeit zu wahren. In diesem Augenblick schlug die erste Kanonenkugel vor den Reihen der uniformierten Infanteristen auf, federte mit gnadenloser Präzision vom harten Grasboden ab, traf vier Soldaten und zerschmetterte ihre Körper zu einem Brei aus Blut, Fleisch und Knochen.

»Spürt Ihr die Hitze, Mr. Steel?«

Der Lieutenant hob den Blick. Die große Gestalt, die vom Pferderücken aus zu ihm hinunterblickte und eine wallende Perücke trug, zeichnete sich als dunkler Schemen gegen die Sonne ab.

»Ein wenig, Sir James.«

»Ein wenig? Ich dachte, Ihr wärt daran gewöhnt, nachdem Ihr schon so lange Soldat seid. Wie viele Jahre noch gleich?«

»Bald sind es zwölf, Colonel.«

»Aber natürlich, wie konnte ich das vergessen? Ihr habt Euch Eure Sporen in den Nordischen Kriegen verdient, nicht wahr?

Ihr habt gegen die Russen gekämpft. Da war es ein bisschen kühler, nehme ich an.«

»Ein bisschen, Sir.«

»Warum seid Ihr überhaupt dorthin gegangen? Narva, Riga ... Was waren das für Schlachten?« Es war keine Frage, eher eine abfällige Bemerkung. »Nun, Steel, wie schätzt Ihr heute unsere Chancen ein? Können wir es schaffen?«

»Ich glaube schon, Sir. Aber einfach wird es nicht.«

»Gewiss nicht. Aber wir müssen diese Stadt einnehmen. Sie ist der Schlüssel zur Donau und das Tor nach Bayern. Doch um die Stadt erobern zu können, muss zuerst diese Festung fallen. Wir müssen sie durch einen Frontalangriff nehmen, eine andere Möglichkeit gibt es nicht. Sicher, Ihr könntet jetzt einwenden, dass eine Belagerung die beste Lösung sei, und damit hättet Ihr recht. Aber uns fehlen die nötigen Geschütze. Deshalb hat unser Oberbefehlshaber, der Herzog von Marlborough, den Frontalangriff befohlen. Also wird es so gemacht. Wir werden unter feindlichem Beschuss den Hügel hinauf die Festung stürmen.«

Er hielt inne und schüttelte den Kopf. »Wir werden schlimme Verluste erleiden. Um einen solchen Preis sollte man keine Schlacht gewinnen, weiß Gott nicht. Das wird ein ganz anderes Gemetzel als Eure Schlachten aufseiten der Schweden, das kann ich Euch versprechen. Russen. Schweden ... Mann Gottes, Steel. Ich weiß wirklich nicht, was ein Kerl wie Ihr daran finden konnte. Nun ja, heute sind es keine Russen. Heute müssen nur die Franzosen und ihre bayerischen Freunde besiegt werden. Eine harte Nuss, wie? Schönen Tag noch.«

Colonel Sir James Farquharson lachte, verabschiedete sich von dem jungen Lieutenant, indem er sich an den Hut tippte, und ritt die Front des Bataillons entlang. Seine Stimme erhob sich über den Geschützdonner, als er den anderen Kompanieführern, die mit ihren Leuten zum Sturm auf die Festung Aufstellung genommen hatten, seine Grüße entbot. »Guten Tag, Charles.

Ah, Henry, schönen guten Tag! Wir sehen uns zum Abendessen in Donauwörth.«

Steel schüttelte lächelnd den Kopf. Er wusste, dass ein Mann wie Sir James niemals verstehen würde, weshalb er, Steel, für die Schweden gekämpft hatte. Für Sir James war das Soldatentum Bestandteil eines Lebens als Offizier und Gentleman. Es hatte nichts damit zu tun, dass er sich zum Soldaten berufen fühlte oder auf der Suche nach Kampf und männlicher Bewährung war. Soldat zu sein hatte für den Colonel mit Paraden, Flaggen und Ritterlichkeit zu tun. Aber John Steel hatte in den vergangenen zwölf Jahren eines gelernt: Im Krieg gab es keine Ritterlichkeit.

Er blickte zu seinen Leuten hinüber, wo die Sergeants und Corporals wieder Ordnung in die Reihen brachten und die blutigen Lücken mit frischen Männern aus den hinteren Reihen schlossen. Die verstümmelten Leichen wurden fortgeschafft.

»Der Colonel scheint bester Laune zu sein, Sir. Meint Ihr, er glaubt an unseren Sieg?«, fragte eine tiefe, angenehme Stimme, die Jacob Slaughter gehörte, Steels Sergeant. Der eins neunzig große Nordengländer mit dem lückenhaften Gebiss und den kräftigen Gliedmaßen war der einzige Mann in der Kompanie, der noch größer und breitschultriger war als Steel. Slaughter hatte sich in die Armee geflüchtet, um nicht in den Kohleminen im County Durham schuften zu müssen. Der Hüne litt unter Platzangst, fürchtete sich vor der Dunkelheit und war in jeder Hinsicht bejammernswert unbeholfen. Doch auf dem Schlachtfeld verwandelte er sich in einen so gnadenlosen, kaltblütigen Kämpfer, wie Steel es noch bei keinem anderen Mann erlebt hatte. Slaughter war ein Soldat, wie man ihn sich an seiner Seite wünschte, wenn die Welt sich in eine kochende Brühe aus Blut und Tod verwandelte.

Steel begrüßte den Sergeant mit einem Lächeln. »Was ist das für eine Frage, Jacob? Der Colonel *glaubt* nicht an unseren Sieg, er *weiß*, dass wir siegen. Er hat dieses Regiment aufgestellt – ein

Regiment, das seinen Namen trägt und das er aus eigener Tasche bezahlt hat. Er will, dass wir die beste Einheit der ganzen Armee werden. Bei dem Angriff, der uns bevorsteht, wird nicht nur unser Leben auf dem Spiel stehen, sondern auch das Geld und der Stolz des Colonels. Er braucht die ehrenvolle Erwähnung seines Regiments in der Schlacht. Und es liegt an uns, dass er sie bekommt.«

»Wird es denn noch lange dauern, bis der Angriff losgeht, Sir? Ich könnte jetzt schon einen kräftigen Schluck gebrauchen.«

»Bei Gott, Jacob, Euer Durst nimmt wirklich keine Rücksicht auf Ort und Zeit. Wir stehen kurz vor dem gefährlichsten und wahrscheinlich letzten Einsatz unseres Lebens, und Ihr erzählt mir, dass Ihr einen zur Brust nehmen wollt. Glaubt mir, Sergeant, wir werden mehr als genug Bier und Wein bekommen, wenn wir die verdammte Stadt eingenommen haben. Macht Euch keine Sorgen. Ich werde Euch höchstpersönlich ein Fässchen vom besten Moselwein kredenzen.«

»Ihr seid ein wahrer Gentleman, Mr. Steel, und ich nehme Euch beim Wort. Aber ich hätte lieber ein Fass deutsches Bier als irgendeinen verdammten Wein, wenn's recht ist.«

Er verstummte, als er eine plötzliche Bewegung neben den Reihen der angetretenen Soldaten bemerkte.

»Sieht so aus, als wenn's gleich losgeht.«

Als Steel dem Blick seines Sergeanten folgte, sah er einen Reiter. Ein junger Fähnrich der Kavallerie preschte auf einer hübschen schwarzen Stute die Linien entlang. Brachte er die Einsatzbefehle? Es wäre höchste Zeit. Seit drei Uhr morgens waren Steel und seine Männer marschiert, bis sie den Befehl erhalten hatten, hier am Hügel Stellung zu beziehen. Inzwischen war es sechs Uhr am späten Nachmittag. Die Männer wurden allmählich unruhig. Eine weitere Verzögerung konnte verhängnisvoll sein. Wenn sie noch länger warten mussten, würden sie den Mut verlieren.

Steel ließ den Blick schweifen. Weit unterhalb des Hügelhangs sah er die geballte Masse der Hauptarmee, Regimenter, Bataillone und Schwadronen, darunter die zehn anderen Kompanien, die zu seinem eigenen Regiment gehörten.

Flaggen und Banner flatterten an Lanzenspitzen hoch über den dicht stehenden Reihen der Männer in Rot, Blau, Grau, Braun und Grün, als die Befehlshaber der alliierten Truppen – der Großen Allianz – ihre Einheiten zusammenzogen, um in die Lücke vorzustoßen, die Steels Männer und die anderen Angriffstruppen reißen sollten.

Wieder einmal musste Steel darüber staunen, was für eine bunt zusammengewürfelte Truppe sie waren: Engländer, Schotten, Iren und eine beinahe widernatürliche Union von Holländern und Hessen, Preußen und Dänen. Kein Wunder, dass ein babylonisches Sprachgewirr herrschte. Ging man durch das Lager, so konnte man beobachten, wie die Männer sich mittels Zeichensprache verständigten. Manche sprachen Patois, das Französisch des gemeinen Volkes. Steel hatte die Feststellung gemacht, dass man sich in diesem bunt gemischten Heer ironischerweise am besten auf Französisch verständigen konnte – also ausgerechnet in der Sprache des Feindes. Er fragte sich nur, wie stark der Zusammenhalt unter den Verbündeten sein mochte, sobald sie unter Feindbeschuss gerieten. Dass der Herzog von Marlborough die englischen Truppen im Griff hatte, stand außer Zweifel. Aber würden sich auch die ausländischen Verbündeten von einem Engländer befehligen lassen? Dennoch kam Steel nicht umhin, den Anblick des Heeres zu bewundern.

»Ein großartiges Bild, Jack, nicht wahr?«

Steels Offizierskamerad, Lieutenant Henry Hansam, trat neben ihn und hielt ihm eine silberne Dose mit Schnupftabak hin.

»Möchtest du?«

Steel winkte ab. Hansam schnupfte eine kräftige Prise, ehe er fortfuhr: »Aber das wird uns nichts nützen. Da oben auf dem Hügel sind wir allein. Man erwartet ein Wunder von uns, Jack, nichts weniger.«

Er nieste laut, zog ein seidenes Taschentuch aus dem Ärmel und wischte sich die Nase ab.

»Was glaubst du, Henry?«, fragte Steel. »Können wir es schaffen? Können wir dieses Wunder vollbringen?«

»Man hat uns jedenfalls nicht umsonst ausgewählt. Wenn wir die Festung nicht einnehmen können, dann schafft es auch kein anderer. Wir sind die Elite, mein Freund. Fünfundvierzig mal einhundertdreißig Mann, ausgewählt aus jedem englischen und schottischen Bataillon, das an diesem Feldzug teilnimmt. Der Herzog selbst hat bei der Auswahl ein Wort mitgesprochen. Sir James schickt natürlich nur seine Grenadiere ins Feld, und warum auch nicht? Schließlich wurden die Grenadiere für genau solche Einsätze geschaffen. Wir sind die Soldaten der Stoßtruppen. Wir haben die Körpergröße, die Beweglichkeit und die Kraft. Und bei Gott, Jack, wir haben den Mumm, diese Aufgabe zu bewältigen.«

Steel blickte zu den Grenadieren hinüber. Sie waren hünenhafte Männer, einer wie der andere. Keiner von ihnen war kleiner als eins achtundsiebzig. Auch sie waren ausgewählt worden – wegen ihrer Erfahrung, ihrer Geschicklichkeit im Umgang mit Waffen, ihrer Schnelligkeit und ihrer Fähigkeit zu eigenverantwortlichem Handeln.

Sie alle gemeinsam bildeten die beste Infanterietruppe in der Armee von Queen Anne. Bald würde er, Steel, diese Männer den Hügel hinauf zum Angriff führen und hinein in die Festung. Vielleicht in den Tod, vielleicht zum Ruhm und zu der Aussicht auf eine hübsche Prämie. Als Steel erneut zur dunklen Masse der Festung hinaufblickte, lief ihm vor Anspannung ein eisiger Schauer über den Rücken. Rasch wandte er den Blick ab und tat so, als würde er seine Schärpe straffen. Hansam nahm eine weitere Prise Schnupftabak, nieste erneut und rieb sich die Nase mit dem schmutzigen Seidentuch ab.

Wie Steel bekleidete auch Hansam den Rang eines »Second Company Lieutenant«, den es nur bei den Grenadieren gab. Da Colonel Farquharson den zusätzlichen Sold für den nominellen Befehl über Steels Kompanie in die eigene Tasche steckte, blieben Steel und Hansam der Rang und die Besoldung eines Captains verwehrt. Außerdem hatten sie keine untergeordneten Offiziere. Ihr letzter Fähnrich, ein schwächlicher Knabe von fünfzehn Jahren, hatte sie in Koblenz verlassen; er war aufgrund einer chronischen Ruhr wegen Dienstuntauglichkeit aus der Armee entlassen worden. Bis jetzt hatten sie noch keinen Ersatz bekommen.

Steel sagte leise: »Immerhin gibt es die Prämie.«

Hansam hob die Augenbrauen.

»Natürlich, Jack. Die Männer kämpfen nicht nur aus Liebe zur Königin und zum Vaterland. Nicht einmal aus Liebe zum Herzog, da dürfen wir uns nichts vormachen. Sorg dafür, dass die Männer zufrieden sind, und sie werden kämpfen. Oh ja. Sie werden kämpfen. Für die Prämie.«

»Ich hatte eigentlich unseren eigenen Anteil gemeint, Henry.«

»Oh.« Hansam stockte; dann grinste er. »Natürlich, mein Freund. Auch wir werden Kasse machen. Weißt du, ich habe nie richtig begriffen, weshalb ein Mann wie du, der so wenig Geld hat und so genügsam ist, bei den Foot Guards angefangen hat. Obwohl ich jetzt verstehen kann, weshalb du aus diesem illustren Regiment ausgeschieden bist und dich lieber unserem fröhlichen Haufen angeschlossen hast.«

Steel nickte. Hansam, der noch immer lächelte, fuhr fort: »Sag mal, Jack, kann ich dich dazu überreden, mich zu einem guten Schneider in London zu begleiten, falls wir überleben? Du müsstest dich mal sehen, alter Junge. Du meine Güte, allein schon dein Hut ...«

Steel blickte auf seinen Hut hinunter, den er in Händen hielt. Im Unterschied zu vielen Grenadieroffizieren trug er keine Grenadiersmütze, sondern zog seinen zerbeulten schwarzen Dreispitz mit dem goldenen Besatz. Meist kämpfte er sogar barhäuptig. Außerdem hätte ihn, den mit eins fünfundachtzig zweitgrößten Mann der Kompanie, ein Grenadierhut eher komisch als Furcht einflößend aussehen lassen. Und seine zwölf Jahre als Soldat hatten ihn gelehrt, dass man als Offizier bessere Überlebenschancen hatte, wenn man sich dem Feind nicht zu offensichtlich als Ziel zu erkennen gab. Allerdings musste man zugleich ausreichend kenntlich für die eigenen Leute sein, sodass man nicht von den eigenen Kameraden ins Jenseits befördert wurde.

»Hast schon recht, Henry. Aber der Hut sorgt immerhin dafür, dass die eigenen Leute mich erkennen.«

Hansam lachte. Beide Männer wussten, dass die eigenen Kameraden Steel schwerlich verwechseln konnten, ob mit oder ohne Hut, denn er trug keine Perücke, wie es Mode war, sondern ließ seine Haare wachsen und schnürte sie im Nacken mit einem schwarzen Band zusammen. Das war auf dem Schlachtfeld praktischer, wie er aus Erfahrung wusste.

»Donnerwetter.« Hansam zeigte auf die angetretenen Soldaten. »Offenbar stehen wir unter Befehl.«

Steel sah, dass der Reiter nun die höheren Offiziere der Stoßtruppen erreicht hatte. Sie waren von ihren Pferden gestiegen, um den Angriff zu Fuß anzuführen, wie es üblich war. Steel konnte Major-General Henry Withers und Brigadier-General James Ferguson erkennen, die Kommandeure der englischen beziehungsweise schottischen Truppen des Angriffsheeres. Neben ihnen stand die entschlossene Gestalt von John Goors, ein Offizier mittleren Alters, der die holländischen Pioniere befehligte und von dem man wusste, dass er ein Gegner des Markgrafen von Baden war, dem Oberbefehlshaber der Angriffstruppen.

Die Offiziere hatten sich in der Nähe des »verlorenen Haufens« versammelt, einem Trupp von ungefähr achtzig Mann, allesamt Freiwillige aus Steels altem Regiment, den First Foot Guards. Die undankbare Aufgabe dieser Männer bestand darin, wie der Name bereits andeutete, als Erste bis an die Verteidigungsanlagen des Feindes vorzudringen, um festzustellen, wo der Feind am stärksten war – eine Mission, die meist mit dem Leben bezahlt wurde. Kurz und knapp: Diese Männer zogen das feindliche Feuer auf sich. Die meisten von ihnen würden sterben. Die Überlebenden jedoch würden Ruhm ernten und reichlich belohnt werden. Sie wurden sogar zu Unsterblichen. An der Spitze dieser Truppe sah Steel den hochgewachsenen, gut aussehenden Lord John Mordaunt, der eine Zeit lang zusammen mit Steel gedient hatte. Steel wusste, dass Mordaunt im Jahr zuvor vergeblich um die Hand von Marlboroughs Tochter angehalten hatte. Vielleicht war die Ehre, die »Verlorenen« zu führen, eine selbst auferlegte Strafe für diesen amourösen Fehlschlag, oder Mordaunt sah darin die letzte Chance, die Bewunderung jenes Mannes zu erlangen, den er gerne zum Schwiegervater gehabt hätte.

Von rechts näherte sich eine Schwadron englischer Dragoner den Stoßtruppen. Steel sah, dass jeder Reiter zwei dicke Packen vor sich auf dem Sattel trug: Reisigbündel, die mit Stricken zusammengebunden waren, sogenannte Faschinen. Die Dragoner schwärmten aus, ritten zwischen den Reihen der Grenadiere hindurch und reichten jedem Mann eine der Faschinen, auch den Offizieren. Als auch Steel eine Faschine bekam, stellte er fest, wie unhandlich sie war. Aber Faschinen waren die wichtigsten Hilfsmittel, um den breiten Verteidigungsgraben zu überwinden, der ihnen den Weg zur Hügelkuppe verwehrte. Dicht hinter dem Graben befanden sich die feindlichen Brustwehren.

Mehrere Donnerschläge ließen Steel herumfahren. Auf einer

Anhöhe hinter den eigenen Truppen standen zehn Kanonen, die soeben gefeuert hatten, sodass Flammenzungen aus den Mündungen leckten. Die Kanonen bildeten die alliierte Artillerie, die unweit eines Dorfes Stellung bezogen hatte, das die Franzosen niedergebrannt hatten, um den Transport der Geschütze zu erschweren. Zehn Kanonen, dachte Steel. Mehr hatten sie nicht, um die Verteidigungsanlagen zu schwächen, die ihnen den Weg zur Festung verwehrten. Die Kanonenkugeln zischten über die Köpfe der Männer hinweg und verschwanden hoch oben in der feindlichen Stellung. Wenigstens schien irgendjemand im Oberkommando zu versuchen, den Angriffstruppen den Durchbruch zu erleichtern.

Am Fuße des Schellenbergs, in der Sicherheit des gegenüberliegenden Flussufers, nahmen die Soldaten der Hauptarmee Aufstellung: Engländer, Schotten, Holländer und die Männer aus Hessen und Preußen, die sich ihnen in Koblenz angeschlossen hatten. Steel beobachtete die Truppenbewegungen, während die Abendsonne die grünen Hügelhänge und die braune Linie der aus Weiden geflochtenen Schanzkörbe beleuchtete. Schon bald, das wusste Steel, würde diese idyllische Wiese sich in einen blutigen Totenacker verwandeln.

Instinktiv, mit dem Auge des Veteranen, schätzte Steel ab, wie weit sie vorrücken mussten, um bis an die feindlichen Verteidigungsanlagen zu gelangen. Knapp vierhundert Meter, schätzte er.

Hansam lächelte ihn an. »Das wär's dann. Ich glaube, wir sollten jetzt unsere Stellungen beziehen. Schließlich wollen wir den feindlichen Schützen kein allzu leichtes Ziel bieten. Wir sehen uns später, Jack, auf der Hügelkuppe.«

»Ja, Henry. Wir sehen uns auf dem Schellenberg.«

Noch ehe Steel bemerkte, wie hohl seine Worte klangen, spürte er die beruhigende Nähe von Sergeant Slaughter.

»Bereit, Sir? Die Männer können es kaum noch erwarten.«

Steel spürte die vertraute Leere im Magen, wie jedes Mal, wenn der Ausbruch einer Schlacht unmittelbar bevorstand. Er versuchte jedoch, sich nichts anmerken zu lassen.

»Sehr gut, Sergeant. Die Männer sollen sich fertig machen.«

Slaughter wandte sich den Soldaten zu. »Also los, Männer. In Sechserreihe Aufstellung nehmen! Los, los! Macht euch bereit!«

Bald darauf standen die Männer sechs Glieder tief, statt der üblichen vier. Auf diese Weise sollte die schiere Angriffswucht ihrer Formation gesteigert werden, um so tief wie möglich in die Festung und die feindlichen Linien vorzustoßen. Andererseits boten die sechs Angriffsreihen den feindlichen Kanonen ein besseres Ziel: Waren die Kugeln gut platziert, würden sie vor dem jeweils vorderen Mann aufprallen und fünf, zehn, sogar zwanzig Soldaten in Stücke reißen.

»Grenadiere!«, rief Slaughter. »Die Bajonette ...« Er hielt inne und wartete, während die Männer der Kompanie die neumodischen Klingen aus den Scheiden zogen.

»Aufgesetzt!«, beendete Slaughter den Befehl.

Metallisches Klirren ertönte, als die Männer die Bajonette in den Halterungen an den Läufen ihrer Musketen befestigten.

Aus einiger Entfernung erklang nun die heisere Stimme von General Goors. Langsam und betont rief er den angetretenen Einheiten zu: »Stoßtruppen, fertig machen zum Angriff!«

Die nun einsetzende Pause schien eine Ewigkeit zu dauern. Dann brüllte Goors den Befehl: »Vorrücken!«

Die Reihen der Soldaten entlang wurde der Befehl von hundert Sergeanten und Lieutenants weitergegeben. Hinter jedem Regiment begannen zwei Pfeifer eine Melodie, die beim fünften Takt von den Trommlern aufgenommen wurde. Rasselnd und dröhnend erklang der »Grenadiers March«.

Kurz darauf, begleitet von lautem Jubel, setzten die Linien sich in Bewegung. Steel ging gemessenen Schrittes, nicht mit der Präzision der Preußen oder Holländer, sondern mit den langsamen Schritten der britischen Infanterie, die – wie es im Regelbuch hieß – dafür sorgen sollte, dass man nicht außer Atem war, wenn es zur ersten Feindberührung kam. Es war zweifellos ein angenehmes Schritttempo, konnte aber tödlich sein. Besonders bei Kanonenbeschuss war Langsamkeit keine allzu kluge Taktik.

Jetzt, beim Vormarsch, als der feindliche Beschuss erst richtig begann, spürte Steel, wie seine Stiefel in den weichen Boden sanken. Der Untergrund und das Gewicht der Reisigbündel bewirkten, dass die Männer bald keine Geschwindigkeit mehr aufnehmen konnten. Vierhundert Meter, dachte Steel. Großer Gott. Es kam ihm eher wie eine Meile vor, als er den Hang hinaufblickte, der ihm jetzt steil wie die Flanke eines Berges erschien. Vom Gipfel regnete ein wütender tödlicher Hagel herab, als die französische Artillerie nun mit aller Macht den Beschuss aufnahm. Grelle Flammenzungen stoben aus den Mündungen der Geschütze. Zehn, zwanzig Kanonenkugeln gleichzeitig zischten den Hügel hinunter und rissen blutige Schneisen in die Reihen der Stoßtruppen. Steel hörte die Schreie in seinem Rücken, als auch seine eigenen Leute unter Beschuss gerieten. Nicht nach hinten sehen!, beschwor er sich. Immer nur nach vorne blicken. Lass dich nicht ablenken. Und schaue um Himmels willen nicht zurück!

Steel hörte, wie Slaughter, der dicht hinter ihm marschierte, den Männern über den Lärm der Geschütze und der Schreie hinweg zurief: »Die Reihen schließen! Bleibt zusammen, Männer! Corporal Jenkins, immer schön weitermarschieren!«

Weitermarschieren. Das war Wahnsinn in diesem Hagel aus Kanonenkugeln und Granaten. Aber es gab keine andere Möglichkeit. Eine Kanonenkugel zischte so nahe an Steels linkem Ellbogen vorbei, dass er die Druckwelle spürte. Eine weitere Kugel schlug vor ihm auf, verfehlte ihn um Haaresbreite und riss einem Mann schräg hinter ihm den Kopf ab, bevor sie den

Hang hinunterpolterte. Links von Steel bewegte Henry Hansam sich in ähnlich kräftesparendem Tempo den Hügel hinauf. Mit ihrem dumpfen Rhythmus trieben die Trommeln die Männer voran. Für einen Moment vergaß Steel seinen Vorsatz, nicht nach hinten zu blicken. Er sah Slaughter, neben dem ein junger Bursche marschierte. Sein Gesicht war schlammverkrustet, sein Uniformrock mit dem Blut und Hirn jenes Mannes bedeckt, den die Kanonenkugel getötet hatte. Trotz seiner Furcht lächelte der Bursche, der zu den jüngsten in der Kompanie gehörte, ein Junge von knapp sechzehn Jahren. Steel glaubte sich erinnern zu können, dass der Junge ein Farmhelfer aus Yorkshire war. Wahrscheinlich war er ein Ausreißer. Über den Lärm hinweg rief Steel ihm zu: »Truman, nicht wahr? Alles in Ordnung, Junge?«

Der junge Bursche lächelte noch breiter. Ein gutes Zeichen.

»Keine Angst. Du machst dich gut. Nicht schlecht für deine erste Schlacht.«

Als Steel wieder nach vorn schaute, sah er nur Rauch und Mündungsfeuer. Der Lärm war unbeschreiblich. Ein altbekanntes Entsetzen erfasste Steel. Es war wie die plötzliche, unerklärliche Panik, die einen überkommt, wenn man am Rand eines Abgrunds steht. Ruhe bewahren, ermahnte sich Steel. Die Männer dürfen nicht sehen, dass du Angst hast. Kälte breitete sich in seiner Magengrube aus. Seine Beine wurden schwer wie Blei. Du hast keine Angst!, beschwor er sich und biss sich auf die Lippen, bis er Blut schmeckte. Gut. Er lebte noch. Und er würde auch das hier überstehen. Er musste nur einen Fuß vor den anderen setzen und weitergehen, immer weiter.

Langsam bewegte Steel sich voran und verfiel in einen steten Rhythmus. Er hob seinen Degen. Jetzt war der richtige Zeitpunkt, sich an seine Leute zu wenden.

»Grenadiere!«, rief er. »Folgt mir!«

Wieder kämpften sie sich den Hang hinauf. Mit jedem Schritt fielen weitere Männer, als neue tödliche schwarze Kugeln auf sie hinuntergeschleudert wurden. Noch zweihundert Meter, schätzte Steel. Sie mussten einfach nur durchhalten, und sie würden ihr Ziel erreichen. Immer schön weitermarschieren.

Plötzlich nahm Steel eine Veränderung im Schussrhythmus der Verteidiger wahr. Augenblicke später wurde der Grund dafür ersichtlich, als eine Kartätsche – dreißig Eisenkugeln in einem Leinenbeutel – auf die Angreifer abgefeuert wurde. Der Kugelhagel riss eine Bresche in die Männer links von Steel und zerfetzte ein Dutzend Körper in roten englischen Uniformjacken. Sekunden später ließ eine krachende Musketensalve erkennen, dass die französische Infanterie die richtige Schussdistanz gefunden hatte. Wieder fielen Männer. Irgendwo in den dichten Rauchschwaden links von Steel rief ein Offizier: »Angriff! Angriff, Jungs! Gott schütze die Königin!«

Steel sah den Mann getroffen zu Boden stürzen, doch sein Ruf wurde entlang der Angriffsreihen aufgenommen. Die Soldaten fielen in Laufschritt, während Steel losrannte. Sein Atem ging keuchend, wobei ihm der stechende Geruch der Schießpulverschwaden in der Nase brannte. Die Männer stürmten durch ein Nebelfeld aus wogendem weißem Rauch. Als sie auf der anderen Seite der Wolke hervorkamen, erschien direkt vor ihnen, wie aus dem Nichts, ein schlammiger Graben. Steel rief den Männern hinter ihm zu, stehen zu bleiben, als er den Rand der Senke erreichte, die vielleicht anderthalb Meter tief war. Hinter Steel blieben seine Leute stehen. Links und rechts konnte er die hektischen Rufe der Corporals und Sergeants vernehmen. Ein Corporal links von ihm erteilte den Befehl: »In Ordnung, Männer, da wären wir. Runter mit den Faschinen. Wir gehen da rüber.«

Als die Männer ihre Reisigbündel zu Boden warfen, keimten Zweifel in Steel auf. Irgendwas stimmte hier nicht. Das konnte nicht der Graben sein. Das wäre viel zu schnell gegangen. Nein, das war kein Verteidigungsgraben, das war bloß ein tief eingesunkener Schlammpfad. Steel rief dem Corporal zu: »Nein, nein! Lasst die Faschinen wieder aufheben. Hier sind wir nicht richtig. Folgt mir, Männer.«

Der Mann sah überrascht aus, aber es war bereits zu spät. Denn die Männer in den vordersten Reihen hatten schon ihre kostbaren Bündel aus Ruten und Reisig in die Senke geworfen. Die Ersten versuchten, darüberzulaufen, merkten aber, dass die Vertiefung zu breit war, und rutschten in den Schlamm. Gleichzeitig wühlten sich Kanonenkugeln in die Reihen. Die französischen Kanoniere hatten sich eingeschossen und zielten direkt auf den schmalen Streifen des Pfades. Einige Männer gerieten in Panik; sie wussten nicht recht, ob sie stehen bleiben, die Faschinen auswerfen oder besser ohne die Bündel in dem tief ausgetretenen Pfad zu Boden gehen sollten. Die zäheren Burschen überwanden den behelfsmäßigen Weg aus Holz und Reisig, stellten aber fest, dass sie sich dadurch dem Hagel aus Geschossen nur noch stärker aussetzten. Steel sprang in die Vertiefung, suchte die Böschung als Schutz und kletterte halb an der anderen Seite hinauf. Slaughters volltönende Stimme dröhnte über die Köpfe der Männer hinweg.

»Die Reihen schließen! Nicht zurückweichen!«

Denn inzwischen hatte sich die Formation weitgehend aufgelöst. Und für den Sergeant bedeuteten die ungeordneten Reihen Mangel an Disziplin. Das Selbstvertrauen der Männer litt. Die Nerven lagen blank. Auch Steel war klar, dass der ganze Angriff fehlschlagen würde, wenn die Männer schon zu diesem frühen Zeitpunkt die Nerven verlören. Aber er sah auch, dass jetzt nicht die Zeit für Kasernendrill war, ganz gleich, was Slaughter beabsichtigte. Schnell rief er dem hünenhaften Sergeant zu: »Jacob! Vergesst die verdammten Reihen. Bringt die Männer hier runter. Sie sollen sich bei mir formieren.«

Slaughter hielt inne und trieb die Männer zu dem schützenden Graben. Rasch kletterte die halbe Kompanie der Grenadiere in die Senke. Die Männer taten es Steel gleich und drängten sich an die Böschung auf der anderen Seite. Steel nahm den Hut ab und spähte geschickt über den Rand hinauf zur Festung. Jetzt konnte er den Feind schon besser sehen. Gestalten in weißen Uniformen auf den Wehrgängen. Französische Infanterie. Sie verhielt sich ruhig; harrte schweigend aus, wie bei einer Parade. Es war ein unheimlicher, beunruhigender Gegensatz zu den eigenen, wild durcheinanderrufenden Männern, die sich in Steels Nähe tummelten und sich gegen die matschige Böschung des eingesunkenen Pfades pressten.

Steel hörte, dass die Offiziere oben in der Festung Befehle riefen, sah, wie die erste Reihe der Franzosen einen Schritt vortrat. Sie griffen hinter sich und schnallten einen schwarzen Beutel vom Bandelier. Grenadiere. Steel wusste genau, was jetzt käme. Schnell wandte er sich an seine Männer.

»Dicht an der Böschung bleiben! Um Gottes willen, Jungs, bleibt hier und zieht die Köpfe ein. Dann passiert euch nichts.«

Zwei glatte schwarze Kugeln, kleiner als Kanonenkugeln und feuerspeiend, hüpften in Richtung des notdürftigen Grabens. Steel reckte den Hals, weil er wissen wollte, wo die Kugeln gelandet waren, und versuchte sich in Sicherheit zu bringen.

Die Männer rückten in dem schlammigen Graben enger zusammen und versuchten vergeblich, tiefer am Boden Schutz zu suchen. An einer der schwarzen Bomben erstarb die Zündschnur mit einem Zischeln. Die zweite Sprengbombe jedoch, die auf der anderen Seite vor der Böschung liegen geblieben war, explodierte in einem Hagel aus glühend heißen Eisenstücken, tötete drei Grenadiere auf der Stelle und blendete einen Kameraden, der sich schreiend im Schlamm wälzte, die Finger in das blutige, zerfetzte Gesicht gekrallt. Steel hörte die Schmerzensschreie anderer Männer, die weiter hinten mit der zweiten Angriffswelle den Hang des Hügels hinunterliefen: Auch andere Sprenggranaten hatten ihr Ziel erreicht. Steels Truppe konnte nur noch eins tun. Er wandte sich an Slaughter.

»Wir müssen raus aus dieser tödlichen Falle. Jetzt sofort. Folgt mir!«

Noch einmal spähte Steel über den Rand der Böschung, auf der Suche nach einem Ausweg. Zu seiner Linken drängte sich die Masse des Sturmangriffs, doch die Männer wussten in dem Geschosshagel nicht, ob sie stehen bleiben oder vorrücken sollten. Steel sah, wie Infanteristen nach vorn in den Graben stolperten. Überall herrschte Verwirrung. In all dem Durcheinander glaubte Steel, auch Goors sei zu Boden gegangen. Zu seiner Rechten hingegen war niemand zu sehen. Er und die Grenadiere bildeten das Ende der Linie, den äußersten rechten Flügel.

Plötzlich durchzuckte ihn eine kühne Idee. Wenn die Franzosen sahen, dass der Hauptangriff von ihnen aus rechts geführt wurde, hatten sie ihre Leute dann nicht im Wesentlichen auf diesen Angriff ausgerichtet? Das würde bedeuten, dass sie ihre linke Flanke vernachlässigt hatten – eben jene Flanke, die nun unter Steels Befehl stand.

Er blinzelte in dem Rauch und versuchte zu erkennen, was sich in der Festung tat. Deutlich sah er, wo die Wehrgänge endeten: in den massigen Bauten der alten Zitadelle. Außerdem entdeckte er die Kanone, hoch oben auf dem Wall, die inzwischen auf die Flanke der Angreifer zielte. Aber weiter rechts von der Festung konnte Steel nur hastig aufgeschüttete Erdarbeiten sehen. Sicher befanden sich auch dort Truppen, noch mehr Infanterie in weißen Uniformen. Aber es konnte sich nur um eine Rumpfmannschaft handeln, wenn er nicht ganz falschlag. Ein Plan reifte in seinem Kopf. Vielleicht ...

Schnell schaute er sich nach Slaughter um. »Jacob, sagt den Männern, sie sollen mir nach. Sie sollen die Mützen abnehmen, die Köpfe einziehen und mir einzeln hintereinander folgen. Wir stoßen nicht weiter vor, wir halten uns seitlich. Zuerst folgen wir dem Verlauf dieser Senke. Hier können sie uns nicht so leicht sehen. Aber ich weiß, wo sie stecken. Wir werden den Franzosen eine kleine Überraschung bereiten.«

Sein Sergeant grinste. Er hatte sofort erkannt, was Steel beabsichtigte, und gab den Befehl weiter. Derweil winkte Steel Truman zu sich.

»Geht und sucht Mr. Hansam. Sagt ihm, wir bleiben hier im Graben. Wir werden die Franzmänner an der Flanke nehmen. Er wird schon wissen, was ich meine. Beeilung! Und sagt ihm, er soll den Kopf einziehen. Auch seine Männer sollen die Mützen abnehmen.«

Langsam, den Kopf immer schön unten haltend, folgte Steel dem Verlauf des Grabens. Als er sich umdrehte, sah er, dass die Grenadiere ihm dicht auf den Fersen waren. Nach etwa zwanzig Metern knickte der Graben scharf ab, den Hügel hinab, in Richtung Armee der Großen Allianz. Steel durchzuckte es heiß. Und wenn er sich nun geirrt hatte? Was, wenn dieser Graben gar nicht parallel zu den Befestigungen verlief, wie er vermutet hatte, sondern von den Franzosen und der Schlacht wegführte? Was dann? Würde er der Desertion bezichtigt? Vor ein Kriegsgericht gestellt? Ihm brach der Schweiß aus. Aber er durfte jetzt nicht verharren; er musste seinen Plan verfolgen, ganz gleich, wie die Folgen wären. Er würde alle Schuld auf sich nehmen und Hansam entlasten. Den schrecklichen Vorwurf der Desertion im Angesicht des Feindes würde er allein verantworten müssen.

Auf dem rutschigen Untergrund verlor Steel den Halt und fluchte. Bei dem gebückten Laufen taten ihm schon die Oberschenkel und der Rücken weh. Für die verhältnismäßig kurze Distanz schienen sie eine halbe Ewigkeit zu brauchen. Endlich, nach ungefähr achtzig Metern, kamen sie an eine weitere Kreuzung. Steel erkannte, dass der Graben nach links verlief, die Anhöhe hinauf zu den französischen Linien. Halblaut dankte er dem Allmächtigen und hörte ein geraunte »Gott sei Dank« von Slaughter, der dicht hinter ihm war.

Sie folgten dem neuen Graben und spürten die Steigung des Geländes. Nach weiteren fünfzig Metern endete der Graben abrupt. Damit hatte es sich dann. Steel drehte sich um, immer noch in gebückter Haltung, und bedeutete den Männern, unten zu bleiben. Hier war es ein wenig leiser, etwas abseits der Kanonade, die nach wie vor am linken Flügel der Angreifer einen hohen Tribut forderte. Steel bedeutete den Männern mit einem Handzeichen, die Musketen auf den Rücken zu schnallen, die Taschen aufzumachen und zwei oder drei Granaten herauszuholen. Durch Zeichensprache vermittelte er seinen Leuten, dass sie die Zündschnur mit der langsam abbrennenden Lunte, die jeder Mann am Bandelier trug, in Brand setzen sollten, sobald sie in Wurfweite des Feindes wären. Steel kroch zur südlichen Böschung des Grabens und spähte über den Rand. Wie nicht anders erwartet entdeckte er keine zweihundert Meter den Hügel hinunter die Federbüsche und Pferde der alliierten Befehlshaber, die sich ihrerseits in einer ähnlichen Senke verbargen.

Steel winkte einem der Grenadiere, einem Mann namens Pearson. Er war der schnellste Läufer der Kompanie.

»Lauft zu Marlborough. Er ist dort unten, seht Ihr? Sagt ihm, wir haben eine Lücke in der Verteidigungslinie gefunden. Sagt ihm weiter, dass ich angreifen werde und der Weg frei ist. Habt Ihr verstanden? Der Weg ist frei.«

Der junge Mann nickte, kletterte aus dem Graben und lief kurz darauf zu den alliierten Linien. Steel kroch wieder zur anderen Böschung des Grabens. Dann holte er tief Luft, stand auf, zog sich auf die Böschung, setzte einen Fuß auf die Grasnarbe, sprang aus dem Graben und richtete sich zu voller Größe auf. Keine zehn Meter trennten ihn noch vom Verlauf der grob geflochtenen Schanzkörbe jenseits eines flachen Grabens – eine kritische Distanz. Ihm war nicht bewusst gewesen, dass sie so dicht an den feindlichen Linien herauskommen würden. Viel schlimmer war indes noch, dass Steel sich einem französischen Wachtposten gegenübersah, der ihn mit schreckgeweiteten Augen anstarrte. Einen Moment lang standen beide Männer stocksteif da, dann griffen sie zu den Waffen.

Der Franzose fingerte am Schloss seiner Muskete herum. Steel, der den Degen im Graben wieder in die Scheide geschoben hatte, zog an dem breiten Schulterriemen und umfasste den Schaft der kurzläufigen Muskete, die jeder Offizier der Grenadiere bei sich trug.

Die Waffe unterschied sich jedoch von der Muskete des Franzosen, denn ursprünglich war es eine Jagdflinte gewesen, deren Erfinder es gelungen war, eine so leichte Waffe zu konstruieren, dass man sie den ganzen Tag bei der Jagd tragen konnte. Sie konnte eine Schrotladung, aber auch eine einzelne Kugel abfeuern und war ganz auf Steel zugeschnitten. So kam es, dass die Waffe sich stets sofort an seine Wange schmiegte, als wäre sie sein verlängerter Arm – ob er nun einen Franzosen oder Rebhühner auf der Jagd vor dem Lauf hatte. Die Waffe anzulegen war eine Sache von Sekunden. Und Steel wusste, dass sie geladen war.

Er fühlte seinen Herzschlag unter dem Rippenbogen, als er den Hahn mit dem rechten Daumen spannte. Fühlte den kalten Lauf in der linken Hand und presste die Wange dicht an den Schaft. Im selben Moment legte auch der Franzose an. Steel hörte den Knall der gegnerischen Muskete, sah das Aufblitzen an der Mündung. Er spürte, wie die Kugel an seiner Wange vorbeisirrte, und drückte seinerseits ab – der Rückstoß rammte die Waffe gegen Steels Schulter. Der Franzose sank tot zusammen. Die Kugel hatte ihn mitten in die Stirn getroffen.

Doch die beiden Schüsse hatten die anderen Wachen alarmiert. Jetzt kam Bewegung in die Verteidigungsanlagen gegenüber von Steel. Männer in weißen Uniformjacken eilten herbei.

Verblüfft blickten sie zuerst auf ihren gefallenen Kameraden, dann auf den offenbar lebensmüden britischen Offizier, der ganz allein auf der anderen Seite der Schanzkörbe stand. Steel hingegen hängte sich die Waffe gleichmütig über die Schulter, zog seinen Degen und wandte sich halb zu den Rotröcken unten im Graben um.

»Grenadiere. Zu mir. Tötet diese Bastarde!«

Er wandte sich wieder den Franzosen zu, hob seinen Degen über den Kopf und richtete die Spitze auf die Gegner.

»Farquharsons Foot Guards, mir nach. Für Marlborough und Queen Anne.«

Plötzlich war Slaughter an seiner Seite. Auch ein Corporal schloss sich ihnen an, gefolgt von den anderen Männern. Augenblicke später stürmten sie alle mit Schlachtrufen auf den Lippen zu den französischen Verteidigungsanlagen. Aus den Augenwinkeln gewahrte Steel, dass Hansam in diesem Moment mit der Hälfte seiner Kompanie losstürmte. Weiter hinter ihm, auf dem linken Flügel der Angreifer, verriet die verharrende Masse der Rotröcke, dass der Hauptangriff offenbar ins Stocken geraten war. Die weiß uniformierten Infanteristen, völlig überrascht von der Flut von Rotröcken, die aus dem Boden geschossen kamen, luden inzwischen die Musketen. Ein paar Männer warfen ihre Waffen fort und suchten das Weite. Ein feindlicher Offizier schwenkte seinen Säbel und deutete in Richtung der französischen Grenadiere.

Nur noch zehn Meter, ging es Steel durch den Kopf. Fünf Meter. Als die Briten nur noch zwei Meter entfernt waren, eröffneten die Franzosen ungleichmäßig das Feuer. Drei Grenadiere gingen zu Boden. Die Übrigen drängten weiter vor, erreichten die Erdarbeiten und warfen ihre zischelnden Granaten weit in die Vereidigungsanlagen. Auf den Hagel aus mörderischen Metallsplittern folgten Schreie von Männern, die nicht zu sehen waren. Steel erklomm eine der Gabionen der Schanzkörbe.

»Weiter! Folgt mir! Auf sie!«

Es gelang ihm, die Brustwehr zu überwinden. Ihm folgten Slaughter und ein Dutzend Grenadiere. Blind hieb Steel mit seinem Degen nach unten. Die große Waffe war, abgesehen von der Muskete, der einzige Gegenstand, den er aus dem Haus seines Vaters mitgenommen hatte. Gleich mit dem ersten Streich verstümmelte Steel einen Gegner am Unterarm; der Infanterist sackte mit einem Schrei in den Schlamm.

Zu seiner Linken nahm Steel das Aufblitzen einer Klinge wahr, als ein Franzose versuchte, Steel das Bajonett in die Seite zu rammen. Doch im selben Moment wehrte ein Corporal der Grenadiere diesen Stoß ab und trieb dem Mann das Dillenbajonett tief in den Bauch. Ein anderer Franzose, ein riesiger Pionier, schwang ein Beil und zielte auf Steels Beine, doch Steel konnte dem Schlag ausweichen und hieb mit dem Degen auf den Kopf des Gegners ein. Der Schädel zerfiel in zwei Hälften wie eine gespaltene Melone.

Vorsichtig abwartend näherte sich ihm ein französischer Offizier. Er mochte ungefähr so groß wie Steel sein und hatte die fein ziselierten Züge eines Aristokraten. Einen Moment lang glaubte Steel, der Offizier sei im Begriff, ihn zum Zweikampf herauszufordern. Doch dann sah der Mann Steels langen Degen und hielt inne. Rasch nickte er, führte die schmale Klinge seines Degens in einer fließenden Bewegung erst vors Gesicht und richtete die Spitze dann seitlich in einem Halbbogen auf den Boden. Nach einer angedeuteten Verbeugung wich er zurück. Gleichzeitig, den durchdringenden Blick nach wie vor auf Steel geheftet, rief er seinen Männern zu, sich zurückzuziehen. Augenblicke später waren die Verteidigungsanlagen unbemannt.

Steel blickte von rechts nach links und sah in den Rauchschwaden nichts als weiß uniformierte Körper am Boden. Einen der Gefallenen drehte er mit dem Fuß um: Der Kragen und die Manschetten waren weiß, die Taschen nach oben geschnitten.

Steel kramte in seinem Gedächtnis. Drei Regimenter kamen infrage: d'Espagny, Bandeville oder Nettancourt. Allesamt bewährte Regimenter der Linieninfanterie. Was hatten die hier zu suchen? Man hatte Steel gesagt, die Stellung sei von unerfahrenen Bayern besetzt.

Steel schaute sich im Kreis seiner Männer um. Einige Briten lagen im Dreck. Drei hatten mit Sicherheit ihr Leben verloren. Einer hockte am Boden und hielt sich eine blutende Bauchwunde, ein anderer hatte ein Auge eingebüßt. Aber das Wichtigste war, dass sie Gott sei Dank niemanden mehr vor sich hatten, jedenfalls soweit Steel es beurteilen konnte. Er betete, dass Pearson es bis zu Marlborough geschafft hatte. Die Verstärkung wäre in Kürze bei ihnen.

Er wandte sich an Slaughter. »Die Männer sollen sich formieren, Sergeant. Und lasst die Verwundeten versorgen. Wir werden diese Stellung halten, bis Verstärkung kommt.«

Dann tauchte Hansam auf, bedeckt von Ruß und Schlamm. Die Tresse hatte sich an der Uniformjacke gelöst. »Bei Gott, Jack, das war hart. Ein kluger Einfall von dir. Aber was jetzt?«

»Ein Läufer ist unterwegs und holt Verstärkung. Wir können nicht mehr tun, als abzuwarten.«

Beide schauten hinüber zum linken Flügel im Zentrum der Schlacht. Durch die wabernden Rauchschwaden hindurch erhaschten sie einen Blick auf das Kampfgeschehen. Die Männer waren in den Nahkampf übergegangen und schlugen mit den Kolben der Musketen aufeinander ein. Als die Sicht immer klarer wurde, entdeckten sie ein Kontingent rot uniformierter Infanteristen, die offenbar in Steels Richtung kamen. Hansam ergriff das Wort.

»Ich will doch hoffen, dass wir nicht zu lange warten müssen.«

Steel sah, was er meinte.

»O Gott, Dragoner.« Er wirbelte herum. »Sergeant Slaughter.«

Denn auch die Franzosen hatten erkannt, dass die britischen Verbände an der offenen Flanke verwundbar waren, und jetzt marschierten mehrere Einheiten ihrer ebenfalls rot uniformierten Dragoner – zwar ohne Pferde, aber deswegen nicht weniger tödlich – ruhig und zielstrebig in Steels Richtung, um den Sporn zurückzuerobern. Aber noch waren sie nicht da.

Steel brüllte Befehle: »Grenadiere! In Reihen Aufstellung nehmen!«

Rasch und geübt stellten Steels Männer sich drei Glieder tief auf. Auch Hansam brachte seinen Zug in geordnete Reihen. Während die Männer sich formierten, schob Steel den Degen zurück in die Scheide und griff zu seiner Muskete. Er stellte sich rechts von der Einheit auf und rief einen weiteren Befehl.

»Fertig machen!«

Die in zweiter Reihe stehenden Grenadiere jedes Zuges spannten ihre Musketen, während sich die Männer in der vordersten Reihe hinknieten und den Kolben ihrer Waffen auf dem Boden abstellten. Dabei gab jeder Acht, die Finger am Hahn und am Abzug zu lassen. Einem der Männer, einem jungen Rekruten, glitt die Waffe aus der Hand; verlegen hob er sie wieder auf. Sergeant Slaughter schnaubte.

Die letzte Reihe formierte sich hinter der zweiten, und die Männer stellten ihre Füße, wie es Vorschrift war, ganz dicht hinter die Füße ihrer Vordermänner. Steel schätzte die Entfernung zu den Dragonern und rief: »Anlegen!«

In einer fließenden Bewegung nahmen achtzig Mann die Daumen vom Hahn der Musketen und machten mit dem rechten Fuß einen Halbschritt zurück, wobei das Knie steif blieb, ehe sie sich den Kolben der Waffe in die Höhlung zwischen Brust und Schulter drückten. Die Dragoner waren inzwischen gefährlich nah herangekommen. Steel konnte die Gesichter der Männer erkennen: gebräunt, mit dichten Schnurrbärten unter roten Mützen mit Pelzbesatz.

Steel wartete noch. Nur noch dreißig Schritte. Zwanzig.

»Feuer!«

Die mittlere Reihe der Grenadiere eröffnete das Feuer. Während sie dann nachluden, standen die in der vordersten Reihe knienden Schützen auf und gaben ihre tödliche Salve ab, ehe sie sich über den linken Fuß umdrehten und sich hinter die zweite Reihe begaben. Inzwischen legten die Männer in der dritten Reihe an und feuerten durch die Lücken der Kameraden hindurch. Das war die neue Vorgehensweise. Die angemessene Art, die neuen Musketen zu bedienen. Deshalb hatte »Corporal John«, wie die Männer ihren Oberbefehlshaber Marlborough nannten, sie alle so sorgfältig instruiert. Das war in Steels Augen eine regelrechte Kunst. Es war die moderne Art der Kriegsführung.

Sekunden später bekam er den Beweis, dass er recht hatte, denn als die Rauchfäden sich auflösten, fiel sein Blick auf die am Boden liegenden rot uniformierten Feinde. Die französischen Dragoner in der zweiten Reihe, die den Musketenbeschuss überlebt hatten, blieben stehen und blickten hinüber zu ihren Feinden, unschlüssig, was sie tun sollten. Die Corporals in den britischen Reihen riefen Befehle: »Nachladen ... neu formieren!«

Steel schaute über den dezimierten Haufen Dragoner hinweg und entdeckte weitere Infanteristen in roten Uniformen, die auf die britischen Grenadiere zuhielten. Eine zweite Einheit mit neuen Offizieren.

Zu Slaughter gewandt rief er: »Da, schaut, noch mehr von diesen Schweinehunden! Zurück zu den Gabionen. Wir müssen sie aufhalten, Jacob.«

Er ließ den Blick über die Linien der Alliierten unten in der Talsohle schweifen. »Wo bleibt die Verstärkung, zum Teufel?«

Schnell wichen die beiden Züge britischer Grenadiere zurück zur Brustwehr und den Schanzkörben.

Steel hielt Ausschau nach Hansam. Mit einem Lächeln auf den Lippen rief er ihm zu: »Schaffst du das, Henry? Können wir sie aufhalten?«

»Ich würde ihnen anbieten, sich zu ergeben, Jack, aber ich fürchte, sie haben andere Pläne.«

Steel ließ ein grimmiges Lachen folgen und wandte sich Slaughter zu. »Also gut, Jacob. Wie Ihr wollt. Zeigen wir ihnen, wie man es macht.«

Erneut formierten die Grenadiere sich drei Glieder tief, und wieder kamen die rot uniformierten Dragoner heran. Verzweifelt blickte Steel hinüber zu den Linien der Alliierten. Pearson hatte versagt. Niemand kam ihnen zu Hilfe. Kein Entsatz im letzten Moment. So viel zu seinem brillanten Plan. Als einziger Ausweg bliebe nun, so viele Franzosen wie möglich mit in die Hölle zu reißen. Hoffnungsvoll blinzelte Steel in die Ferne, doch was er sah, versetzte ihn nur noch mehr in Schrecken.

»Großer Gott!«

Durch den Rauch konnte Steel große, weiß uniformierte Gestalten ausmachen, die in dicht geschlossenen Reihen die Anhöhe hinaufmarschierten und geradewegs auf Steels Stellung zuhielten. Französische Infanterie. Ein Bataillon. Nein, eine ganze Brigade. Inzwischen hatte auch Slaughter die Männer entdeckt.

»Gütiger Himmel! Wie zum Teufel ist das möglich, Sir? Die sind uns in den Rücken gefallen.«

Steel lehnte an der Brustwehr und schloss die Augen.

»Tut mir leid, Jacob. Das sollte nicht sein.«

»Im Krieg ist nichts so, wie man will, Mr. Steel. Das ist nicht zu ändern.«

Steel ließ die Männer kehrtmachen. Wenn eine Reihe sich nun umdrehte, hätten sie vielleicht noch eine Chance, die Franzosen aus beiden Richtungen abzuwehren. Zumindest eine Weile.

Aber da ahnte er schon, dass es zu spät war. Die weiß uniformierte Infanterie war bereits zu nah herangekommen. Steel warf seine Schusswaffe zu Boden und zog seinen Degen. Während er sich auf das Schlimmste gefasst machte, wehte eine einsame, fremd klingende Stimme aus den Reihen der weißen Soldaten zu ihm herauf.

»Heda, in den Verteidigungen! Seid ihr Engländer?«

Steel knirschte mit den Zähnen. Das war der Gipfel der Beleidigungen. Musste er es sich gefallen lassen, auf diese Weise zur Aufgabe gezwungen zu werden? Eins stand für ihn fest: Kapitulieren würde er nicht.

»Wir sind Schotten!«, rief er hinunter. »Jedenfalls die meisten von uns. Und wir halten die Stellung im Namen von Queen Anne.«

»Dann danken wir Gott, mein Freund. Wir sind gekommen, um euch zu retten.«

Steel vermochte den Akzent nicht zuzuordnen, aber als der Sprecher aus einer der Rauchschwaden vortrat, erkannte Steel auf Anhieb, dass sie keine Franzosen vor sich hatten. Es handelte sich vielmehr um die Kaiserliche Infanterie und Grenadiere.

Er musste lachen. »Bei Gott, bin ich froh, Euch zu sehen. Wir dachten schon, Ihr wärt Franzosen.«

Der österreichische Offizier wirkte erschrocken.

»Nein, mein Freund. Wir sind keine Franzosen. Wir hassen diese Kerle. Aber entschuldigt … Ich bin Hauptmann Wendt, Regiment von Diesbach.«

Die Kaiserliche Infanterie hatte die Brustwehr inzwischen erreicht. Während die Soldaten die Gabionen überwanden, klopften Steels Leute den Männern auf die Schulter. Doch die Franzosen rückten immer noch vor.

»Auf Position!«

Slaughter hatte die Gefahr kommen sehen. Wieder formierten sich die Reihen, inzwischen unterstützt durch die lange Linie von Wendts Männern. Die Franzosen, schockiert angesichts des plötzlichen Auftauchens so vieler Feinde, machten abrupt Halt. Diesmal, das wusste Steel, würden sie die Salven gar nicht erst abwarten.

»Feuer!«

Dreihundert Musketenschüsse krachten gleichzeitig. Die rot uniformierten Franzosen, die gerade kehrtmachen wollten, fielen reihenweise. Im nächsten Augenblick war Steel aufgesprungen und setzte sich an die Spitze seiner Männer.

»Jetzt, Grenadiere! Stürmt!«

Unter lautem Jubelgeschrei stürmten die britischen Rotröcke los und rannten geradewegs, die Bajonette vorgestreckt, in die flüchtenden Dragoner. Die zweite Einheit schaute dem Blutbad nicht tatenlos zu. Als Steel erkannte, dass sie den Vorteil nutzen mussten, bahnte er sich seinen Weg durch das Getümmel und schwenkte den Degen hoch über dem Kopf.

»Grenadiere, zu mir! Wir haben sie, Jungs. Folgt mir. Aufschließen. Kommt schon. Mir nach!«

Die Rotröcke überließen die verwundeten französischen Dragoner der Gnade der Kaiserlichen Infanterie und rannten rasch zu Steel und Hansam, ehe sie Hals über Kopf auf die Mitte der Festung zuhielten. Zu ihrer Linken überwanden weitere Österreicher ungehindert die Brustwehren. Inzwischen, so schätzte Steel, mochten gut fünfhundert Österreicher auf dem Plateau sein. Doch der Tag war noch nicht vorüber.

Plötzlich ertönte ein markerschütterndes Kreischen, als eine Einheit rot uniformierter Kavallerie an der rechten Flanke von Steels Männern vorbeipreschte, mit klirrenden Säbeln und Harnischen. An der Spitze erkannte Steel Lord John Hay. Marlborough hatte also die schottischen Dragoner ins Feld geschickt. Es hieß mitunter, sie seien die besten Reiter in Europa. Steel beobachtete, wie sie ihre Säbel schwangen und den französischen Infanteristen die Köpfe abschlugen, wie Sensen bei der Ernte. Auch die Grenadiere rückten weiter vor, entlang der Böschung und direkt in die exponierte Flanke der französischen Hauptgarnison. Schließlich brachen die alliierten Linien unter lautem Jubel durch die Brustwehr und Schanzkörbe – die Briten gemeinsam mit den Holländern, die vor kaum zwei Stunden noch unter den Verteidigern gelitten hatten. Dann war es vorüber. Die französischen Linien lösten sich auf.

Steel entdeckte einen höheren französischen Offizier – womöglich ein General –, der in einem Höllentempo an der zerstörten Festung in Richtung Stadt vorbeiritt, gefolgt von fünf Adjutanten. Ihnen jagten mehrere britische Dragoner hinterher. Hier und da ergaben sich die französischen Infanteristen. Einige hatten Glück und wurden verschont, andere fielen den unnachgiebigen Bajonetten der alliierten Infanterie zum Opfer. Steel wandte den Blick von dem Gemetzel ab. Er wusste, was nach einem Angriff geschah. Was das anging, unterschied diese Schlacht sich nicht von anderen. Für Edelmut war kein Platz.

Stattdessen verfolgte Steel gebannt, wie die Kavallerie und die Dragoner der Alliierten den Hügel hinunterritten und auf Donauwörth zuhielten. Sie verfolgten die Franzosen, die alles zurückließen, was ihnen auf der Flucht hinderlich gewesen wäre: Tornister, Musketen, Hüte. Einige Feinde schafften es über die einzige schmale Brücke. Die Glücklosen hingegen wurden in die Fluten der Donau getrieben. Nur wenige konnten sich über Wasser halten. Steel sah Pferde, die Männer in den Matsch trampelten, als die Kavallerie die Säbel niedersausen ließ. Die Rache der Alliierten war höllisch.

Hansam klopfte Steel auf den Rücken. »Nun, Jack? Ich habe dir ja gesagt, dass wir uns oben auf der Anhöhe sehen. Und hier sind wir. Du weißt, dass ich zu meinem Wort stehe.«

Steel nickte. »Das haben wir fein hingekriegt, meinst du nicht auch?«

Hansam lächelte und säuberte seine rußgeschwärzten Fingernägel. »Ich wusste, dass wir es schaffen.«

Und so war es. Trotz aller Widrigkeiten und entgegen allen Regeln der militärischen Logik hatten sie es geschafft. Aber der Blutzoll war hoch. Steel ließ den Blick den Hügel hinunterwandern, zu den Linien der Alliierten, wo der Großteil der Armee sich gerade anschickte, weiter vorzurücken. Nirgends war auch nur ein Flecken Gras zu sehen, denn ein wahrer Teppich aus Gefallenen bedeckte den Boden, zumeist Rotröcke. Dazwischen kauerten immer wieder einzelne Soldaten und versorgten ihre Wunden. Frauen und Geliebte suchten nach ihren Männern.

Hansam nieste und steckte sein Schnupftabakstuch weg. »Ich sollte jetzt wieder zu den Männern, sonst verfolgen sie die Franzosen noch bis nach Paris.«

Während Hansam loslief, um die Gefangenen zusammenzutreiben, ging Steel zu Slaughter, der sich über einen toten Grenadier beugte. Pearson. Die Miene des Burschen wirkte friedlich, obwohl ihn eine Musketenkugel in der Wange getroffen und ihm den Hinterkopf weggerissen hatte.

»Armer Teufel«, sagte der Sergeant leise. »Er hat sich tapfer geschlagen. Hat uns alle gerettet, schätze ich. Das war knapp, Sir, was meint Ihr?«

»Ich habe nie ein blutigeres Gefecht gesehen«, antwortete Steel.

»Ich auch nicht.« Slaughter hielt inne und strich dem toten Burschen das Haar aus der schmutzigen Stirn. »Glaubt Ihr, dass es so weitergehen wird, Mr. Steel? Für den Rest des Feldzugs? Den Rest des Krieges?«

»Ja, Jacob. So beliebt der Herzog, Krieg zu führen. Das ist ein Krieg ohne Grenzen, wie wir beide ihn bislang noch nicht erlebt haben. Einen so harten und blutigen Krieg hat Europa seit gut achtzig Jahren nicht mehr gesehen, seit dieses Bollwerk erbaut wurde.«

Steel trat gegen den Erdwall der zerstörten Festung. »Kultivierten Männern liegt diese Art des Kämpfens nicht. Als der letzte Glaubenskrieg in deutschen Landen zu Ende ging, legten vornehme Herren Statuten für die Kriegsführung fest, damit so etwas nicht wieder geschieht. Nun, Jacob, heute haben wir das Regelwerk dieser Gentlemen mit Füßen getreten. Jetzt liegt es an Männern wie Euch und mir, dafür zu sorgen, dass es noch so etwas wie Ehre auf dem Schlachtfeld gibt.«

»Ihr meint, wir müssen unsere eigenen Regeln aufstellen, Sir?«

»Unsere eigenen Regeln. Ja, genau so ist es.«

Steel blickte auf den zerschmetterten Körper des jungen Grenadiers zu seinen Füßen. »Wenn wir so kämpfen müssen wie hier, Jacob, sollten wir es zumindest ehrenvoll tun. Gott weiß, wie kurz das Leben sein kann. Wir können also genauso gut stolz auf das sein, was wir tun.«

Er bückte sich, hob ein Stück Kragen vom Boden auf, wischte das Blut von der langen Klinge und schob den Degen wieder in die Scheide. »Und jetzt, Sergeant, glaube ich, dass es da noch irgendwo ein Fass Wein gibt.«

»Bier, Sir.«

Steel musste lachen.

»Bier, Jacob. Schaut nach, wer noch übrig ist von dem Zug, und lasst Mr. Hansam wissen, wohin wir gehen. Es ist an der Zeit, dass wir mal nachsehen, was die guten Leute von Donauwörth uns zu bieten haben.«

2.

General Van Styrum war tot. Ein französischer Offizier hatte ihm den Schädel mit einem Säbelstreich gespalten, als der General gerade die Befestigungsanlagen erreichte. Auch Goors lebte nicht mehr; er hatte eine Kugel in den Kopf bekommen. Mit ihm waren noch andere höhere Offiziere gefallen. Sechs Lieutenant-Generals waren tot, fünf weitere verwundet, dazu noch vier Major-Generals und achtundzwanzig Brigadiere und Colonels.

In einem alten Fachwerkhaus ging Steel die Namen der nahezu hundert Lieutenants und Captains durch, von denen einige alte Freunde gewesen waren. Sämtliche Namen standen inzwischen auf einer handgeschriebenen Liste der gefallenen Offiziere, der unwiderlegbare Beweis für den Tod dieser Männer. An diesem Morgen hatte jemand die Liste an einen Balken der Schankstube geheftet, die James Fergusons Brigade von Marlboroughs Armee als Messe diente. Zu Steels Überraschung hatte Mordaunt überlebt – Gott allein wusste, wie das möglich war. Seine Guards waren furchtbar dezimiert worden. Immer wieder waren sie gegen die französischen Brustwehren angerannt, bis die Männer schließlich über die toten oder sterbenden Kameraden hatten steigen müssen, um überhaupt vorrücken zu können.

Der Einzug der Sieger in Donauwörth hatte sich nicht so einfach gestaltet, wie man es sich gedacht hatte. Die französische Garnisonsbesatzung hatte die Verteidigungsanlagen erst aufgegeben, als die Soldaten erkannten, dass die Alliierten sie vom Rest ihrer Armee abschneiden würden, sobald es ihnen gelänge, die Donau zu überwinden. Schließlich waren sie geflohen, in einem unkoordinierten Rückzug in Richtung ihrer Hauptarmee. Das war vor zwei Tagen gewesen.

Die Einwohner Donauwörths hatten die britischen Rotröcke und alliierten Soldaten mit vorsichtiger Zurückhaltung willkommen geheißen, war ihnen doch das Blutbad eines anderen Krieges noch frisch in Erinnerung. Daher wussten sie nicht, wie ihnen das Schicksal nun mitspielen würde.

Außerdem konnte man erst dann an die Verfolgung der Franzosen und Bayern denken, wenn die Ingenieure und Pioniere die Brücke fertig hatten. Also stellten die Männer sich auf einige Tage unvorhergesehener Rast ein. Die meisten Offiziere hatten sich in Privathäusern reicher Kaufleute Unterkünfte gesichert. Für die Unteroffiziere und anderen Ränge dienten einfachere Behausungen oder Stallungen und Nebengebäude als mehr oder weniger bequeme Quartiere. Die Verwundeten, die es während des Kampfes nicht bis zum Hauptquartier in Nördlingen geschafft hatten – auf Fuhrwerken, zu Fuß oder gar auf allen vieren –, hatte man außerhalb der Stadtmauern in Zelten unterbringen müssen, so groß war ihre Zahl.

Steel wusste, dass ein Drittel der Männer die schrecklichen Verletzungen nicht überleben würde. Selbst jetzt noch, drei Tage nach der Schlacht, war man damit beschäftigt, die Toten zu bestatten. Der bittersüßliche Gestank des Todes hing schwer in der Luft. Das war für Steel der schlimmste Moment im Krieg: Die Zeit unmittelbar nach einer Schlacht, wenn ihm der Verlust der Kameraden genauso präsent war wie ein Sieg. In dieser Phase waren die Männer zu allem fähig. Es kam zu Trunkenheit oder Desertion – oder zu Schlimmerem. Und während die Ingenieure die zerstörte Brücke reparierten, boten die Tage der Ruhe denjenigen, die den Angriff überlebt hatten, die willkommene Gelegenheit, das Essen und die Getränke vor Ort zu genießen. Ganz zu schweigen von den weichen Laken und sinnlichen Freuden, die in den Hurenhäusern der Stadt zu haben waren.

Steel ging davon aus, dass er die meisten Männer aus seiner Kompanie in einem Etablissement dieser Art finden würde, aber er wollte sie nicht suchen. Seine Jungs waren während einer Kampfpause nicht so naiv zu glauben, abseits der Armee erwarte sie ein besseres Leben. Vor drei Stunden hatte er Slaughter das Kommando über die halbe Kompanie auf dem improvisierten Exerzierplatz jenseits der Stadtmauern überlassen. Die Männer hatten sich ihre einfachen Freuden verdient, und er wusste, dass der Sergeant für Ordnung in der Truppe sorgen würde.

Steel selbst war fleischlichen Genüssen nicht abgeneigt, aber das Grauen der zurückliegenden Tage hatte jegliche Sehnsüchte in ihm erkalten lassen. Anstatt also die Bordelle aufzusuchen, in denen sich viele seiner Offizierskameraden zurzeit vergnügten, hatte er zusammen mit Hansam die nächste Taverne angesteuert. Um zu trinken und zu plaudern und die wenigen kostbaren Stunden der Freiheit zu genießen. Steels Blick fiel wieder auf die Liste mit den Gefallenen. Er dachte an die Heimat, an die Todesnachrichten, die den Hinterbliebenen bald in den entlegensten Dörfern und Herrenhäusern überbracht würden: Mütter und Schwestern, untröstlich in ihrem Kummer; Väter, die mit müden Augen aus den Fenstern auf die unbestellten Felder blickten.

Er wandte sich von der Liste ab und setzte sich zu seinem Freund an den Tisch. Dann nahm er einen tiefen Schluck Wein und kratzte sich am Hals. Vielleicht könnte er morgen jemanden finden, der seine Uniform säuberte. Oder zumindest seine Hemden ausbesserte. Schließlich sagte er: »Ein trauriger Augenblick für Britannien, Henry.«

Hansam, der selbstvergessen in sein Weinglas gestiert hatte, wandte sich seinem Freund zu. »Traurig, ja, aber du wirst zugeben müssen, dass es ein ruhmreicher Sieg war.«

»Ich bezweifle, dass die Tories daheim in London das so sehen.«

»Das kannst du nicht wissen, Jack. Es heißt, der Feind habe siebentausend Mann verloren, weitere zweitausend sind in den Fluten ums Leben gekommen, als wir den Versprengten nachsetzten. Jeden Tag werden mehr Tote ans Ufer gespült. Und wir haben fast dreitausend Gefangene gemacht.«

»Aber was ist mit unseren Verlusten? Sieh dir doch nur diese Schlachterliste an! Sechstausend Mann tot und verwundet, und davon kommen allein tausendfünfhundert aus England und Schottland. Tausendfünfhundert Mann, Henry! Ich habe noch nie einen so verlustreichen Tag erlebt, sag ich dir.«

»Dennoch haben wir jetzt die Stadt und alles, was dazugehört. Wir haben Vorräte, Jack, und eine starke strategische Basis. Und du weißt, dass es keine andere Möglichkeit gab.«

Er drehte sich halb vom Tisch weg, um die Aufmerksamkeit des hübschen jungen Mädchens auf sich zu ziehen, das geschickt zwischen den Tischen der rot uniformierten Offiziere hin und her lief und in jeder Armbeuge zwei Zinnkrüge mit Wein balancierte.

»Noch einen für mich hier, Madame. Wenn's geht, Mademoiselle. *S'il vous plait. Un autre, ici.*«

Er wandte sich wieder Steel zu. »Kannst du ein bisschen Deutsch, Jack?«

Steel grinste und schüttelte den Kopf. Hansam versuchte es noch einmal. »Ach ja, jetzt weiß ich's. *Bitte.* Wein, *bitte.*«

Das Mädchen nickte ihm zu und lächelte. Hansam drehte sich wieder zu seinem Freund um. »Das sollte genügen. Aber gerade du, Jack, musst doch wissen, dass alles Bedauern nichts nützt. Es gab keine andere Möglichkeit. Wir wären eine Woche lang aufgehalten worden. Vielleicht zehn Tage. Mit weitaus höheren Verlusten und weniger Ruhm.«

»Ruhm? Wir haben viele gute Männer auf diesem Hügel verloren, Henry. Morris. Roberts. Perkins. Heute Morgen habe ich die Verwundeten besucht, in diesem Schlachterladen, den sie Feldlazarett nennen.«

»Aber wir haben die Schlacht gewonnen, verdammt. Es ist Krieg. Das ist doch keinem so klar wie dir. Unser Geschäft ist blutig, und diese Aufgabe haben wir hervorragend gelöst. Außerdem ...«

Lautes Lachen und wildes Klatschen von einem der Tische unterbrachen ihn. Steel drehte sich um und sah, dass Major Aubrey Jennings in seinem Element war. Genau die Gelegenheit, auf die ein Mann wie er gewartet haben musste. Denn nun konnte er sich selbst loben und seine militärische Stärke im Kreise seiner Untergebenen hervorheben.

Jennings saß am Kopf eines langen Tisches, an dem noch etwa zwölf junge Offiziere seines Regiments und anderer Brigaden Platz gefunden hatten. Und alle hatten sich ihm erwartungsvoll zugewandt, die Wangen gerötet vom Wein. Die Männer hingen Jennings förmlich an den Lippen, während er von seinen Heldentaten im letzten Gefecht schwadronierte. Die jungen Kerle, vielleicht gerade sechzehn, siebzehn oder achtzehn Jahre alt, hatten allesamt nicht in den vordersten Reihen gekämpft und waren daher begierig zu erfahren, wie die wahre Schlacht verlaufen war, die sie verpasst hatten.

Trotzdem würden sie daheim in England davon berichten und sich mit ein paar Ausschmückungen selbst ins Zentrum des Geschehens rücken. Auf diese Weise sicherte man sich die Bewunderung der Damen daheim. Jennings hatte die Tischplatte zum Schlachtfeld erkoren und demonstrierte den jungen Adepten mit ausladenden Gesten, welche Strategie wann angewandt worden war, wobei er achtlos Teller und Besteck vom Tisch fegte.

»Und so überwanden wir den ersten Graben und kämpften uns den Hügel hinauf.« Jennings sah immer wieder mit blitzenden Augen in die Runde, um sicherzustellen, dass die jungen

Männer auch zuhörten. Seine braunen Augen waren noch das markanteste Merkmal in einem ansonsten schmalen, blässlichen, beinahe äffischen Gesicht mit hohen Wangenknochen.

Aubrey Jennings war in die Armee eingetreten, um sich einem Skandal zu entziehen, in dem es um ein junges Dienstmädchen ging. Sein Vater, dessen Andenken er in Ehren hielt wie bei einem Heiligen (obwohl er alles andere als ein Heiliger gewesen war), hatte ihm noch kurz vor seinem Tod bei einem Jagdunfall das Offizierspatent gekauft. Von dem Tag an hatte Jennings als Captain in dem neuen Regiment gedient, das sein Schwager, Sir James Farquharson, ins Leben gerufen hatte. Der Familienbesitz – zwanzigtausend Acres in Hampshire, die meisten Flächen urbar – war auf Jennings' älteren Bruder übergegangen. Um zumindest ein bescheidenes Leben führen zu können, sah Jennings sich gezwungen, von den Einkünften eines kleinen Grundstücks in London zu leben, das ihm seine Mutter hinterlassen hatte. Fortan nahm er sich als Offizier, was er kriegen konnte, und war bei der Wahl der Mittel nicht immer zimperlich. Für einen Mann wie Jennings hatte sich letzten Endes alles zufriedenstellend entwickelt. Wenn es ihm jetzt noch gelänge, das Schlachtfeld ohne schwere Verletzungen zu verlassen, könnte er als Held heimkehren. Und wer würde sich dann noch das Maul über eine alte Geschichte mit einer billigen Hure zerreißen?

Außerdem passte die Armee zu ihm. Jennings hatte das Gefühl, zum Soldaten geboren zu sein. Da war etwas an seiner Uniform, das ihm auf eigenartige Weise vertraut war. Es mochte am Schnitt liegen oder an dem Gefühl auf der Haut, denn wann immer er den Rotrock trug, schien Jennings sich gleichsam zu verwandeln. Die Uniform schmeichelte seiner Figur. Zwar war er kein muskulöser Mann und auch nicht athletisch gebaut im herkömmlichen Sinne, aber der scharlachrote Rock von Farquharsons Regiment verlieh ihm ein schneidiges Auftreten. Es stimmte, ein

Mann wie Jennings sah wie ein Soldat aus, und natürlich füllte er diese Rolle auch aus.

Im Verlauf der zurückliegenden Monate hatte er sich seine eigene Kriegsphilosophie zurechtgelegt. Von Natur aus, so hatte er es auch bei anderen Offizieren gesehen, mied er die gefährlichsten Stellen einer Schlacht. Warum sich selbst opfern, wo gute Offiziere wie er stets Mangelware waren? Nein, er musste der Truppe erhalten bleiben. Sollten sich doch die einfachen Soldaten ins Getümmel werfen. Dazu waren sie schließlich ausgebildet. Sie waren entbehrlich. Abschaum. Nicht mehr als Dreck aus der Gosse. Aber Offiziere wie er waren dünn gesät.

Jennings wusste, dass man zum Offizier geboren wurde, und daher ließ er sich immer wieder von seinem Sergeant, einem moralisch verdorbenen ehemaligen Wegelagerer, bestätigen, dass die Männer zu ihm aufschauten. Seinen Sergeant tolerierte er nur, weil dieser ihm wie ein unterwürfiger Hund folgte, wenn er sich nicht gerade bei Huren herumtrieb. Die Männer aus dem Regiment, die nicht zu ihm aufschauten, ließ er leiden, bis sie sich fügten. Entweder das, oder sie würden sterben.

Die anderen Sergeants, die er kannte, erwiesen ihm keinen Respekt, aber sie akzeptierten ihn trotzdem als Offizier, und das reichte ihm. Die Offizierskameraden sah er mit gemischten Gefühlen. Die meisten waren unzuverlässige Freunde, die ihr Fähnlein in den Wind hängten. Was die jüngeren Offiziere betraf, so konnte Jennings sie alle mit seinen Heldentaten in den Bann ziehen. Den älteren Offizieren hingegen vermochte er mit Schmeicheleien Honig um den Bart zu schmieren.

Nur ein Offizier beunruhigte ihn. Denn Steel war anders. Steel war ein Problem. Ein Problem, das er einfach nicht verstand. Und wenn Jennings etwas nicht begreifen konnte, gab es für ihn nur zwei Lösungen: Entweder, er ignorierte das Problem, oder er schaffte es aus der Welt.

Steel hingegen hatte Jennings seit dem Eintritt ins Regiment stets gemieden, hatte sich bewusst von ihm ferngehalten. Da Major Jennings ein ranghöherer Offizier war, musste man seine Befehle beachten, obwohl es gerade den Grenadieren erlaubt war, unter sich zu bleiben und auf eigene Faust zu handeln. Steel hatte immer gehofft, das rechte Maß Anstand möge genügen, um einer Konfrontation mit Jennings aus dem Weg zu gehen, bis einer von ihnen in der Schlacht fiel oder in ein anderes Regiment versetzt würde.

Jetzt schien es so, als hätte er diese Hoffnung vergeblich gehegt.

Steel vernahm Jennings' Prahlereien, kaute auf einem Stück Tabak und versuchte, die Lügengeschichten nicht an sich herankommen zu lassen. Aber an diesem Morgen konnte er dem Major nicht aus dem Weg gehen. Sein Unmut wuchs.

»... und da stürzte sich ein hünenhafter französischer Lieutenant auf mich. Ich wehrte den Hieb ab, stieß zu und ... *touché*. Wieder war ein Günstling König Ludwigs vor seinen Schöpfer getreten ...«

Jennings schlug krachend mit der Faust auf den Tisch.

Steel spie den Kautabak auf den schmutzigen Boden und raunte: »Ich wünschte, ich könnte *ihn* zu seinem Schöpfer schicken.«

Hansam lächelte und begegnete Steels wütendem Blick mit einer hochgezogenen Braue. »Jack, du wirst dich doch wohl beherrschen können. Hast du etwa vor, das Verhalten unseres tapferen Majors infrage zu stellen?«

»Du warst in meiner Nähe. Hilf mir auf die Sprünge. Wo war denn unser guter Major Jennings, als wir bei den Schanzkörben kämpften? Er stand am Fuße der Anhöhe, bei den Fahnen und dem Rest des Regiments. Eins sag ich dir: Er zieht das Andenken unserer gefallenen Kameraden in den Dreck. Wir beide, du und ich, wir sind nicht vierhundert Meilen marschiert und haben nicht die Mosel und den Rhein überquert, um uns jetzt die Lügenmärchen dieses Prahlhans anzuhören.«

»Jack. Wenn ich dir einen Rat geben darf, lass es bleiben. Lass ihm doch diesen Moment. Die Wahrheit kommt ohnehin ans Licht, sobald wir den Feind erneut stellen. Und das wird nicht mehr lange dauern. Jennings ist doch harmlos. Ich wette, beim nächsten Kampf kriegt er eine französische Kugel in sein Spatzenhirn. Und wo bleibt jetzt der verdammte Wein, Madame. *Ici.* Hier. Oh, *bitte.* Glaubst du, sie hat mich gesehen? Ich sag's dir, Jack, die einzigen unglücklichen Leute in dieser Stadt sind die Marketender der Regimenter. Und ich kann nicht sagen, dass mich das stört. Nimm doch noch ein Glas Wein.«

»Bei jeder Gelegenheit ziehen sie dir das Geld aus der Tasche«, fuhr Hansam fort, »und denken sich neue Preise aus, sodass du doppelt so viel berappen musst wie daheim bei White's. Und wenn wir die Möglichkeit haben, unseren Grog bei den Einheimischen zu bezahlen, ja, dann rennen die Marketender zum Generalquartiermeister und beschweren sich, es sei nicht fair und gegen die Abmachung. Hörst du mir überhaupt zu?«

Doch Steel hatte seinem Freund kein Gehör mehr geschenkt. Er lauschte Jennings, der seine Tapferkeit am Schellenberg inzwischen mit noch wortgewandteren Ausschmückungen verbrämte.

Zwei der jungen Offiziere sprangen in diesem Moment vom Tisch auf und stritten, wer berechtigt sei, dem Helden noch eine Flasche zu holen.

»Nun, Gentlemen, das war wahrlich ein Kampf. Und jetzt wette ich, dass ihr alle kurz vor der Beförderung steht. Furchtbare Verluste waren das. Schrecklich. So viele tapfere Offiziere. Aber wir haben's geschafft. Und mit was für einer Armee!« Er wandte sich einem rotgesichtigen Lieutenant zu.

»Wie, Fortescue? Was haltet Ihr von unseren Alliierten? Preußen, Holland, Österreich. Wir führen einen Krieg der Allianzen.

Auf den Verteidigungsanlagen habe ich allerdings kaum welche aus den anderen Kompanien gesehen ...«

Während Jennings mit dröhnender Stimme fortfuhr, wurde Steel nachdenklich. Bei diesem Sturmangriff war es eine Leistung gewesen, das Heer zusammenzuhalten. Ihm war zu Ohren gekommen, dass es unter den Kommandeuren tatsächlich zu Meinungsverschiedenheiten gekommen war, ob der Angriff eingeleitet werde sollte oder nicht. Und er wusste, dass es allein Marlboroughs Verdienst war, die Österreicher und Holländer überredet zu haben, nach Bayern zu marschieren. Insbesondere die Holländer waren dafür bekannt, nie die eigene Scholle zu verlassen. Daher grenzte es an ein Wunder, was Marlborough geleistet hatte.

Über den allgemeinen Lärmpegel legte sich erneut Jennings' Stimme. »... wenn sie überhaupt was taugen. Die Holländer waren eigentlich nie gute Soldaten. Und was die Preußen betrifft ... Nein, da ziehe ich jederzeit einen Engländer vor ...«

Steel fragte sich, ob Jennings vergessen hatte, dass er selbst in einem schottischen Regiment diente und dass in Marlboroughs Armee inzwischen mehr Iren und Schotten als Engländer kämpften. Bei diesem Gedanken wuchs sein Zorn weiter. Wenn es etwas gab, das Steels Wut heraufbeschwor, dann waren es Offiziere, die mit vorgeblicher Tapferkeit prahlten. Schon lange hatte er Jennings in Verdacht, ein Mann solchen Schlages zu sein. Als Sohn des Schwagers von Sir James Farquharson war Major Jennings de facto zweiter Kommandeur des Regiments, obwohl er erst vor Kurzem aus London gekommen war und noch keine Zeit gehabt hatte, sich richtig an das Leben im Heerlager zu gewöhnen. Steel wusste, dass Jennings sich den Zugang zum Regiment erkauft hatte. Wahrscheinlich mit einer Summe, die wesentlich höher war als die erforderlichen tausend Pfund, mit denen man ein Offizierspatent vom Rang eines Captains bekam. Bestimmt glaubte Jennings, er habe sich mit dieser Summe nicht nur ein Regiment gesichert, sondern obendrein gleich den Ruhm.

Wieder tönte Jennings' Stimme durch die Schankstube. »Da war ich also. Ich stand auf dem Wehrgang der Verteidigungsanlage und wandte mich an meine Männer. ›Männer‹, rief ich, ›Männer, folgt mir, wir werden ein neues Kapitel in Britanniens Geschichte schreiben, wie die Welt es noch nicht gesehen hat. Ich habe vor, diesen Ort einzunehmen, und ihr werdet mich begleiten.‹ Und schon stürzten wir uns mit wildem Hurra auf den Feind. Ich kann euch sagen, dass meine Klinge sich rot färbte und erst Ruhe gab, als alles vorbei war. Aber viele waren tot, sehr viele. Was für tapfere Jungs. Ja, alles sehr tragisch ...«

Jennings' Blick fiel auf den Tisch, an dem Steel saß. Als er den Ausdruck von Abscheu in der Miene des Lieutenants sah und erkannte, dass sich hier eine Gelegenheit ergeben könnte, rief er durch die halbe Schankstube: »Ah, Mr. Steel. Euch hatte ich ganz vergessen. Ich bin gerade dabei, diese jungen Herren über den Fortgang unseres letzten Gefechts aufzuklären. Gentlemen, Mr. Steel war ebenfalls auf der Anhöhe des Schellenberges ... Obwohl ich nicht genau zu sagen vermag, wo er sich an dem Kampf beteiligt hat. Vielleicht könntet Ihr uns da ein wenig aufklären, Mr. Steel. Wart Ihr bei den Pionieren oder eher beim Tross?«

Steel schwieg.

Jennings grinste und nahm einen Schluck von dem Moselwein. »Ein guter Wein, was denkt Ihr, Steel? Aber vielleicht interessiert Euch das nicht. Ihr bevorzugt wahrscheinlich etwas Kräftigeres. Eine Flasche des rheinischen Rachenputzers womöglich? Oder ein Schluck dickflüssiges Bier? Ich selbst habe diesen Wein aus dem Keller des französischen Kommandanten befreit. Ihr seid auf ein Glas willkommen, Steel. Aber nicht dass Ihr Euch verpflichtet fühlt. Denn ich denke, dass Ihr nicht in der Lage seid, Euch für meine Gastfreundschaft zu revanchieren.«

Das war zu viel.

»Ich weiß nicht, ob ich Euch richtig verstanden habe, Sir.«

»Gewiss habt Ihr mich verstanden, Sir. Habt Ihr vergessen, dass ich Generaladjutant des Regiments bin? In dieser Funktion habe ich Einblick in alle Rechnungsbücher der Kompanien, und solange Ihr die Angelegenheit nicht bereinigt, Mr. Steel, bleibt die Messerechnung für den letzten Monat offen. Und wenn ich mich recht erinnere, habt Ihr die Rechnung für den Monat davor auch nicht beglichen. Habe ich recht?«

Zwei der jungen Offiziere lachten kurz auf, hielten plötzlich inne und merkten, dass sie vielleicht zu weit gegangen waren und dass dies keine lustige Angelegenheit mehr war. Stille breitete sich aus.

Jennings hüstelte und fuhr fort: »Solltet Ihr in ... äh, Schwierigkeiten sein, wäre ich gern bereit, Euch mit einer kleinen Summe auszuhelfen. Bei entsprechender Gegenleistung, versteht sich.« Die Augen zu Schlitzen verengt, setzte er ein schiefes Lächeln auf und blickte Steel herausfordernd an. Genüsslich nippte er an dem Weinglas.

Steel versteifte sich vor Zorn. Hansam, der den Wortwechsel verfolgt hatte, schloss die Augen und war schließlich überrascht, wie ruhig sein Freund antwortete.

»Ich bin auf Eure Hilfe nicht angewiesen, Major Jennings. Denn wie ich hörte, werde ich meinen Anteil an der Prämie erhalten, da ich bei dem Sturmangriff dabei war. Und gewiss werdet auch Ihr von diesem Einsatz profitieren. Oder gehe ich womöglich recht in der Annahme, dass Ihr Euch gar nicht an dem Kampfgeschehen beteiligt habt?«

Die jungen Offiziere gaben Laute des Erstaunens von sich. Jennings lief im Gesicht rot an, wobei nicht klar war, ob er nun aus Verlegenheit oder eher aus Zorn errötete.

»Wie könnt Ihr es wagen, Sir. Ihr unterstellt mir, dass ich ein Lügner bin. Und nicht nur das, denn Ihr stellt mich als heuchlerischen Feigling dar. Gebt Acht, Mann, Ihr zieht den Ruf eines Gentleman in den Dreck. Aber da ich ein vernünftiger Kerl bin, erlaube ich Euch, Eure Anschuldigung zurückzunehmen. Denn sonst habt Ihr die Folgen zu tragen.«

Steel war aufgesprungen und hatte den Tisch umgestoßen. Eine Weinflasche und zwei Krüge fielen zu Boden und zersprangen. Das Schankmädchen flüchtete sich in die Küche, während die jungen Offiziere sich nach und nach vom Zentrum des Streits zurückzogen.

»Ihr werdet diese Bemerkung zurücknehmen, Sir«, sagte Steel mit Nachdruck.

»Das werde ich nicht tun, Mr. Steel.«

»Ihr werdet diese Bemerkung zurücknehmen, Major Jennings, und Euch für die Verunglimpfung meiner Person entschuldigen, oder Ihr bezahlt diese Unverschämtheit mit Eurem Leben. Obwohl es kein fairer Kampf wäre, aber Ihr würdet mir immerhin zu ein wenig körperlicher Ertüchtigung verhelfen. Vorausgesetzt Ihr habt den Mut, Euch einem Kampf zu stellen. Denn das bezweifle ich.«

Hansam trat an seinen Freund heran und sagte leise: »Jack, denk dran, das Duellieren verstößt gegen das Gesetz. Du kommst vors Kriegsgericht.«

In der vom Tabaksqualm verräucherten Schankstube waren inzwischen auch die Gespräche der übrigen Offiziere verstummt. Doch wer die beiden Männer kannte, war nicht überrascht, dass es zum Streit gekommen war. Viele wussten, dass Jennings schon längere Zeit auf eine Gelegenheit gewartet hatte, Steel zu provozieren. Doch alle wunderten sich, nicht zuletzt Jennings, über diesen eigenartigen, charismatischen jungen Mann, der ein prestigeträchtiges Patent bei den Foot Guards – eine Stellung, für die manch anderer Offizier alles gegeben hätte – eingetauscht hatte gegen einen Posten als Lieutenant in Farquharsons unerprobtem Bataillon von Außenseitern.

Jennings hatte von Anfang an spekuliert, wie er von der Verbindung zum Regiment seines Onkels Kapital schlagen könnte. Er wusste, dass man mit den Rechnungsbüchern des Quartiermeisters Geld machen konnte. Vorräte gingen verloren – natürlicher Schwund. Gute Kleidung, Munition und Lebensmittel erzielten einen ansehnlichen Preis auf dem Markt, und im Regiment gab es viele, die für ein paar Shilling bereit waren, Jennings zu helfen, auch auf die Gefahr hin, die Peitsche zu spüren zu bekommen. Und Jennings war zuversichtlich, dass er sich aus allem heraushalten könnte, wie er es erst gestern wieder unter Beweis gestellt hatte. Aber Leute wie Steel schienen immer darauf aus zu sein, seine Pläne zu durchkreuzen. Steel musste verschwinden, und hier ergab sich nun die Gelegenheit für Jennings, wenn auch früher, als er erwartet hatte. Der Major schaute sich in der Schankstube um und rief einen rot gewandeten Offizier zu sich.

»Charles, wenn Ihr einen Augenblick Zeit hättet.«

Bei dem großen, schlanken Mann mit den ansprechenden Zügen und dem nervösen Zucken in der linken Gesichtshälfte handelte es sich, wie Steel wusste, um Captain Charles Frampton von der zweiten Kompanie des Regiments. Er galt als Jennings' Verbündeter. Nun löste er sich aus der Gruppe seiner Kameraden und trat zu dem rotwangigen Major.

Während die beiden Männer miteinander tuschelten, nahm Hansam Steel beiseite. »Jack, das kannst du nicht machen. Nicht hier. Nicht in der Öffentlichkeit. Wenn du nicht anders kannst, dann fordere ihn offiziell heraus. Macht die Sache unter Euch aus, irgendwo. Natürlich stehe ich dir als Sekundant zur Verfügung. Aber nicht hier. Du bringst dich in große Schwierigkeiten.«

Steel riss sich von Hansams Hand los. »Dafür ist es jetzt zu spät.«

Jennings hatte seinen Uniformrock abgelegt und reichte ihn

seinem Vertrauten. »Mr. Steel, Ihr kennt Charles Frampton? Habt Ihr auch bereits einen Sekundanten?«

Steel nickte dem Captain der Förmlichkeit halber zu.

Hansam trat vor.

»Ah, Lieutenant Hansam. Wir fühlen uns geehrt.«

Frampton flüsterte Jennings etwas ins Ohr. »Gib Acht, Aubrey, ich habe gehört, dass er ein verdammt guter Soldat ist.«

Jennings verspannte sich, schenkte Steel ein kaltes Lächeln und wandte sich ebenfalls im Flüsterton an seinen Kameraden. »Mein lieber Charles, wenn man ein paar Scharmützel im Nordischen Krieg mitgemacht hat, heißt das noch lange nicht, dass man gleich ein Held ist.«

»Aber die anderen erzählen sich, dass Steel in der Schlacht von Narva vierzig Russen ins Jenseits befördert hat. Und nach Riga hat der König von Schweden ihm eine goldene Medaille überreicht.«

»Narva, Riga ... Was für ein Unfug. Diese Namen sind doch bedeutungslos. Sind wir nicht mit den Dänen verbündet? Mit den Feinden der Schweden. Ich kann mir nicht vorstellen, dass Mr. Steel groß prahlen wird mit seiner Verbindung zum schwedischen Thron. Was heißt es schon, ein paar russische Wilde zu töten? Das war doch kein richtiger Krieg. Weit entfernt von den Schlachten, die Gentlemen führen.«

Er zog ein weißes Spitzentuch aus dem Ärmel hervor und tupfte sich damit sacht die Nase ab. »Und genau das werde ich gleich demonstrieren.«

Jennings trat tiefer in den Raum.

»Überlegt es Euch, Steel. Wollt Ihr es wirklich so enden lassen? Denkt doch nach. Möchtet Ihr in einem Wirtshausstreit Euer Leben verlieren? Ist Euch eigentlich bewusst, dass ich die Fechtkunst in London erlernt habe, bei keinem Geringeren als dem ehrenwerten Monsieur Besson? Vielleicht habt Ihr ja schon von ihm gehört. Er hat den *arme blanche* an den meisten Höfen Europas gelehrt.«

Steel ging darauf nicht ein. Stattdessen zog er seinen Degen und nahm die *en garde*-Position ein.

Jennings tat es ihm gleich. Als Hansam an Steels Seite eilte, ging Jennings' Sekundant auf ihn zu. Die beiden Männer schüttelten einander die Hand und zogen sich ein paar Schritte vom Geschehen zurück.

In der Schänke herrschte gespannte Stille. Man hatte Tische und Stühle zur Seite geschoben, und die meisten Offiziere begaben sich auf die Straße, wenn sie nicht schon längst gegangen waren, bis schließlich nur noch eine kleine Gruppe unentschlossener Jungoffiziere blieb. Die Bediensteten der Schänke hatten sich längst hinter den Ausschank zurückgezogen.

Dann wurde die Stille jäh durchbrochen, als der scharfe Klang von Metall auf Metall ertönte, da Jennings' Klinge die von Steel kreuzte.

Steel befreite seine Klinge, stieß Jennings' Degen mit einer schnellen Bewegung aus dem Handgelenk zur Seite und führte einen Vorstoß in die Mitte aus, um seinen Gegner zu verunsichern. Doch Jennings hatte die Bewegung vorausgeahnt, machte einen Ausfallschritt, kehrte dann zurück in die *en garde*-Position und richtete die Spitze der Klinge direkt auf Steels Flanke. Er hätte in diesem Augenblick zustoßen können. Dass er es nicht tat, zeigte Steel, dass Jennings nur mit ihm spielte.

»Ach, kommt, Steel«, rief der Major, »das war zur Schau. Einen solchen Stoß hätte ich nur bei einem Schurken angewendet. Habt Ihr mir nichts Besseres zu bieten?«

Steel hob den Arm in die *tierce*-Position, sodass seine Klinge direkt auf Jennings wies, wodurch er den eigenen Körper ungeschützt ließ. Jennings parierte, machte einen Vorstoß und verfehlte Steels Bauch nur um wenige Zentimeter. Beiden Männern lief der Schweiß von der Stirn. Nun wichen sie jeweils einen halben Schritt zurück und suchten ihr Gleichgewicht. Lauernd umkreisten sie sich und kreuzten die Klingen erneut, ohne den anderen zu treffen. Steels Degen unterschied sich auffallend von dem leichteren, herkömmlichen Infanteriedegen, den Jennings führte. Mochte dessen Waffe auch leichter sein, Jennings machte diesen Mangel mit Schnelligkeit wett. Unterdessen hatte Steel aus der sicheren *en garde*-Position einen Vorstoß unternommen, doch sein Gegner wich mit einem eleganten Schritt aus und ritzte den Lieutenant mit der Klingenspitze am Ärmel, dass der Stoff zerriss. Binnen Sekunden bildete sich ein rotes Rinnsal und besudelte den weißen Stoff.

»Ein Treffer für Major Jennings. Erste Wunde. Nur weiter, Gentlemen.«

Steel, der nicht auf die Wunde an seinem Arm achtete, aber den Schmerz spürte, hielt die Klinge vom Körper entfernt – die Spitze zur Decke gerichtet. Wenn Jennings doch nur einen Fehler machte, ging es ihm durch den Kopf. Dann habe ich ihn. Steel wusste, wie schnell und mit welcher Wucht seine schwere Klinge niedersausen konnte. Wäre Jennings nur einen kurzen Augenblick unaufmerksam, würde Steel ihm den Unterarm abtrennen und die ganze Sache hinter sich bringen. Aber er kam nicht durch die Deckung. Der Mann war einfach zu gut. Mochte Jennings ein eitler Prahlhans sein und obendrein ein Feigling, aber mit der Klinge konnte er umgehen … in diesem Punkt hatte er nicht gelogen.

Steel wich ein wenig nach rechts aus und forderte damit seinen Gegner auf, es ihm gleichzutun, bis die beiden sich wieder langsam umkreisten.

Jetzt, dachte Steel. Ich muss den noch so kleinsten Vorteil ausnutzen …

Ein Ausfallschritt nach links, und alles wäre vorüber. Er bereitete sich geistig auf seinen Vorstoß vor. Verlagerte das Gewicht von einem Bein auf das andere. Jetzt, verdammt. Der

Moment ist da. In der Luft schien ein Knistern zu liegen. Er durfte nicht mehr warten. Doch ehe Steel zustechen konnte, riss jemand von außen die Tavernentür auf, die mit einem lauten Knall gegen die Wand flog.

Dieser unerwartete Lärm brach den Bann. Steel und Jennings hielten abrupt in ihrem Todestanz inne, standen wie angewurzelt da und drehten die Köpfe zur Tür. Ihnen blieb keine Möglichkeit, das Duell fortzusetzen, da in diesem Moment ein Dutzend Rotröcke, bewaffnet mit Musketen, in die Schänke strömte. Während zwei der Soldaten ihre Bajonette auf die Duellanten richteten, stellten die übrigen Männer sich in zwei Reihen gegenüber auf und bildeten dadurch eine Art Gasse, die eine weitere Gestalt entlangschritt. Ein Colonel, ein Mann Ende vierzig, in einem maßgeschneiderten dunkelblauen Uniformrock mit Besatz aus roter und goldener Seide, trat in die Mitte des Schankraums. Ein Colonel des Britischen Generalstabs, wie Steel sofort erkannte.

Demonstrativ stellte der Mann sich vor Steel und Jennings und setzte eine sehr ernste Miene auf.

Hansam schob sich geschickt zwischen den Colonel und die beiden Kontrahenten, um zumindest Steel vor den Blicken des Offiziers zu schützen.

»Einen guten Tag, Sir. Darf ich mich vorstellen: Lieutenant Henry Hansam von Farquharsons Regiment. Ich kann mir sehr gut denken, Colonel, dass Ihr Euch zu Recht fragt, was hier vor sich geht, und das wird Euch auch niemand verdenken. Was Ihr hier seht, Colonel, ist rasch erklärt. Denn Lieutenant Steel hier, Sir, hat Major Jennings die Vorzüge des schweren Degens im Vergleich zum leichteren Infanteriedegen demonstriert.«

Mit diesen Worten entwand er Steel den Degen und reichte dem Colonel die Waffe.

»Denn um diesen Degen geht es, Sir. Eine Königin unter den Klingen, möchte man fast sagen, würdet Ihr mir zustimmen?«

Hansam hielt den Griff des Degens dichter vor das Gesicht des Colonels, als wollte er ihn ermuntern, sich die Waffe genauer anzusehen. »Sie wurde von Ferrara hergestellt, Sir, seht Ihr?«

Doch der Colonel schenkte dem Degen keine Beachtung. Er heftete seinen stechenden Blick auf Steel. »Lieutenant, vielleicht wärt Ihr so nett, mir selbst zu erklären, was hier vor sich geht. Euch wird doch bewusst sein, welche Strafe auf das Duellieren steht, nicht wahr? Insbesondere bei Offizieren der Armee Ihrer Majestät während eines Feldzuges. Und wie man sieht, ist Blut geflossen.«

Steel schaute kurz auf seinen Arm. Der Stoff seines Hemdes hatte sich um den Riss tiefrot gefärbt. »Ja, Sir, es ist mir bewusst.«

»Euch droht ein Kriegsgericht, Sir, bei dem Euch beim höchsten Strafmaß der Tod erwartet.«

Der Colonel wandte sich erst jetzt Jennings zu. »Und Ihr, Major Jennings. Ihr seid doch Major Jennings, nicht wahr? Auch Ihr solltet es besser wissen.«

»Ich ... Colonel ...« Stammelnd rang Jennings sich eine Erklärung ab. »Ich wurde provoziert, Sir.«

»Das mag ja sein, Major. Aber Ihr seid der ranghöhere Offizier hier, oder etwa nicht?«

Die jüngeren Offiziere versuchten, mit den Schatten an den Wänden der Schankstube zu verschmelzen. Aber der Colonel wartete Jennings' Antwort gar nicht erst ab, als er sagte: »Steckt Euren Degen weg, Sir, und dann belassen wir es dabei. Aber was machen wir mit Euch, Mr. Steel? Ich halte es für das Beste, wenn Ihr mit mir kommt. Euren Degen, wenn ich bitten darf, Lieutenant.«

Steel nahm Hansam den Degen ab, drehte die Waffe so, dass er die Klinge in der Hand hatte, und hielt dem Colonel den Griff hin. Der Offizier bedeutete derweil zwei Soldaten, direkt hinter dem Delinquenten zu bleiben, und ging zuerst aus der Schänke, unmittelbar gefolgt von Steel und Hansam. Die übrigen Rotröcke verließen nun ebenfalls geordnet das Wirtshaus. Steel rechnete mit dem Schlimmsten. Jennings würde vermutlich von jeder Schuld freigesprochen. Da er mit Farquharson verwandt war und über Verbindungen in die höchsten gesellschaftlichen Kreise verfügte, würde er ungeschoren davonkommen. Ein Mann wie Jennings konnte sich fast alles herausnehmen – vielleicht nur nicht, den Kommandeur zu töten. Steel hingegen war bloß ein Lieutenant von niederer Herkunft und verfügte weder über Ländereien noch finanzielle Mittel. Vielleicht würde man an ihm ein Exempel statuieren, in einer Armee, in der nur die härtesten Sanktionen einen Präzedenzfall schufen.

Draußen, auf der übel riechenden Straße, mischten sich die vorsichtigen Einwohner im leichten Nieselregen unter die Soldaten. Straßenverkäufer und Händler versuchten angesichts des unerwarteten Anstiegs der Kundschaft ihre Waren feilzubieten. Während ein Trupp rot uniformierter Dragoner an Steel und den Soldaten vorbeistapfte, die soeben die Taverne verließen, beobachtete Steel, wie ein dünner Straßenlümmel einem Soldaten etwas aus der Tasche stibitzte.

Der Colonel drehte sich in diesem Augenblick zu Steel um und schenkte ihm ein breites Grinsen. Steels Erstaunen nahm noch zu, als der Colonel der Eskorte bedeutete, sie allein zu lassen. Schließlich gab er Steel den breiten Degen zurück und sprach in unerwartet freundlichem Tonfall.

»Tut mir leid, wenn ich Euch erschreckt habe, Mr. Steel. Bitte um Vergebung. Vielleicht bin ich aber auch genau im richtigen Moment in die Taverne gekommen.«

Er betrachtete Steels Verletzung am Arm. »Ihr hättet ganz schön in Schwierigkeiten kommen können. Die Wunde solltet Ihr untersuchen lassen. Erlaubt mir, dass ich mich vorstelle. Hawkins. Colonel James Hawkins, zuvor Colonel Hamiltons Regiment, seither dem Generalstab der Alliierten zugeordnet.«

Steel hatte schon von diesem Colonel Hawkins gehört und wusste, dass der Mann einen guten Ruf genoss, sowohl auf dem Schlachtfeld als auch außerhalb. Man erzählte sich, Hawkins habe als junger Mann während der Kriege der Großen Allianz das Fort Dixmude praktisch im Alleingang erobert. Auch für seine Standfestigkeit im Trinken war er bekannt, und der Leibesumfang und die rote Gesichtsfarbe des Colonels verrieten Steel, dass die Anekdoten über die Trinkfestigkeit nicht bloß Gerüchte waren. Welche Vorlieben der Offizier auch haben mochte, es gab kaum etwas, das James Hawkins nicht über das Soldatentum wusste. Obwohl er untersetzt war, gab er in der Uniform eine gute Figur ab. Auf seinem rundlichen Gesicht schien ein ständiges Lächeln zu liegen – ein Eindruck, der von einer alten Narbe noch verstärkt wurde, die sich vom Mundwinkel über die halbe linke Wange zog. So wusste man nie genau, was der Colonel im Augenblick wirklich dachte.

Er musterte Steel weiterhin, und das zunächst kleine Lächeln um die Mundwinkel wurde zu einem Grinsen.

Steel blickte verwirrt drein.

»Kein Sorge, Lieutenant. Ihr steht nicht unter Anklage. Obwohl ich zugeben muss, dass ich versucht war, Euch eine Lektion zu erteilen. Ihr habt nicht nur unserem Major Jennings einen heißen Tanz bereitet, sondern auch mir. Nein, ich bin nicht zu Euch gekommen, um Euch zu bestrafen. Der Grund ist ein ganz anderer. Aber unterhalten wir uns in meinem Quartier weiter darüber.«

Nun wandte er sich auch Hansam zu. »Oh, Lieutenant. Ihr könnt uns begleiten, wenn Ihr mögt. Kommt nur. Wir haben nichts dagegen, oder, Steel?«

Kurz darauf folgten die drei Offiziere dem Verlauf der grob gepflasterten Straßen und gingen die meiste Zeit schweigend nebeneinander her. Nur gelegentlich ließ Hawkins sich zu einer Bemerkung über den Unrat in der Gosse hinreißen oder beschwerte sich über das wechselhafte Wetter und die schwankende Qualität des hiesigen Weins. Nachdem sie in dem Gedränge auf der Hauptstraße in geduckter Haltung an den überhängenden Stockwerken der Fachwerkhäuser vorbeigegangen und in den kleineren Gassen mehrmals abgebogen waren, erreichten sie ein bescheidenes Haus. Der Besitzer, ein Kaufmann, der im Augenblick nicht in der Stadt weilte, hatte keine Kosten und Mühen gescheut, die Fassade seiner Heimstatt mit neoklassizistischen Motiven zu verzieren.

»Mein Diener hat dieses Haus entdeckt. Ein wenig *de trop*, meint Ihr nicht? Aber immer noch bequem genug.«

Hawkins führte die beiden hinein und wies ihnen den Weg zur Wohnstube, die ebenfalls nach der neuesten Mode ausgestattet war. Der Colonel bedeutete ihnen, vor dem Kaminfeuer Platz zu nehmen und goss Wein in drei Gläser.

»Nun, Gentlemen, kommen wir zur Sache. Die Schlacht ist gewonnen, und Ihr hattet einen großen Anteil an unserem Sieg, da mag Major Jennings sagen, was er will. Es war ein ruhmreicher Sieg, den wir allerdings teuer erkauft haben. In Wien redet der Kaiser bereits davon, Marlborough zu einem Prinzen zu machen. Sogar die Königin schrieb ihm persönlich. Ja, wir haben eine Schlacht gewonnen und stehen nun, strategisch gesehen, gut da. Doch in London sind wir unten durch, meine Herren. Tausendfünfhundert tote Briten machen sich nicht gut. Die Tories werden behaupten, dass Marlborough erledigt ist. Sie werden fragen, warum so viele junge Männer fallen mussten, um einen Hügel zu nehmen. Und schon bald werden sie Marlboroughs Entlassung verlangen. Wir müssen schnell handeln, bevor Schaden angerichtet werden kann. Wir müssen den Kurfürsten davon überzeugen, und zwar mit militärischen Mitteln, sich von den französischen Alliierten abzuwenden und sich uns anzuschließen. Denn sonst werden wir ihn zur Aufgabe zwingen. Aber dafür brauchen wir eine Armee, die bereit ist für den Kampf.« Er verstummte und nahm einen Schluck Wein.

»Doch da gibt es noch ein Problem«, fuhr er dann fort. »Wenn wir vorrücken wollen, brauchen wir Vorräte. Diese Stadt hier mag Euch mit all ihren Bierschänken und Kurtisanen wie die Elysischen Felder vorkommen, Gentlemen. Aber den Truppen mangelt es am Nötigsten. Es gibt kein Brot. Mehl kann nicht besorgt werden. Wisst Ihr, wie viel Brot diese Armee jeden Tag benötigt, nur um marschieren zu können? Vom Kämpfen ganz zu schweigen. Ich will es euch sagen. Sechzigtausend Mann brauchen neunhundert Zentner Mehl. Natürlich haben wir unsere Feldkommissare, die für den Vorrat und Transport zuständig sind. Wir haben auch unsere Agenten. Und sie sind alle bewundernswerte Männer auf ihrem Gebiet. Seine Hoheit der Herzog von Württemberg hat in seinem Land nach zweihundert Wagen geschickt, um die Versorgung aufrechtzuerhalten. Aber zunächst, Gentlemen, müssen wir die Vorräte erst einmal haben. Wie es aussieht, kann das Mehl über die üblichen Kanäle erst in knapp drei Wochen beschafft werden. Und ohne Mehl haben wir kein Brot, und ohne Brot ...« Er unterbrach sich. »Ohne Brot haben wir keine Armee. Brigadier Baldwin wurde instruiert, so viel Getreide wie möglich aufzutreiben und in den Magazinen in Neuberg zu lagern. Aber wir brauchen das Mehl jetzt, oder die Armee wird verhungern. Und da, wenn Ihr gestattet, Mr. Steel, kommt Ihr ins Spiel.«

Steel war verblüfft. Der Colonel hatte ihn eben erst von einem Vergehen freigesprochen und ihm das Kriegsgericht erspart, und nun schien er ihn als Quartiermeister gewinnen zu wollen. Doch ehe er nachhaken konnte, fuhr Hawkins fort:

»Ihr werdet die Hälfte Eurer Grenadier-Kompanie zusammentrommeln, Mr. Steel, und Euch zu dem kleinen Dorf Sattelberg aufmachen. Ein Fünftagesmarsch von hier, in südwestlicher Richtung, über den Lech und an Aicha vorbei. Ich rechne nicht damit, dass Ihr auf den Feind stoßen werdet, da er weiter nördlich steht. Auch die Bayern sind weiter im Norden. In Sattelberg trefft Ihr einen Kaufmann, einen beleibten Bayern namens Kretzmer. Keine leichte Aufgabe, falls Ihr mich fragt, wenn man die Verluste auf beiden Seiten bedenkt. Aber ich habe allen Grund zu der Annahme, dass dieser Mann in der Lage sein wird, Euch Mehl zu verkaufen. Und nur das zählt. In der momentanen Situation würde ich sogar versuchen, dem Teufel genug Mehl abzuschwatzen, um das Heer zu versorgen. Natürlich müsst Ihr Euch davon überzeugen, dass das Mehl auch gut ist. Oh, keine Sorge. Ich weiß, dass Ihr da kein Kenner seid. Daher schicke ich Euch einen Koch mit – mein Leibkoch übrigens. Er wird die Ware prüfen.«

Steel stieg die Hitze ins Gesicht. Hawkins war dies nicht entgangen. »Noch etwas Wein? Es ist recht stickig hier drin.«

Während der Colonel nachschenkte, blickte Steel starr auf die im Schachbrettmuster angeordneten, schwarz und weiß bemalten Fliesen. Hansam trat unterdessen ans Fenster und tat so, als beobachte er die Wolken am Himmel.

Schließlich äußerte Steel sich zu dem Einsatzbefehl: »Wenn Ihr gestattet, Colonel Hawkins, aber ich muss abklären, ob ich das alles richtig verstanden habe. Ihr kommandiert mich von einer ehrenvollen Aufgabe ab, vor meinen Offizierskameraden, vor dem Regiment und der Brigade. Ihr befehlt mir, von einem Duell Abstand zu nehmen, das zwar illegal ist, dem ich mich aber gestellt habe, da ich auf das Übelste beleidigt wurde. Und jetzt soll ich mich mit Soldaten aus einer der besten Kompanien der britischen Armee auf den Weg machen, um Mehl für das verdammte Brot des Heeres zu besorgen?«

Hawkins zog eine Braue hoch. Er lächelte leicht irritiert und dachte über Steels Worte nach. »Ja, so kann man es sagen, Mr. Steel. Ihr habt recht. Habt Ihr noch eine Frage?«

Hansam räusperte sich vernehmlich, doch da fuhr Steel schon

fort. »Ja, ich hätte da noch eine Frage, Sir. Soll das die einzige Belohnung dafür sein, dass ich an der Eroberung dieses verfluchten Hügels beteiligt war?«

Er deutete zum Fenster und in Richtung des Schellenbergs, der sich in einiger Entfernung als dunkle Silhouette über dem Städtchen erhob. »Soll das meine Prämie sein?« Dann knallte er sein Glas auf den Tisch und schien sich kaum noch beherrschen zu können. »Bei Gott, Sir, ich werde ...«

In diesem Moment löste Hansam sich vom Fenster, trat zu seinem Freund und legte ihm beschwichtigend die Hand auf die Schulter.

Hawkins lächelte. Er wusste schon seit Längerem über Steel Bescheid, hatte seinen Namen in Zusammenhang mit einer ehrenhaften Angelegenheit hier und einer tapferen Tat dort gehört. Und schließlich war es die Aufgabe des Colonels, diese Dinge wahrzunehmen, um in der Masse der Soldaten Männer ausfindig zu machen, die sonst nie die Aufmerksamkeit des Kommandeurs erregt hätten. Denn diese Armee befand sich noch im Aufbau, und Hawkins' Auftrag lautete, Männer zu rekrutieren, die Führungsqualitäten besaßen. Auf einen solchen Moment hatte er schon eine Weile gewartet und immer gewusst, dass sich eine Gelegenheit ergeben würde. Und er hatte gehofft, dass Steel ihn nicht enttäuschen würde, was nicht der Fall zu sein schien.

»Ja«, fuhr der Colonel in ruhigem Ton fort. »Wie ich sehe, Mr. Steel, hat man mich richtig über Euch informiert. Wenn das Temperament mit Euch durchgeht, nehmt Ihr auch keine Rücksicht auf höhere Ränge. Unter anderen Umständen hätte ich Euch vermutlich abführen und wegen Insubordination und Anmaßung erschießen lassen. Aber im Augenblick sehe ich, dass Ihr genau der Mann seid, den wir brauchen.«

Steel schaute ihn gespannt an.

»Wollt Ihr noch mehr hören? Oh, ja, man erwartet noch mehr von Euch. Viel mehr.«

Steel runzelte die Stirn. Dann lachte er und schüttelte den Kopf. »Colonel Hawkins, ich bitte Euch, beleidigt mich nicht erneut. Ihr spielt mit mir, und das sollte ein Offizier nicht tun. Was habt Ihr noch für mich? Möchtet Ihr, dass ich auch noch eine Phiole mit Parfüm für Eure Frau mitbringe? Oder ein nettes Andenken für Eure Geliebte?«

Steel war klar, dass er zu weit gegangen war. Doch Hawkins blickte ihn gelassen an und wählte seine Worte mit Bedacht. »Mr. Steel, ich habe keine Frau. Oder zumindest nicht mehr. Und da sie verschieden ist, hatte ich noch keine Augen für eine andere.« Er hielt inne, schenkte sich Wein nach und nahm einen langen Schluck, ehe er fortfuhr: »Ich möchte Ihnen jedoch ein Angebot machen.«

Steel nickte. »Das mit Eurer Frau tut mir aufrichtig leid, Sir. Und ich entschuldige mich, wenn ich Euch beleidigt habe. Aber glaubt mir, Colonel, was auch immer Ihr mir anbietet, ich bin sicher nicht in der Position, Gefallen anzunehmen.«

»Das ist kein Gefallen, Mr. Steel, sondern ein direkter Befehl. Von Seiner Hoheit.«

Steel erschrak ein wenig und schüttelte Hansams Hand ab. »Ihr kommt von Marlborough.«

Hawkins nickte und lächelte.

»Dann fahrt bitte fort, Colonel.«

»Seine Hoheit ist sich bewusst, was für einen wichtigen Beitrag Ihr in der letzten Schlacht geleistet habt, Steel. Das würde eine Beförderung rechtfertigen. Eine Beförderung, die sehr willkommen wäre, solltet Ihr Euch dazu befähigt fühlen, diese andere kleine ... Angelegenheit in Angriff zu nehmen.«

Steel nickte.

»Ihr wisst vermutlich, dass Seine Hoheit vor knapp zehn Jahren im Tower von London einsaß, da man ihn bezichtigte, ein Jakobit zu sein. Heute wissen wir natürlich, dass diese Anklage jeder Grundlage entbehrte. Nicht wahr, Mr. Steel?«

Der Colonel fixierte ihn mit einem bohrenden Blick und wartete auf eine Antwort. »Nicht wahr, Mr. Steel?«, wiederholte er.

»Ja, in der Tat, Colonel.«

»Ganz recht, Steel, ganz recht. Wie dem auch sei, hier kommt Ihr ins Spiel. Wenn Ihr unseren Freund, den Mehlhändler, trefft, werdet Ihr feststellen, dass er etwas bei sich trägt, das Ihr mir bringen sollt. Es handelt sich um ein gewisses Schriftstück – vielleicht sollten wir sagen einen Brief. Sollte dieser Brief in falsche Hände geraten, sähen sich bestimmte Kreise daheim in London in ihrer Absicht bestätigt, Seiner Hoheit das Kommando über die Armee zu entziehen. Und das, Steel, wäre ein Zustand, den sicher auch Ihr als katastrophal bezeichnen würdet.«

Steel nickte wieder.

»Jetzt kommen wir zu der Crux der ganzen Sache. Wir möchten Euch um Folgendes bitten, Steel. Seine Hoheit wünscht, dass Ihr diesem Kaufmann den Brief abnehmt und ihn zu seinem rechtmäßigen Besitzer zurückbringt. Gelingt es Euch nicht, wird Kretzmer den Brief an die Franzosen verkaufen, die ihn wiederum an die Feinde des Herzogs weiterleiten, und davon gibt es eine Menge. Und das wäre das Ende für Marlborough, die Armee und Euch. So einfach ist das. Werdet Ihr den Auftrag annehmen?«

Steel schwieg. Er musste nachdenken. »Darf ich fragen, was dieser Brief enthält, Sir? An wen er adressiert ist?«

»Nein, bedaure, aber danach dürft Ihr nicht fragen. Es sollte genügen, wenn ich Euch sage, dass der Inhalt dieses Schreibens Marlborough für immer erledigen würde. Im schlimmsten Fall droht ihm durch diese Zeilen der Tod eines Verräters am Galgen.«

Wieder Schweigen. Schließlich ergriff erneut Steel das Wort. »Darf ich fragen, Colonel, warum Ihr gerade mir diese ... Ehre zugedacht habt?«

»Eine gute Frage. Aber für diese Wahl bin nicht ich allein verantwortlich. Ihr seid nun der Mann des Herzogs. Euer Name wurde Marlborough aus London zugetragen. Und zwar von keiner geringeren Person als der Gemahlin des Herzogs. Ihr wurdet Seiner Hoheit empfohlen, glaube ich, von jemandem aus dem inneren Kreis der Herzogin. Denn Ihr steht in dem Ruf, vertrauenswürdig zu sein und loyal zur Sache des Herzogs zu stehen. Und wie Ihr wisst, gibt es in dieser Armee zu viele, die vielleicht nicht diese Kriterien erfüllen würden, wie, Hansam?«

»Ganz recht, Colonel.«

Steel trat ans Fenster und schaute hinab auf die Stadt. Das war es also. Nachdem er aus den Foot Guards ausgetreten war und sich aus St. James's zurückgezogen hatte, hatte er geglaubt, er könne sich auf Dauer der Aufmerksamkeit jener Frau entziehen, deren Liebe ihm ursprünglich eine Karriere in der Armee ermöglicht hatte.

Arabella Moore war die Gemahlin eines Direktors der Bank von England, eines bedeutenden Großgrundbesitzers. Als jüngere Tochter eines Landgeistlichen hatte sie eine gute Partie gemacht. Aber die liebliche Arabella war fünfzehn Jahre jünger als ihr Gemahl. Und gewissen Leuten aus gehobenen Kreisen war schnell klar gewesen, dass der werte Gemahl trotz seines Reichtums und der offensichtlichen Fürsorglichkeit in manchen Belangen nicht den unersättlichen Appetit seiner jungen Braut zu befriedigen vermochte. Steel war sofort von der atemberaubenden Schönheit und der ansteckenden Fröhlichkeit dieser Dame hingerissen gewesen. Sie waren einander bei einem Tanz in Edinburgh begegnet, in den Versammlungsräumen eines gewissen Mr. Patrick in der High Street.

Steel war damals ein leicht zu beeindruckender Jüngling von achtzehn Jahren gewesen, die teure Arabella eine gesellschaftlich hochstehende verheiratete Frau von achtundzwanzig. Aus der Tändelei eines Sommers war schließlich mehr geworden, und als Arabella nach London zurückkehrte, war sie nur zu gern bereit, für ihren jungen Liebhaber das Offizierspatent bei den Foot Guards zu kaufen. Und so hatten sie einander fünf herrliche Jahre lang genossen und gaben Acht, die Affäre geheim zu halten. In dieser Zeit war Steel vom Jüngling zum Mann gereift und hatte zunächst seiner Geliebten und seinem Regiment die gleiche Leidenschaft entgegengebracht. Erst nach und nach war ihm eins bewusst geworden: Während das Schlafgemach ihm Freuden bot, die nicht lange währten, war seine Affäre mit der Armee ohne sein Wissen zu einer viel fesselnderen Beziehung erblüht.

Daher hatte er seine Liebe zu Arabella vernachlässigt und immer mehr Zeit mit seiner anderen Geliebten verbracht. Abends hielt er sich in der Offiziersmesse auf, morgens auf dem Exerzierplatz. Als andere Männer aus den Kriegen in Flandern zurückkehrten und Steel deren Geschichten begierig einsog, verblassten die Pflichten des Drillplatzes, die ihm zunächst so großartig vorgekommen waren, nach und nach. Der Friede von 1697 schien sein Schicksal zu besiegeln. Aber Steel wollte sich im Kampf beweisen. Und mit listenreichem Vorgehen, das er sich bei seiner Geliebten abgeschaut hatte, gelang es ihm, sich bis in einen Kreis von Offizieren vorzuarbeiten, die unmittelbar mit dem Kommandostab der schwedischen Armee in Kontakt standen. Denn zu diesem Zeitpunkt befand Schweden sich im Krieg mit Russland. Allerdings war ihm gleich klar gewesen, dass drastischere Maßnahmen vonnöten waren, um sich von Arabella loszusagen.

Daher hatte Steel geglaubt, der Eintritt in Farquharsons Regiment und der neue Krieg würden genügen. Doch jetzt hatte die Dame ihn erneut mit teuflischem Geschick aufgespürt. Dadurch hatte sie ihn in eine Lage gebracht, in der es ihm praktisch unmöglich war, den ehrenvollen Auftrag abzulehnen, den man ihm angeboten hatte. Denn wenn er für diese Aufgabe direkt von Sarah Churchill, der Gemahlin des Oberkommandeurs und Vertrauten der Queen, empfohlen worden war, konnte er unter keinen Umständen ablehnen, wie auch immer die Dinge sich entwickelten. Die verfahrene Situation brachte ihn sogar zum Lächeln. Wie klar und deutlich sein Weg doch vorgezeichnet war!

Er wandte sich Hawkins zu. Hansam sah, dass sein Freund ein breites Lächeln aufgesetzt hatte.

»Gewiss, Colonel, ich nehme den Auftrag an. Was sollte ich anderes tun? Ich fühle mich geehrt. So sagt mir bitte: Wann brechen wir auf? Wie viele Leute brauche ich? Darf ich bestimmen, welche Männer mitkommen? Könnt Ihr mir noch genauere Informationen geben? Gibt es schon Pläne? Namen?«

Hawkins klopfte ihm auf die Schulter. »Wartet, mein Junge, nur Geduld. Alles der Reihe nach. Ich habe für Euch ein Treffen mit Marlborough arrangiert. Denn er möchte den Mann kennenlernen, der ihm so warm empfohlen wurde. Und dann werdet Ihr aufbrechen. In gut vier Tagen.«

Steel zog die Brauen hoch. In vier Tagen. Zeit genug vermutlich, um seine Männer zusammenzutrommeln.

»Und Ihr werdet Gesellschaft haben«, fuhr der Colonel fort. »Ein Fähnrich der Grenadiere wird sich Euch anschließen, der erst vor Kurzem aus England eingetroffen ist. Ein Mr. Williams. Ein angenehmer Bursche. Er ist der Neffe meiner verstorbenen Frau. Euer Colonel war einverstanden, dass er sich beteiligt. Aber achtet gut auf den Burschen, Steel. Oh, und versucht Euch zu benehmen. Es wäre ratsam, die Angelegenheit mit Jennings zu vergessen. Ihr werdet ihm auf diesem Feldzug nicht immer aus dem Weg gehen können.«

Der Colonel lächelte in sich hinein. »Vergesst nicht, dass dieser Mann ein Narr ist. Daher ist es wahrscheinlich, dass er in der Armee über kurz oder lang auch den Tod eines Narren sterben wird, wie Ihr Euch sicher vorstellen könnt. Bemüht Euch daher nicht, Euch eine Aufgabe aufzubürden, die das Schicksal längst für sich in Anspruch genommen hat.«

Steel erwiderte das Lächeln des Colonels. Er mochte diesen Mann irgendwie, doch er wusste noch nicht, wie er Hawkins' letzte Bemerkung verstehen sollte. War das nun als Spaß gemeint gewesen, oder war es dem Colonel todernst damit?

Hawkins lachte. »Und jetzt, Gentlemen, müssen wir uns wieder dem Krieg widmen. Ich fürchte, dass ich mich nun verabschieden muss. Dürfte ich Euch vorschlagen, Euch in ein anderes Etablissement zu begeben? Ich habe viel Gutes über eine Schänke auf der anderen Seite der Stadt gehört, unweit der Brücke, mit einem galoppierenden Pferd auf dem Tavernenschild. Denn dort werdet Ihr wahrscheinlich nicht dem Major begegnen. Und Steel, Ihr solltet Euren Arm versorgen lassen. Euch steht eine ereignisreiche Zeit bevor, und Ihr wisst ja bestimmt, dass unser Oberbefehlshaber besonderen Wert auf den Zustand seiner Offiziere legt. Insbesondere dann, wenn er einen solchen Offizier zu seinem speziellen Agenten ernennt. Wir möchten nicht, dass Euch ein Leid geschieht, ehe Ihr Euch überhaupt auf den Weg gemacht habt.«

3.

Colonel Hawkins entbot dem Wachtposten vor dem Zelt den militärischen Gruß, ging über die beschattete Fläche unterhalb der gestreiften Markise und betrat Marlboroughs Zelt. Im Inneren hatte sich der Generalstab schweigend um den Oberbefehlshaber gruppiert. Im Zelt war es düster, die Luft unangenehm feucht. Die Atmosphäre war angespannt, denn offenbar hatte sich die Besprechung als unerfreulich erwiesen. Generalmajor Withers, Goors' Stellvertreter und inzwischen zum Kommandeur der Vorhut befördert, rieb nervös über sein Revers. Neben ihm stand Henry Lumley, Kommandeur der englischen Reiter, und starrte gespannt auf eine Karte. Marlboroughs Bruder Charles, dem vierundzwanzig Bataillone und damit der Großteil der Armee unterstanden, unterhielt sich leise mit Lord Orkney, während in einer Ecke des Zeltes der Markgraf Ludwig Wilhelm von Baden auf einem Klappstuhl saß. Er trug einen Verband um den Fuß, da er sich bei der Schlacht am Schellenberg eine Verletzung am Zeh zugezogen hatte. Die übrigen badischen Kommandeure hielten sich dezent im Hintergrund auf.

»Ah, Hawkins. Habt Ihr Neuigkeiten für uns? Sind endlich die Kanonen eingetroffen?«

Hawkins verneinte mit einem Kopfschütteln.

»Es tut mir leid, Euch, Hoheit ... und Euch, Gentlemen«, er nickte in die Runde, »mitteilen zu müssen, dass wir keine neuen Informationen haben, abgesehen davon, dass unser letztes Gefecht den Feind stark entmutigt hat. Natürlich stehen wir immer noch vor der bedeutenden Frage, wie wir am besten die Armee versorgen können. Denn während unsere deutschen Freunde«, er schenkte dem Markgrafen von Baden ein Lächeln, »gewiss mit leeren Bäuchen weitermarschieren werden, so wird der britische Soldat nicht ohne sein Brot auskommen. Aber ich kann Euch berichten, dass wir uns der Sache angenommen haben.«

Hawkins senkte die Stimme. »Da wäre noch eine Angelegenheit, Euer Hoheit. Die etwas delikate Sache, über die wir uns unlängst unterhalten haben und wegen der ich Euch jetzt unter vier Augen sprechen muss.«

Marlborough nickte Hawkins zu und wandte sich an die versammelten Offiziere: »Nun, Gentlemen, das wäre es also. Wir sind uns einig. Es gibt keine Alternative. Und was die dringliche Frage des Angriffs auf die Stadt Rain betrifft, so ist sich jeder über seine Pflicht im Klaren?«

Die britischen Kommandeure nickten und verabschiedeten sich unverzüglich. Der Markgraf von Baden jedoch, so kam es Marlborough jedenfalls einen Moment lang vor, schien protestieren zu wollen. Doch dann, wie durch ein Wunder, wurde er aschfahl im Gesicht und schloss die Augen. Seine Wunde bereitete ihm offensichtlich große Schmerzen. Dann öffnete er die Augen wieder, stützte sich bei einem seiner Kommandeure ab, stand mühsam auf und verließ humpelnd das Zelt.

Marlborough entspannte sich und lehnte sich an den Tisch.

Hawkins war nur noch mit dem Herzog im Zelt, abgesehen von einem Bediensteten, der die Reste des hastig eingenommenen Frühstücks entfernte, das dem Treffen vorausgegangen war.

»Also, James«, begann Marlborough, »ich nehme an, dass Ihr den besagten Offizier über seinen Auftrag in Kenntnis gesetzt habt?«

»Ja, es handelt sich um Lieutenant Steel, Sir. Er ist über seine Aufgabe voll und ganz unterrichtet worden.«

»Gut. Und Ihr seid nach wie vor der Überzeugung, dass er es schaffen könnte, James?«

»Ich habe keine Zweifel, Sir. Ich habe gesehen, wie er kämpft. Steel ist, davon bin ich überzeugt, einer der besten Offiziere in Eurer Armee.«

»Er scheint ein durchaus bemerkenswerter Mann zu sein, wie ich hörte.«

»Er trat in Farquharsons Regiment ein, nachdem er die Foot Guards verlassen hatte, Sir. Das Patent für die Guards hatte ihm eine gewisse Dame gekauft. Steel ist von der bescheidenen Sorte, Sir. Der zweite Sohn eines schottischen Farmers. Er verfügt über keine nennenswerten Einkünfte und ist begierig auf Beförderung und Mäzene. Genau der Mann für diese Aufgabe.«

Marlborough spielte mit einer kleinen silbernen Schnupftabaksdose auf dem Tisch und klappte den Deckel auf und zu. »Er ist zu vertraulich mit den Männern. Sehe ich das richtig?«

»So hätte ich es selbst nicht ausgedrückt. Obwohl er vielleicht eher bereit ist, einen Rat von seinem Sergeant anzunehmen. Und genau wie Ihr, Euer Hoheit, ist auch Steel stets um das Wohlergehen seiner Soldaten besorgt. In der Offiziersmesse wird er als exzentrisch beschrieben. Aber die Männer, übrigens auch die, die früher bei ihm dienten, sagen, dass es kaum einen besseren Mann in Eurer ganzen Armee gibt als Steel. Er ist gerissen, Sir, glaubt mir, und hat Verstand. Wie Ihr Euch gewiss erinnert, war es Eure Gemahlin, die uns Steel ursprünglich empfohlen hat.«

»Das ist nicht von Bedeutung, wie Ihr sehr wohl wisst, James. Denn es ist allein *meine* Entscheidung, Mr. Steel in dieser Angelegenheit zu engagieren. Meine teure Gemahlin muss aus der ganzen Affäre herausgehalten werden. Es ist ja immerhin denkbar, dass er bei dem Auftrag versagt. Sollten dann doch, Gott bewahre, diejenigen das Schreiben in die Finger bekommen, die mir Böses wollen, so darf die Herzogin auf gar keinen Fall in diese Angelegenheit hineingezogen werden.«

Hawkins spürte, dass es diplomatisch wäre, das Thema zu

wechseln. Er betrachtete die Karte und strich mit der Hand über die schwarzen Rechtecke, die Städte und Dörfer des Kurfürstentums darstellten. Er wusste, dass diese Siedlungen schon bald nichts mehr als schwelende Trümmer sein würden.

»Ihr seid demnach entschlossen, Bayern zu verwüsten?«

Marlborough klopfte sacht auf den mit Samt überzogenen Stab – das Symbol seines Ranges –, der auf dem kleinen, polierten Eichentisch lag, den man vor eine der Zeltwände geschoben hatte.

»Ich werde Männer aus dieser Armee entsenden, um im näheren Umkreis so viele Städte und Dörfer Bayerns wie möglich zu verbrennen. Nur die Häuser, wohlgemerkt. Wir werden die Wälder verschonen und selbstverständlich den Besitz des Kurfürsten nicht anrühren. Den Menschen soll nichts geschehen. Ich möchte nicht, dass ihnen ein Leid geschieht. Wir werden sie unter Druck setzen, ihnen aber nicht Gewalt antun. Das ist der einzige Weg. Wir müssen den Kurfürsten zwingen. Ich bedaure das zutiefst, insbesondere in einem Land, das so vortrefflich bewirtschaftet wird, wie ich es sonst nur in England sah.«

Hawkins schüttelte den Kopf. »Wenn Ihr darauf aus seid, werde ich Euch wohl kaum davon abbringen können. Aber dies ist nicht die Kriegsführung, die Ihr und ich in den letzten zwanzig Jahren kennengelernt haben. Und wenn Ihr meine Meinung hören wollt: Eure Maßnahmen werden nicht die Wirkung erzielen, die Ihr Euch erhofft. Der Kurfürst wird nicht einlenken, was auch immer Ihr seinem Land antut. Und gebt Acht, Euer Hoheit. Ich kenne Soldaten ebenso gut wie Ihr. Obwohl Ihr sehr genau auf Eure Armee achtet, Sir, sie besteht zu einem Großteil aus Briganten und Halsabschneidern. Diese Männer werden wir im Auge behalten müssen.«

Da Hawkins spürte, wie drückend die Atmosphäre im Zelt geworden war, fügte er mit einem Lächeln hinzu: »Denn ich weiß, wie sehr Ihr es hasst, wenn etwas keine Berücksichtigung findet.«

Marlborough lachte. Draußen vor dem Zelt war über den allgemeinen Lärm hinweg der Klang von Trommeln und Pfeifen zu hören. Die Regimentskapelle spielte auf, um die Männer bei Laune zu halten: Sie spielten den »Lillibullero«. Marlborough lächelte und begann, mit den Fingern auf der Tischoberfläche zu trommeln. Der Marsch hatte eine sehr eingehende Melodie.

»Ihr versteht es immer noch, mich aus meiner dunklen Stimmung zu holen, James. Zumindest dafür sei Gott gedankt. Aber ich bin sehr müde. Ich kann mich kaum erinnern, je erschöpfter gewesen zu sein.« Er rieb sich die Stirn, drückte die Finger gegen die Schläfen.

»Ich habe das Gefühl, mir platzt der Kopf«, klagte er weiter. »Und mein Blut scheint erhitzt zu sein. Ich sollte lieber gleich nach meinem Leibarzt schicken. Habt Ihr gewusst, dass ich mir Rhabarber und Süßholz aus England liefern ließ? Die Queen persönlich empfahl dies meiner Lady Sarah bei Kopfschmerzen. Dennoch bin ich von der Wirkung nicht ganz überzeugt. Ich bin sicher, dass ich heute Abend wieder gezwungen sein werde, etwas von dem Chinin zu nehmen. Und Ihr wisst ja, wie mir das auf den Magen schlägt. Doch selbst Chinin vermag nicht zu kurieren, was mich plagt.«

Er schaute Hawkins aus großen Augen an und wirkte einen Moment lang wie ein Kind mit sehnsüchtig hoffendem Blick.

»Ihr wisst, auf was ich anspiele, James. All meine Sorgen. In was für Zeiten lebe ich! Und wer bleibt jetzt noch, dem ich voll und ganz vertrauen kann? Der arme Goors ist tot. Er war mir, wie Ihr sicher wisst, in Augenblicken wie diesen eine große Hilfe. Andere sind von uns gegangen. Sagt mir, alter Freund, an wen kann ich mich jetzt noch wenden, außer an Euch?«

Hawkins legte dem Herzog eine Hand auf die Schulter. »Verzweifelt nicht, Sir. Ihr fühlt Euch lediglich ein wenig unpässlich wegen der Kopfschmerzen. Aber es gibt Hoffnung. Wie Ihr sagtet, Ihr habt ja noch mich. Und da wäre noch George Cadogan, Euer Hoheit. Er war Euch immer treu ergeben. Und auch Cardonell.«

»Fürwahr, James, fürwahr. Auf Cadogan und Cardonell ist immer Verlass. Aber damit hat es sich. Zwei Mann und Ihr, James. Das ist meine ganze Familie. Woher soll ich wissen, wem ich noch trauen kann? Wie soll ich wissen, ob meine Feinde nicht vielleicht Spione auf mich angesetzt haben? Gott, wie sehr ich mir wünschte, diese Angelegenheit wäre vorüber.«

Der Herzog entblößte sein kurz geschorenes Haar, indem er die Perücke abnahm. Vorsichtig hängte er sie an den dafür vorgesehenen Ständer, der mit Marlboroughs anderen persönlichen Dingen auf einer kleinen Konsole in der Ecke des Zelts stand, direkt neben dem Feldbett. Danach setzte er sich an den Tisch, stützte sich mit den Ellbogen ab und vergrub seinen Kopf in den Händen.

Hawkins betrachtete den Herzog und wunderte sich, wie verletzlich dieser Mann war, in den die Nation all ihre Hoffnung und ihr Vertrauen setzte.

Schließlich schaute Marlborough auf, presste seine Hände mit den Handflächen auf die Tischplatte und suchte Hawkins' Blick. »Wir müssen erfolgreich sein, James. Wir müssen die Franzosen schlagen.«

Er schwieg und ließ die bedeutungsvollen Worte nachklingen, ahnte er doch, alle Zweifel zerstreuen zu müssen, dass sie vielleicht doch nicht den Sieg erringen würden. »Oh ja, wir werden sie schlagen«, fuhr er fort. »Daran glaube ich fest. Aber zunächst bete ich zu Gott im Himmel, dass Euer Mann Steel in der Lage sein wird, mich aus meiner größeren privaten Gefahr zu erretten. Denn sonst, James, werden wir alle hoffnungslos verloren sein.«

* * *

Steel saß in dem kleinen Zelt und trug die Namen seiner gefallenen Männer mit fein säuberlicher Handschrift in die Liste der Kompanie ein. Sein Diener, Nate Thomas, saß am Zelteingang und polierte die Stiefel seines Herrn.

Nate mochte Mr. Steel. Er mochte ihn lieber als die meisten anderen Offiziere in dieser Armee, in der jeder Gentleman ein Kommando käuflich erwerben konnte, aber nur sehr wenige Offiziere auch Gentlemen waren. Steel hingegen hatte er stets als fairen Mann kennengelernt. Als einen Mann, der seine Leute auch belohnte, wenn sie es sich verdient hatten. Und er war ein echter Soldat. Nicht einer dieser aufgeblasenen Hanswurste, die sich bemüßigt fühlten, Kommandos zu erteilen. Wie dem auch sein mochte, Nate beschloss, die Stiefel an diesem Tag besonders gut zu putzen. Also spuckte er auf das Leder und rieb mit der Bürste darüber.

Steel hatte mitunter seltsame Angewohnheiten, und auch wenn er sich beizeiten eher wie ein Sergeant benahm, so wusste Nate, dass *sein* Offizier bei der Parade des Bataillons sauber und gepflegt auszusehen hatte. Wieder spuckte er auf sein Tuch und rieb die Politur mit gleichmäßig kreisenden Bewegungen tief in das Leder ein, bis es glänzte wie eine Glasoberfläche. Stolz betrachtete der junge Bursche sein Werk, als Henry Hansam am Zelteingang erschien, gefolgt von einem Mann, den Nate noch nie gesehen hatte. Er schaute auf den Diener herab.

»Bei der Arbeit, Nate? Sieht gut aus. Aber wenn ich du wäre, würde ich mir nicht so viel Mühe geben. Du weißt doch, dass Mr. Steel die Stiefel im nächsten Moment wieder schmutzig macht, obwohl du gerade erst fertig geworden bist.«

Dann bückte er sich und schaute ins Zeltinnere. »Jack, wir haben einen neuen Reisegefährten. Erlaube mir, dir Thomas Williams vorstellen zu dürfen, eben aus England eingetroffen, um sich unserem Regiment anzuschließen. Besser gesagt unserer Kompanie. Hier kommt unser neuer Fähnrich.«

Mit einer bühnenreifen Geste trat Hansam in das kleine Zelt und hielt den Eingang auf, sodass der Neuankömmling ebenfalls eintreten konnte. Williams war ein junger Offizier von vielleicht sechzehn Jahren, der – womöglich nicht zuletzt aufgrund der »Hungerpläne« in den besten privaten Schulen Englands – sehr drahtig wirkte und dessen frische Gesichtsfarbe Steel an reife Erdbeeren erinnerte. Noch auffälliger an der äußeren Erscheinung des jungen Mannes war jedoch der intensive Farbton des neuen scharlachroten Uniformrocks; bei den meisten anderen Offizieren war die Farbe der Uniformen im Verlauf der Feldzüge verblasst und wirkte unter Schichten aus Staub oder Schmutz höchstens noch wie ein tristes Ziegelsteinrot. Das Kreuzbandelier des Fähnrichs erstrahlte in tadellosem Weiß, Degengriff und Scheide schienen eben erst aus der Gießerei zu kommen. Das Haar hatte Williams unter den vollen kastanienbraunen Locken einer neuen, langen Perücke verborgen, die annähernd so viel gekostet haben mochte wie der jährliche Sold eines Sergeant. Kurzum, nach Steels Dafürhalten war dieser Junge das perfekte Kanonenfutter.

Dennoch erhob Steel sich mit einem Lächeln auf den Lippen, um den jungen Mann zu begrüßen. »Mr. Williams, oder darf ich Thomas sagen? Vielleicht bevorzugt Ihr auch Tom? Ihr solltet vorab wissen, Tom, dass es hier bei uns in der Kompanie nicht so förmlich zugeht.«

»Danke, Sir. Meine Eltern nennen mich Thomas, aber Ihr könnt mich ruhig Tom nennen, wenn Ihr mögt, Sir.«

Der Junge war von dem ungewöhnlichen Interesse des Offiziers gerührt und auch erstaunt. Thomas Williams war der jüngere Sohn eines begüterten Farmers aus Wiltshire. Da schon bald abzusehen gewesen war, dass der Junge sich weder für ein Studium der klassischen Sprachen noch für den geistlichen Stand eignete – er stotterte und errötete, wenn er im Zentrum der Aufmerksamkeit stand –, hatte sein Vater ihm ein Offizierspatent in Farquharsons Regiment gekauft. In ein paar Jahren vielleicht, wenn Thomas sich gut machte, würde der alte Mr. Williams noch einmal dreihundert Pfund investieren, um seinem Sohn in den Rang eines Lieutenants zu verhelfen. Gut möglich, dass die Armee einen Mann aus ihm machte. Zum gegenwärtigen Zeitpunkt hingegen fand Tom sich auf der untersten Sprosse der Hierarchie wieder, was seine neuen Kameraden ihn bereits hatten spüren lassen. Doch hier, in Gegenwart dieses wachen, auffallend gut aussehenden Lieutenants der Grenadiere, spürte Thomas Williams, dass er einen Seelenverwandten gefunden hatte, zumindest einen Schutzengel. Er merkte, dass Steel ihn aufmerksam musterte.

»Sind wir uns nicht schon einmal begegnet?«

Steel blickte ihm unverwandt in die Augen. Betrachtete die lange, leicht gebogene Nase und das wenig ausgeprägte Kinn des Jungen und versuchte, ihn einzuordnen. Schließlich dämmerte es ihm. »Natürlich. Jetzt weiß ich's. Ich kenne Euch. Ihr gehörtet zu Jennings, in der Schänke.«

Der Junge lief rot an und blickte auf seine polierten Schuhe. Zunächst sagte er nichts und zupfte nervös am Griff seines Degens herum, bis er es sich anders überlegte. »Ich *gehörte nicht* zu Jennings, um genau zu sein, Sir.«

Steel lächelte. Vielleicht hatte er den Jungen unterschätzt, der sich in einer scheinbar aussichtslosen Situation zu verteidigen wusste.

»Ah, gut. Und ich nehme an, Tom, dass Ihr nicht viel auf seine arrogante Prahlerei gegeben habt, selbst wenn Ihr nicht zu ihm *gehörtet*.«

Williams schaute auf, unsicher, wie er die Worte deuten sollte. War dies wieder ein Beispiel für die Zoten, die in der Offiziersmesse gerissen wurden und an die er sich schnell hatte gewöhnen müssen? Wollten sie ihn nur wieder als Narren dastehen lassen, wie es in Eton so oft der Fall gewesen war? Erst kürzlich, in der ersten Woche in der Armee, hatte ein Sergeant-Major ihn in England während einer Parade absichtlich aus dem Schritt gebracht.

»Ich ... Ich verstehe nicht ganz, Sir. Ich dachte, dass Major Jennings als Held galt. Er sagte ...«

Doch Steel unterbrach ihn sofort. »Ihr werdet feststellen, dass Major Jennings viel redet, wenn der Tag lang ist, Tom. Einiges mag der Wahrheit entsprechen. Also, wenn Ihr glaubt, dass er der Kriegsheld ist, für den Ihr ihn halten sollt, dann müsst Ihr wissen, dass unser guter Major genau das ist: Er ist ein Held, wie wir ihn von der Bühne kennen, ins Leben gerufen von dem großen Colley Cibber oder Sir John Vanbrugh. Ein perfekter Held wie Ihr oder ich, wenn wir jeden Abend für zwei Shilling auf den Brettern der Theater in Drury Lane oder Dorset Fields zu sehen wären.«

Williams zog die Stirn kraus.

Hansam gluckste. »Komm, Jack, hör auf, den Jungen zu necken.«

Steel nickte. »Ich schweife ab. Held hin oder her, Tom, Major Jennings ist trotzdem ein Soldat, und er wird mit uns marschieren und mit uns unter der Fahne dienen und mit uns auf dem Schlachtfeld stehen und sein Bestes geben im Kampf gegen die Franzosen, genau wie wir.«

Bei dem Wort Schlachtfeld war der Junge ganz blass geworden und setzte ein scheues Lächeln auf. Steel spürte die Verunsicherung seines Fähnrichs und versuchte die Situation zu entschärfen, indem er einen unsichtbaren Krümel von seiner Jacke fegte.

»Das Soldatentum hat mehr zu bieten als Schlachten, wie, Henry? Wie denkt Ihr über die Armee, Tom?«

»Ich denke, dass es ein großartiges Leben sein muss, Sir. Ich glaube, dass … dass es mir gefallen wird, Soldat zu sein.«

Beide Lieutenants mussten lachen. Steel klopfte Williams auf die Schulter.

»Und ich denke, dass ich Euch diese Frage unmittelbar nach Eurer ersten Schlacht noch einmal stellen werde. Und dann schauen wir, wie Eure Antwort lautet, Tom, wie? Aber kommt, die Zeit drängt. Erlaubt uns, Euch eine Tasse Tee zu servieren, oder auch etwas Stärkeres, wenn Ihr möchtet. Gehen wir in die vorläufige Offiziersmesse. Nate, meine Stiefel.«

Nachdem Steel seine polierten Stiefel angezogen und seine Uniform gerichtet hatte, verließen die drei Männer das Zelt. Vor ihnen, im blassen Sonnenlicht, erstreckten sich zahllose Reihen Zelte: Die gesamte britische Armee lebte vorübergehend unter Leinwand. Steel hatte oft den Eindruck, man habe eine ganze englische Kleinstadt in das Herz von Bayern verpflanzt. In den Gassen zwischen den Zeltreihen gingen Offiziere auf und ab, in Gespräche vertieft, während Dutzende Kinder – Sprösslinge des Trossgefolges – herumliefen und spielten, manchmal verzweifelt gesucht von ihren Müttern. Manche Frauen stillten ihre Kleinen im Sitzen oder waren damit beschäftigt, die verlauste Wäsche der Ehemänner und der Familien zu waschen. Wieder andere bereiteten verdächtig aussehende Rationen in großen eisernen Töpfen zu. Soldaten saßen neben ihren Zelten und stopften ihre Uniformen und kümmerten sich um kleinere Wunden und Blasen an den Füßen, die sich auf den langen Märschen nicht verhindern ließen. Händler und Handwerker blieben in kleineren Gruppen unter sich vor den Zelten und besserten die Ausrüstung aus, die erforderlich war, um gut dreißigtausend Mann kampfbereit zu halten.

Und in diesen Anblick von Fleiß und Müßiggang mischten

sich die unverfälschten Geräusche und Gerüche des Lagerlebens. Das stakkatohafte Klacken von Metall auf Metall, das Wiehern der Pferde und das Kreischen der Kinder überlagerten die Stimmen und die Musik, und über alles legte sich das unangenehme Gemisch aus Essensgerüchen, Körperausdünstungen, Pferdedung und Unrat. Steel verfolgte, wie Karren, angefüllt mit Proviant, an den Zeltreihen vorbeirumpelten, während andere Fuhrwerke, die bereitstanden für die Verwundeten der kommenden Gefechte, notdürftig von den Marketendern von dem Blut der jüngsten Opfer gesäubert wurden.

Das Zeltlager unterschied sich an diesem Morgen kaum von anderen Heerlagern in den südlichen deutschen Landen und jenseits der französischen Grenze. Ob Briten, Franzosen, Hannoveraner, Preußen, Bayern – alle lagerten im Freien. Doch hier, so dachte Steel, schien etwas anders zu sein. Denn bevor man die Zelte aufgeschlagen hatte, war die Gegend eingehend auf ihre Tauglichkeit geprüft worden, von Zivilisten, die Marlborough eigens zu diesem Zweck ausgesandt hatte. Unmittelbar dahinter folgte die Armee: Im Morgengrauen brach das Heer auf – gegen fünf Uhr oder früher – und machte mittags Halt, um die größte Hitze zu vermeiden. Schnell wurde das Lager aufgeschlagen, sodass die Nachtruhe den Männern die Illusion gab, einen ganzen Tag Rast gemacht zu haben. So kümmerte der General sich um seine Armee, dachte Steel. Er wusste auch, dass der Proviant, der nun zur Schau gestellt wurde, sorgsam zusammengesucht worden war, um das Lager einen Tag lang zu versorgen.

Dies war die neue Armee. Marlboroughs Armee. Ein Heer, das den Veteranen ein erstauntes Raunen entlockte. Denn noch nie war eine britische Armee auf fremdem Boden derart straff organisiert gewesen. Marlborough hatte diese Armee geschaffen. Aus den teilweise in Lumpen herumlaufenden Männern, die aus dem Chaos der »Glorious Revolution« hervorgegangen waren, hatte er passable Soldaten gemacht, die er durch die Irischen Kriege bis zu diesem Feldzug geführt hatte. Es stimmte, dass der Herzog immer noch seine Gegner in London hatte. Wahrscheinlich arbeiteten sie im Augenblick daran, seine Entlassung voranzutreiben. Aber hier auf dem Marsch galt »Corporal John« der Armee als Gott. Doch er war auch Soldat und Mensch, der sich mit seiner Verletzlichkeit nicht groß von allen anderen in seiner Armee unterschied. Und das mochte der Grund sein, warum die Soldaten für ihn durch dick und dünn gingen. Ja, sie waren bereit, für ihn zu sterben – den Heldentod, wenn sie Glück hatten. Deshalb marschierten sie dorthin, wo er sie haben wollte. Von Ort zu Ort und hinein ins unbekannte Land jenseits des nächsten Hügels. Auf dem Weg zum Ruhm. Und während die Frauen im Tross kochten und nähten, Geld von Hand zu Hand ging, die Kinder herumtollten und die Verwundeten starben, fragten die meisten Soldaten sich, wie lange sie sich noch darauf verlassen durften, ein wenig auszuruhen … und wie viele Tage sie noch erleben würden.

Hansams Stimme drang bis in Steels Tagträumereien. »Wie ich sehe, haben wir unsere preußischen Freunde an unserer Seite.«

Auch Steel waren die langen Marschkolonnen der eintreffenden Preußen nicht entgangen, die sich an dem britischen Feldlager vorbeischlängelten. Er sah die markanten, dunkelblauen Uniformröcke der preußischen und hannoverischen Infanterie und die hochgewachsenen Grenadiere mit ihren üppig verzierten Mützen. Dies waren also die Verbündeten, die sich Marlboroughs rot gewandetem Heer anschließen würden. Steel schätzte die Zahl der Neuankömmlinge auf einige Tausend. Es mochten zehn Bataillone sein.

»Man kommt nicht umhin, sie für ihren Stil zu bewundern, nicht wahr?«, drang Hansams Stimme wieder in Steels Bewusstsein.

Steel ließ den Blick über die preußische Infanterie schweifen, die in wohlgeordneten Reihen marschierte und den erst kürzlich eingeführten, künstlich wirkenden »Gleichschritt« zelebrierte. Daher hatte man den Eindruck, die Soldaten wären auf der Parade in Potsdam.

»Stil, Henry? Das ist kein Stil. Das ist nichts als blinder Gehorsam. Diese Burschen haben mehr Angst vor ihren Offizieren als vor den Franzosen. Zweimal die Woche werden sie wegen kleiner Delikte durchgeprügelt, sind unterernährt und überhaupt vernachlässigt. Sie marschieren zwar ganz ordentlich, und ich denke, sie werden auch zu kämpfen verstehen – aber nur auf Befehl. In Wirklichkeit sind sie nichts anderes als Musketen auf zwei Beinen.«

Steel war kein Bewunderer des preußischen Drills. Er hatte die Männer schon in der Schlacht erlebt. Hatte zugesehen, wie die blau uniformierte Masse sich unter feindlichem Beschuss Zoll um Zoll über das Schlachtfeld wälzte und bis zu den feindlichen Linien durchbrach. Aber er wollte nicht glauben, dass dies die wahre Art des Kämpfens sein sollte. Die Männer wirkten wie Automaten. Gewiss, Disziplin und Drill mussten sein. Es war die einzige Möglichkeit, die Männer davon zu überzeugen, in Reih und Glied zu bleiben und den Geschossen standzuhalten, die wie ein Sturmhagel auf sie niedergingen. Wie sollten die Männer sonst lernen, durchzuhalten, wenn nicht durch Drill und Disziplin?

Auch der Umgang mit Musketen bedurfte der täglichen Übung. Tatsächlich war gerade dieser Drill das Geheimnis der Feuerkraft, die ein perfekt geordneter Zug in der Schlacht erreichen konnte: Die Franzosen hatten die verheerende Wirkung der präzisen Salven bei dem jüngsten Gefecht zu spüren bekommen. Aber Steel war dennoch der Meinung, dass selbst in dem hitzigsten Gefecht ein Moment kam, in dem jeder einzelne Soldat seinen eigenen Kopf benutzen durfte. Denn erst dann sah man, aus welchem Holz die britischen Infanteristen geschnitzt waren. Gewiss, die Preußen waren keine Feiglinge. Aber da sie nur von ihrer blinden Routine vorangetrieben wurden, konnten sie es nicht mit den individuellen Fertigkeiten und der Wendigkeit eines britischen Grenadiers aufnehmen.

Allerdings wusste Steel, dass es Zeiten gab, in denen strikte Disziplin absoluten Vorrang hatte. Und jetzt, wie er sich in Erinnerung rief, war so ein Moment. Steel hörte die Kirchturmuhr im nahen Dorf acht Uhr schlagen. Für gewöhnlich war dies für seine Kompanie und für das ganze Bataillon die Zeit, den täglichen Pflichten nachzukommen. Bajonette wurden beim Hufschmied geschärft, die Steinschlösser der hochwertigen neuen Musketen mussten geölt werden, das Schuhwerk wurde auf Abnutzung hin überprüft.

Aber er wusste, dass keiner seiner Männer – auch keiner aus Sir James Farquharsons Regiment – bei den Rotröcken vor den Zeltreihen gesessen hatte. Denn an diesem Morgen hatten sich Farquharsons Soldaten auf dem Paradeplatz einzufinden. Nur das Gefolge des Trosses und die Kinder waren für die anstehende Zeremonie entschuldigt. Es war eine Art der Unterhaltung, eine Ablenkung vom täglichen Trott. Ein Appell an die Moral der Soldaten und eine Maßnahme, um die Positionen der Offiziere zu stärken. An diesem Tag sollte nämlich eine öffentliche Auspeitschung stattfinden.

Steel wandte sich dem Fähnrich zu. »Nun, Tom, da habt Ihr Euch ja einen netten Tag für Eure Ankunft ausgesucht. Wir haben ein besonderes Spektakel für Euch. Obwohl ich nicht sicher bin, wie Ihr es aufnehmen werdet. Aber kommt, wir stellen Euch erst noch die anderen Offiziere vor.«

Sie traten zu der Gruppe Captains und Lieutenants, die sich vor dem Messezelt unterhielten, das zusammen mit den Verwaltungszelten des Regiments das notdürftige Hauptquartier bildete. Steel machte den jungen Mann mit den übrigen Offizieren bekannt.

»Gentlemen, darf ich Euch Mr. Williams vorstellen. Fähnrich Tom Williams. Kürzlich eingetroffen bei den Grenadieren. Tom, ich möchte Euch mit Monsieur le Lieutenant Daniel Laurent bekannt machen, unser Hugenottenflüchtling, der lieber für uns und seinen Gott kämpft als für seine Landsleute und deren Gott.«

Ein großer Franzose verbeugte sich und war sich einmal mehr bewusst, wie seltsam seine Anwesenheit auf einen neu eingetroffenen Offizier wirken musste.

»*A votre service*, Monsieur Williams.«

»Ich bin Euch sehr verbunden, Monsieur Laurent.«

Steel lächelte und fuhr fort. »Beachtet, Tom, wie Monsieur Laurent die beneidenswerten Manieren seines Landes beibehält.« Laurent lachte und zog eine Braue hoch.

»Und dies ist Captain Melville, aus Lord Orkneys Foot Regiment. Und dieser Gentleman dort mit dem permanenten Grinsen ist Lieutenant McInnery. Für seine Freunde Seamus, und er wird auch bei Euch den Eindruck zu erwecken suchen, viele Freunde zu haben.«

Er senkte seine Stimme zu einem Flüstern und setzte nach: »Die Wahrheit ist, der arme Bursche hat keinen einzigen Freund.«

McInnery lachte und verbeugte sich in Williams' Richtung. Steel stellte sich zwischen die beiden.

»Oh, und haltet Euch von ihm fern, Thomas. Er bringt Euch nur auf dumme Gedanken. Binnen einer Woche werdet Ihr ohne einen Penny dastehen und Euch die Syphilis bei einer billigen Hure holen.«

McInnery boxte Steel im Spaß gegen die Schulter. »Jack, was soll der arme Junge denn von uns denken? Ehrlich, jetzt gehst du zu weit. Ich hätte große Lust, dich herauszufordern.«

Steel fixierte den Iren mit hartem Blick und lächelte. »Aber vielleicht nicht heute, Seamus, oder?«

Da erregte die Ankunft des diensthabenden Offiziers Charles Frampton Steels Aufmerksamkeit. Der Mann war ein Gefährte von Jennings. Ein plumper Mann aus Kent, der nie ein Wort zu viel verlor und scheinbar unendlich viel Wein trinken konnte, ohne je den Überblick zu verlieren.

»Gentlemen, ich denke, wir sollten die Angelegenheit nun hinter uns bringen«, merkte er an, »damit wir nicht noch mittags hier herumstehen, nicht wahr?«

Steel wandte sich im Flüsterton an Williams. »Wie es scheint, Tom, muss unser Tee warten. Doch wenn das hier vorüber ist, werdet Ihr vielleicht etwas Stärkeres haben wollen.«

Während die Offiziere sich zu ihren jeweiligen Kompanien begaben, nahm Steel den behelfsmäßigen Paradeplatz in Augenschein. Eine rechteckige Fläche war mit vier Fahnenstangen markiert worden, und an jeder dieser Stangen wehte ein Stück rote Seide, die bei solchen Gelegenheiten zum Einsatz kam. Auf der anderen Seite des Platzes, unmittelbar zwischen zwei der Begrenzungsfahnen, hatte man aus fünf Hellebarden einen hölzernen Rahmen errichtet. Drei der Hellebarden bildeten ein Dreieck, eine war am Scheitelpunkt als Stütze befestigt, die fünfte Hellebarde zog sich durch die Mitte des Dreiecks. Zwischen den anderen Fahnenstangen, rund um den Paradeplatz, hatten drei Kompanien des Regiments Aufstellung bezogen.

Steel begab sich zu den Grenadieren und suchte sich einen Platz in den hinteren Reihen. Nate half ihm in den Sattel seines Pferdes, eines großen braunen Wallachs. Steel betrachtete den speziell für die Auspeitschung errichteten Rahmen. Eins erstaunte ihn immer wieder: Obwohl die Armee inzwischen besser ausgestattet war als je zuvor und die Männer mehr zu essen bekamen als früher, gab es immer noch einige Soldaten, die töricht genug waren – oder einfach noch zu hungrig –, ihr Leben für Diebstahl aufs Spiel zu setzen. Und das war die Antwort der Armee: eine drakonische Strafe.

Slaughter, der weiter vorne stand, drehte nicht den Kopf, als er sagte: »Eine Schande ist das, Mr. Steel, Sir. Eine verdammte Schande. Dan Cussiter ist genauso wenig ein Dieb wie ich.«

Steel beugte sich vor und tätschelte den Kopf seines Pferdes. »Gebt Acht, Jacob. Das sind aufwieglerische Worte. Ihr wisst, dass die Armee nicht mehr länger vom Land lebt. Das ist das Werk des Herzogs. Jeder Major oder Captain ist dazu verpflichtet, jedem Soldaten seiner Kompanie einzuschärfen, dass man ohne Gnade gehängt oder ausgepeitscht wird, wenn man nur ein Ei stiehlt. Und wenn dem so ist, dann wisst Ihr ja auch, dass der gute Major Jennings dafür sorgen wird, dass der Gerechtigkeit Genüge getan wird.«

Steel richtete sich im Sattel auf.

Der Sergeant sprach unbeirrt weiter, blickte aber nach wie vor geradeaus. »Eines Tages reformieren die vielleicht die Armee, damit diejenigen, die gut sind, verschont bleiben und die anderen, die abgrundtief schlecht sind, ihre gerechte Strafe bekommen.«

Steel schwieg, doch auch seine Gedanken gingen in eine ähnliche Richtung. Es wäre vielleicht nicht von Nachteil, wenn gewisse Leute auf den Feldern der deutschen Lande zu Dung verrotteten, denn dann könnten diejenigen, die übrig blieben, womöglich davon profitieren. Aber das bezweifelte Steel. Marlborough war zu vielem imstande, aber auf die inneren Abläufe und den Strafkatalog der Armee hatte er keinen Einfluss; alles lief nur reibungslos, solange immer wieder Exempel statuiert wurden. Und das bedeutete, dass irgendein armer Teufel bestraft wurde, mochte er nun ein Dieb sein oder nicht.

Steels Gedanken gingen in den anschwellenden Trommelwirbeln unter. Zwei Männer hatte man abgeurteilt. Da sich die Armee auf dem Feldzug befand und verzweifelt versuchte, ihre volle Stärke zu halten, das Militärgericht aber durchgreifen musste, konnte nur einer der beiden bestraft werden. Daher hatten die Delinquenten gelost, um zu entscheiden, wer von ihnen sich der Auspeitschung unterziehen musste. Der Gewinner, ein mondgesichtiger Trottel aus der dritten Kompanie, stand inzwischen wieder bei den anderen Soldaten und schaute mit grimmiger Befriedigung zu, wie sein Kamerad auf den Platz geführt wurde.

Cussiter stand mit hängendem Kopf zwischen den Grenadieren, die ihn flankierten, starrte auf seine Füße und wartete auf die unerbittliche Strafe. Man hatte ihm die Hände zusammengebunden und ihm die Kleidung vom Oberkörper gerissen. Und nun hob das Weiß seiner Haut sich erschreckend stark von den zahllosen Rotröcken und dem bleifarbenen Himmel ab. Eine Auspeitschung war indes nicht die schlimmste Strafe, die die Armee zu bieten hatte. Natürlich gab es die Todesstrafe durch Erschießen, Hängen oder das Rad – bei dieser letzten, besonders grausamen Maßnahme wurde der Schuldige auf die Speichen eines Wagenrads geflochten, ehe man ihm mit einer Eisenstange sämtliche Knochen brach. Auf dem staubigen Richtplatz starb der Schuldige eines qualvollen Todes und litt unvorstellbare Schmerzen, bis ihm vielleicht ein Offizier die Pistole an die Schläfe drückte und ihm das Hirn aus dem Schädel blies, um seinen Qualen ein Ende zu bereiten. Jedem Vergehen in der Armee war eine eigene Art der Bestrafung zugeordnet. Steel war mit den Regeln vertraut, von denen einige von Marlborough selbst ausgearbeitet worden waren.

»Alle Männer, die unter dem Vorwand, nach Wurzeln zu suchen, dabei erwischt werden, wie sie Erbsen oder Bohnen pflücken, werden ohne Verhandlung als Plünderer gehängt.« Es wurde überdies klar unterschieden zwischen »schwerer Strafe«, »sehr schwerer Strafe« und der »schlimmsten Strafe«. Das Auspeitschen war brutal und barbarisch, aber auch Steel wusste, dass es keinen anderen Weg gab. Doch es fiel ihm schwer, all die Bilder von früheren Strafaktionen und die unterschiedlichen Methoden der Peinigung aus seiner Erinnerung zu löschen.

So gab es zum Beispiel eine Art »Karussell«. Dafür steckte man den Gefangenen in einen hölzernen Käfig, in dem er so wild herumgeschleudert wurde, bis er sich letzten Endes vor Übelkeit übergeben musste, unter heftigen Kopfschmerzen litt und unabsichtlich defäkierte und urinierte. Im schlimmsten Fall drohten dem Opfer ein Hirnschlag, innere Blutungen oder gar der Tod. Bei einer anderen Bestrafung wurde der Delinquent auf ein hölzernes Pferd gesetzt und bekam an jeden Fuß schwere Gewichte. Es hieß, wer zu lange auf dem Rücken des Holzpferdes ausharren musste, erlitt Leistenbrüche und könne womöglich nie mehr Kinder zeugen. Steel hatte schon erlebt, dass Männer auf dieser widerlichen Vorrichtung nahezu entmannt worden waren. Aber nach Steels Dafürhalten konnte kein Erzeugnis eines Folterknechts mit der Wirkung und dem barbarischen Schrecken einer Auspeitschung mithalten.

Er fragte sich, ob nur er so darüber dachte. Manch ein Offizier schüttelte das blutige Ereignis mit der üblichen Nonchalance ab, die man vielleicht bei der Züchtigung eines ungehorsamen Hundes an den Tag legte. Andere hingegen teilten Steels Skrupel. Natürlich war es im Grunde undenkbar, solche Ansichten offen zu vertreten. Bisweilen beschlich Steel jedoch das Gefühl, er habe in diesem Punkt versagt. Er kreidete sich sein Unvermögen an, in den Augen seiner Männer nicht perfekt zu sein. Steel wendete den Blick von der Stelle der Züchtigung und fand den Blick seines Colonels.

James Farquharson rutschte sichtlich unbequem auf dem Sattel seines Pferds hin und her. Er hielt sich in der Mitte einer seiner Kompanien auf, umgeben von seinen engsten Beratern. Unweit von ihm thronte Jennings auf einem Ross, und einen Augenblick lang überlegte Steel, wie sie letzten Endes ihren Streit beilegen könnten. Womöglich starben sie beide durch eine feindliche Kugel. Jennings war ein unbeliebter Offizier. Vielleicht fiel er sogar einer britischen Kugel zum Opfer und starb gar nicht durch den Feind. So etwas kam vor. Bei Weitem zu häufig. Denn wer konnte in der Hitze eines Gefechts im Nachhinein noch sagen, woher der tödliche Schuss gekommen war?

Farquharson schien sich in unmittelbarer Nähe des Strafgestells nicht recht wohlzufühlen, zog an den Zügeln seines Pferds und hüstelte nervös.

»Wisst Ihr, Aubrey, ich finde all das sehr ermüdend.«

Er stieß auf und wischte sich den Mund mit einem weißen Spitzentaschentuch ab, das in seinem Ärmel steckte. »Ich nehme an, ich werde bis zum Ende bleiben müssen, wie? Bis dies hier ... äh ... vorüber ist?«

Jennings lächelte. »Ich weiß wirklich nicht, was Ihr sonst machen solltet, Sir James. Denn immerhin ist es Euer Regiment. Es wäre nicht gut für Eure Leute, wenn sie sähen, dass Ihr vor dem ... äh ... Ende geht, Sir.«

»Ganz recht, ganz recht. Ich entsann mich nur gerade einer Verabredung, müsst Ihr wissen. Eine Angelegenheit im Kreise des Generalstabs. Das könnt Ihr nicht wissen. Aber das ist nicht so wichtig. Wie viele Hiebe werden es sein?«

»Hundert, Sir James. Ihr selbst habt das Urteil unterzeichnet.«

»Hundert. Fürwahr. Furchtbares Vergehen. Furchtbar. Um was handelte es sich noch gleich?«

Jennings widmete seine Aufmerksamkeit wieder der Parade und ging auf die Frage nicht ein. Kannte er doch den wahren Grund, warum sein Vorgesetzter vorzeitig zu gehen wünschte. Es hatte nichts mit »Angelegenheiten des Generalstabs« zu tun, so viel war klar. Tatsächlich respektierte er Farquharson genauso wenig wie Steel. Keiner der beiden entsprach seiner Meinung nach der Art von Offizier, die in einer modernen Armee gebraucht wurde. Oh, diese Offiziere mochten in die Armee passen, die Mylord Marlborough ins Herz geschlossen hatte. Aber Jennings wusste, dass die moderne Kriegsführung einen anderen Menschenschlag in der Kommandoebene benötigte. Unbarmherzig, mitreißend und ohne Mitleid musste ein Befehlshaber sein.

Gewiss, Marlborough hatte am Schellenberg bewiesen, dass er die neue Kriegsführung im Kern begriffen hatte. Das war die wahre Schlacht gewesen. Ein gnadenloser Krieg. Aber Jennings erkannte, dass ihr großer Befehlshaber – genau wie die alten Narren, die seine Regimenter befehligten – nicht die Standhaftigkeit für die Art von Krieg hatte, die Jennings sich ausmalte. Der neue Soldat brauchte Nerven aus Stahl und einen unerschütterlichen Mut. Und ein solcher Soldat konnte natürlich nur von Männern wie ihm, Jennings, befehligt werden.

Inzwischen hatten sich die Seiten der rechteckigen Fläche fast restlos gefüllt. Die letzten Offiziere des Regiments nahmen ihre Plätze ein und setzten sich, hoch zu Ross, an die Spitzen ihrer jeweiligen Kompanien. Zu Jennings gesellte sich Charles Frampton, der seine dringlichsten Pflichten erledigt hatte.

»Guten Nachmittag, Charles.«

»Aubrey. Sir James.« Er nickte zum Gruß. »Eine verdammte Sache. Kann nicht behaupten, dass ich was dafür übrig habe.«

Farquharson lächelte.

»Ich auch nicht, Charles«, meinte Jennings. »Aber so etwas braucht die Armee nun mal. Trotzdem bleibt es eine widerliche Angelegenheit.«

»Oh, ich wollte nicht sagen, dass ich es missbillige. Keineswegs. Überhaupt nicht. Es ist absolut notwendig. Ich hatte nur gehofft, mich den Morgen über dem Drill widmen zu können. Das ist sehr wichtig. Also, wie steht es denn jetzt? Wo bleibt dieser armselige Kerl?«

Ein weiterer Trommelwirbel kündigte die Ankunft des Verurteilten und seiner Bewacher an. Dan Cussiter war ein dürrer Schütze aus Yorkshire aus der dritten Kompanie. Der Tradition gemäß wurde er von zwei Grenadieren und Sergeant Stringer hereingeführt, auf dessen Wieselgesicht sich ein Grinsen abzeichnete. Stringer genoss stets alle Strafparaden und weidete sich an den Qualen der Verurteilten. Bei allen Auspeitschungen schritt er an dem Holzgestell vorbei und sog jeden Moment des Leidens in sich auf. Er schaute auf zu Jennings, mit der eifrigen Vorfreude eines Terriers.

»Colonel, Sir. Bitte um Erlaubnis, die Bestrafung durchführen zu dürfen, Sir.«

Farquharson nickte Jennings zu, der wiederum seine Zustimmung mit einem Kopfnicken gab. »Legt los, Sergeant.«

Zwei Trommlerjungen hatten sich links und rechts von dem abschreckenden Gestell positioniert, die Ärmel hochgekrempelt. Ihre Kameraden ließen weiterhin die Trommelwirbel erklingen, während der Gefangene zu den Holzstangen geführt wurde.

Steel kannte Cussiter kaum. Natürlich hatte er den Soldaten mehrfach im Lager und auf dem Marsch gesehen, aber er hatte keinen bleibenden Eindruck bei ihm hinterlassen. Er wirkte unauffällig und entsprach so gar nicht dem Bild eines potentiellen Verbrechers. Steel fragte sich, was dieser Mann sich hatte zuschulden kommen lassen, um diese Strafe zu verdienen. Diebstahl, gewiss. Aber was mochte er entwendet haben, und wie viel war die Beute wert gewesen? Zugegeben, im Vergleich zu anderen Züchtigungen waren hundert Hiebe relativ milde. Einige Straftäter wurden zu tausend Hieben verurteilt, die dann über einen längeren Zeitraum verabreicht wurden. In Cussiters Fall war es denkbar, dass die Strafe in einem Zug abgehandelt wurde.

Die Trommeln verstummten, als der Mann mit den Händen an die quer verlaufende Hellebarde und mit weit gespreizten Beinen an die Schenkel des Dreiecks gebunden wurde. Ein Corporal stopfte dem Delinquenten ein Stück Leder in den Mund, damit Cussiter sich unter den Schmerzen nicht die Zunge abbiss. Das Leder diente allerdings auch dazu, dass die Schreie nicht über den Platz hallten. Der Mann sollte sich selbst und dem Regiment keine Schande bereiten. Stringer stand links von dem Gestell und nickte einem der jungen Trommlerburschen zu.

»Trommler, erfüllt eure Pflicht.«

Steel sah, wie der Junge die neunschwänzige Katze über seinem Kopf schwang und sie zweimal in der Luft rotieren ließ, wie er es bei dem Regimentsschmied gelernt hatte. Die Peitsche schien in der Luft zu schweben, bevor der Junge sie auf den Rücken des Verurteilten niedersausen ließ. Die weiße Haut erhielt einen hässlichen roten Riss, und Steel zuckte zusammen, als Cussiters Körper sich unter dem Hieb durchbog. Jetzt wurde auch offenkundig, warum man die fünfte Hellebarde quer in dem Dreieck angebracht hatte. Denn so hatte der Gefangene keine Chance, den Oberkörper absinken zu lassen, um dem Schlag auszuweichen.

Stringers grausam jubilierende Stimme hallte über den vollkommen stillen Paradeplatz. »Eins.«

Der Junge riss die Peitsche wieder in die Luft, ließ sie erneut kreisen und teilte den nächsten Schlag aus.

»Zwei.«

Wie man es ihm beigebracht hatte, zog der Trommlerjunge die Enden der Katze durch die Finger seiner linken Hand, um zu verhindern, dass die einzelnen Lederriemen von zu viel Blut und Hautfetzen durchsetzt waren. Und wieder fuhr die Peitsche gnadenlos auf den weiß leuchtenden Rücken.

»Drei. Nicht zu tief, Junge.« Die Hiebe sollten nicht die lebenswichtigen Organe des Mannes treffen, denn mit einem Toten oder einem Invaliden war der Armee nicht gedient.

»Vier.« Die Katze zischte wieder durch die Luft, und die dicken Lederknoten an jedem Ende schnitten in die weiche Haut auf Cussiters Rücken.

Die Strafaktion schien kein Ende zu nehmen. Nach den ersten fünfundzwanzig Schlägen wurde der Trommlerbursche von seinem Kameraden abgelöst, was Cussiters Schmerzen noch erhöhte. Denn nun trafen ihn die Hiebe aus einem anderen Winkel und mit neuer Wucht.

»Achtundzwanzig«, tönte Stringers Stimme über den Platz. Ein breites Grinsen lag auf seinem Gesicht.

»Neunundzwanzig.«

Als fünfzig Hiebe verabreicht waren, hing Cussiters Körper schlaff herunter, aber irgendwie hielt er den Kopf noch hoch. Die Trommler hörten auf, als Stringer vortrat und den blutigen Rücken untersuchte. Wie es schien, war ein Stück Knochen zu sehen. Er sprach den Adjutanten an. »Ich glaube, ich sehe da eine Rippe, Sir.«

Steel reckte den Hals und sah genauer hin. Es stimmte. Auf Cussiters zerfetzter Haut stach einem etwas Weißes ins Auge.

»Das tut nichts zur Sache, Sergeant«, rief Jennings. »Weitermachen.«

Hier und da stöhnten Männer im Bataillon auf. Der Sergeant-Major des Bataillons rief sogleich: »Ruhe da in den Reihen. Corporal, schreibt die Namen der Männer auf.«

Zwei Offiziere gegenüber von Steel begann miteinander zu flüstern. Bei dieser Auspeitschung verstieß man gegen die Vorschriften. Denn die Knochen des Delinquenten durften nicht freiliegen. Eigentlich hätte die Strafaktion ausgesetzt werden müssen. Doch Jennings nickte nur Sergeant Stringer zu, worauf der Trommler wieder ausholte.

»Einundfünfzig.«

Cussiter war nur eine kurze Pause vergönnt gewesen, und nun bog er wieder den Rücken durch, als ihn der nächste Hieb mit unverminderter Wucht traf. Blut spritzte bei jedem Schlag. Die Trommlerburschen waren bald besudelt; vom Rücken des Opfers lief das Blut und tropfte auf den staubigen Boden. Inzwischen schaute auch Steel zur Seite und wünschte, die Tortur möge ein Ende nehmen.

Steels Blick fiel auf Williams, der schräg gegenüber von ihm auf dem Paradeplatz stand. Das Gesicht des Fähnrichs war weiß wie die Wand. Auch Farquharsons Gesicht war aschfahl, und es war offensichtlich, dass der Colonel am liebsten den Blick von diesem grausigen Spektakel gewendet hätte.

Jennings hingegen starrte mit einer teuflischen Faszination auf Cussiters zerschundenen Rücken. Eine Ewigkeit schien vergangen zu sein, als endlich der Ruf »Einhundert!« über den Platz hallte.

Stringer wandte sich von dem blutigen Holzgestell ab und sprach den Colonel an. »Strafe vollzogen, Sir.«

Farquharson, stumm vor emotionaler Erschöpfung, erwiderte darauf nichts und nickte bloß. Jennings gab den nächsten Befehl. »Bindet ihn los.«

Die Männer in den Regimentsreihen entspannten sich hörbar, denn von allen Seiten waren Seufzer der Erleichterung zu vernehmen. Als Cussiter losgebunden wurde, sackte er schlaff in die Arme eines Corporals, suchte dann jedoch Halt und versuchte, aus eigener Kraft zu gehen. Ein tapferer Vorsatz, aber tatsächlich mussten ihn zwei Mann stützen und führten ihn an den Regimentsreihen vorbei. Steel hörte die Kirchturmuhr schlagen. Halb elf. Was für eine verfluchte Zeitverschwendung, einen Mann halb zu Tode zu prügeln. Jetzt würde Steel es nicht mehr pünktlich zu seiner Verabredung schaffen. Aber wie hätte er sich für die Strafaktion abmelden sollen, ohne Verdacht zu erregen? Daher wartete Steel gar nicht erst auf die anderen Offiziere, übergab Slaughter das Kommando und wendete sein Pferd.

* * *

Mehr als zwanzig Minuten später als vereinbart fand Steel sich schließlich am Eingang von Marlboroughs Zelt wieder. Das Zelt war recht stattlich eingerichtet und eines Oberbefehlshabers würdig. Die Wände waren aus rot gestreiftem Drillich, und den Boden bedeckten mehrere orientalische Teppiche. Entlang der Zeltwände standen einige hübsch verzierte Möbelstücke. In einer der dunkleren Ecken befanden sich eine schön gearbeitete Konsole mit Beinen aus vergoldeter Bronze und ein Feldbett mit einem Überwurf aus roter Seide, während die Mitte des Zelts ein großer Eichentisch beherrschte, auf dessen polierter Platte mehrere Karten und Papiere lagen.

Der Herzog stand mit dem Rücken zum Eingang, als ein Bediensteter Steel ankündigte. Marlborough beugte sich gerade über eine der Karten und hatte sich mit den Fäusten auf dem Tisch abgestützt. In einer anderen Ecke des Zelts stand Colonel Hawkins und blätterte in einem ledergebundenen Buch. Als Steel eintrat, schaute der Colonel kurz mit einem Lächeln auf und widmete sich dann wieder seinem Buch. Marlborough ergriff das Wort, ohne sich indes umzudrehen.

»Ihr kommt spät, Mr. Steel. Säumigkeit soll doch bei Euch nicht zur Gewohnheit werden, oder?«

»Keineswegs, Euer Hoheit. Bitte um Verzeihung. Das Regiment trat bei einer Strafmaßnahme an. Eine Auspeitschung, Sir.«

»Das ist nie eine angenehme Sache, Mr. Steel. Aber absolut notwendig. Wir brauchen Disziplin um jeden Preis, nicht wahr? Seid gerecht zu den Männern, Steel, aber packt sie mit aller gebotenen Härte an. Nur so bekommt man eine Armee. Aber jetzt seid Ihr ja da.«

Als der Herzog sich umdrehte, erkannte Steel das Gesicht sofort wieder. Aber in Marlboroughs Züge hatten sich Sorgenfalten gegraben; er zog die Stirn kraus, als litt er unter Schmerzen. Und doch war das Gesicht des Herzogs noch so ansprechend, wie Steel es in Erinnerung behalten hatte. Er war dem Oberbefehlshaber nur einmal bei einer Versammlung bei Hofe begegnet, bezweifelte aber, dass der Mann sich noch an ihn würde erinnern können.

Marlborough zeigte sich, wie gewohnt, in dem dunkelroten und mit goldener Spitze verzierten Mantel eines britischen Generals. Unter dem Mantel war die blaue Schärpe des Hosenbandordens zu erahnen. Statt der Schaftstiefel der Kavallerie, die die meisten hohen Offiziere bevorzugten, trug Marlborough seitlich geknöpfte Gamaschen. Nun sah er Steel eine Weile schweigend an, als wollte er den Mann genau taxieren, dem er seine Zukunft anvertraut hatte. Letzten Endes schien er zufrieden mit dem zu sein, was er sah.

»Ja, Disziplin steht an erster Stelle. Wir dürfen nicht zulassen, dass die Armee kopflos durcheinanderrennt. Disziplin ist alles, was die Männer kennen, Steel. Im Herzen sind es gute Burschen. Aber wie kann man sie sonst unter Kontrolle behalten?«

»In der Tat, Euer Hoheit.«

»Nun, Steel, kommen wir zur Sache. Colonel Hawkins hier berichtete mir, dass Ihr von der Bedeutung dieser Mission unterrichtet seid. Ich wollte Euch auf Eurem Weg nur alles Gute wünschen und Euch noch einmal eindringlich daran erinnern, wie wichtig es ist, dass Ihr erfolgreich seid. Es geht hier um Leben und Tod, Steel, im Übrigen nicht nur um mein Leben, sondern auch um Eures.«

Er lächelte. »Wenn Ihr bei diesem Auftrag versagt und das Dokument, das Ihr sucht, in die Hände meiner Feinde fällt, dann werden sie mich zerreißen wie Jagdhunde einen Hasen. Aber merkt Euch, Steel, solltet Ihr keinen Erfolg haben, so werden die Feinde auch Euch nicht verschonen.«

Er hielt inne. »Wie ich aus verlässlicher Quelle in London erfuhr, seid Ihr ein Mann, dem man vertrauen kann. Das bestätigte auch Colonel Hawkins in meinem Beisein.«

Er fixierte Steel aus auffallend kalten, grau-grünen Augen.

Steel schluckte unwillkürlich. »Ich denke, dass das stimmt, Euer Hoheit.«

»Das will ich doch hoffen, mein Guter.«

In diesem Moment spürte Steel, wie seine anfängliche Unruhe von einer plötzlich aufschießenden Neugier überlagert wurde. »Dürfte ich fragen, wer mich in London empfohlen hat, Sir?«

Marlborough lachte. »Bedaure, Sir, aber diese Frage verbittet sich. Doch ich schätze, dass Ihr das bereits sehr wohl wisst. Vielleicht sollten wir sie einfach *Mylady* nennen.« Nach einer kurzen Pause fuhr der Herzog fort: »Also, Steel, glaubt Ihr, dass Ihr es schaffen werdet? Seid Ihr imstande, meine Haut zu retten und diesen seligen Krieg?«

»Ich werde mein Bestes tun, Sir.«

»Ja, dessen bin ich sicher. Ihr bringt mir die Papiere, Steel, und ich sorge dafür, dass Ihr anständig entlohnt werdet. Haben wir uns verstanden?«

»Absolut, Euer Hoheit. Das ist sehr großzügig von Euch. Doch Euch dienen zu dürfen, Euer Hoheit, ist mir eine Ehre und bereits Belohnung genug, Sir.«

Marlborough wandte sich an Hawkins. »Ihr hattet recht, James. Er hat in der Tat eine geschmeidige Zunge. Ich sehe nun, was Mylady an ihm findet. Und wie ich hörte, könnt Ihr auch sehr gut kämpfen, Steel.«

»Ich denke, dass ich meinen Degen zu führen weiß, Sir.«

»Mir kam zu Ohren, dass Ihr einen gewissen Hang zum Duellieren verspürt, wie?«

»Nein, eigentlich nicht, Sir.«

»Wie dem auch sei, Duelle möchte ich nicht in meiner Armee haben, wenn es sich eben vermeiden lässt. Ich verliere noch meine besten Offiziere, ehe sie überhaupt Gelegenheit haben, auf den Feind zu stoßen. Man vergeudet seine besten Leute nicht, Steel. Nehmt dies als Rat. Lasst ab von diesen Launen.«

Mit diesen Worten wandte er sich wieder dem Kartentisch zu. »Wie denkt Ihr über den Feldzug?«

»Donauwörth war ein großartiger Sieg, Sir.«

Marlborough schaute auf und zog eine Braue hoch. »In der Tat, Steel, aber sagt mir, war es auch genug? Ihr wisst, dass meine Feinde daheim die hohen Verluste anprangern. Wie aber denkt die Armee darüber?«

»Es ist Krieg, Sir. In jeder Schlacht lassen Soldaten ihr Leben. Tatsache ist doch, dass wir die feindlichen Stellungen einnehmen konnten und unsere Gegner vertrieben haben. Ein ruhmreicher Tag, Sir.«

»Es ist Krieg, Steel, ganz recht. Aber dies ist eine neue Form des Krieges. Morgen schon nähern wir uns der Stadt Rain. Wir werden sie belagern und einnehmen, ob wir nun auf Artillerie stoßen oder nicht. Ihr jedoch, Mr. Steel, werdet nicht mit uns kommen. Denn Ihr habt inzwischen Eure eigenen Befehle. Ich gebe Euch zwei Tage, um Euch auf Eure Reise vorzubereiten. Seid schnell, Steel, und verliert nie Euer Ziel aus den Augen. Denn sonst sind wir alle ruiniert.«

* * *

Aubrey Jennings saß in seinem Zelt und schrieb die Berichte der Kompanie. Die Schreibarbeit empfand er immer als besonders ermüdend. Meistens bezahlte er einen jüngeren Offizier, der dann die Arbeit für ihn machte. An diesem Abend jedoch hatten alle Lieutenants Ausgang und waren auf dem Weg ins Dorf. Also musste Jennings die Arbeit eines Quartiermeisters tun und Rationen und Kleidung zuteilen. Alles wurde schriftlich festgehalten: Ausrüstungsgegenstände, Munition und nicht zuletzt der Rum. Jennings nutzte Gelegenheiten wie diese aber auch, um bei den Berechnungen ein wenig seine Fantasie spielen zu lassen. Denn wer konnte schon nachhalten, dass tatsächlich nur dreihundert Paar Schuhe geliefert worden waren und nicht die sechshundert, die er beantragt hatte? Das überschüssige Geld floss daher in seine eigene Tasche. Nicht schlecht für die Arbeit eines Abends, mochte sie auch ermüdend sein. Jennings lehnte sich auf seinem Stuhl zurück, schloss die Augen und seufzte zufrieden.

»Gott, Charles. Diesen Papierkram kann ich nicht ausstehen. Warum haben wir keine Schreiber für so etwas? Das wäre in der alten Armee nicht passiert. Weißt du, manchmal denke ich, dass wir unsere Prioritäten falsch gesetzt haben. Warum brauchen die Männer neue Schuhe, wenn hunderte von tauglichen Paaren weggeworfen werden? Noch nie benötigten die Männer Lieferungen neuer Schuhe. Wieso also jetzt? Was erhofft sich Marlborough dadurch? Will er sich Popularität verschaffen? Natürlich hat er recht. Aber er muss ja auch nicht hier hocken und die ganzen Listen ausfüllen.«

Seufzend fuhr er fort: »Eins sag ich dir, das ist doch typisch für die Art und Weise, wie es in dieser Armee läuft. Gefällt mir nicht, Charles. Darum geht es doch im Soldatenwesen nicht. Reformen ja, natürlich brauchen wir Reformen. Aber doch nicht in dieser Form. Keine Reformen für neue Schuhe. Wir brauchen vielmehr Reformen für neue Männer. Für neue Offiziere und einen neuen Kodex des Kämpfens. In Whitehall mag man mich nicht, weißt du. Man hat mich übergangen. Ich müsste längst ein Bataillon befehligen.«

Charles Framptons Stimme kam aus einer Ecke des Zelts. Er schaute nicht von seinem Buch auf, als er sagte: »Du kannst immer noch dein eigenes Regiment ausheben, Aubrey.«

»Glaubst du, ich schmeiße mit Geld nur so um mich, Charles? Das ist doch lächerlich. Ich soll mein Geld vergeuden für die Kleidung und den Fraß für sechshundert Mann. Nein. Ich habe die Absicht, durch Verdienst und Leistung aufzusteigen. Das ist mein gutes Recht.«

Ein Hüsteln war vor dem Zelteingang zu vernehmen. Jennings schaute kurz auf und widmete sich wieder demonstrativ den Rechnungsbüchern. »Herein«, schnarrte er.

Stringer trat ein, mit einem anzüglichen Grinsen.

»Ja? Was gibt es, Sergeant?«

»Muss Bericht erstatten. Die Männer sind ein wenig niedergeschlagen, Sir.«

Jennings schaute den grinsenden Sergeant an und legte die Schreibfeder beiseite. »Dann sollte ich mich vielleicht aufmachen und die Stimmung der Männer ein wenig heben, wie?«

»Nein, das würde ich nicht tun, Sir, wirklich nicht. Nicht, wenn ich Ihr wäre. Hat mit der Auspeitschung zu tun, Sir. Die Jungs sind nie sehr fröhlich nach einer Strafaktion. Die Männer reden, wisst Ihr? Ihr hättet ihn nach fünfzig Hieben losbinden müssen und dergleichen, Sir.«

»Oh, man redet also? Nun, Sergeant, dann versucht doch morgen ein wenig genauer hinzuhören, aus welcher Ecke dieses Gerede kommt. Und dann werden wir ja sehen, welcher großmäulige Schurke hinter diesen aufwieglerischen Worten steckt. Er wird dafür seine eigenen hundert Hiebe oder sogar mehr erhalten, das könnt Ihr mir glauben.«

Stringer grinste, sodass seine Zahnlücken sichtbar wurden. »Sehr gut, Sir. Ich mache mich auf den Weg, Sir.«

Stringer war im Begriff, das Zelt zu verlassen, als ein Offizier eintrat. Der rote Mantel mit den charakteristischen grünen Aufschlägen und die graue Weste ließen keinen Zweifel daran, dass es sich um einen Offizier aus Woods »Regiment of Horse« handelte. Jennings kannte diesen Mann nur flüchtig. Thomas Stapleton, ein Major, der hohes Ansehen genoss, nicht zuletzt aufgrund der weiß aufliegenden Narbe, die sich quer über seine rechte Wange zog. Jennings war ihm schon einmal in London begegnet. Er vermutete, dass Stapleton, der über Verbindungen in die höchsten Kreise verfügte, von den Beweggründen und ehrgeizigen Zielen ihres großen Oberbefehlshabers genauso desillusioniert war wie er selbst.

Jennings erhob sich, um den Major zu begrüßen, doch er spürte Argwohn, da er sich fragte, in welcher Angelegenheit der Mann ihn zu sprechen wünschte.

»Major Stapleton, ist mir eine Freude, Euch wiederzusehen. Was verschafft mir die Ehre Eures Besuchs? Möchtet Ihr vielleicht einen Schluck Wein? Charles, wärst du so nett?«

Frampton goss etwas Wein in ein Glas und reichte es dem Gast.

»Ich danke Euch, Major Jennings. Sehr aufmerksam von Euch.«

Stapleton hatte von klein auf einen leichten Sprachfehler, und daher klang bei ihm jedes »r« wie ein »w«. Zusammen mit der ohnehin hohen Stimme hatte dies einen komischen Effekt. Doch die Miene des Majors war in diesem Moment alles andere als belustigend, als er den dargereichten Kelch entgegennahm. Nach einem kleinen Schluck kam er direkt zur Sache. »Darf ich offen sprechen?«

»Major Stapleton. Ihr könnt versichert sein, dass Ihr hier unter Freunden seid. Ihr kennt Captain Frampton, nehme ich an?«

Der Gast nickte, zog aber die Stirn kraus. »In der Tat. Wie dem auch sei, Major Jennings.« Er schielte bedeutungsvoll in Framptons Richtung. »Wenn Ihr so freundlich wärt ...«

Jennings begriff und wandte sich an den Captain. »Charles, ich muss dich bitten, uns kurz allein zu lassen.«

Als Frampton langsam zum Zeltausgang ging, merkte Jennings, dass Stringer noch unschlüssig am Eingang wartete. Rasch bedeutete Jennings auch dem Sergeant, unverzüglich das Zelt zu verlassen. Sowie beide Männer fort waren, ergriff Stapleton das Wort.

»Major Jennings, Ihr habt gewiss schon gehört, dass kürzlich mehrere Fuhrwerke unweit von Ingolstadt von einer Abteilung bayerischer Kavallerie überfallen wurden.«

»Das weiß inzwischen jeder, Major. Aber dieser Überfall hatte, glaube ich, keine großen Auswirkungen. Die Wagen enthielten hauptsächlich persönliche Dinge. Keine Munition. Keine Vorräte.«

»Das stimmt. Es handelte sich zumeist um persönliche Habseligkeiten. Tafelsilber und frische Uniformen für die hohen Offiziere. Tatsächlich gehörten viele dieser Dinge unserem Oberbefehlshaber. Was Ihr womöglich bislang nicht wusstet, ist der Umstand, dass sich in einem dieser Wagen auch eine Truhe befand, in der persönliche Dokumente und die Korrespondenz seiner Hoheit des Herzogs von Marlborough aufbewahrt wurden.«

Jennings konnte sich ein Grinsen nicht verkneifen. »Wie persönlich waren diese Dokumente denn?«

»Die Truhe enthielt gewisse Papiere. Briefe von seiner Gemahlin und so weiter.«

»Wie amüsant. Fahrt fort.«

»Die Sache ist die, Major: Da der bayerische Oberst, der den Überfall geleitet hat, bei der Beute keine militärischen oder für Krieg sonst wie bedeutsamen Dinge finden konnte, verkaufte er den Inhalt der Wagen an einen Landsmann, einen Kaufmann.«

Stapleton machte eine gewichtige Pause, ehe er fortfuhr: »Ich denke, Ihr seid nicht überrascht, wenn ich Euch sage, dass besagter Kaufmann – ein neugieriger, ideenreicher Bursche, wie mir scheint – Stunden damit verbrachte, die Briefe zu lesen, da er in einer der Schriften ein bestimmtes Wappen wiedererkannte.«

Er nahm einen langen Schluck Rotwein.

»In einem Brief des Herzogs an dessen Gemahlin entdeckte der Mann ein ganz anders geartetes Stück Korrespondenz. Und zwar einen Brief an Marlborough, der vom Hofe in St. Germain von dem im Exil lebenden König James stammt. In diesem Schreiben bedankt James sich auf das Freundlichste bei unserem General, da dieser sich offenbar besorgt nach dem Gesundheitszustand des Stuart-Prätendenten erkundigt hat. Zudem rechnet James dem Herzog dessen unverbrüchliche Treue hoch an.«

Jennings lächelte inzwischen hintersinnig.

»Ich sehe, dass Ihr allmählich begreift, was dieser Vorfall bedeutet?«

»Absolut. Fahrt fort.«

»Unser bayerischer Kaufmann ist ein Mann, der durchaus auf den eigenen Vorteil bedacht ist. Und daher beabsichtigte er, den Brief an den rechtmäßigen Besitzer zurückzugeben – zu einem gewissen Preis, versteht sich. Deshalb schickte er auch vor einigen Tagen einen Boten in unser Heerlager. Kurzum, der Mann bietet Marlborough besagten Brief für fünfhundert Kronen an. Und hier, Major, komme ich ins Spiel. Oder besser gesagt Ihr. Mir wurde zugetragen, dass Ihr und ich dieselben politischen Überzeugungen teilen.«

»Ich bin ein Tory, wenn Ihr darauf anspielt, Sir. Und ein echter Patriot.«

»In der Tat. Und da Ihr diese Überzeugung vertretet, seid Ihr gewiss genauso erpicht darauf wie ich, dass unser Lord Marlborough als Oberbefehlshaber dieser Armee abgesetzt wird, nicht wahr?«

»Danach braucht Ihr nicht zu fragen, Major. Mit seinen ehrgeizigen Zielen wird der Herzog die Armee noch in den Ruin treiben. Er handelt allein aus Eigennutz und hat nicht primär das Wohl seines Landes im Sinn. Wenn man ihm freie Hand lässt, dann wird er so viele Männer opfern, bis er sich den Weg ins höchste Amt erkämpft hat. Er muss weg.«

»Gewiss wird Euch auch aufgefallen sein, dass der Markgraf

von Baden unzufrieden damit ist, wie der Herzog den Feldzug führt. Gerade heute erfuhr ich von einem der Vertrauten des Markgrafen, dass der Herzog und Colonel Hawkins beabsichtigen, eine Expedition auf den Weg zu schicken, die eben diesen Brief finden soll. Die Männer brechen noch diese Woche auf, allerdings unter dem Vorwand, Furage in Form von Mehl zu beschaffen. Der Trupp wird von einem Mann aus Eurem Regiment angeführt, von einem gewissen Lieutenant Steel.«

Jennings Lächeln blieb.

»Ihr erkennt gewiss, Major Jennings, dass wir hier die einmalige Gelegenheit haben, Marlborough zu Fall zu bringen und diesen Krieg für die Tories zu retten. Bayern ist wahrlich kein Ort für die Armee. Ebenso wenig Flandern. Entscheidend ist, dass wir diesem Feldzug ein Ende bereiten, ehe wir uns immer weiter in diesen tollkühnen Vorstoß nach Bayern verstricken. Hier nun die Antwort. Ihr werdet eine zweite Expedition leiten, um vor Steel bei diesem Kaufmann zu sein. Ich habe bereits mit dem Markgrafen von Baden vereinbart, dass Ihr zu seinen Streitkräften abkommandiert werdet. Der Markgraf wird Sir James die Bitte unterbreiten. Mit etwas Glück wird Steel nichts davon erfahren. Denn Ihr brecht einen Tag später auf. Aber Ihr werdet schneller vorankommen, da Ihr Euch nicht auf die langsamen Wagen einstellen müsst wie Steel. Wenn Ihr parallel zu Steels Route unterwegs seid, werdet Ihr lange vor ihm am vereinbarten Treffpunkt sein. Dort trefft Ihr den Kaufmann, einen gewissen Herrn Kretzmer. Gebt Euch als Steel aus und besorgt Euch den Brief gegen die Zahlung der vereinbarten Summe.« Er lächelte, als sei ihm eben erst eine besondere List eingefallen. Daher sprach er bewusst leise.

»Natürlich ist es auch denkbar, dass Ihr es so einrichtet, dass Herr Kretzmer keine Verwendung mehr für das Geld hat. Dann bringt Ihr es mir zurück. Das wäre großartig. Aber sei's drum. Wir haben alles besprochen. Besorgt einfach die Papiere, und nach Eurer Rückkehr schicken wir die verräterischen Dokumente nach London. Der Queen wird nichts anderes übrig bleiben, als Marlborough zu entlassen und dessen lästige Gemahlin vom Hof zu verbannen. Ihr und ich, wir werden daheim als Helden empfangen, und fortan wird unserer Karriere innerhalb der Armee und in den höheren Kreisen nichts mehr im Wege stehen. Werdet Ihr den Auftrag annehmen?«

Jennings erhob sein Glas. »Wie könnte ich da ablehnen?«

Stapleton griff in seine Manteltasche und holte eine prall gefüllte Börse hervor, die er bedeutungsvoll auf den Tisch neben das Rechnungsbuch der Armee legte.

»Diese Börse enthält exakt fünfhundert Kronen. Herr Kretzmer wird mit dieser Summe rechnen.«

Jennings' Blick wanderte zu dem Geldbeutel. »Seid versichert, Major Stapleton, Ihr könnt mir vertrauen, dass ich Euch die Papiere bringe. Dankbar erwarte ich Eure Belohnung bei meiner Rückkehr. Aber glaubt mir, ich nehme diese Aufgabe in Angriff, da ich davon überzeugt bin, dass unsere Sache der Gerechtigkeit dient.«

Als Stapleton das Zelt verließ, trat Frampton wieder ein.

»Nun, Charles, mir scheint, dass meine Gebete – hätte ich sie gesprochen – erhört wurden. Ich möchte von einem wahren Glücksfall sprechen. Nicht nur, dass ich eine bessere Stellung in Aussicht habe, ich werde überdies die Armee von dem Fluch von Marlborough befreien und gleichzeitig Steel vernichten. Dieser Einfall ist so vollkommen, er könnte glatt von mir stammen.«

Frampton schwieg. Er nickte nur zustimmend und schenkte sich noch etwas Wein nach. Jennings strich derweil mit einer Hand über den prallen Geldbeutel, spürte die Konturen der Münzen und rief nach dem Sergeant. »Stringer!«

Kurz darauf ließ der Sergeant sich am Zelteingang blicken.

»Sergeant, Ihr könnt den Kameraden Lebewohl sagen. In drei

Tagen werden wir dem Hauptteil der Armee den Rücken kehren und uns nach Süden begeben.«

»Nach Süden, Sir?«

»Nach Süden, Stringer.« Jennings lächelte breit. »Wir werden die Armee retten.«

4.

Die Dämmerung tauchte das Land in ein blassgelbes Licht. Über das reife Getreide strich ein sanfter Wind und fuhr in das Tal der Lech. Steel hörte, wie die Männer sich draußen regten. Die vertrauten Geräusche von Feldgeschirr und Kochtöpfen drangen an seine Ohren; die Soldaten suchten für die Frühmahlzeit zusammen, was sie finden konnten. Steel lehnte in einer Scheune eines verlassenen Gehöfts an einem Strohballen. Er spürte nun, dass ihm kalt war, und schlang seinen Mantel enger um seinen sehnigen Körper. Nur widerwillig gestand er sich ein, dass auch er in Kürze das dürftige Strohlager würde verlassen müssen, das ihm während der letzten vier Stunden als Bett gedient hatte. Es war eine feuchte und undankbare Nacht gewesen.

Aus einem unerfindlichen Grund waren die Pferde unruhig in den leeren Stallungen gewesen und hatten Steel bis zum Morgengrauen mit ihrem ständigen Wiehern gestört. Zweimal hatten die nervösen Wachen Alarm geschlagen. Und jedes Mal war Williams, der genauso aufgekratzt war wie die Pferde, in die Scheune geplatzt, um Bericht zu erstatten … und trat dann mit sichtlichem Missbehagen verlegen wieder ins Freie. Zu keinem Zeitpunkt hatte wirkliche Gefahr bestanden, aber Steel wusste, dass die Männer angespannt waren, was er ihnen nicht verdenken konnte, auch wenn er Fähnrich Williams unter vier Augen schalt.

Steel hätte es in Gegenwart seiner Männer nie zugegeben, aber auch ihm war nicht ganz wohl zumute. Denn schließlich befanden sie sich inzwischen tief in feindlichem Territorium. Im Herzen Bayerns, genauer gesagt in Schwaben. Ihr Weg führte zwar vorbei an friedlichem Weideland, aber Steel wusste, dass die britische Armee wenige Meilen entfernt jenseits der Anhöhen ganze Dörfer niederbrannte.

Vor drei Tagen hatten sie das Hauptheerlager verlassen. Es war der 14. Juli, ein Sonntag. Das sanft abfallende, offene Gelände des Lechtals war bereits einen Tag später bewaldetem Terrain gewichen. Bei Waltershofen hatten sie die Brücke über den Fluss genommen und waren nach fünf Meilen in ein dichtes Waldgebiet gelangt, das sich westlich von Aicha weit ins Land erstreckte. In den Wäldern wimmelte es nur so von Stechmücken und anderen Insekten, die den Männern arg zusetzten. Es dauerte einen ganzen Tagesmarsch, bis Steels Truppe den Wald durchquert hatte. Immer noch juckten die roten Schwellungen der Mückenstiche fürchterlich.

Inzwischen hatten sie die Auen der Paar erreicht, wo die hohen Hopfenplantagen jedem Reisenden vor Augen führten, dass man sich im Herzen der bayerischen Bierbraukunst befand. In fruchtbaren Tälern hatten sie kleine Dörfer hinter sich gelassen, waren an Viehweiden und bestellten Feldern vorbeigekommen und gelangten in einen höher gelegenen Landstrich, der in der Ferne von den schneebedeckten Bergspitzen beherrscht wurde. Das wilde Land erinnerte Steel an die Gegend, die sich westlich an seine Heimat anschloss. Dennoch, auch wenn ihm die atemberaubende Landschaft vertraut vorkam und die ländliche Idylle das Auge erfreute: Steel spürte bei jedem Schritt, den sie tiefer ins Feindesland vordrangen, dass sie sich einer wachsenden Gefahr aussetzten.

Das Scheunentor schwang auf, und eine hochgewachsene Gestalt hob sich vom pastellfarbenen Himmel ab.

»Seid Ihr bereit, Sir? Habe etwas Kaffee gefunden. Kann allerdings nicht sagen, ob er auch schmeckt. Ich selbst rühr das Zeug nicht an.«

Da Steel keinen Diener mitgenommen hatte, war er froh, wenn Jacob Slaughter sich um sein leibliches Wohl sorgte. Den guten Nate hatte er bei Hansams Kompanie im Lager gelassen, damit wenigstens einer auf seine persönliche Habe aufpasste. Man wusste ja nie, ob nicht doch irgendjemand danach schielte. Der große Kerl aus Newcastle musterte seinen Vorgesetzten im Dämmerlicht und bot ihm eine halb gefüllte Blechtasse an.

»Danke Euch, Jacob. Sehr aufmerksam.« Steel nahm einen Schluck aus der Tasse und spürte, wie ihm die dickliche, bittere Flüssigkeit die Kehle hinunterrann.

»Kann nicht gerade behaupten, dass ich besonders scharf auf die Dämmerung bin, Sergeant. Aber der Morgen bringt uns unserer Rückkehr einen Tag näher, wie? Wie steht es um die Männer?«

»Alle auf den Beinen, Sir. Dreiundsechzig Mann, Mr. Williams und ich. Obwohl ich nicht gerade sagen kann, dass auch alle zufrieden sind, wenn Ihr versteht, was ich meine. Carter und Milligan klagen über wunde Füße. Tarling sieht so aus, als würde er jeden Moment Fieber kriegen, und Macpherson hat sich mit dem eigenen Bajonett in die Hand geschnitten, Sir. Beim Säubern. Mr. Williams kümmert sich bereits darum. Ist ein guter Bursche. Scharf wie Senf, Sir. Ein Mann nach unserem Geschmack.«

Dies war also die Eskorte, mit der Steel das Mehl für die Armee auftreiben sollte ... und natürlich den kostbaren Schatz, dessen Verlust Marlborough ins Verderben stürzen würde. Steel wagte noch einen kleinen Schluck von dem dampfenden Gebräu und zuckte bei dem bitteren Geschmack zusammen.

»Wir müssen heute schnell vorankommen, Sergeant. Inzwischen wird man wissen, dass wir unterwegs sind.«

In den vorgeschriebenen scharlachroten Uniformröcken gaben die Männer ein gutes Ziel ab. Zusätzliche Aufmerksamkeit erregte die Wagenkolonne, die über die Wege rumpelte. Die Truppe marschierte in Reih und Glied, ganz so, als täten die Soldaten ihren Dienst in St. James'. Steel wurde das Gefühl nicht los, von unsichtbaren Spähern beobachtet zu werden. Jeden

Moment rechnete er damit, dass sich der erste Schuss aus den hohen Bäumen entlang der Wege löste. Er stand auf, reichte Slaughter den leeren Becher und faltete seinen Mantel zusammen. Dann klopfte er sich das Stroh von der Kleidung und folgte seinem Sergeant hinaus in die kalte Dämmerung.

Auf dem kleinen Hof versammelten die Männer sich nach und nach, stampften mit den Füßen auf und pusteten sich auf die Finger.

Slaughter kündigte den Lieutenant an: »Henderson, Mackay, Tarling. Ihr anderen auch. Antreten!«

Die Männer formierten sich recht zügig in drei Reihen.

»Zum Abmarsch bereitmachen, Sergeant.«

»Marschformation einnehmen! Na los, ein bisschen plötzlich!«

Kurz darauf hatten die Männer sich für den Marsch formiert. Steel inspizierte die Marschsäule. Vierzig Wagen standen hintereinander. Genug für dreihundert Fuder Mehl. Damit ließe sich die gesamte Armee einen Tag lang versorgen, aber wenn man die Rationen gut einteilte, würde das Mehl für eine ganze Woche reichen. Zeit genug also für die Quartiermeister, frisches Mehl an anderen Orten aufzutreiben. Mit Zufriedenheit sah Steel, dass inzwischen jeder Wagen von vier Mann flankiert wurde. »Auf mein Kommando setzt die Kolonne sich in Bewegung. Vorwärts Marsch!«

Die verschlafenen Zivilisten auf den Fuhrwerken ließen die Peitschen knallen und trieben die Tiere an. Langsam setzte sich der Zug aus Rotröcken in östlicher Richtung in Bewegung.

* * *

Sie waren seit etwa drei Stunden unterwegs, als sie eine kleine Anhöhe erreichten und sahen, dass der befestigte Weg sich durch das Tal vor ihnen schlängelte und in der Ferne den Hügel steil hinaufführte. Genau dort, auf der Kuppe der nächsten Anhöhe, konnte Steel die Dächer und Giebel eines Dorfes ausmachen.

Steel war es nicht gewohnt, einen Versorgungstreck zu begleiten, und spürte daher, dass Ungeduld in ihm hochstieg. Mit einem Schenkeldruck lenkte er sein Pferd die Böschung hinunter, eine Stute mit kastanienbraunem Fell, die er in Koblenz erworben und Molly getauft hatte. Staub wirbelte unter den Hufen auf, und als die Stute in einen leichten Trab fiel, verlieh ihr rasselnder Harnisch dem rhythmischen Klacken der marschierenden Soldaten eine hohe Note.

Kurz darauf hielt Steel das Tier jedoch an und drehte sich im Sattel um. Er schaute vorbei an dem jungen Williams und über die Köpfe der Männer hinweg, drehte sich wieder nach vorn, drückte Molly die Fersen in die Flanken und holte eine Portion Tabak aus der Tasche. Er schob sich das Stück in den Mund und begann zu kauen. Steel hatte nur einen Wunsch: Er wollte diese Mission so schnell wie möglich hinter sich bringen und sicher zum nächsten Heerlager zurückkehren, wo auch immer die Männer lagern mochten. Er fühlte sich rastlos. Brauchte die Herausforderung im Kampf. Dies hier war nicht der rechte Ort für ihn, an der Spitze eines Versorgungstrecks.

Vielleicht sollte er lieber mit seinen Männern marschieren. Sogleich zügelte er sein Pferd und glitt aus dem Sattel. Dann spie er den Tabak aus, griff nach den Zügeln und passte sich dem Schritt der Männer an. Neben ihm marschierte Slaughter, der ihn mit einem zufriedenen Grinsen begrüßte.

»Ihr kommt lieber zu uns, Sir?«

»Brauchte mal eine Abwechslung, mehr nicht.«

Der Sergeant deutete nach links. »Da hinten schon wieder, Sir. Seht Ihr? Noch mehr Rauch. Gefällt den Männern nicht. War gestern Abend schon Gesprächsstoff.«

Schon seit zwei Tagen entdeckten sie hin und wieder Rauchsäulen in der Ferne, die hoch in den Himmel stiegen. Die Männer hatten sich gewundert und unterschiedliche Erklärungen für die Schwaden gefunden. Dass die Franzosen das Getreide verbrannten, damit es nicht in die Hände der Alliierten fiel. Dass Brücken und Boote zerstört wurden, um die Briten am Vorwärtskommen zu hindern. Manch einer vermutete gar, dort in der Ferne fänden Kämpfe statt, an deren ruhmreichen Sieg Steels Gruppe nicht würde teilhaben können. Steel hingegen wusste, was es mit dem Rauch dort hinten auf sich hatte. Bevor sie aufgebrochen waren, hatte Hawkins ihm etwas anvertraut, das Steel daraufhin nur an Hansam, Williams und Jacob Slaughter weitergegeben hatte.

Marlborough hegte die Absicht, Bayern niederzubrennen. Niemand, so Gott wolle, weder Soldat noch Zivilist, sollte sein Leben verlieren. Offenbar sah der Herzog keine andere Möglichkeit mehr, den Kurfürsten dazu zu bringen, sich von den Franzosen abzuwenden. Daher hatte Marlborough nun seinen Truppen befohlen, jede Siedlung, die auf dem Weg lag, in Brand zu setzen. Diese Vorstellung erfüllte Steel insgeheim mit Unbehagen. Doch er begriff, dass diese Vorgehensweise in Einklang stand mit jener Art der Kriegsführung, für die Marlborough sich entschieden hatte. Dies war ein unerbittlicher Krieg. Ein Krieg, der mit allen Mitteln vorangetrieben wurde. Also würden die Reiter mit ihren Pechfackeln heransprengen und rücksichtslos alles niederbrennen … und gleichzeitig Milde walten lassen, was die Menschen betraf.

Dennoch, die aufquellenden grau-schwarzen Säulen lösten einen Schauer in Steel aus. Was würde nun aus der Bevölkerung, die aus ihren Häusern vertrieben wurde und mittellos durch die Lande strich? Wie würden die Menschen hier in Bayern und Schwaben reagieren, wenn sie Steels Truppe entdeckten? Mussten Steel und seine Männer auf ihrem Weg durch die schöne Landschaft, deren Dörfer und Felder das Auge erfreuten, mit Vergeltungsmaßnahmen rechnen? Wenn sie bald ein noch unversehrtes Dorf erreichten, wären sie gewiss nicht willkommen. Wer vermochte schon zu sagen, was alles passieren konnte? Bilder von Hinterhalten stiegen vor Steels geistigem Auge auf. Ehemals unbescholtene Bürger lebten fortan nach dem Faustrecht und nahmen die Rache selbst in die Hand. Würde man den Rotröcken im Schlaf die Kehlen aufschlitzen? Wer wusste schon, welche Gefahren noch auf Steel und seine Männer warteten?

Er öffnete die Satteltasche an der schweißnassen Flanke des Pferds und holte ein abgegriffenes und gefaltetes Stück Papier hervor. Es handelte sich um eine Karte, die Hawkins ihm kurz vor der Abreise ausgehändigt hatte. Sie zeigte zwar die größeren Städte und Flüsse, aber nur wenige Dörfer. Von der Position der Sterne wusste Steel, dass die Truppe sich weiterhin nach Osten bewegte; den Lech hatten sie inzwischen im Rücken, der andere, kleinere Fluss Paar lag weiter südlich. All das verriet Steel, dass sie nach wie vor die richtige Route nahmen und spätestens nach einem weiteren Tagesmarsch an ihr Ziel gelangen würden.

Dann könnten sie endlich zu ihren alten Aufgabenbereichen zurückkehren. Denn Steel war kein Spion oder geheimer Unterhändler. Er war in erster Linie Soldat. Mehr nicht. Erneut fragte er sich, warum Hawkins gerade ihn für diese Mission auserkoren hatte. Doch da erinnerte er sich an Arabella. Und mit dieser Erinnerung stellte sich das Gefühl ein, in einem weichen Federbett zu liegen und in das Gesicht dieser Frau zu schauen. Wieder spie er Tabak aus. Gott, diese Frau war verschlagen.

»Alles in Ordnung, Sir?«

»Danke, Sergeant. Alles bestens. Möchte diese Sache nur möglichst schnell hinter mich bringen.«

»Und dann zurück zur Armee, Sir?«

»Genau, Jacob. Je eher wir diese Angelegenheit zum Abschluss bringen, desto schneller sind wir wieder bei den Franzosen.«

Steel schlug sich auf die Wange, auf der eine Mücke saß, denn inzwischen marschierten sie an einem sumpfigen Gelände vorbei, und schon hatten die Insekten ihre neuen Opfer gefunden.

»Und je eher wir die Franzosen besiegen, desto schneller kehren wir alle nach Norden zurück, fort von diesem insektengeplagten Landstrich.«

Slaughter schwieg. Er wusste, wann Steel schlechte Laune hatte, und sagte dann lieber nichts.

Sie kamen schneller voran, als Steel gedacht hätte. Vielleicht lag es auch an dem Kaffee. Das wollte er sich merken. Steel fuhr fort, doch er sprach wie zu sich selbst, ohne seinen Sergeanten mit einzubeziehen. »Wir müssen die Franzosen aufstöbern und stellen. Und zwar bald. Denn sonst geraten wir immer tiefer in die deutschen Lande, und die Wege für unsere Boten und Aufklärer werden immer länger. Aber ich schätze, dass im Augenblick nicht einmal Marlborough genau weiß, wo der Feind steckt.«

* * *

Zwei Meilen weiter nördlich kam eine andere, rot gekleidete Marschkolonne zum Stehen. An der Spitze der Truppe, auf einer grauen Stute, konsultierte ein Offizier ebenfalls eine Karte. Aubrey Jennings wusste im Augenblick nicht, wo er und seine Männer sich befanden. Sie hatten sich hoffnungslos verirrt. Einen Tag nach Steel hatten sie das Lager verlassen und auf Stapletons Anraten einen Weg eingeschlagen, der weiter nördlich und parallel zu Steels Route verlief. So waren sie durch Wiesenbach und Eiselstredt gekommen. Ungastliche Orte. Die Einwohner hatten sich hinter den Schlagläden ihrer Behausungen versteckt und vorsichtig auf die Straßen gespäht, über die die Rotröcke im Gleichritt marschierten. Die Landschaft Niederbayerns war zwar bemerkenswert, aber kein Landstrich konnte mit den South Downs mithalten. Sie waren an vielen Feldern vorbeigekommen, doch auf ihrem Marsch hatten sie immer wieder abgebrannte Gehöfte gesehen. Gelegentlich standen Bauern stumm auf den Äckern und starrten die Briten aus hasserfüllten, müden Augen an. Hin und wieder gewahrte Jennings in der Ferne Rauchsäulen, die von brennenden Siedlungen zeugten. Er vermutete, dass dort Gefechte stattfanden, und war über die Entwicklung beunruhigt. Inzwischen war er so nervös, dass er nicht mehr richtig auf den Weg geachtet hatte.

»Sergeant Stringer.«

»Sir.«

»Zehn Minuten Rast. Lasst die Männer wegtreten.«

»Ja, Sir.«

Stringer gab den Befehl weiter, worauf die Männer müde ihre Tornister abnahmen und sich am Wegesrand hinkauerten. Unterdessen schaute Jennings erneut auf die Karte. Er war sich sicher, dass sie durch das Dorf Nieder-Berebach gekommen waren, aber seit mehreren Meilen schien die Landschaft nicht mit den Eintragungen in der Karte übereinzustimmen. Den Fluss weiter links hielt Jennings für die Paar. Aber wieso teilte sich dieser verdammte Fluss dann nicht längst in zwei Arme? So stand es doch in der Karte. Jennings entdeckte eine Brücke über den Fluss, die ebenfalls nicht verzeichnet war. Wenn das so weiterging, würden sie später als Steel bei dem vereinbarten Treffpunkt sein ... und dazu durfte es nicht kommen.

»Sergeant Stringer. Wie viele Meilen haben wir heute Eurer Meinung nach hinter uns gelassen?«

»Heute, Sir? Ungefähr zehn Meilen, Sir.«

»Ja. Das würde ich auch sagen. Dieser Fluss, Sergeant. Das ist doch die Paar, nicht wahr?«

»Weiß ich leider nicht, Sir. Wir haben uns doch nicht verirrt, Major?«

Jennings bedachte ihn mit einem düsteren Blick. »Verirrt? Wieso sollte ich mich verirren, Stringer?«

Jennings schaute wieder auf die Karte und drehte sie so, dass er den echten Flusslauf mit der schraffierten Linie auf der Karte in Übereinstimmung brachte. Es nützte alles nichts.

»Wir werden dem Verlauf des Flusses folgen, Sergeant. Weiter nach Osten.«

»Wenn Ihr es sagt, Sir.«

»Ist das nicht Osten?«

»Wenn Ihr es sagt, Sir.«

»Seid nicht so verdammt störrisch, Mann. Sagt mir, ob das Osten ist.«

»Es ist Osten, Sir.«

»Danke, Stringer. Wenn wir einfach dem Fluss folgen und uns nach zwei Meilen rechts halten, können wir weiter nach Süden marschieren. Am Abend schlagen wir unser Lager auf und erreichen am nächsten Tag, so Gott will, Sattelberg. Dort müssten wir in der Frühe unseren Mehlhändler Herrn Kretzmer treffen.«

»Wenn Ihr es sagt, Sir.«

Jennings seufzte. Er gab es auf. Dann beschloss er, nach zwei Meilen erneut Halt zu machen, um die Situation neu zu bewerten.

Er stieg vom Pferd, setzte sich auf einen Baumstumpf, drehte sich absichtlich ein wenig von den Männern weg und holte den Geldbeutel aus der Tasche, den Stapleton ihm anvertraut hatte. In der Hand schien die Börse noch schwerer zu sein als in der Rocktasche. Mit den Fingern tastete er über die Umrisse der Münzen. Schließlich konnte er sich nicht mehr beherrschen, löste das Band des Beutels und nahm eine der Goldmünzen heraus. Langsam, beinahe liebevoll drehte er die Münze zwischen Daumen und Zeigefinger.

Als er ein Hüsteln hinter sich vernahm, schaute er erschrocken auf und sah Stringer keine drei Schritte entfernt stehen. Jennings hatte seinem Sergeant von dem Auftrag erzählt, aber den Wert der Briefe hatte er nicht näher erläutert. Nach wie vor hielt er es für klug, Stringer über die Dringlichkeit der Mission unterrichtet zu haben. Denn der Major wusste, dass der Sergeant ein Verbündeter war, doch er könnte sich auch in einen unnachgiebigen Feind verwandeln. Ganz bewusst spielte Jennings weiter mit der Goldmünze.

»Wie Ihr seht, Sergeant, gehöre ich zu den glücklosen Männern. Ich bin daheim der jüngere Sohn. Ich erbe nichts. Ich erhielt eine bloß kleine Entschädigung. Mein Bruder bekommt alles. Ihr habt solche Sorgen natürlich nicht. Einst hoffte ich auf mehr. Ja, ich hatte große Erwartungen. Aber ein junger Mann lernt schnell, sich mit den Gegebenheiten des Lebens abzufinden. Besser, man macht sich überhaupt keine Hoffnungen, wie? Dann ist man hinterher auch nicht bitter enttäuscht. Ihr zum Beispiel habt nichts bekommen. Aber Eure Familie hatte ja auch nichts.«

»Ein bisschen schon, Sir. Meine Mutter hatte 'nen kleinen Laden, als ich klein war. Verkaufte Makrelen auf dem Honey Lane Market. Vier Stück für sechs Pence. Aber dann verkaufte sie verdorbenen Fisch und verlor ihren Job, und wir waren arm. Sie wurde zur Diebin. Eines Tages wurde sie erwischt, als sie Silberspitze aus einem Laden in Covent Garden stahl. Die hängten sie, bis sie tot war. Hängten meine Mutter wegen einem verdammten Stück Spitze. Und dann war ich allein. Hab meinen Vater nie kennengelernt, wisst Ihr, Sir. Und deshalb ...«

»Deshalb seid Ihr in schlechte Gesellschaft geraten, wie?« Jennings konnte den Sermon des Sergeanten nicht mehr hören. Immer dieselbe Geschichte. »Und Ihr wurdet ein echter Schurke.« Er lachte, doch es sollte ein Scherz unter Kameraden sein.

Stringer schien ihn nicht davon abbringen zu wollen. »Aber heute bin ich kein Schurke mehr, Sir. Ich bin Sergeant, Major Jennings.« Stolz zeigte er auf die Silberspitze an seiner Uniformjacke. »Ein geachteter Mann. Silberspitze, Sir. Und keiner wird mich dafür aufknüpfen.«

Jennings nickte. »Also ein geachteter Schurke, was, Stringer? Und Eure Mutter wäre stolz auf Euch. Trotzdem bleibt Ihr ein Schurke. Ihr könnt Eurem wahren Selbst nicht entkommen. Ja, eines Tages weiß man eben, ob man im Grunde seines Herzens gut oder schlecht ist.«

Stringer schwieg, da er nicht recht wusste, was er darauf sagen sollte. Jennings blickte wieder auf den Beutel Goldmünzen und überlegte. Könnten nicht auch ein paar Münzen fehlen?

Stringer schien die Gedanken des Majors lesen zu können. »Der Deutsche würde es merken, Sir. Ist ein Kaufmann. Die sind alle gleich. Sind gerissen, sobald es ums Geld geht.«

Jennings ließ es dabei bewenden und war überrascht, dass er sich von der Bemerkung des Sergeanten gar nicht beleidigt fühlte. Dann dachte er nach. Stringer beobachtete ihn.

»Ja, Ihr habt ganz recht. Es ist ja nicht für mich. Es gehört der Armee und ist für einen besonderen Zweck bestimmt. Außerdem, wenn ich Herrn Kretzmer die Papiere für fünfhundert Kronen abkaufe, wird mein Stern so hoch im Aszendenten stehen, dass fünfhundert Kronen nichts sind.«

Stringer lächelte. Wusste er doch, dass er nur davon profitieren konnte, wenn seinem Vorgesetzten Glück beschieden war.

Jennings sinnierte gerade über seinen kommenden Reichtum, als ein dumpfer Knall ihn aufschreckte. Er schaute zu den Soldaten und sah eben noch, wie ein Mann von der Wucht einer Musketenkugel zusammenzuckte, die ihn in die Brust getroffen hatte. Wieder war ein Knall zu hören, als sich ein zweiter Schuss aus den Bäumen linker Hand löste.

»Alarm! Zu den Waffen!«

Die Schüsse erklangen rasch hintereinander, aber kaum eine Kugel fand ihr Ziel. Jennings zog den Kopf ein und spähte in das Zwielicht des Waldes, aber alles, was er sah, war das Aufblitzen der Gewehrmündungen. »Zu den Waffen! Wir werden angegriffen!«

Schnell waren die Rotröcke auf den Beinen und griffen zu den Musketen, die sie in kleinen Pyramiden zusammengestellt hatten. Doch inzwischen trafen die unsichtbaren Gegner besser. Zu seinem Schrecken sah Jennings, dass vier seiner Männer in dem zunehmenden Kugelhagel zu Boden gingen. Die Feinde wurden immer gefährlicher. Der Major hatte den Degen gezogen und schaute sich nach Stringer um.

»Sergeant. So schnell wie möglich laden. Die Männer sollen die Bajonette aufpflanzen. In zwei Reihen formieren.«

»Musketen laden! Bajonette ... aufpflanzen!«

Hastig gehorchten die Soldaten, rissen die Papierpatronen mit den Zähnen auf, schütteten das Pulver in die Laufmündung. Sekunden später wurde die Kugel samt Papierhülle mit dem Ladestock in den Lauf gestoßen und festgerammt. Doch so schnell die Soldaten auch luden, es fielen immer mehr Männer unter dem unnachgiebigen Beschuss. Dennoch formierten sie sich und stellten sich in Reihen auf. Jennings verschaffte sich einen ersten Überblick: Zwölf seiner Männer lagen am Boden. Weitere Verwundete mochten vor den Reihen seiner Truppe liegen. Drei Verletzte wurden nach hinten getragen, fort von dem Dauerfeuer aus dem Wald. Jennings durfte nicht zögern. Er brüllte einen Befehl.

»Bereit machen! Anlegen!«

Sechzig Musketen gingen in Anschlag.

»Feuer!«

Jennings' Truppe spie Stichflammen und war eingehüllt in weißen Pulverdampf. Deutlich hörte er, wie die Kugeln Bäume trafen und Blätter von den Zweigen fetzten; Holz splitterte, und hier und da schienen die Geschosse die gegnerischen Kämpfer getroffen zu haben. Jedenfalls glaubte Jennings, den weicheren Aufprall der Kugeln in feindlichen Uniformen gehört zu haben. Einer seiner Leute hatte in der Eile vergessen, den Ladestock herauszuziehen, der in Richtung der Bäume gesegelt war. Stringer stauchte den Unglücksraben zusammen.

»Wiggins, du nichtsnutziger Bastard! Hintere Reihe! Ware, du nimmst Wiggins' Position ein!«

Ein Mann ohne Ladestock hatte in der Linienformation nichts verloren. Wiggins musste so lange in der hinteren Reihe bleiben, bis er eine Muskete von einem gefallenen Kameraden bekäme. Und Jennings vermutete, dass der Schütze nicht lange warten musste. Inzwischen luden die Rotröcke mit präzisen Handgriffen nach.

Stringer hatte die Männer in zwei Züge aufgeteilt, und Jennings wusste, was folgen würde. Schon hallte die Stimme des Sergeanten bis zum Waldrand.

»Zug eins – Feuer!«

Erneut feuerte die britische Linie eine Salve in den Wald. Es war zwar nur die halbe Feuerkraft, dahinter steckte aber Taktik. Denn nachdem die Feinde ihre Schüsse abgegeben hatten und nachladen mussten, brüllte Stringer wieder über die Köpfe seiner Männer hinweg.

»Zug zwei – Feuer!«

Die Soldaten des zweiten Zuges drückten ab und hatten die Feinde in den Bäumen offenbar überrascht. Das Gegenfeuer kam nur noch zögerlich.

Aber Jennings hatte sich zu früh gefreut und erkannte schnell, dass diese revolutionäre Taktik, die so hervorragend in der offenen Feldschlacht funktionierte, wenn der Feind nachladen musste, bei einzeln feuernden Schützen nicht dieselbe furchtbare Wirkung entfaltete.

Die Männer in den Bäumen hatten hier und da schon Jubelrufe auf den Lippen und schienen siegessicher. Stringer fuhr seine Formation mit knurrender Stimme an.

»Feuert, Jungs. Nicht nachlassen. Weiter feuern, Männer.«

Wir müssen uns zurückziehen, ging es Jennings durch den Kopf. Eine Verteidigungslinie bilden. Das war die Lösung. Er wollte seine Männer Schulter an Schulter sehen. Hacke an Hacke.

»Zurück! Bei mir neu formieren!«

Langsam schlossen die Rotröcke ihre löchrigen Reihen und feuerten weiter.

Wie, um alles in der Welt, schafften es diese verfluchten Feinde bloß, diesen beständigen Beschuss aufrechtzuerhalten? Es konnte sich nur um reguläre Truppen handeln, kein Zweifel. Aber welche reguläre Infanterie handelte auf diese Weise und nutzte die Bäume als Schutz? Wieso zeigten die Bastarde sich nicht auf offenem Feld? Im Hinterhalt führte man doch keinen Krieg. Dennoch, Jennings wurde bewusst, dass diese Taktik in seiner Truppe einen hohen Blutzoll forderte. In den Linien klafften bereits Lücken; die Männer fielen nacheinander. Die Verwundeten krochen nach hinten, Gliedmaßen oder Oberkörper von Musketenkugeln zerfetzt.

Jennings schrie über den Lärm hinweg: »Aufschließen!«

Stringer gab den Befehl weiter. »Die Reihen schließen! Näher zusammen, ihr Mistkerle!«

Sie waren furchtbar dezimiert. Nur noch etwas über vierzig Mann waren in der Lage, das feindliche Feuer zu erwidern. Jennings beobachtete, wie die Gegner, ermutigt von ihrem Erfolg, langsam den Schutz der Bäume verließen. Diese Männer trugen keine Uniformen! Einige trugen Hemden, andere zivile Kleidung unterschiedlichen Zuschnitts. Sie hatten sich Patronentaschen umgehängt. Die meisten feuerten mit Jagdflinten, doch einige trugen offenbar bayerische und französische Steinschlossmusketen mit aufgepflanzten Bajonetten. Banditen, schoss es Jennings voller Verachtung durch den Kopf. Briganten allesamt. Und sie sahen aus, als würden sie keine Gefangenen machen wollen.

Der Major erkannte, dass er auf einen Haufen solcher Banditen gestoßen war, die auf diesen Anhöhen ihr Unwesen trieben; man hatte ihn gewarnt. Viel schlimmer allerdings war, dass die Feinde zahlenmäßig überlegen waren und Jennings Gefahr lief, das Scharmützel zu verlieren.

Wieder schaute er zu seinem Sergeant und wusste, was zu tun war. Sie hatten nur eine Chance: Seine Infanterie musste zum Sturmangriff übergehen und die Freischärler in die Flucht schlagen. Jennings gab die Hoffnung nicht auf.

»Sergeant, die Linie soll die Bajonette aufpflanzen. Wir geben ihnen den blanken Stahl.«

»Bajonette … aufpflanzen. Achtung!«

Die meisten Soldaten hatten bereits das Bajonett aufgepflanzt. Die Übrigen holten dies nun nach und schraubten die Dillenbajonette in vorgeschriebener Weise an den Lauf.

»Jetzt, Männer. Für Farquharsons Regiment. Für die Queen! Für …«

Jennings hatte den nächsten Befehl auf der Zunge, als er rechts von sich und versetzt hinter sich den Donner von zahllosen Musketen hörte. Auch wenn der Pulverqualm die Sicht raubte, diese disziplinierte Salve konnte nur von regulären Truppen stammen. Und wie es aussah, waren die Männer auf Jennings' Seite.

Mit Genugtuung sah der Major, wie die Bleikugeln sich in die Körper der Briganten fraßen. Allerdings richtete die Salve nicht so viel Schaden an wie sonst bei Gegnern in geschlossenen Reihen. Aber es genügte. Denn die Freischärler zogen sich zurück. Einer von ihnen starrte ungläubig auf den hellroten Fleck auf seinem Hemd, der schnell größer wurde, und schien sein eigenes Ende nicht fassen zu können.

Jennings hörte eine laute Stimme heraus, die Englisch sprach: »Zweite Reihe – Feuer!«

Erneut hallte der Donner von den Musketen vom Waldrand wider, und die Dampfschwaden wurden dichter. Die Feinde liefen so schnell sie nur konnten.

Jennings fragte sich natürlich gleich, wem er die Rettung zu verdanken hatte. Als er wieder in die Pulverschwaden spähte, zeichnete sich eine Linie Rotröcke ab, und der Major suchte ein weiteres Mal seinen Sergeant. Dann entdeckte er Stringer in einiger Entfernung; er schien den nächsten Befehl abzuwarten, und Jennings zögerte keine Sekunde länger. Mochten die anderen Rotröcke die Banditen in die Flucht geschlagen haben, ganz wollte Jennings ihnen den Ruhm nicht überlassen. Er schwang seinen Degen hoch über dem Kopf und rief: »Jetzt, Männer. Stürmt!«

Mit Jubelschreien auf den Lippen folgten die beiden vordersten Reihen dem Major und trugen den Kampf in den Wald. Jennings spürte, wie das Blut heiß durch seine Adern pulste, als er über einen umgestürzten Baumstamm sprang und durch das Dickicht brach. Links und rechts sah er tote Banditen im Laub liegen. Auch verwundete Gegner. Ein Mann lehnte an einem Baumstumpf, schaute mit flehendem Blick zu Jennings auf und streckte ihm eine zitternde Hand entgegen, während er sich mit der anderen Hand den blutigen Bauch hielt. Jennings ignorierte den Kerl und überwand das niedrige Buschwerk, das den Waldboden bedeckte. Endlich hatten sie die Feinde eingeholt.

Linkerhand stieß ein Rotrock einem der fliehenden Briganten das Bajonett tief in den Rücken. Die Spitze der Klinge ragte aus dem Bauch des Mannes heraus, rot von Blut und Eingeweiden. Schon hatte der Soldat das Bajonett wieder herausgezogen und setzte dem nächsten Gegner nach.

Stringer tauchte neben Jennings auf und blickte grinsend auf seine blutige Klinge. »Wie beim Abstechen von Schweinen, was, Sir?«

Jennings starrte den Sergeant an. Dann erwiderte er Stringers Grinsen, ehe er den Blick nach vorn richtete. Er sah, wie zwei seiner Leute – von Rache getrieben – den Schädel eines Gegners mit den Musketenkolben zu Brei zertrümmerten.

»Weiter, ihr da! Lasst ihn liegen. Er ist längst tot. Den anderen nach!«

Das Waldstück war nicht tief. Als Jennings am anderen Ende

ins Freie stürmte, rannten die letzten Überlebenden die Anhöhe hinunter. Die meisten hatten auf der Flucht ihre Waffen und Taschen weggeworfen. Die Rotröcke gingen in die kniende Schussposition, um auf die Fliehenden zu feuern, aber Jennings ahnte, dass es nutzlos war.

»Neu formieren, Jungs! Lasst sie laufen! Die wissen, wann sie am Ende sind. Gut gemacht, Männer!«

Auf dem Rückweg durch das Waldstück kam Jennings wieder an den Leichen der Feinde vorbei. Der Waldboden hatte sich rot verfärbt. Der Mann an dem Baumstumpf war inzwischen tot. Mit offenen Augen stierte er in das Geflecht aus Zweigen und Ästen. Einen Moment lang fragte der Major sich, wer dieser Angreifer gewesen sein mochte. Er konnte kaum älter als Mitte zwanzig sein. Ob er verheiratet war? Würde er am Abend in einer der erbärmlichen Bauernkaten beim Essen vermisst? Würde er an einem Lagerfeuer fehlen?

Und als der Major sich in diesem Moment vorstellte, nicht der Bauer, sondern er selbst würde dort tot auf dem Waldboden liegen, traf ihn eine bittere Erkenntnis: Niemand würde einem Aubrey Jennings eine Träne nachweinen. Abgesehen vielleicht von den Huren, die in den dunklen Gassen zwischen dem Strand und Drury Lane ihrem Gewerbe nachgingen. Vielleicht auch sein Schneider in Temple und die anderen Händler, deren Rechnungen er noch nicht beglichen hatte. Eine traurige Vorstellung fürwahr. Keine Witwe. Keine weinenden Kinder. Ja, es gab nicht einmal einen Geistlichen, der Jennings' Namen ehrenvoll in der Sonntagspredigt erwähnen würde. War es nicht ungerecht, dass er niemanden mit gebrochenem Herzen zurückließ?

Als er wieder aus dem Waldstück ins Freie trat, entdeckte er weiter links in den sich auflösenden Pulverschwaden eine einzelne, rot gekleidete Gestalt.

Sofort schritt Jennings zu dem jungen britischen Offizier und nahm zum Gruß seinen Hut ab.

»Gott sei Dank, Sir. Aubrey Jennings. Major bei Farquharsons Foot Guards. Ich stehe tief in Eurer Schuld. Ihr seid keinen Augenblick zu früh gekommen. Ich dachte schon, es wäre um uns geschehen.«

Jennings' breites Lächeln wich einem Ausdruck fassungslosen Unglaubens, als er erkannte, dass es sich bei dem Rotrock, den er für einen Captain gehalten hatte, um niemand anderen als Tom Williams handelte. Der Fähnrich bedachte ihn mit einem strahlenden Lächeln. Jennings' Blick wanderte zu den anderen Soldaten. Er sah die charakteristischen Mützen und seufzte.

»Oh, keine Ursache, Sir. Bedanken solltet Ihr Euch bei Mr. Steel.«

Jennings zog die Stirn kraus, drehte sich um, blickte in ein vertrautes Gesicht. Er schwieg.

Steel schlang sich lässig die Muskete über die Schulter.

»Major, wisst Ihr eigentlich, dass Ihr Euer Leben dem ausgezeichneten Gehör dieses jungen Fähnrichs zu verdanken habt?«

Jennings kaute auf seiner Unterlippe. »Seinem Gehör?«

»Er ritt ein Stück abseits der Wagen, Major. Angeblich hatte er nämlich ein Reh entdeckt und meinte, er könnte es für das Abendessen schießen. Ich riet ihm, sich nicht allzu weit zu entfernen, aber er war bald so weit weg, dass er nicht mehr die knarrenden Räder der Fuhrwerke hörte, sondern Schüsse. Eure Salven. Also sprengte er zurück zu uns, und hier sind wir.«

Steel verschwieg indes, wie schwierig die Entscheidung gewesen war, die Wagen zeitweilig praktisch schutzlos auf dem Weg zurücklassen zu müssen. Nur wenige Soldaten waren zurückgeblieben, während Steels Männer Jennings' Truppe im Laufschritt zur Hilfe geeilt waren. Er ließ sich auch nicht anmerken, wie enttäuscht er gewesen war, als er erkannte, dass er und seine Leute ihr Leben für Jennings aufs Spiel gesetzt hatten. Vielmehr beunruhigte es Steel allerdings, was dieser Teufel Jennings überhaupt in dieser Gegend zu suchen hatte.

»In der Tat, Steel. Mir scheint, ich bin Euch zu Dank verpflichtet. Wer waren diese Burschen wohl? Keine regulären Truppen, so viel steht fest. Aber wieso lassen die Bauern sich zu einem Angriff hinreißen?«

»Ist Euch der Rauch nicht aufgefallen, Major? Die Menschen hier werden aus ihren Häusern vertrieben. Dörfer werden niedergebrannt. Das Hab und Gut der Leute geht in Flammen auf. Und verantwortlich dafür sind unsere Männer. Wie würdet Ihr Euch in einer solchen Situation verhalten?«

Jennings erhob Einwände. »Das sind Bauern. Weiter nichts. Sie haben es nicht anders verdient. Ein Dutzend meiner Männer ist tot, Steel. Ebenso viele sind verwundet. Und alles nur wegen dieser verfluchten Bauern.«

»Wenn es nur Bauern waren, Major, waren sie dennoch tüchtig genug, es mit britischen Soldaten aufzunehmen. Und sie hätten beinahe gesiegt. Wäre es vermessen zu fragen, wie Ihr überhaupt in diese Gegend kommt, Major Jennings? Seid Ihr auf der Suche nach uns? Werden wir zurückgerufen?«

Jennings war der skeptische Unterton in Steels Worten nicht entgangen. »Keineswegs, Steel. Wir sind auf der Suche nach Euch, aber Ihr sollt Euren Weg fortsetzen. Wir sind lediglich gekommen, um Euch zu unterstützen.«

Er hielt inne, war er sich doch der Ironie der Sache bewusst. »Colonel Hawkins bat mich, Euch zu folgen. Aufklärer hatten ihm gemeldet, eine beträchtliche Zahl bayerischer Truppen sei in dieser Gegend aktiv. Daher befürchtete er, Ihr wäret womöglich in Bedrängnis.«

Steel lächelte und beschloss, den wahren Grund für seinen Marschbefehl nicht preiszugeben. Sein Argwohn blieb; er traute diesem Jennings nicht über den Weg.

»Wie es scheint, Major, haben wir es hier mit dem Fall zu tun, dass der scheinbar Hilflose dem Retter zu Hilfe geeilt ist.«

Jennings schaute ihn mit versteinerter Miene an.

Ein weiterer Gedanke kam Steel bei dieser verwirrenden Situation. »Und Colonel Hawkins hat Euch geschickt?«

»In der Tat.«

Steel wusste nicht recht, ob er beruhigt oder beleidigt sein sollte. Hielt Hawkins ihn etwa für unfähig, die Aufgabe zu Ende zu bringen? Oder lauerte in dieser Gegend wirklich eine große Gefahr? Seltsam erschien ihm indes, dass der Colonel ausgerechnet Jennings entsandt haben sollte und nicht etwa Hansam. Denn Hawkins wusste doch, dass er, Steel, den Major nicht ausstehen konnte. Stirnrunzelnd nickte er in Jennings' Richtung.

»Mir soll's recht sein, dass Ihr hier seid. Bei dieser Mission dürfen wir nicht versagen.«

Jennings setzte ein eigenartiges Lächeln auf und fluchte insgeheim. Denn in dieser Situation war es ihm praktisch unmöglich, den Kaufmann eher zu erreichen als Steel und den Brief an sich zu nehmen. Eine bittere Aussicht.

»Ihr habt ganz recht, Steel. Ein Versagen können wir uns nicht leisten.«

»Dann sollten wir jetzt rasch unseren Weg nach Sattelberg fortsetzen?«

Jennings dachte fieberhaft nach. »Nein, Steel. Ich halte es für besser, wenn wir für die Nacht ein Lager aufschlagen. Sollten wir uns nicht erst neu ordnen, ehe wir die Stadt erreichen?«

Er blickte auf einen toten Gegner hinunter und drehte ihn mit dem Stiefel auf den Bauch. Der Mann war praktisch noch ein Jüngling, kaum älter als achtzehn.

»Diese Männer mögen Bauern gewesen sein, aber wir haben sie zurückgeschlagen und sollten den Übrigen zeigen, warum wir gesiegt haben. Disziplin, Steel. Die eiserne Disziplin einer regulären, standhaften Infanterie. Nichts geht über Disziplin. Wir dürfen nicht zulassen, dass die Bevölkerung unsere stolze britische Armee für einen Haufen Gassentölpel hält. So weit darf es nicht kommen.«

Falten gruben sich in Steels Stirn. »Major, ich muss protestieren. Ihr wisst doch, wie wichtig diese Mission ist.«

Jennings bedachte Steel mit einem harten Blick. Kannte er etwa doch den wahren Grund für den Marschbefehl?

»Mir ist sehr wohl bewusst, wie wichtig Eure Mission ist, Mr. Steel. Wir müssen so schnell wie möglich mit dem Mehl zur Armee zurückkehren. Dennoch bin ich hier der ranghöhere Offizier und wünsche, dass wir für die Nacht das Lager aufschlagen. Herr Kretzmer, da bin ich sicher, kann auch bis morgen früh warten.«

Steel zügelte seinen Zorn und wandte sich Slaughter zu, der gerade dabei war, die Wunde eines jungen Grenadiers zu verbinden.

»Sergeant. Lasst die Männer wegtreten und das Lager aufschlagen. Wir übernachten hier. Befehl von Major Jennings.«

Jennings schlenderte derweil zu einem weiteren toten Bauern. Das kleine, schwarz umrandete Einschussloch, das die Musketenkugel in die Brust des Mannes gefressen hatte, täuschte über die weitaus blutigere Wunde hinweg, die das Geschoss beim Austritt am Rücken hinterlassen hatte. Jennings versetzte der Leiche einen Tritt und rieb sich nachdenklich das Kinn. Er brauchte diese Verzögerung, um sein weiteres Vorgehen zu planen. Denn das ursprüngliche Vorhaben, noch vor Steel bei dem Kaufmann zu sein, hatte sich erledigt. Jetzt musste Jennings auf eigene Faust handeln.

* * *

Eine halbe Stunde später brütete der Major immer noch über seinem Plan, als Stringer zu ihm trat.

»Bitte um Verzeihung, Sir, aber meine Männer und ich fragten uns, ob Ihr auch etwas von dem Hühnchen wollt, Sir. Alles legal beschafft, Sir. Gehörte eigentlich niemandem.«

Jennings verzog den Mund zu einem Lächeln. »Wie aufmerksam, Sergeant. Das könnte mir gefallen. Und da es niemandem gehörte, sollten wir die Sache schön für uns behalten, wie? Aber sagt, wie wollt Ihr das Hühnchen denn kochen? Wollt Ihr es frikassieren, oder wünschen die Herren lieber ein Ragout?«

Steel beobachtete, wie der Major und dessen kriecherischer Sergeant zu der Stelle gingen, wo sich ein paar Schützen um ein Feuer geschart hatten. Über den Flammen hatten sie aus zwei gespaltenen Ästen und einem quer verlaufenden Ast eine Art Drehspieß konstruiert. Dafür hatte gewiss Stringer gesorgt. Bestimmt hatte er einige der einfachen Soldaten gezwungen, ihren hart erbeuteten Proviant abzugeben, legal oder nicht. Die übrigen Soldaten, Williams und er inbegriffen, würden mit dem Brot und dem Käse vorliebnehmen müssen, den Steel seit nunmehr zwei Tagen mit sich herumschleppte. Slaughter, das wusste er, hatte eine Flasche Rum bei sich.

Sie hatten nicht genug Zeit gehabt, die Toten vor Einbruch der Dunkelheit zu bestatten. Doch man hatte die Leichen an eine Stelle geschleift und notdürftig mit Laub, Ästen und Zweigen bedeckt, die man noch rasch in der Dämmerung zusammengetragen hatte. So lagen die Toten unter den Bäumen entlang des Flusslaufes; den Gestank wehte der Wind vom Lager fort. Keine ideale Lösung, aber auch das gehörte zum Krieg. Man musste stets das Beste aus seinem Schicksal machen.

Steel griff in seine Tasche, holte ein Stück Kautabak hervor und schob es sich in den Mund. Slaughter hatte er mit ausreichend Soldaten zurück zur Wagenkolonne geschickt. Die Fuhrwerke waren zwar leer, aber Steel konnte es sich trotzdem nicht leisten, sie zu verlieren. Er schritt durch das Lager und stieß unweit der Brücke auf Tom Williams. Der junge Fähnrich blickte hinauf zum Sternenhimmel.

»Ist das dort nicht der Große Wagen, Sir?«

»Da dürftet Ihr recht haben, Tom. Sehr gut. Wir machen noch einen Waldläufer aus Euch.«

»Wir können froh sein, dass wir Major Jennings und dessen Männer bei uns haben, meint Ihr nicht auch?«

Steel spie ein Stück des bitteren Tabaks auf den Boden. »Ja, durchaus. Gut zu wissen, dass ich immer in Colonel Hawkins' Gedanken bin. Der heutige Vorfall zeigt uns, dass wir die zusätzlichen Männer gut gebrauchen können. Aber Zeit ist alles, Tom. Wir sollten nicht zu lange verweilen.«

Während Steel diese Worte sprach, konnte er immer noch nicht begreifen, was Hawkins geritten hatte, einen Mann wie Jennings als Entsatz auf den Weg zu schicken. Und warum hatte der Major entschieden, für die Nacht das Lager aufzuschlagen, unweit der Toten, wenn die Stadt doch so nah war? Später, als er sich die Decke enger um den Leib schlang und versuchte, Schlaf zu finden, war er immer noch mit diesen Gedanken beschäftigt, während das leise sprudelnde Wasser einen gleichbleibenden Klangteppich bildete. Unterbrochen wurde das Plätschern nur von dem Ruf einer Eule, die es sich auf einem der Bäume am Fluss bequem gemacht hatte. Mit gierigen Blicken starrte sie auf die weit aufgerissenen Augen der Toten entlang des Ufers.

5.

Die beiden Männer blickten auf die hohe Rauchsäule, die sich träge in den Himmel erhob.

»Nun, zumindest wissen wir jetzt, dass wir nicht allein sind, Jacob«, meinte Steel. »Dreitausend Reiter wurden entsandt, um bis nach München alles in Brand zu setzen, was auf ihrem Weg liegt.«

Der Sergeant zog eine Grimasse und murmelte etwas vor sich hin. »Dennoch, wir sollten den Jungs nichts davon erzählen, Sir. Würde ihnen nicht gefallen. Geht denen gegen den Strich. Übergriffe gegen Zivilisten. Und uns wird es auch nicht hilfreich sein. Wenn Ihr mich fragt, Mr. Steel, wir stecken ganz schön in Schwierigkeiten.«

»Vielleicht ist es besser, wenn wir hier sind, Jacob, und nicht in den engen Schützengräben bei der Belagerung von Rain. Und seid froh, dass Ihr nicht zu den verdammten Dragonern gehört, die unschuldige Menschen mit Feuer aus ihren Häusern treiben.«

»Will ich mir gar nicht erst vorstellen, Sir. Was machen wir hier eigentlich? Warum schickt man uns gestandene Grenadiere los, um Proviant zu beschaffen? Wieso die besten Männer der Armee?«

Steel schüttelte den Kopf und schwieg. Ich wünschte, ich könnte es dir sagen, Jacob, dachte er. Aber es gibt Dinge, die selbst du nicht wissen darfst.

Er richtete den Blick geradeaus.

Weiß getünchte Häuser kamen in Sichtweite, als Slaughter und er die Kuppe der Anhöhe erreichten. Zumindest dieses Dorf schien noch von dem Feuer von Marlboroughs Dragonern verschont geblieben zu sein. Sattelberg. Der Treffpunkt mit Kretzmer.

»Schaut, Sergeant. Keine Spur von Rauch dort drüben. Vielleicht haben sie endlich aufgehört, Häuser anzuzünden. Denke, wir werden kaum Schwierigkeiten haben.«

Slaughter nickte und lächelte. Doch in seinem Herzen ahnte Steel, dass es nicht Marlboroughs Art entsprach, ein Vorhaben wie dieses so schnell abzublasen. Einige wenige Städte in Flammen würden nicht ausreichen, um den Gegner zum Einlenken zu bewegen. Sollten die brennenden Häuser den Kurfürsten nicht überzeugen, so würde Marlborough einen Feldzug des Schreckens einleiten, das stand für Steel fest. Dies war nur der Anfang.

Er umschloss den Sattelknauf und zog sich mit einer eleganten Bewegung auf den Rücken seines Pferdes. Wie auch immer er persönlich zu diesen Entwicklungen stand, Steel wusste, dass er beim Einmarsch der Soldaten in ein Dorf als Offizier seine Rolle zu spielen hatte.

Daher trieb er Molly an und ritt an den marschierenden Männern vorbei bis zu Williams, der sich an die Spitze gesetzt hatte. »Netter kleiner Flecken, was, Tom?«

Vor etwa einer Stunde hatten sie ihr Lager verlassen und kamen aufgrund der Wagenkolonne nicht besonders schnell voran. Nicht dass sie spät aufgestanden wären. Zwei Stunden hatten sie gebraucht, um die Toten auf beiden Seiten zu begraben. Inzwischen war es neun Uhr geworden, und während sie sich dem Dorf näherten, sah Steel, dass das Nutzvieh auf den angrenzenden Weiden graste und Fuhrwerke auf den Feldern standen, halb voll mit Korn.

»Die Dorfbewohner scheinen noch die Frühmahlzeit einzunehmen, Sir.«

»Vielleicht haben sie uns ja etwas übrig gelassen, was, Tom?«

Als die Rotröcke über den breiten Weg ins Dorf marschierten, bellte ein einzelner Hütehund sie an und verschwand nach links.

Steel schaute hinauf zu den Fenstern und rechnete mit neugierigen Beobachtern hinter halb geschlossenen Schlagläden. Für gewöhnlich liefen ihnen Kinder entgegen, sangen fremd klingende Reime und streckten ihnen wie zum Betteln die Hände entgegen. Nicht selten gingen die Türen auf, und Frauen erschienen auf der Schwelle. Dann pfiffen seine Männer den hübschen Mädchen hinterher und bedachten die hässlicheren und älteren Frauen mit üblen Sprüchen. Würde man sie hier mit verächtlichem Schweigen empfangen oder ihnen jubelnd entgegenlaufen? Steel hielt einen herzlichen Empfang für unwahrscheinlich.

Die Soldaten marschierten weiter über die halb gepflasterte Straße, bis sie an einem hohen, steinernen Kreuz anlangten, das das Zentrum der kleinen Gemeinde zu kennzeichnen schien. Nichts geschah. Stumm standen die Fachwerkhäuser mit ihren schwarzweiß gemusterten Fassaden da. Die Sommerblumen leuchteten in ihren bemalten Kästen entlang der Fenster. Keine Tür schwang auf.

Steel hob die Hand. »Abteilung – halt!«

Das Dorf lag in ungestörter Ruhe da, nur die Einwohner fehlten. Neben einer gut instand gehaltenen Wasserpumpe stand ein Eimer, der darauf wartete, gefüllt zu werden. Rauch stieg aus dem Schornstein der Schänke zu Steels Rechten und auch aus den schmalen Schloten einiger anderer Häuser. Steel glaubte, den schwachen Duft von Essen wahrzunehmen. Es mochte ein Kohlgericht sein. Und noch etwas anderes – ein eigenartiges Aroma lag in der Luft.

An einer Seite der Dorfplatzes, jenseits des Kreuzes, stand eine kleine Kirche, ein solides Gebäude aus Stein und Holz im traditionellen süddeutschen Stil. Steel schaute sich nach einem

Gebäude um, das wie ein Rathaus aussah. Aber die Kirche genügte ihm schon. Bestimmt wusste der Geistliche, was es mit der Stille im Dorf auf sich hatte. Steel stieg ab, zog seine Muskete aus der Hülle hinter dem Sattel und schlang sie sich über die Schulter.

»Mr. Williams, Ihr bleibt hier. Ich werde mich auf die Suche nach jemandem machen. Sergeant, zu mir!«

Gemessenen Schrittes, mit Slaughter an seiner Seite, näherte Steel sich der Kirche, wobei er ständig die Fenster der Wohnhäuser und die Seitengassen im Blick behielt. Vorsichtig drückte er gegen die Tür und merkte, dass sie unverschlossen war. Im Innern war es angenehm kühl. Die Kirche war eine schlichte Basilika aus Stein, beseelt von zwei großen, unauffälligen Ölgemälden, auf denen obskure katholische Heilige als gequälte Märtyrer dargestellt waren. Am anderen Ende stand der Altar, dessen goldene Verzierungen einen kräftigen Kontrast zum blassgrauen Mauerwerk bildeten. Es roch nach Weihrauch und feuchten Wänden.

»Hallo? Hochwürden?«, rief Steel in das kühle Zwielicht des Kirchenschiffes. Er bedeutete Slaughter mit einem Nicken, ihm zu folgen, und trat wieder ins Freie.

Inzwischen war auch Jennings an die Spitze der Kolonne geritten und unterhielt sich mit Williams. Steel ging zu den beiden Männern. »Niemand da. Kein Geistlicher. Keine Menschenseele. Wo, zum Teufel, stecken die Leute?«

Jennings ließ mit seinem hochmütig-verächtlichen Blick erkennen, dass er längst zu einer Schlussfolgerung gekommen war. »Ja, das ist in der Tat die Frage.« Er zog ein Taschentuch aus dem Ärmel und tupfte sich die Nase. »Also, Mr. Steel, was sollen wir Eurer Meinung nach tun? Wie Ihr sehr wohl bemerkt habt, ist dieser Ort wie ausgestorben. Wo steckt unser Kontaktmann?«

Steel schüttelte den Kopf, mehr verwirrt als verärgert. »Ich weiß es nicht, Sir. Wirklich. Ich habe keine Erklärung dafür.«

»Dann sollten wir mit jemandem sprechen. Lasst es mich einmal versuchen.«

Er drehte sich im Sattel um und rief über die Köpfe der Soldaten hinweg. »Stringer!«

Der Sergeant löste sich vom Ende des Zuges und eilte mit diensteifrigem Blick über den Dorfplatz. »Sir.«

»Seht zu, dass Ihr jemanden in diesem gottverlassenen Nest auftreibt. Egal wen. Nehmt genügend Männer mit und durchsucht die Häuser. Eins nach dem anderen. Tretet die Türen ein, die verschlossen sind.«

Steel wandte sich an Williams. »Tom, die Männer sollen hier Rast machen. Zehn Minuten.«

Er ignorierte Jennings' fragend hochgezogene Brauen und sah Slaughter an. »Kommt, Jacob.«

Steel hatte seine Muskete schussbereit in Händen und ging zusammen mit dem Sergeant die Straße hinauf, die linker Hand von der Kirche wegführte. Denn von dort war immer noch das Heulen eines Hundes zu hören. Steel schaute auf die Pflastersteine. Hier waren vor Kurzem Leute gegangen, denn die normalerweise leicht von Staub überzogenen Steine blinkten wie blank gescheuert im Sonnenlicht. Es mussten viele Menschen gewesen sein. Steel folgte mit seinem Blick den Spuren auf den Pflastersteinen und versuchte nachzuvollziehen, welche Richtung die Leute eingeschlagen haben mochten. Zu beiden Seiten der schmalen Straße standen Häuser, und in einiger Entfernung, am Rande eines Feldes, erhob sich ein großes Gebäude, das schlichter aussah als die übrigen Häuser. Eine Scheune.

Er wandte sich an Slaughter. »Kommt. Halten wir die Augen offen.«

Langsam stiegen die beiden Männer die Anhöhe hinauf. Hinter sich vernahmen sie das Splittern von Holz, da Stringer und dessen Leute die Türen der Wohnhäuser eintraten. Als sie den

Rand des Feldes erreicht hatten, nickte Steel seinem Sergeant zu und zeigte auf die Scheune.

Kurz darauf drückte Steel das Tor auf und war kaum über die Schwelle getreten, als er würgen musste. Instinktiv kniff er die Augen zusammen, obwohl es düster in der Scheune war. Es war eine Art Reflex, um sich nicht auf der Stelle übergeben zu müssen.

Der Gestank war widerwärtig, aber der Anblick, der sich ihm dann in dem Zwielicht bot, war weitaus schlimmer.

In der Scheune lagen zahllose Leichen. Achtlos hatte man Männer, Frauen und Kinder übereinandergeworfen. Es mussten mehr als hundert Tote sein. Jeden Alters. Und keiner war mehr am Leben; das spürte Steel, da brauchte er gar nicht erst nachzusehen. Wer auch immer für dieses Grauen verantwortlich war, hatte ganze Arbeit geleistet. Nicht ein Laut drang aus dem Innern der Scheune an Steels Ohren. Nein, das stimmte nicht ganz: Als er genauer lauschte, vernahm er das Summen von Schmeißfliegen, die über den leblosen Körpern schwirrten oder bereits auf den starren Gesichtern saßen.

Sattelberg war ein kleines Bauerndorf mit etwa hundertzwanzig Seelen gewesen. Und hier lagen die Dorfbewohner. Man hatte sie kaltblütig ermordet und einfach liegen gelassen, bis sie verrotteten.

Doch im selben Moment schoss Steel ein Gedanke durch den Kopf: Man hatte die Toten nicht »einfach so« liegen gelassen. Den Mördern war es vielmehr darauf angekommen, dass die Leichen entdeckt wurden. Aber Steel wusste gleich, dass dies nicht das Werk von Marlboroughs Dragonern war. Aber genau das sollten diejenigen glauben, die die Leichen fanden. Es sollte aussehen wie ein Verbrechen, das britische Soldaten an Zivilisten verübt hatten. Aber wer auch immer hinter dieser grauenvollen Tat steckte, hatte gewiss nicht damit gerechnet, dass diese blutige Schlächterei von britischen Rotröcken entdeckt werden würde.

Dennoch, Steel fragte sich sogleich, was für Menschen ein solches Blutbad unter einfachen Dorfbewohnern anrichteten. Diese Art von Gräueltaten hatte Europa seit knapp hundert Jahren nicht mehr erlebt. Vielleicht zuletzt in den Glaubenskriegen in deutschen Landen, als König Gustav II. Adolf von Schweden in das Kriegsgeschehen eingegriffen hatte. Sollte Steel jetzt etwa Zeuge einer rücksichtslosen Kriegsführung werden? Bereits der verlustreiche Sturm auf den Schellenberg hatte ihn nachdenklich werden lassen. Aber dieses Grauen hier in der Scheune beschrieb eine neue Dimension des Krieges.

Entsetzt blickte er auf die Leichen, sah unter dem Torso einer halbnackten Frau das Bein eines Mädchens hervorragen, das nicht älter als zehn Jahre gewesen war. Die Frau, von Blut besudelt, mochte die Mutter des Mädchens gewesen sein, denn noch im Tod hatte sie die Arme um ihr Kind geschlungen. Steel zwang sich, ein paar Schritte tiefer in die Stätte des Grauens zu treten. Er sah den reglosen Leib eines Jungen, dem die Schädeldecke fehlte; daneben lag ein Mädchen, auf dessen klaffendem Rücken der Austritt einer Musketenkugel zu erkennen war. Angewidert und voller Entsetzen stolperte Steel über leblose Gliedmaßen hinweg zurück zum Tor und stieß auf den toten Dorfgeistlichen. Zusammengesunken kauerte er in einer Ecke. Jemand hatte ihm mit einem Degen den Schädel gespalten.

Steel taumelte zum Tor. Was für Menschen töteten unschuldige Bauernfamilien? Nein, als Menschen konnte man sie wohl kaum bezeichnen. Bestien waren sie. Als der Gestank ihm den Atem raubte, zog er ein Tuch aus seiner Tasche und hielt es sich vor die Nase.

»Sergeant Slaughter. Hierher.« Steels Mund war staubtrocken. Er bekam kaum ein Wort hervor.

Slaughter kam verdutzt näher und betrat die Scheune. Einen Moment lang stand er sprachlos und wie angewurzelt da; dann hielt er sich eine Hand vor den Mund und sprach wie im Flüsterton: »Großer Gott. Heilige Mutter Gottes. Die armen Schweine. Wer, zum Teufel, hat das getan? Doch nicht etwa die Franzosen? Doch wohl keine Soldaten, oder? Sir?«

Steel starrte erneut auf den Berg aus Leichen in der Scheune und rang um Fassung. »Nein, Jacob, ich glaube nicht, dass das unsere Leute waren«, brachte er schließlich hervor. »Und es werden wohl kaum Bayern gewesen sein. Dieses Massaker hier mag der Grund sein, warum Major Jennings von den Bauern angegriffen wurde. Es können eigentlich nur Franzosen gewesen sein. Glaubt Ihr nicht auch?«

»Ich habe in diesem Krieg gelernt, nicht groß nachzudenken, Sir. Mein Gott, seht Euch das an. Auch die kleinen Kinder, alle tot. Das ist unmenschlich, Sir. Unmenschlich.«

»Genau das sollen wir bei diesem Anblick denken, Sergeant. Auch alle anderen, die vor uns die Leichen gefunden hätten. Wir sollten die Toten gewiss nicht als Erste entdecken. Aber Ihr habt ja auch den Rauch gesehen. Stellt Euch einmal vor, Ihr wäret aus Bayern und würdet das hier sehen. Was würdet Ihr denken? Wer hätte das hier Eurer Meinung nach angerichtet? Was würdet Ihr machen?«

Slaughter erstarrte. »Ich … ich würde folgern, dass wir das gewesen sind, Sir. Die Briten. Oder die holländischen Dragoner, die Dörfer niederbrennen. Ich würde jeden Rotrock umbringen, der mir über den Weg läuft, das schwöre ich. Gottverdammt, Sir, das würde ich tun.«

»Verständlich, dass Ihr so denken würdet. Und natürlich würdet Ihr die verfluchten Engländer bluten lassen wollen. Und deshalb würdet Ihr Euch auf die Suche nach uns machen, nicht wahr?«

Sie wandten sich ab und verließen die Scheune. Das Sonnenlicht stach in den Augen.

Auf dem Weg zur Scheune kam ihnen Jennings entgegen und bedachte sie mit einem wütenden Blick. »Zum Teufel, Steel, was ist los? Wir können im Dorf keine Menschenseele finden. Wir müssen unsere Pflicht tun. Da können wir hier nicht herumtrödeln. Wo steckt dieser verdammte Kaufmann? Habt Ihr ihn gefunden? Was habt Ihr überhaupt hier oben zu schaffen?«

Erst jetzt wurde er auf das offen stehende Scheunentor aufmerksam. »Was haben wir denn hier?«

Der Major trat an die Schwelle, ging in die Scheune und wünschte im selben Moment, er wäre draußen geblieben. Steel hörte, wie Jennings sich übergab und Augenblicke später wieder ins Freie trat, aschfahl und leicht zittrig. Er wischte sich den Mund mit dem Ärmel sauber. Mit dem parfümierten Taschentuch tupfte er sich die Nase und kramte in der anderen Rocktasche nach der Schnupftabaksdose. Rasch schob er sich etwas von dem braunen Puder in die Nasenlöcher, nieste heftig und wandte sich Steel zu.

»Großer Gott. Wie abscheulich. Entsetzlich. Wer war das? Was glaubt Ihr? Wohl diese Briganten, wie?«

Steel tat die Vermutung mit einem Kopfschütteln ab. »Diese Leute dort sind Bayern, Sir. Ebenso wie Eure ›Briganten‹.«

»Dann die Franzosen?«

Steel nickte.

Jennings bemühte sich sichtlich, nicht die Fassung zu verlieren. »Wir sollten die Scheune am besten niederbrennen. Alle Leichen verbrennen, wie? Die armen Teufel. Sergeant. Stellt ein paar Leute zusammen. Brennt die Scheune nieder.«

Steel fixierte den Major mit einem scharfen Blick. »Sergeant Slaughter, den letzten Befehl werdet Ihr missachten. Nein, Major. Wir werden die Toten begraben. Alle. Und wenn wir nach unserer Rückkehr ins Lager unseren Bericht beendet haben, wird jemand hierher zurückkommen und dafür sorgen, dass diese Menschen einen würdigen Abschied erhalten.«

Jennings wollte protestieren, aber als er den Ausdruck in Steels Augen sah, hielt er sich vorsorglich zurück.

»Wir können sie natürlich nicht alle einzeln begraben«, fuhr Steel in demselben harten Ton fort. »Das würde zu lange dauern, und wir wissen nicht, wer uns vielleicht noch auflauert. Sergeant Slaughter. Seht zu, dass Ihr ein paar Schaufeln auftreibt. Hier müssten irgendwo welche stehen. Die Männer sollen zwei Gruben ausheben. Dort drüben auf dem Feld, westlich der Scheune. Und wir sollten uns beeilen. Ich mag diesen Ort nicht.«

Mit diesen Worten wandte Steel sich abrupt ab und ging schweigend den Hügel hinunter ins Dorf. Einige Schritte hinter ihm folgte ein vor Wut schnaubender Jennings. Als Steel den Dorfplatz erreichte, durchzuckte ihn ein schrecklicher Gedanke. Rasch wandte er sich an Williams.

»Hat jemand unseren Händler gesehen? Tom? Ihr nehmt den halben Zug mit. Schaut in jedes Haus in diesem Dorf. Sucht nach einem beleibten Bayern. Nach einem Zivilisten, tot oder lebendig, der so aussieht, als könnte er unser Mehlhändler sein.«

Der Fähnrich starrte ihn an. »Aber, Mr. Steel. Wo sind denn all die Dorfbewohner hin?«

»Dort oben. Tot. Alle. Jetzt sucht den verdammten Bayern.«

Wo, zum Teufel, steckte dieser Kretzmer? Doch wohl nicht auch in der Scheune? Und wo waren die wertvollen Papiere?

Er gab einem Dutzend Grenadiere ein Zeichen.

»Ihr da. Ihr kommt mit mir. Seht Ihr das Gebäude dort oben am Feldrain? Es ist voller Leichen. Bringt sie ins Freie, aber vorsichtig. Und gebt Acht, ob Ihr einen beleibten Mann unter den Toten findet. Wir suchen einen bayerischen Kaufmann. Zwei Pence für denjenigen, der ihn findet.«

Der junge Fähnrich machte sich verdutzt auf den Weg. Als Steel im Begriff war, zur Scheune zurückzugehen, packte ihn Jennings am Arm. Ein merkwürdiges Lächeln umspielte die Mundwinkel des Majors.

»Steel, ich könnte doch ebenfalls nach Kretzmer suchen. Ihr

bleibt hier und kümmert Euch darum, dass die Leichen verschwinden.«

Steel schwieg. Doch ein Gedanke ließ ihn nicht los. Wenn Jennings tatsächlich Kretzmer fand, könnte der Kaufmann ihn für Steel halten und dem Major die pikanten Papiere aushändigen. Und was würde Jennings von den Briefen halten? Nein, er, Steel, musste diesen Kretzmer finden, da gab es kein Vertun. Aber wie sollte er Jennings' Angebot abschlagen? Er lief Gefahr, einen direkten Befehl zu missachten.

Steel dachte angestrengt nach, als plötzlich vor einem eingeschossigen Haus unmittelbar in Jennings' Rücken eine Warenluke aufflog. Aus dem Keller erschien – wie ein Dämon in einer Theaterinszenierung – eine bleiche Gestalt. Der Mann war Zivilist, dessen blasse Züge noch von einer staubig braunen Perücke betont wurden. Sein beträchtlicher Leib spannte sich unter den Knöpfen eines dunkelroten Samtrocks und einer Batist-Kniebundhose. Der in Unordnung geratenen Kleidung und dem Stroh in der Perücke war zu entnehmen, dass der Mann sich offenbar in Sicherheit gebracht hatte, als die Franzosen über die ahnungslosen Dorfbewohner hergefallen waren. Als der Fremde die Rotröcke sah, kam ein hoffnungsvolles Lächeln in seine Züge.

Jennings, der den Mann offenbar noch nicht wahrgenommen hatte, stand weiterhin grinsend vor Steel und schien zu glauben, er habe ihn überlistet. Steel hingegen lächelte, hüstelte vernehmlich und zeigte langsam in Richtung der Warenluke.

Erst jetzt drehte der Major sich um.

»Gentlemen, ich denke, wir haben unseren Mann gefunden«, sagte Steel und nickte dem Zivilisten zu. »Herr Kretzmer?«

Der Mann nickte stumm. Jennings verspannte sich. Er konnte nicht fassen, dass seine Pechsträhne kein Ende zu nehmen schien.

»Lieutenant Steel, Sir«, sprach Steel den Mann auf Französisch an. »Ihr habt, denke ich, eine Ladung Mehl für uns, das ich auf Geheiß der Armee Ihrer Majestät zu erwerben befugt bin.«

Kretzmer lächelte. »Gott sei es gedankt, dass Ihr hier seid. Die Franzosen. Ich war zu Tode erschrocken. Es war grauenvoll. Ich konnte mich noch rechtzeitig im Keller verstecken. Dann hörte ich die Schreie. Haben die alle umgebracht?«

»Ausnahmslos.«

Kretzmer senkte den Blick. Mit einer Hand trocknete er sich die Augen und schüttelte den Kopf.

»Herr Kretzmer«, fuhr Steel fort. »Kommen wir zum Geschäftlichen. Ihr habt das Mehl?«

Kretzmer, ganz Geschäftsmann, sah Steel direkt in die Augen und nickte. »Ja, ich habe das Mehl. Wenn es Euch zusagt.«

Jennings mischte sich in das Gespräch. »Tut mir leid, Herr Kretzmer. Aubrey Jennings, Major in Farquharsons Foot Guards. Ich bin Lieutenant Steels Vorgesetzter.«

Das bist du nicht, dachte Steel, auch wenn du es dir wünschst.

Doch Jennings fuhr fort: »Wickeln wir die Sache ab, Herr Kretzmer.«

Kretzmer führte sie über den Dorfplatz zu einem hohen Steinhaus, das sich neben der Kirche erhob. Er holte einen großen eisernen Schlüssel aus der Tasche, drehte ihn im Schloss und öffnete eine der beiden Türen. Im Innern türmten sich Säcke auf. Genug Mehl, um die Armee zwei Wochen lang zu versorgen, schätzte Steel. Er drehte sich um und rief nach dem Koch, den Hawkins ihm mitgegeben hatte.

»Ihr da, Koch. Kommt her. Zeit, dass Ihr Euch an die Arbeit macht.«

Es war inzwischen gängige Praxis, dass Händler bisweilen Sand unter das Korn oder das Mehl mischten. Daher blieb den Soldaten nichts anderes übrig, als wahllos einen Sack zu öffnen und das Mehl einem Gutachter zu zeigen, der die Qualität der Ware einzuschätzen vermochte. In diesem Fall war dieser Mann Hawkins' Leibkoch.

Steel setzte sich an einen kleinen Tisch in der Ecke des Lagers und sah zu, wie der Mann einen der Säcke aufschlitzte, etwas von dem weißen Pulver auf den Boden rieseln ließ und die Hand in das Mehl tauchte. Er führte die Finger zum Mund und probierte.

»Das ist Mehl, Sir. Feines Mehl. Genauso gut wie das, was wir bislang hatten.«

»Sehr gut. Dann bin ich damit zufrieden. Herr Kretzmer.« Steel winkte den Kaufmann heran und holte die Geldbörse heraus. »Ihr könnt nachzählen, wenn Ihr mögt.«

Der Kaufmann, dessen zuvor traurige Augen jetzt vor Habgier funkelten, nahm auf einem Heuballen Platz, öffnete den Beutel und schüttete die Münzen auf eine kleine Sitzbank. Eifrig begann er, das Geld zu zählen, und ließ die Münzen nacheinander in den Beutel fallen.

Jennings sah aufmerksam zu und wandte sich an Steel.

»Der Mann sollte das Geld rasch verstauen, wenn er fertig ist, ehe die Männer es sehen. Ist nie gut, wenn sie zu viel Geld zu Gesicht bekommen, was, Steel? Ich denke, Ihr selbst seht auch nicht alle Tage so viele Münzen.«

Die Tür ging auf, und Stringer kam herein.

»Major Jennings, Sir. Ihr solltet besser kommen. Geht um Murdoch. Er will Euch sprechen, Sir. Er macht es wohl nicht mehr lange, Major.«

Nach einem kurzen argwöhnischen Blick auf Steel folgte der Major seinem Sergeant ins Freie. Steel war mit Kretzmer allein und sah zu, wie die letzten Münzen wieder im Geldbeutel verschwanden. Jetzt, dachte er. Der Schütze Murdoch, der im Kampf mit den Bauern schwer verwundet worden war und jetzt kurz vor dem Tod noch seinen Offizier zu sehen wünschte, hatte

Steel unwissentlich einen großen Dienst erwiesen. Vielleicht Steels einzige Chance.

Schnell stand er auf und trat an die Bank, als der Kaufmann gerade den Beutel verschnürte. Bedeutungsvoll legte Steel eine Hand auf die prall gefüllte Börse und suchte den Blick des Kaufmanns.

»Und jetzt, Sir, ist es wohl an der Zeit für das andere Geschäft. Ihr habt noch etwas für mich. Etwas, für das ich Euch ebenfalls eine Summe zahlen soll.«

Steel holte einen zweiten Beutel mit Goldmünzen aus seiner Tasche.

Kretzmer täuschte Erstaunen vor und lächelte. »Ja, Lieutenant. Ich habe die Papiere. Kommt. Ich zeige Euch, wo sie sind.«

* * *

Hoch oben auf einer saftig grünen Anhöhe, von der man einen freien Blick auf das einst friedvolle Dorf hatte, kniete Major Claude Malbec, Zweiter Kommandeur der »Grenadiers Rouge«, im taufeuchten Gras und blickte im Kreise seiner Männer auf das Geschehen unten in Sattelberg. Die »Grenadiers Rouge« galten als unbändiges, rücksichtsloses und durchweg siegreiches Regiment in der Armee König Ludwigs. Nun lächelte Malbec. Er hatte nicht damit gerechnet, seine Beute so leicht in die Enge treiben zu können. Mit einer Hand zwirbelte er seinen Schnurrbart und dachte über seinen Erfolg nach. Nach dem Kampf am Schellenberg war er auf Befehl seines Vorgesetzten Colonel Michelet mit seiner arg ramponierten Abteilung nach Sattelberg geeilt, um einen bayerischen Kaufmann zu finden, der gewisse Papiere bei sich trug, die Auswirkungen auf den Kriegsverlauf hatten.

Es ging nicht um Schlachtpläne oder geheime Befehle, wie man ihm versichert hatte, sondern um kompromittierende Briefe an den Herzog von Marlborough. Ein prestigeträchtiges

Unterfangen. Malbec fühlte sich geehrt. Früh am Tag hatten sie das Dorf erreicht, den Kaufmann jedoch nirgends finden können. Einige Bewohner erzählten, sie hätten so einen Mann gesehen. Doch niemand wusste, wo er sich nun aufhielt. Da hatte Malbec vermutet, dass die Leute diesen Kaufmann womöglich versteckten, aber selbst als er einige Männer verhören ließ, leugneten sie, von dem Aufenthaltsort des Kaufmannes zu wissen.

Das nachfolgende Massaker war einem Wutausbruch geschuldet, als Malbec mit wachsendem Zorn erkannte, dass sein Auftrag zum Scheitern verurteilt war. Doch inzwischen hielt er das Blutbad für einen willkommenen Einfall. Denn nun würden die bayerischen Bauern sich in ihrer Wut gegen die Briten und die Alliierten auflehnen, sobald sich die Kunde von der Untat im Land verbreitete. Man würde den Mord an den Zivilisten allein Marlboroughs Reitern anlasten, die in den süddeutschen Landstrichen eine Spur der Verwüstung hinterließen, und nicht mehr voller Unbehagen auf die Franzosen schielen.

Fürwahr, einige seiner Leute hatten sich ausdrücklich gegen das Erschießen ausgesprochen. Aber ansonsten hatte es keine Schwierigkeiten gegeben. Und außerdem: Mochten sich die Kommandeure und die Herren daheim in Paris auch noch so sehr über Marlboroughs Vorgehensweise empören, das Brandschatzen der Briten wog nicht so schwer wie die Verwüstungen, die die Franzosen vor zwanzig Jahren in der Pfalzgrafschaft und Niederbayern hinterlassen hatten. Was sind das doch für Heuchler im Kommandostab, dachte er. Wie lange würden diese Herren wohl auf dem Schlachtfeld überleben? Was wussten diese Leute schon von der grausamen Wahrheit des Krieges?

Da Malbec ahnte, dass die Briten früher oder später kommen würden, um den Kaufmann zu sprechen, hatte er sich mit seinen Leuten auf diese Anhöhe zurückgezogen. Und seine Vorsicht hatte sich als richtig erwiesen.

Malbec beobachtete, wie der hochgewachsene Offizier der

Rotröcke, der ihm seltsamerweise irgendwie bekannt vorkam, zusammen mit dem fetten Bayern das Haus verließ. Die beiden Männer überquerten den Dorfplatz, und der Deutsche ging über eine kleine Treppe in ein Kellergeschoss. Kurz darauf kehrte er zurück, eine kleine Truhe in der Hand. Malbec verfolgte, wie der Kaufmann die hölzerne Schatulle öffnete und vorsichtig einen kleinen Stapel Papiere hervorholte. Genau diese Papiere sollte Malbec beschaffen. Jetzt galt es, den Briten die Beute abzujagen.

* * *

Sie standen auf dem Dorfplatz, und Steel wendete den Blick für einen kurzen Moment von dem Kaufmann und schaute hinauf zu der Scheune. Wie es schien, hatten seine Grenadiere eine der Gruben auf dem Feld mit den Toten gefüllt. Doch nach wie vor schleiften die Soldaten, inzwischen barhäuptig und mit hochgekrempelten Ärmeln, weitere Leichen aus der Scheune. Als er sich wieder Kretzmer zuwandte, sah er, dass der Mann ein Bündel Papiere aus der kleinen Truhe genommen hatte. Kaum hatte Steel die Hand danach ausgestreckt, als ein Schuss fiel. Eine Musketenkugel sirrte an Steels Kopf vorbei und schlug in die Fassade des mehrstöckigen Lagerhauses.

»Gottverdammt!«

Instinktiv warf Steel sich zu Boden und riss auch den fassungslosen Kaufmann von den Beinen. »Runter, in Deckung!«

Französische Befehle drangen an Steels Ohren. Dann war weiteres Musketenfeuer zu hören. Oben bei der Scheune gingen vier der Grenadiere zu Boden.

»In Deckung, Männer!«

Mit eingezogenem Kopf half Steel dem Kaufmann halb auf die Beine und zerrte ihn hinter ein Wasserfass. Während weitere Kugeln auf dem Platz einschlugen und von den Häuserwänden als Querschläger abprallten, rief Steel nach seinem Sergeant, hatte er ihn doch Augenblicke zuvor noch in einer Ecke des Platzes gesehen.

»Ein Hinterhalt! In Deckung! Sergeant Slaughter, seid Ihr noch da?«

»Hier, Sir, ging mir nie besser. Denkt Ihr, das sind jetzt die Franzosen?«

»Es werden wohl kaum die verdammten Foot Guards sein. Tom? Sind alle unverletzt?«

»Evans hat's erwischt, Sir. Denke, er ist tot, Sir.«

»Wo sind die, zum Teufel? Weiß das jemand?«

»Einige verschanzen sich dort hinter dem großen Haus zu Eurer Rechten, Sir. Keine hundert Meter entfernt. Andere stecken hinter der Kirche.«

Wie hatten die Franzosen – oder wer es sonst sein mochte – unbemerkt ins Dorf kommen können? Aber hier waren sie, und wenn Steel nicht bald etwas einfiele, würde seine Truppe früher oder später aufgerieben. Noch etwas wurde ihm klar: Wenn die Gegner dieselben Männer waren, die die Dorfbewohner ermordet hatten, würden auch alle britischen Soldaten, die sich ergaben, kaltblütig hingerichtet. Steel dachte fieberhaft nach und schaute sich von seinem Versteck aus auf dem Dorfplatz um, weil er die Stärken und Schwächen des Feindes erfassen wollte.

Die Fuhrleute hatten längst unter den Wagen Schutz gesucht, und die Pferde wieherten in ihren Gespannen. Vom Dorfplatz gingen drei schmale Straßen ab. Eine davon führte hinauf zur Scheune und den Toten. Steel war sich nicht sicher, aber er glaubte, dass noch genügend Grenadiere unter dem Kommando von Corporal Taylor dort oben aushielten. Dreißig weitere Grenadiere hatten sich in einer der Gassen weiter rechts verschanzt, während Slaughter mit dem Rest der Truppe und Williams in Steels Nähe wartete. Von Jennings keine Spur. Steel wusste, dass man die Verwundeten aus Jennings' Abteilung in einem großen Gebäude unweit der Scheune untergebracht hatte; vermutlich steckte der Major jetzt dort, um sich mit den noch kampffähigen Männern zur Wehr zu setzen. Steel ahnte, dass er sich nur auf seine Grenadiere verlassen konnte. Diesen Männern vertraute er.

»Sergeant Slaughter!«, rief er über den Platz. »Ihr kümmert Euch um die Bande hinter mir. Wir versuchen, uns zur Scheune durchzuschlagen. Wir sehen uns im Lager. Viel Glück.«

Plötzlich fiel ihm ein, dass Kretzmer noch bei ihm war. Der Kaufmann zitterte wie Espenlaub, stopfte die Papiere in die Innentasche seines Samtrocks und versuchte, sich hinter dem Fass unsichtbar zu machen. Steel konnte immer noch nicht einschätzen, wie stark die Gegner waren. Zu Beginn war der Beschuss heftig gewesen, aber seit er und seine Männer Schutz gesucht hatten, kam das Feuer nur noch sporadisch.

Es nutzte alles nichts. Er wandte sich an Williams.

»Tom, ich werde mit zehn Mann losstürmen und den Feind ablenken. Sobald Ihr erkennen könnt, wo die feindlichen Schützen stecken, stürmt Ihr mit dem Rest der Truppe die Stellungen. Ihr werdet nicht mehr als dreißig Meter zu laufen brauchen. Sie werden kaum Zeit zum Nachladen haben. Macht die Granaten scharf und schleudert sie fort, wenn Ihr zehn Meter entfernt seid. Habt Ihr das verstanden? Zehn Meter, dann werft Ihr Euch zu Boden. Wartet die Explosionen ab und stürmt mit den Bajonetten weiter. Verstanden?«

»Sir.« Ein fiebriges Leuchten lag in Williams' Augen, heiß durchpulste ihn sein Blut.

Steel sah zu den Männern hinüber, die hinter den Fässern in Deckung gegangen waren.

»Tarling, Bannister, Hopkins. Ihr kommt mit mir. Die anderen zu Mr. Williams. Granaten aus den Taschen, Jungs. Schickt sie zur Hölle.«

Steel blickte seine Männer nacheinander eindringlich an und schaute dann auf Kretzmer, der wimmernd am Boden kauerte. »Ach, verdammt«, fluchte Steel und zog den Mann am Ärmel. »Kommt, *venez avec moi.* Und lauft, was Ihr könnt.«

Gemeinsam verließen sie den Schutz der Holzdauben und rannten die Straße hinunter. Steel zerrte den dicken Bayern halb hinter sich her. Augenblicklich setzte der feindliche Beschuss ein. Steel, der dem Kaufmann einen Arm um die schwabbelige Taille gelegt hatte, schaute sich im Laufen um. Er konnte zwei Reihen Schützen ausmachen, vielleicht mehr. Weiße Uniformröcke und sonnengebräunte Gesichter mit charakteristischen Schnauzbärten, dazu Mützen aus Bärenfell. Französische Grenadiere. Eine halbe Kompanie, vielleicht auch mehr. Reguläre Infanterie. Sollten diese Männer wirklich verantwortlich sein für das Massaker im Dorf?

Steel hielt auf die offen stehende Tür eines Fachwerkhauses zu und spürte, wie die Kugeln der ersten Salve durch die Luft sirrten. Er ahnte, dass es einen seiner Leute erwischt hatte, aber er wusste nicht, wen.

Endlich waren sie im Haus. Vorsichtig spähte Steel in die Gasse und sah Bannister am Boden liegen, ein Einschussloch an der Schläfe. Weiter unten entdeckte er die Franzosen, die hastig nachluden und schon das Pulver auf die Pfannen gaben. Nun mach schon, Tom! Wo, um alles in der Welt, steckte der Fähnrich? Gleich wäre es zu spät für einen Ausfall.

Doch dann, keinen Augenblick zu früh und mit lautem Gebrüll, sprangen Williams und seine Männer aus der Deckung hinter den Wagen. Todesmutig stürmten sie die Straße hinunter, genau in Richtung der französischen Grenadiere. Williams hatte sich mit gezogenem Degen an die Spitze seiner Leute gesetzt, das Gesicht verzerrt vor Zorn. Steel beobachtete mit Genugtuung, wie die Feinde, die noch nicht ganz nachgeladen hatten, ungläubig auf die heranstürmenden Grenadiere starrten. Es war Irrsinn, dass elf Mann sich auf den zahlenmäßig weit überlegenen Feind stürzten, standen die Franzosen doch drei Glieder tief, die Flanken von Häuserzeilen geschützt. Aber mit diesem wahnsinnigen Ausfall hatten die Franzosen nicht gerechnet.

Wie gebannt sah Steel zu, wie sich Entsetzen auf den Mienen der Feinde abzeichnete, als die Grenadiere sich zehn Meter vor der ersten Reihe zu Boden warfen und ihre zischenden Eisenkugeln fortschleuderten. Erst da erfassten die Franzosen die Situation ganz. Einige Grenadiere drehten sich um und rannten los. Einer warf seine Muskete fort. Andere blieben wie angewurzelt stehen und schauten sprachlos zu, als die schwarzen Kugeln auf sie zugeflogen kamen. Auch der Offizier, der mit erhobenem Degen neben der ersten Reihe seiner Männer stand, verfolgte den Flug der Granaten mit offenem Mund. In diesem Moment bedeckten die britischen Grenadiere ihre Köpfe mit den Händen. Dann explodierten die Bomben. Alle.

Nicht eine Granate versagte. Die französischen Grenadiere wurden von glühend heißen Metallstücken zerfetzt. Schwarzgrauer Rauch hüllte die Straße ein, und ein Schwall von Blut und Knochensplittern ergoss sich über die Pflastersteine. Mauerstücke platzten durch die Wucht der Explosionen ab, Steine und Holz regneten auf den Feind herab.

Steel hatte die Tür gegen die Druckwelle geschlossen. Nun öffnete er sie vorsichtig und verschaffte sich einen ersten Überblick. Als die Rauchschwaden sich allmählich verzogen, sah Steel an der Stelle, an der eben noch die Grenadiere gestanden hatten, übereinanderliegende Leiber und verstreut liegende, abgerissene Gliedmaßen. Williams drückte sich mit den Händen vom Boden ab und rappelte sich auf. Er hustete und klopfte sich den Staub aus der Uniform.

Die übrigen zehn Grenadiere kamen ebenfalls auf die Beine. Einige begannen sogar zu lachen. Schließlich lachte auch Williams erleichtert. Denn von der Übermacht der Franzosen war nur ein Berg von Toten oder Sterbenden geblieben. Steel entdeckte sechs oder sieben weiß gekleidete Infanteristen, die um ihr Leben rannten, gefolgt von einigen Verwundeten, die sich gegenseitig stützten. Vom Rest der Grenadiere war nichts als zerfetzte Leiber übrig geblieben.

Steel verließ das Haus und begab sich mit den anderen Soldaten und Kretzmer, den er nicht aus den Augen lassen wollte, zu Williams.

»Gut gemacht, Tom. Hätte ich selbst nicht besser hingekriegt.«

Anerkennend klopfe er dem jungen Mann auf die Schulter. Williams drehte sich um. Sein Blick war seltsam entrückt, der Mund stand weit offen.

»Die ... die waren plötzlich weg. Wir haben's geschafft. Wir haben sie alle getötet. Seht doch, Sir!«

Steel wusste dieses Verhalten einzuschätzen. Der Schock nach der ersten Feindberührung. Er wusste, dass nichts anderes half als weiterzumachen. Weiter zum nächsten Gefecht.

»Ja, Tom, Ihr habt es geschafft. Und verdammt gut, möchte ich meinen. Aber jetzt ruft Eure Leute und geht dort drüben in Deckung. Versucht herauszufinden, ob noch mehr von diesen Kerlen irgendwo hocken.«

Er schaute auf einen der toten Franzosen. Es bestand nun kein Zweifel mehr, wer diese Gräueltat begangen hatte. Der Mann war Grenadier. Franzose. Mit einer dunkelbraunen Fellmütze, an der eine Messingplakette mit einer Ziffer zu erkennen war. Steel war sicher, dieses Zeichen schon einmal gesehen zu haben.

»Ich kenne diese Uniformen. Das ist das Regiment, auf das wir beim Schellenberg gestoßen sind. Man versicherte mir, in dieser Gegend hier wären keine Feinde. Was, zum Teufel, haben diese Scheißkerle dann hier zu suchen?« Er wandte sich an Hopkins, Tarling und einen weiteren Mann, Jock Miller.

»Ihr drei zu mir. Schauen wir, ob wir Sergeant Slaughter helfen können.«

In diesem Moment war Musketenfeuer aus der Gasse weiter rechts zu hören, in die er seinen Sergeant geschickt hatte. Schnell rannten Steel und seine Männer über den Dorfplatz, den Kaufmann immer noch im Schlepptau. Auch oben bei der Scheune wurde geschossen. Taylor. Um den konnte Steel sich im Augenblick nicht kümmern. Als er in die enge Gasse einbog, entdeckte er Slaughter und dessen Leute hinter einer notdürftigen Barrikade aus Fässern und Möbelstücken.

Steel, Kretzmer und zwei Grenadiere suchten rasch Schutz und gingen neben dem Sergeant in Deckung. Slaughter war im Kampffieber; sein Gesicht war von einem langen Riss auf der Stirn verunstaltet. Steel deutete auf die Wunde.

»Alles in Ordnung, Sergeant?«

Slaughter fasste sich an die Stirn und wischte das Blut weg. »Nur 'n Kratzer. Die Bastarde haben uns überrascht, Sir. Drei von uns sind gefallen, aber wir konnten uns noch rechtzeitig verschanzen.«

Steel spähte vorsichtig über ein Stuhlbein und entdeckte weitere Reihen Grenadiere. Fünfzig, vielleicht sechzig Mann. Gott, in was für einer Stärke waren sie angerückt, um ihr blutiges Werk zu vollbringen? Eine ganze Kompanie, dann noch die Männer auf der Anhöhe. Am Ende der Straße hallte der Musketendonner der nächsten Salve von den Häuserfronten wider. Die Briten duckten sich so gut es ging, als die Kugeln sich in die Barrikade fraßen oder durch die Lücken in der Deckung zischten. Zwei Mann schrien auf, da sie getroffen waren. Ein dritter sackte ohne einen Laut tot in sich zusammen.

»Bitte um Verzeihung, Sir«, kam es von Slaughter, »aber sollten wir nicht weg von hier? Mir wird's langsam 'n bisschen heiß.«

»Ganz Eurer Meinung, Sergeant.«

Steel schaute nach rechts, denn kurz zuvor hatte er geglaubt, aus den Augenwinkeln eine offene Tür entdeckt zu haben. Und er hatte sich nicht geirrt. Dort war der Hauseingang.

»Also gut, Jacob. Ich werde mit zehn Mann an der Flanke der Franzosen vorbeischleichen. Wir gehen durch das Haus dort. Ihr bleibt, wo Ihr seid. Sorgt dafür, dass Ihr Euch die Franzosen mit sporadischem Feuer vom Leib haltet. Wenn Ihr meinen Ruf hört, springt Ihr auf und stürmt in Richtung der Froschfresser. Nehmt die Granaten, und dann gebt Ihr den Schweinehunden die Bajonette. Ihr wisst, was Ihr zu tun habt. Die werden Euch nicht sehen, vertraut mir.«

Slaughter blickte Steel in die Augen. Er hatte nie Grund gehabt, seinem Lieutenant nicht zu trauen, und er würde auch jetzt nicht an ihm zweifeln.

»Verstanden, Sir.«

»Haltet Euch bereit, Jacob. Es wird Zeit, dass diese Schlächter für das bezahlen, was sie den armen Teufeln im Dorf angetan haben.«

Der Sergeant nickte mit grimmiger Miene. Dann zog er sein Bajonett aus der Scheide und schraubte es auf die Mündung seiner Muskete. Steel robbte näher in Richtung des Hauseingangs.

»Hopkins, Miller, Tarling. Ihr und die sieben nächsten neben Euch. Mir nach.«

Auf allen vieren erreichten sie das Haus und hofften auf eine Hintertür, durch die sie auf die nächste Gasse gelangen würden. In der Stube zeugten Teller mit Essen auf dem Tisch und eine Puppe auf dem Boden von dem grausamen Ende, das die ahnungslosen Dorfbewohner gefunden hatten. Aber Steel schüttelte diese Gedanken ab. Rasch drückte er den vollkommen verschreckten Kretzmer auf einen Stuhl und bedeutete dem Kaufmann, er solle sich still verhalten und sich nicht vom Fleck rühren. Aber Steel brauchte sich keine Sorgen zu machen. Der Kaufmann, dem der Schweiß nur so vom Kopf lief, stand ohnehin noch unter dem Eindruck des Massakers. Auch jetzt hatte er wieder um sein Leben bangen müssen, sodass er keine Anstalten machte, irgendwohin zu laufen.

In der Küche fand Steel, wonach er gesucht hatte. Vorsichtig drückte er die Hintertür auf. Die Straße schien leer zu sein. Leise schnallte er sein Bandelier ab und legte es auf den Tisch, ehe er den Degen aus der Scheide zog und sich die Muskete umhängte. Die Männer taten es ihm gleich. Sie durften sich jetzt nicht durch klappernde Geräusche verraten. Die Grenadiere, inzwischen barhäuptig wie ihr Lieutenant, hatten den Drill verinnerlicht und warteten den nächsten Befehl ab, ausgerüstet mit Musketen samt Bajonett und zwei Ledertaschen: In der einen befand sich Munition, in der anderen zwei Granaten. Jeder der Männer entzündete die langsam schwelende Lunte in der Glut des Küchenofens und befestigte sie sorgfältig an einem Knopfloch des Uniformrocks.

Steel gab mit Handzeichen die Richtung vor und wies seine Männer an, ihm durch die Gasse zu folgen. Leise verließen sie das Haus. Von der Anhöhe bei der Scheune war immer wieder Musketenfeuer zu hören, was nur bedeuten konnte, dass Taylor mit seinen Leuten durchhielt. Vielleicht hatte auch Jennings, wo immer er stecken mochte, genügend Männer für eine heftige Gegenwehr zusammengetrommelt. In einer Reihe schlichen die Grenadiere die Hauswände entlang. Genau für diese Einsätze waren sie ausgebildet. Sie verließen sich auf ihre Eingebung, nutzten jeden erdenklichen Schutz und blieben vor allem vollkommen ruhig.

Aus der parallel verlaufenden Straße konnte man die Schüsse hören, die Slaughters Männer abgaben und die immer wieder von lauten Salven aus den Mündungen der französischen Musketen beantwortet wurden. Die Gegner hatten ihre gesamte Feuerkraft auf die Barrikaden gerichtet, sodass die Kugeln das Holz zerfetzten oder die Uniformen mit tödlicher Präzision durchschlugen.

Steel und seine Leute folgten dem Verlauf der Gasse, wobei sie Acht gaben, sich nicht zu lange zwischen zwei Häusern aufzuhalten. Kurz darauf waren sie auf Höhe der französischen Reihen. Drei Häuser befanden sich unmittelbar in der Flanke der Gegner. Das musste genügen. Steel deutete mit einer kreisenden Handbewegung die Granaten an und schickte je drei Grenadiere in die Häuser. Sie würden schon wissen, wo sie sich positionieren mussten, um die Franzosen mit Feuer zu bestreichen. Steel und sein letzter Mann, Hopkins, betraten das Gebäude in der Mitte und erklommen die schmale Stiege. In einer Schlafkammer kroch Steel zum Fenster. Er wusste, dass seine Grenadiere nur auf seinen Befehl warteten.

Steel holte tief Luft. Er beruhigte sich einen Moment lang und griff zu seiner Muskete. Vorsichtig öffnete er den Riegel des Fensters und machte es auf, ehe er den Hahn der Waffe spannte. Seine Männer und er hatten längst das Pulver in die Pfanne gestreut. Steel griff in seine Patronentasche, holte eine Papierhülse hervor, biss das Ende ab und füllte das Pulver in den Lauf. Rasch ließ er die Kugel folgen, nahm den Ladestock zur Hand und rammte das Geschoss tief in den Lauf. Er war bereit.

Vorsichtig spähte er über den Fenstersims und zielte. Der Offizier gehörte ihm. Steel fixierte den Mann über die Zielvorrichtung. Der Offizier war ein gut aussehender Bursche, kaum älter als zwanzig. Bestimmt ein Fähnrich. Der genaue Gegenpart zu Williams. Wieder beschäftigte ihn der Gedanke, warum diese Männer ein solches Blutbad an Zivilisten angerichtet hatten. Doch nun war keine Zeit für derlei Fragen. Steel legte den Finger um den Abzug, spürte, wie die Waffe sich an Schulter und Wange schmiegte, und drückte ab.

Nach einem scharfen Knall verschwand der französische

Offizier in einer weißen Pulverwolke, und Chaos brach los. Steel vergewisserte sich mit einem kühnen Blick aus dem Fenster, dass der Offizier tot am Boden lag. Acht weitere Franzosen waren den Kugeln der britischen Grenadiere zum Opfer gefallen, die Übrigen drehten erschrocken die Köpfe zu den drei Häusern, aus denen die Briten das Feuer eröffnet hatten. Die Franzosen zielten zwar auf die Fenster, aber ehe sie abdrücken konnten, ging ein schwarzer Regen aus Granaten auf die Straße nieder. Die Franzosen duckten sich instinktiv, aber jede Flucht kam zu spät. Die zischelnden Zündschnüre brannten bis tief ins Innere der Eisenkugeln, und die tödlichen Metallsplitter besorgten den Rest. Alle bis auf zwei Granaten explodierten. Die Gasse verwandelte sich in ein Chaos aus Rauch, Blut und zerfetzten Körpern.

Von weiter rechts vernahm Steel den Jubel, als sich zwanzig Grenadiere unter Führung Slaughters auf die Franzosen stürzten, die noch auf den Beinen standen. Da Steel davon überzeugt war, dass der Sergeant keinen verschonen würde, eilte er die Stufen hinunter und stürmte ins Freie. Umsicht war nicht mehr vonnöten. Nach wie vor hallte das Knallen der Musketen von der Anhöhe hinunter in die Gassen, aber Steel hatte noch etwas zu erledigen, bevor er Taylor oder Jennings zu Hilfe eilen konnte.

Augenblicke später platzte er in das Haus, wo er den Kaufmann zurückgelassen hatte, und fand Kretzmer auf genau jenem Stuhl. Zwei Grenadiere bewachten ihn. Einer von ihnen, Tom McNeil, grinste.

»Wir dachten, es wäre gut, wenn ihm nichts geschieht, Sir.«

Steel lächelte. »Sehr gut, McNeil.«

Er wandte sich an Kretzmer. Er musste jetzt handeln, ehe Jennings zurückkehrte ... falls er noch lebte.

»Also, Herr Kretzmer, wir haben unser Geschäft noch nicht zum Abschluss bringen können.«

»Sir, ja. Ich habe die Papiere.«

Der Kaufmann griff in seine Tasche und holte das Bündel hervor. Die Briefe waren in braunes Papier eingeschlagen und mit einem Band verschnürt. Rasch, die Waffe noch in der Hand, zog Steel an dem Faden und entfernte ihn. Er legte das Bündel auf den Tisch, schlitzte es an einer Seite vorsichtig auf und schüttelte den Inhalt heraus. Zum Vorschein kamen mehrere Stücke Pergament. Als Erstes fiel ihm das alte königliche Siegel der Stuartkönige ins Auge, darunter eine Pariser Adresse. Die Anschrift, in dünnen verschnörkelten Lettern, lautete auf den Namen John Churchill … des Herzogs von Marlborough. Ja, das waren die bedeutenden Briefe.

Steel schob dem Kaufmann die zweite Börse über den Tisch und sah, wie Kretzmer den Beutel an sich nahm und in der Hand wog. Ein zufriedenes Lächeln deutete sich auf seinem verschwitzten Gesicht an. Kaum hatte er die Börse in einer der Rocktaschen verschwinden lassen, als die Tür aufflog und Jennings hereinkam. Das schweißnasse Haar klebte ihm am Kopf, seine Wangen waren gerötet vom Triumph des Sieges. An seiner Degenklinge klebte Blut. Kretzmer zuckte zusammen. Währenddessen ließ Steel die Papiere geschickt in seiner Tasche verschwinden.

»Wir haben es geschafft. Sie fliehen. Aber es war knapp, sage ich Euch. Haben einige Männer verloren. Was ist hier geschehen? Wart Ihr im Gefecht? Ah, wie ich sehe, habt Ihr Euch geschnitten, Steel.«

Steel wischte sich mit der flachen Hand über die Wange und fühlte das Blut. »Wir haben sie vertrieben.«

Jennings starrte Steel an und richtete den Blick dann auf den Kaufmann. »Haben wir alles, was wir holen sollten, Steel?«

»Das Mehl, Sir? Ja, das Mehl haben wir.«

»Dann sind wir hier ja fertig, wie, Lieutenant?«

»So ist es, Sir.«

Jennings betrachtete seine Degenklinge, bemerkte das Blut, griff nach einem Tuch auf dem Tisch und wischte die Klinge sauber, ehe er sie in die Scheide schob. Er wandte sich Steel zu.

»Und jetzt, Lieutenant, werdet Ihr Euch auf die Anhöhe begeben und nachschauen, ob Eure Leute die Dorfbewohner bestattet haben. Dann stellt Ihr aus den Reihen der Grenadiere einen weiteren Trupp zusammen und begrabt die Toten des letzten Gefechts.«

»Sir?«

»Habt Ihr ein Problem damit, Steel?«

»Ich soll nur Grenadiere für die Bestattung zusammenstellen?«

»Ja, sicher. Meine Männer sind für diese Arbeit viel zu erschöpft. Sie haben sich eben erst in einem Gefecht bewährt, Steel. Außerdem seid Ihr doch immer so stolz darauf, der größte und stärkste Mann in der Armee zu sein. Also dürfte es Euch nicht schwerfallen, ein paar Grenadiere als Totengräber auszuwählen. Wenn Ihr Euch dann auf den Weg machen würdet, Lieutenant!«

Steel spürte wieder einmal, wie der Zorn in ihm hochstieg, doch er konnte sich beherrschen, nickte und verließ den Raum. Der Major entspannte sich siegessicher und widmete seine Aufmerksamkeit dem Kaufmann.

»Herr Kretzmer, ich hätte da noch eine Frage an Euch. Ihr hattet doch noch mehr als nur das Mehl bei Euch, als Ihr ins Dorf kamt?«

Kretzmer beäugte sein Gegenüber abwartend vorsichtig. Er wusste nicht recht, was er sagen sollte.

»Ja, das stimmt.«

»Ihr habt Papiere bei Euch. Ein kleines Päckchen, für das wir Euch bezahlen werden.«

»Ja, Herr Major. Aber das habt Ihr ja schon getan. Der Lieutenant ...«

Jennings schlug mit der Faust auf den Tisch. »Der Kerl soll in der Hölle schmoren!«

Kretzmer machte sich bei Jennings' Wutausbruch so klein wie möglich.

»Es tut mir leid, Herr Major. War das etwa falsch? Er wusste doch von den Papieren. Er hatte das Geld bei sich.«

Jennings stierte den Mann an. »Ihr Narr, Ihr törichter alter Narr.«

Einen Moment lang befürchtete der eingeschüchterte Kaufmann, Jennings würde ihn schlagen. Stattdessen wirbelte der Major auf dem Absatz herum und begann, unruhig im Zimmer auf und ab zu gehen. Danach riss er die Tür auf, drehte sich auf der Schwelle noch einmal um und zischte böse in Kretzmers Richtung: »Ein Wort zu irgendjemandem, und Ihr seid ein toter Mann!«

Auf dem Dorfplatz waren die Rotröcke derweil damit beschäftigt, den Toten die Waffen und andere Ausrüstungsgegenstände abzunehmen. Jennings schritt geradewegs auf die Männer zu, die Hände seitlich am Körper zu Fäusten geballt.

Seitdem er von Steel gerettet worden war, hatte er sich keine große Hoffnungen mehr gemacht, noch an die Papiere zu kommen. Daher sah er sich genötigt, seinen Plan in die Tat umzusetzen. Suchend schaute er sich auf dem Platz um und entdeckte dann den Mann, der er brauchte. »Sergeant Stringer!«

»Sir?« Der Sergeant eilte zu ihm.

»Ich möchte Euch ein Angebot unterbreiten. Ich könnte Euch zu einem reichen Mann machen.«

Der Sergeant grinste unsicher.

»Ihr erinnert Euch doch an unser Gespräch in der Angelegenheit mit Captain Stapletons Gold. Damit sollte ich Herrn Kretzmer gewisse Papiere abkaufen.«

»Sir.«

»Ich muss meinen Plan ändern.«

Stringers Wieselaugen verengten sich.

»Da es Mr. Steel gelungen ist, als Erster mit dem Kaufmann zu sprechen, wird er ohne Zweifel die Papiere an sich genommen haben. Das bedeutet, dass wir sie dem Händler nicht mehr abkaufen können. Kurzum, Herr Kretzmer ist uns nicht mehr von Nutzen. Lieutenant Steel andererseits spielt in unserem Vorhaben eine entscheidende Rolle. Hier nun der Plan. Wenn Ihr dabei seid, und wie ich es Eurer Miene entnehme, wollt Ihr mir helfen, müssen wir Mittel und Wege finden, Mr. Steel diese Papiere abzujagen. Das Gold gehört natürlich jetzt mir. Oder eher gesagt, uns. Denn wenn wir mit den Papieren zu Captain Stapleton zurückkehren, wird er davon ausgehen, dass wir das Gold ausgegeben haben. Denn wer will uns beweisen, dass wir den guten Herrn Kretzmer nicht bezahlt hätten?«

Stringer hatte nachdenklich die Stirn gerunzelt. »Mr. Steel also, wie?«

»Mr. Steel, Stringer. Unser Problem ist Mr. Steel. Was schlagt Ihr vor, was wir tun könnten, um dieses Problem aus der Welt zu schaffen, Sergeant?«

Stringer dachte wieder nach. Als er eine Idee hatte, beugte er sich vor und sprach sehr leise: »Tötet ihn, Sir. Erledigt ihn für immer.«

Ein böses Glimmen lag in den Augen des Majors. »Ja, Stringer, da habt Ihr gewiss einmal recht.«

6.

Steel rutschte im Sattel ein Stück nach vorn, um eine andere Sitzposition einzunehmen. Verflucht sei dieses Leder. Natürlich hätte er längst wissen müssen, dass es meist reine Geldverschwendung war, wenn man sich während eines Feldzuges auf ein verlockendes Angebot einließ. Zumal er ohnehin nie viel Geld besaß. Der Sattel taugte nichts. Erneut wechselte er vorsichtig die Position, damit die Männer es nicht merkten. Da gab es eine besonders harte Stelle am Leder, genau unterhalb des Sattelknopfs, die immer an seinem Oberschenkel scheuerte. Leise fluchend wandte er sich an den Reiter zu seiner Rechten. Sie ritten an der Spitze der breiten Kolonne, die sich auf einer Länge von einer halben Meile durch die sonnige, bayerische Landschaft schlängelte.

»Wisst Ihr, Tom, manchmal denke ich, wir wären besser dran, wenn wir mit den Männern marschieren würden, anstatt hier auf dem Pferd zu kleben. Was meint Ihr?«

»Mein Onkel sagt immer, dass es die erste Pflicht eines Offiziers ist, sich stets Respekt zu verschaffen, Sir. Ohne Respekt, meint er, gibt es eigentlich keinen Offizier.«

»Euer Onkel scheint ein weiser Mann zu sein. Aber was denkt Ihr?«

»Ich stimme ihm zu, Sir. Wir sollten reiten.«

»Ihr und Euer Onkel habt gewiss recht. Aber auch Ihr werdet noch früh genug lernen, Tom, dass ein Offizier noch viel mehr zu leisten hat, als die Männer zur Ordnung anzuhalten. Die Soldaten müssen Euch vertrauen. Wie sollen sie Euch aber vertrauen, wenn sie von Euch nie etwas anderes sehen als das

Hinterteil des Pferdes? Die Männer mögen Marlborough ›Corporal John‹ nennen. Vielleicht danken sie ihm sogar in ihren abendlichen Gebeten – falls sie überhaupt beten – für alles, was er ihnen an Trost bietet. Aber wir dürfen nicht vergessen, Tom, dass sie alle im Grunde ihres Herzens verdorben sind. Es ist ein Haufen von Schurken und Söldnern. Unzüchtige und prassende Halunken allesamt. Wo sollten sie sonst Kleidung, Sold und Nahrung finden, wenn nicht in der Armee? Wir geben ihnen alles, was sie brauchen. Und im Gegenzug vertrauen sie uns ihr Leben an. Marlborough weiß das. Und Ihr wisst es auch.«

Der junge Fähnrich lächelte. Im Verlauf der letzten Woche hatte er Steel ins Herz geschlossen und wusste die Kameradschaft und die Ratschläge des Lieutenants zu schätzen.

Seit nunmehr sieben Tagen waren sie unterwegs, und die letzten beiden Tage hatten sie damit zugebracht, das Mehl zu verladen, mit dem Marlboroughs Heer für die Schlacht versorgt werden sollte. Die Fuhrwerke waren entsprechend schwer beladen und kamen langsamer voran als auf dem Hinweg. Steel wünschte, sie wären längst zurück in den Reihen der Armee. Seine geheime Aufgabe hatte er zum Abschluss gebracht, und je eher er die Papiere Colonel Hawkins zuspielen konnte, desto besser. Das kleine Bündel in der Innentasche seines Uniformrocks war inzwischen schwer wie ein Stück Blei.

Er nahm den Gesprächsfaden wieder auf. »Ein beachtlicher Mann, Euer Onkel, nicht wahr?«

»Onkel Septimus? Oh, ich meinte, Onkel James, Sir. Ja, das ist er sicherlich.«

Steel musste lachen. »Wie habt Ihr ihn gerade genannt?«

»Äh, Septimus, Sir.«

Wieder lachte Steel, lauter als zuvor. »Das hör sich einer an. *Septimus.*«

Williams errötete, fürchtete er doch, Hawkins verraten zu haben.

»Keine Sorge, Tom, ich behalt's für mich. Erfährt niemand. Das wird unser heimlicher Spaß sein. Septimus, was für ein Name!«

Steel grinste angesichts dieses unterhaltsamen Details aus Toms Familienleben. Sie ritten schweigend weiter, und das Brustgeschirr der Pferde klirrte in einem anderen Rhythmus als das metallene Geräusch der Bajonettscheiden, das die marschierende Kompanie hervorrief. Hinter den Pferden kam ein halber Zug Grenadiere, angeführt von Slaughter; dahinter folgte der vorderste von insgesamt vierzig Wagen, auf dem der Regimentskoch mitfuhr. Jeder Wagen wurde nur noch von zwei Soldaten flankiert. Ein Fuhrwerk diente allein zum Transport der Verwundeten. Zuletzt rumpelte die Kutsche des Kaufmanns über die Wege. Denn da die Dragoner das Land verwüsteten und Jennings' Kompanie von Briganten überfallen worden war, hatte Herr Kretzmer gebeten, ob er nicht mit dem Treck bis zu den Linien der Alliierten mitreisen dürfe.

Hinter Kretzmers Kutsche ritt Jennings. Er hatte kurz mit dem Gedanken gespielt, in der Kutsche des Kaufmanns mitzufahren und das Pferd hinten anzubinden. Wie viel bequemer die Reise gewesen wäre. Aber der Bayer war ein wortkarger, mürrischer Mann und kaum bereit zu einem vernünftigen Gespräch. Daher zog Jennings es vor, zu reiten.

Stringer führte den Rest von Jennings' Infanterie an, die die Nachhut bildete.

Da sie aus den Überfällen der Bauern und zuletzt der Franzosen gelernt hatten, kehrten sie auf Umwegen zum Lager zurück. Daher marschierten sie ein paar Meilen weiter südlich, umgingen die Stadt Aicha und nahmen die Route in Richtung Nordwesten zurück zum Lech. Der Marsch dauerte zwar länger, dafür war der Weg sicherer.

Es war Steels Idee gewesen, und erstaunlicherweise hatte Jennings dem Vorschlag zugestimmt. Wusste er doch, dass der

Mann sich seines Orientierungssinns rühmte. Steel hatte in der Tat den richtigen Riecher, wenn es um Gefahr ging. Und wenn Jennings auch der Ansicht war, dass dem Lieutenant das Weltmännische fehlte, so musste er doch zugeben, dass Steel sich in offenem Gelände bestens auskannte. Jennings stammte zwar auch vom Lande, aber alle landwirtschaftlichen Belange waren ihm so fremd wie die Gegend, durch die sie gerade zogen.

Nach Jennings' Dafürhalten war Steel ein Bauernlümmel, da es ihm an gutem Benehmen mangelte. Das sah man doch schon an der Art und Weise, wie er sich im Kampf gab. An das Gefecht im Dorf etwa dachte Jennings nur mit Verachtung zurück. Wie hatte Steel den Kampf bezeichnet? Bomben werfen und einzelne Ziele herauspicken? Das hatte nichts mit dem wahren Soldatentum zu tun. Zudem erwies es sich nicht als allzu wirkungsvoll. Zugegeben, Steel hatte ein paar Feinde in die Flucht geschlagen, und ein paar Tote lagen in den Gassen. Aber das hatte nichts mit Soldatentum zu tun. Jennings hingegen hatte seine Männer in Reihen antreten lassen und den Feind auf die herkömmliche Weise unter Beschuss genommen. Die Franzosen hatten das Feuer in angemessener Weise erwidert, und danach hatten sich beide Seiten ehrenvoll zurückgezogen.

Natürlich hatte auch er Verluste zu beklagen. Er hatte mehr Männer verloren als Steels kostbares Grenadierregiment. Von den übrig gebliebenen dreißig Mann waren elf tot oder schwer verwundet. Aber was hieß das schon? Seine Männer würden sich nicht irgendwo Schutz suchend verschanzen, bei Gott, nein. Die Soldaten eines Major Jennings standen ihren Mann und kämpften, wie es alle anderen britischen Soldaten auch tun sollten. Sie würden sich nicht verstecken und von einem Haus zum anderen eilen wie Steel und dessen Haufen Bomben werfender Nichtsnutze. In der wirklichen Schlacht, so viel stand für Jennings fest, konnte man einen Mann wie Steel nicht gebrauchen. Hier jedoch, im offenen Gelände, war der Bauernjunge in seinem Element, und daher war der Major froh, Steel gewähren zu lassen. Er genehmigte sich eine Prise Schnupftabak und lachte in sich hinein, denn insgeheim wusste er, dass dies das letzte Kommando sein würde, das Steel je erlebte.

* * *

Steel fand es merkwürdig, dass sie den Feind seit dem Gefecht im Dorf nicht mehr zu Gesicht bekommen hatten. Das Massaker ließ ihn nicht mehr los; die Bilder der toten Kinder und des Geistlichen mit dem zertrümmerten Schädel verfolgten ihn. Sorge bereitete ihm zudem, dass während des Gefechts so viele Feinde hatten entkommen können, darunter vermutlich auch der Kommandeur. Aber andere Dinge gaben noch mehr Anlass zur Sorge. Was hatten diese französischen Grenadiere überhaupt in dem Dorf zu suchen gehabt? Ein seltsames Regiment. Jedenfalls war ihm eine solche Abteilung vor der Schlacht am Schellenberg noch nicht untergekommen. Wieso waren diese Männer in dem kleinen Dorf gewesen, und wieso hatte ihr Kommandeur es für nötig befunden, die Briten anzugreifen?

Und dann war da noch Jennings. Die Anwesenheit dieses Mannes löste Unbehagen in Steel aus und war genauso lästig wie der verdammte scheuernde Sattel.

Der Weg schlängelte sich schier endlos durch die schwäbische Landschaft. Graubraune Kühe stierten die vorbeimarschierenden Soldaten träge an, und von Minute zu Minute brannte die Sonne heißer vom Himmel. Bei der kleinen Stadt Klingen teilte der Weg sich, aber die Männer nahmen nicht die nördliche Straße nach Aicha, sondern überquerten weiter südlich einen flachen Fluss und marschierten eine steile Anhöhe hinauf. Steel zeigte geradeaus.

»Seht Ihr das, Tom?«

Sie blickten in südlicher Richtung auf den Weg. Beide Männer hatten den schwarzen Rauch gesehen, der hinter den Baumkronen aufstieg und sich als niedrige Wolke über die Landschaft legte. Steel nahm den Geruch von frischer Holzkohle in der Luft wahr.

»Unsere Leute, Sir, oder der Feind?«

»Schwer zu sagen. Aber ich hätte nicht gedacht, dass Marlborough seine Brandtruppen so weit südlich schickt.«

Als sie die Kuppe der Anhöhe erreichten, blickte Steel, der ein wenig vorausgeritten war, ins Tal hinunter und gewahrte eine beträchtliche Anzahl Leute auf dem Weg. Sie kamen den Briten entgegen. Da er diese Leute nicht so schnell einordnen konnte, winkte er den jungen Fähnrich zu sich. »Ihr habt bessere Augen, Tom. Was haltet Ihr von diesen Leuten?«

Der junge Mann spähte mit verengten Augen in die Ferne.

»Scheinen Zivilisten zu sein, Sir. Eine Menge. Männer jeden Alters, Frauen und Kinder, dazu noch Tiere. Und Wagen, Sir. Voll beladen mit Hausrat vermutlich. Was hat das zu bedeuten?«

»Ich werde Euch sagen, was das zu bedeuten hat, Mr. Williams. Entweder sind dort in der Ferne diese französischen Bastarde am Werk, die für das Blutbad in Sattelberg verantwortlich sind, und die Zivilisten laufen um ihr Leben, oder unsere Dragoner brennen weiter Dörfer nieder. Obwohl mir keine der beiden Erklärungen gefällt, bete ich zu Gott, dass Letzteres zutrifft. Glaubt mir, Tom, die Menschen dort unten werden das Einzige sein, was von der Stadt übrig geblieben ist. Seht Ihr den Rauch? Das werden die Häuser sein. Die armen Teufel. Wohin sollen sie sich wenden? Und was werden sie jetzt von uns denken?«

Aber das würden sie früh genug erfahren. Denn dem Flüchtlingstreck konnten sie schlecht ausweichen. Hunderte von Menschen kamen ihnen dort entgegen. Inzwischen war die bemitleidenswerte Menge näher herangekommen. Offenbar waren es

Menschen aller Schichten, die sich in der Not zusammengetan hatten und das gleiche Schicksal teilten. Die Armen neben den Kaufleuten, und alle trugen das bei sich, was sie in der Eile hatten zusammenraffen können. Die reicheren Bürger zogen Handkarren – die Pferde waren gewiss weggelaufen, das Nutzvieh war geschlachtet worden.

Die Karren der Flüchtlinge und die Fuhrwerke der Briten hatten gerade genug Platz nebeneinander auf dem schmalen Weg. Schweigend marschierten die Soldaten an dem Treck vorbei; zu hören waren nur das Blöken der Ziegen und das Geschrei der Kleinkinder, die von ihren Müttern in den Armen gewiegt wurden. Steel schaute in die Gesichter der vertriebenen Bayern. Er sah Tränen der Wut und vor Verzweiflung verzerrte Mienen. Das ist das wahre Gesicht unseres Krieges, dachte Steel. Dieses Abbild des Elends. Der Tod der Zivilisation.

Kaum waren die Flüchtlinge an den Fuhrwerken und Marschsäulen der Soldaten vorbei, als Williams das Schweigen brach.

»Seht, Sir.«

Eine Staubwolke aus der Richtung, aus der die Flüchtlinge gekommen waren, kündigte Reiter an. Steel beschattete die Augen mit einer Hand gegen das Sonnenlicht und blinzelte in die Ferne. Es mochte eine volle Abteilung sein. Vielleicht hundertfünfzig Mann. Einen Moment lang schoss Panik in ihm hoch. Denn er erkannte die roten Uniformen, zweifellos Dragoner. Aber waren es nun Engländer, Holländer oder Franzosen? Nach dem Zwischenfall in Sattelberg wollte er es nicht mehr darauf ankommen lassen. Steel hob die Hand und zügelte sein Pferd.

»Abteilung – halt.«

Die Kolonnen hielten, die Zugtiere der Wagen schnaubten.

»Grenadiere nach vorn!«, befahl Steel mit lauter Stimme.

Angeführt von Slaughter marschierte der halbe Zug Grenadiere nach vorn und stellte sich direkt hinter Steel zwei Glieder tief auf.

»Legt an.«

Steel hörte, wie die Männer die Hähne spannten, und wusste, dass die erste Reihe inzwischen in die typische kniende Position gegangen war. Die Gewehrkolben ruhten am Boden, während die zweite Reihe die Musketen schussbereit hatte. Das sollte genügen. Doch die Kavallerie kam zu Steels Verwunderung näher, bis sie schließlich abrupt stehen blieb. Im selben Moment zog jeder Reiter der ersten drei Reihen den Säbel. Sauber gemacht, dachte Steel. Wer immer dort herankam, die Männer waren gut ausgebildet. Der Offizier an der Spitze der rot gewandeten Kavallerie, den Steel auf die Entfernung für einen Captain hielt, ritt mit einem Lieutenant und einem weiteren Dragoner nach vorn in Steels Richtung.

Die Männer sahen grimmig und entschlossen aus. Nicht nur die drei Reiter an der Spitze, auch der Rest der Abteilung hatte staubige, von Ruß beschmutzte Uniformen. Die Truppe wirkte erschöpft, Menschen wie Tiere. Erst jetzt erkannte Steel die breite orangefarbene Schärpe um die Taille des Captains. Es waren also Holländer. Nur zu gut konnte Steel sich vorstellen, wie der Auftrag dieser Männer lautete. Als die Reiter die Spitze der britischen Marschsäule erreichten, nahmen beide Dragoneroffiziere ihre Mützen – kurze Kappen aus hellbraunem Fell – zum Gruß ab, worauf Steel und Williams ebenfalls ihren Gruß entboten. Der Captain, ein stämmiger Mann mit Schnurrbart und Bartschatten an Kinn und Wangen, sprach mit starkem englischem Akzent.

»Captain Matthias van der Voert, Regiment der Dragoner van Coerland, Armee der Vereinigten Provinzen, Sir. Dürfte ich fragen, wer Ihr seid und welches Ziel Ihr verfolgt?«

»Lieutenant Jack Steel, Sir. Von Sir James Farquharsons Regiment der Foot Guards, aus der Armee Ihrer Majestät Queen

Anne. Ich bin hier in Lord Marlboroughs Auftrag unterwegs, Captain. Wir haben eine große Ladung Mehl, die für das Heer bestimmt ist. Lebenswichtiger Proviant, wie Ihr sicher wisst.«

Da kam ihm ein Gedanke, und er fügte rasch hinzu: »Vielleicht könntet Ihr uns begleiten?«

Der Captain blickte die Reihe der Wagen entlang und sah die erschöpften Infanteristen.

»Ich verstehe, warum Ihr mich um diesen Gefallen bittet, Lieutenant. Ihr seid ein leichtes Ziel. Aber ich fürchte, dass ich Euch nicht helfen kann. Ich habe den Befehl, mit meinen Männern weiter durch diesen Landstrich zu reiten. Wir dürfen uns nicht von unserer Aufgabe ablenken lassen.«

»Dürfte ich fragen, worin genau Eure Aufgabe besteht, Captain?«

»Wir haben den Befehl, jede größere Siedlung in Bayern, die noch bewohnt ist, niederzubrennen und die Menschen von dort zu verjagen. Eine Mission, die wir im Übrigen auf Geheiß Eures Lords Marlborough ausführen.«

Steel nickte. Genau so hatte er es sich gedacht. Er deutete in Richtung der Rauchsäule.

»Dann dürfte das dort hinten also Euer Werk sein, Captain?«

»Wir haben diese Stadt gestern Abend niedergebrannt, Lieutenant. Sie gesäubert, um es einmal so auszudrücken. Es blieb kaum etwas übrig, abgesehen von der Schänke und einer Kirche. Nur noch der alte Wirt und seine Tochter blieben dort. Sie ist übrigens ausnehmend hübsch. Ihr Vater ist krank, und da wollte sie ihn nicht transportieren. Aber sie sind harmlos. Gutes Bier übrigens, falls meine Männer noch etwas übrig gelassen haben. Das Mädchen meinte, ihr Vater habe mit den Engländern zu tun. Sein Verwandter lebt offenbar in England, oder etwas in der Art. Ihr werdet es schon erfahren. Bitte versucht die junge Frau zu überreden, die Stadt zu verlassen, Lieutenant. Unser Befehl lautet, die Leute zu vertreiben und die

Häuser anzuzünden. Wir wollen nicht, dass Zivilisten zu Tode kommen. Wir haben sie zurückgelassen und die Häuser niedergebrannt. Denn so lautete unser Auftrag.«

Der Captain blickte betreten drein, schien andererseits jedoch äußerst zufrieden zu sein, dass der Befehl ausgeführt worden war.

»Sie sollten besser auch aufbrechen, Lieutenant. Wir sind hier nicht allein. Diese Lande sind voller Truppen. Unsere Seite und die Gegner. Holländer, Engländer, Franzosen. Ich würde nicht länger dort bleiben, wenn ich der Wirt wäre. Ein alter Mann und eine junge Frau. Was können die schon ausrichten? Sie sind verbranntes Fleisch, Lieutenant.«

In diesem Augenblick nahm Steel Unruhe am Ende der Kolonne wahr. Als er sich im Sattel umdrehte und über die Wagen und Köpfe der Männer blickte, sah er, dass Jennings nach vorn kam. Er sagte etwas, doch die Worte blieben unverständlich. Auch der holländische Offizier bemerkte den Major nun.

»Ihr habt noch einen anderen Offizier?«

»Mein Vorgesetzter. Unser Generaladjutant. Er zieht es vor, bei der Nachhut zu bleiben.«

Der Holländer schüttelte den Kopf. Die englische Armee brachte ihn immer wieder zum Schmunzeln. Alles angenehme Männer, keine Frage, aber was für Amateure. Sieben Jahre lang führten sie keinen Krieg, doch dann marschierten sie plötzlich tief in den Kontinent und gingen davon aus, das Oberkommando zu haben. Erst vor Kurzem hatte ihm jemand erzählt, die Engländer behaupteten, das neue System des Feuerns Zug um Zug erfunden zu haben, ein System, das die holländische Infanterie schon seit mindestens fünf Jahren anwendete. Er lachte, und Steel lächelte. Jennings kam näher.

»Was ist hier los, Mr. Steel? Würdet Ihr mich vorstellen?«

»Major Jennings, Captain van der Voert von den Dragonern, aus der Armee unserer Verbündeten der Vereinigten Provinzen.«

Jennings begrüßte den Holländer mit einem entwaffnenden Lächeln. »Mein lieber Captain. Was für ein glücklicher Zufall. Jetzt können wir ja alle zusammen die Wagenkolonne begleiten. Hier wimmelt es nur so von französischen Truppen und Briganten jeglicher Couleur. Meine eigene Abteilung wurde angegriffen, und erst vor ein paar Tagen haben wir uns gegen Franzosen der schändlichsten Sorte zur Wehr gesetzt.«

Van der Voert unterbrach den Major.

»Es beunruhigt mich in der Tat, Major, was ich da von Euren Begegnungen höre. Aber ich fürchte, wir können Euch nicht als Eskorte begleiten. Wir haben besondere Befehle, und zwar direkt vom Oberbefehlshaber der Alliierten Armee. Wir müssen weiter nach Westen, Sir, und können unsere Route nicht ändern.«

»Der Captain untersteht einem direkten Befehl des Herzogs von Marlborough, Sir«, betonte Steel. »Er soll Bayern weiter verwüsten.«

Jennings starrte Steel an, die Lippen zusammengekniffen.

»Dann sollten wir den guten Captain nicht von seinen Pflichten abhalten. Einen guten Tag noch, Sir.«

Der Holländer nickte.

»Herr Major, Lieutenant. Hier trennen sich unsere Wege, denke ich. Wir haben noch viel zu tun, müsst Ihr wissen. Euer Kommandeur sorgt dafür, dass wir sehr beschäftigt sind.«

Steel verzog den Mund. Der Captain tippte sich an die Mütze und ritt mit seinen beiden Begleitern zurück zu seinen Dragonern. Als er in Rufweite zu seinen Leuten war, rief er einen Befehl, worauf die Männer ihre Säbel in einer einzigen, fließenden Bewegung zurück in die Scheiden schoben. Jennings wendete sein Pferd ohne ein Wort und trabte zurück zum Ende der Kolonne. Steel wandte sich unterdessen an Slaughter.

»Die Männer sollen sich rühren, Sergeant.«

Er beobachtete, wie der holländische Captain seine Reiter

anwies, die Pferde in die Felder zu lenken, damit Steels Soldaten und die Fuhrwerke ungehindert ihren Weg fortsetzen konnten.

Steel suchte Slaughters Blick.

»Kommt, Sergeant. Machen wir uns auf in diese verdammte Stadt, ehe die Schänke noch abbrennt ... falls es sie überhaupt gibt.« Er seufzte. »Verflucht, Jacob. Ich hoffe, wir stoßen bald wieder auf unsere Armee. Ich weiß nicht, wie lange ich das hier noch aushalte.«

»Sir?«

»Major Jennings, Sergeant. Ihr wisst sehr genau, was ich meine.«

Slaughter lächelte.

»Ja, ich weiß, Sir. Und ich weiß, dass wir nicht länger hier in dieser Gegend sein sollten. Wir müssen zurück zu unserem Regiment. Und wenn wir das nicht bald schaffen, werden wir nicht bloß eine verdammte Schlacht verpassen. Ich sag's Euch, wir verpassen noch den ganzen verdammten Krieg.«

* * *

Als sie schließlich die kleine Stadt Sielenbach erreichten, sah Steel sich in seinen Befürchtungen bestätigt. Die noch schwelenden Trümmer der Häuser boten einen traurigen Anblick, der einstige Stolz der Bewohner war dahin. Die Rotröcke marschierten aufmerksam über die Hauptstraße, hielten kurz an jeder Kreuzung an, um sich einen Überblick zu verschaffen, und warfen hier und da einen Blick in die abgebrannten Häuser, für den Fall, dass doch noch irgendwo Menschen zum Sterben zurückgelassen worden waren.

Steel wusste, dass die Soldaten müde waren, dazu noch durstig und angeschlagen. Für die Grenadiere kam diese ganze Expedition einem Gesichtsverlust nah. Am Schellenberg hatten die Männer noch ruhmreich gekämpft, um wenige Tage später zur Beschaffung von Furage abkommandiert zu werden. Was für ein Abstieg! Sie wären Steel überallhin gefolgt, wenn es darum gegangen wäre, den Feind zu stellen, aber nun waren sie tief im Herzen Bayerns und bewachten eine Wagenkolonne Mehl.

Sie hatten einen ranghöheren Offizier und dessen Kompanie Infanteristen gerettet. Hatten den Angriff eines besonders rücksichtslosen Haufens Franzosen zurückgeschlagen, und zwar, wie es aussah, ohne die Hilfe jenes Offiziers, der unlängst einen unschuldigen Mann aus den Reihen des Regiments hatte auspeitschen lassen. Sie waren auf die Toten eines schrecklichen Massakers gestoßen und hatten die Opfer auf dem Feld bestattet, darunter Frauen und kleine Kinder, und jetzt zogen sie durch Siedlungen, die von Engländern oder Holländern niedergebrannt worden waren. Und die Bewohner dieser Landstriche, gewöhnliche Menschen, waren auf der Flucht. Steel wusste, dass seine Männer sich fragten, was hier eigentlich vor sich ging, aber er konnte und wollte die unausgesprochenen Fragen nicht beantworten.

Die Grenadiere schauten zu Steel auf und glaubten an ihn. Sie wussten um seine Verdienste im Krieg, wussten, dass er für die Schweden gekämpft hatte und unbeschadet aus der Hölle des Nordischen Krieges herausgekommen war. Dieser Mr. Steel hatte etwas Besonderes an sich. Das Glück schien ihm hold zu sein, und da die meisten Soldaten auch abergläubisch waren, hielten sie es für möglich, dass etwas von diesem Glück auf sie abfärben würde. Doch am Ende eines jeden Tages war Steel nur Offizier. Dann spürte auch er die Distanz zwischen sich und den Soldaten. Keine Frage, er konnte sich auf Slaughter verlassen, wenn es darum ging, für Ordnung zu sorgen. Aber wenn die Männer sich jetzt nicht bald würden ausruhen können – die allgemeine Stimmung musste sich aufhellen –, rechnete Steel mit einer Meuterei.

Steel war sich nicht sicher, ob es sinnvoll gewesen war, aber bereits einen Tag nach der Züchtigung hatte er den armen Kerl Cussiter in seine Kompanie aufgenommen. Der Mann war persönlich an ihn herangetreten und hatte ihn angefleht, Steel möge ihn aufnehmen. Cussiter hatte wahrlich Feuer, und Steel ahnte instinktiv, dass er beizeiten ein guter Grenadier würde. Aber natürlich war Cussiter voller Hass auf Farquharson und Jennings. Und da die Stimmung allgemein schlecht war, stand zu befürchten, dass ein Mann wie Cussiter schon bei geringem Anlass seinem Zorn Luft machen würde. Da war es ratsam, den Schwierigkeiten vorzubeugen. Sie mussten diese verfluchte Schänke finden – falls es sie noch gab. Die Männer hatten sich alle einen Humpen Bier verdient und sollten sich ausruhen.

Soldaten waren leicht zu handhaben, wenn man wusste, was sie zufriedenstellte. Colonel James (oder Septimus) Hawkins mochte ja recht haben, wenn er behauptete, ein Offizier müsse sich stets Respekt verschaffen, aber Steel wusste es besser. Wenn die Männer gut gelaunt waren, kämpften sie für ihren Offizier. Provozierte man sie aber zu sehr, lief jeder Offizier Gefahr, so zu enden wie ein Franzose.

Steel zügelte sein Pferd und sprang aus dem Sattel, hielt er es doch für das Beste, sich solidarisch zu zeigen und sich unter die Männer zu mischen. Hier, inmitten der schwelenden Ruinen, war es ohnehin nicht nötig, den Status als Offizier zu wahren, da wohl kaum mit einem Empfangskomitee vonseiten des Bürgermeisters zu rechnen war. Slaughter beäugte ihn mit freudlosem Blick.

»Bitte um Verzeihung, Sir, aber habt Ihr vor, dass wir hier die Nacht verbringen, in diesem gottverlassenen, verkohlten Fleck?«

»Das habe ich vor, Jacob. Dies hier ist Sielenbach, und mir scheint, dass dieser Ort anderen in nichts nachsteht, wenn es darum geht, die Stiefel auszuziehen.« Sofort fügte er hinzu: »Und denkt daran, soweit wir wissen, steht die Schänke noch.«

Ein Lächeln stahl sich auf Slaughters Miene. Er sagte zwar nichts, doch plötzlich wirkten seine Schritte beschwingter als Augenblicke zuvor.

»Die Stimmung ist schlecht, oder, Jacob?«

»Kann man wohl sagen, Sir. Die Männer fragen sich, was wir so weit südlich zu suchen haben. Und Ihr wisst ja so gut wie ich, Mr. Steel, dass die Jungs noch düstere Gedanken haben, wenn sie ohnehin schon am Einsatz zweifeln.«

»Steckt Cussiter dahinter?«

»Nein, der Bursche verhält sich ziemlich ruhig. Andere jedoch zeigen unverhohlener ihren Groll.«

Slaughter hielt inne und dachte nach.

»Ist dann wohl das Beste, wenn wir hier lagern, Sir. Und damit Ihr's wisst, ich werde dafür sorgen, dass Dan Cussiter immer schön weit weg ist von unserem Freund dem Major, wenn Ihr wisst, was ich meine. War 'n verdammtes Pech, dass ausgerechnet Jennings unser anderer Offizier ist. Wenn ich das mal so sagen darf, Sir.«

»Nur zu, Jacob, ich habe nichts dagegen, wenn Ihr in diesem Punkt offen sprecht.«

Das Klacken der Soldatenstiefel auf dem trockenen, rußverschmierten Kopfsteinpflaster hallte durch die leeren Straßen. Die Stille durchbrach nur das Rattern der Wagenräder, als die Kolonne durch die Stadt rumpelte.

Nirgends bellten Hunde, nicht einmal Vögel zwitscherten. Der Geruch von verbranntem Holz hing schwer in der Luft.

Es war spät am Morgen, ein sonniger Sommertag. Für gewöhnlich war es zu dieser Tageszeit voll auf den Straßen, wenn die Händler und Stadtbewohner ihren Geschäften nachgingen. Heute jedoch war die Kirchenstraße wie leer gefegt, und die stolzen hohen Bürgerhäuser zu beiden Seiten der Hauptstraße sahen aus wie Stümpfe schwarzer, verrottender Zähne. Hier und da stieg noch Qualm aus den Ruinen, und die noch glühenden Kohlen erinnerten spöttisch an den verlorenen Komfort der Herdstätten.

Gelegentlich lag noch das Hab und Gut verstreut in den Straßen, das die Menschen bei der hastigen Flucht hatten fallen lassen, um schlimmerem Schrecken zu entkommen. Kleidungsstücke, Schuhe und Taschen lagen herum. Ab und an sah Steel Stoffpuppen und anderes Kinderspielzeug, angesengt und schmutzig, neben größeren Gegenständen wie Stühlen, Holztruhen oder Musikinstrumenten. Die wertvollen Dinge der Einwohner von Sielenbach hatten längst die holländischen Dragoner mitgenommen. Aber nicht alles. In der Gosse lag ein Gemälde mit vergoldetem Rahmen, auf dem Christus in seiner Herrlichkeit zu sehen war. Verloren ragte eine hohe Standuhr an einer Straßenkreuzung auf; die früheren Besitzer hatten offenbar noch versucht, die wertvolle Uhr zu retten, waren dann jedoch gezwungen gewesen, sie zurückzulassen. Bücher lagen verstreut herum; einzelne Seiten und Papiere wehte der Wind durch die Straßen.

Schließlich kam die Kirche in Sichtweite. Da es das bislang einzige Gebäude vor Ort war, das nicht bis auf die Grundmauern abgebrannt war, bestach es durch seine schlichte Würde. Als Steel mit seinen Männern den Marktplatz erreichte, wo die Kirchenfassade sich gegen den klaren blauen Himmel abhob, sah er, dass sich neben der Basilika noch ein zweites Gebäude erhob. Die Schänke stand tatsächlich noch, wie der holländische Captain es ihm beschrieben hatte. Das fröhlich bemalte Holz und die hellblauen Blumen in den Kästen bildeten einen seltsamen Kontrast zu der Verwüstung rings um den Marktplatz.

»Sergeant, wir machen hier Halt.«

Slaughter drehte den Kopf nach rechts.

»Abteilung – halt!«

»Fünfzehn Minuten Rast, Sergeant.«

Williams schloss auf, gefolgt von Jennings. Der Major schien verstimmt zu sein.

»Wir machen Halt, Mr. Steel? Sagt mir, was das soll.«

»Dies hier wird unser Lager für die Nacht.«

»Für die Nacht, Steel? Aber wir haben nicht einmal zwölf Uhr. Wir könnten noch Stunden marschieren.«

»Die Männer brauchen eine Pause, Sir. Und da ist dieser Ort nicht schlechter als andere. Vielleicht sogar besser als das offene Gelände. Außerdem gibt es hier eine Schänke.«

Jennings schaute hinüber zu dem bemalten Tavernenschild über der Tür, auf dem ein galoppierendes graues Pferd zu sehen war.

»Nun, Steel, wenn Ihr davon überzeugt seid. Obwohl ich nicht damit rechne, dass wir dort etwas halbwegs Anständiges bekommen werden.«

Er blickte zurück über die Wagenkolonne hinweg.

»Sergeant Stringer. Wo, zum Teufel, steckt der Trottel? Stringer! Meine Tasche.«

Jennings stieg ab und überquerte den Marktplatz, wie immer gefolgt von seinem diensteifrigen Sergeant, der inzwischen die Tasche des Majors aus der Kutsche geholt hatte.

»Oh, Major«, rief Steel ihm nach, »in der Schänke sind noch ein kranker alter Mann und dessen Tochter. Gebt Acht auf sie.«

Er sah Slaughter an.

»Ich hoffe doch, dass unserem Major die Unterbringung zusagt. Kommt, Jacob, sorgen wir dafür, dass dieser Haufen sich auf die Nacht einstellt. Die Wagen lassen wir hier auf dem Platz und in der Straße. In den nächsten Stunden werden hier wohl kaum weitere Wagen durchkommen. Ach, Jacob ...?«

»Sir?«

»Die Männer sollen sich einen Schlafplatz suchen. Dort drüben ist ein Feld, hinter der Kirche. Sagt den Grenadieren, jedem

Mann steht ein Humpen Bier in der Schänke zu ... falls man noch welches bekommt. Und sagt ihnen, dass ich ... dass Lord Marlborough die Kosten übernimmt.«

»Verstanden, Sir.«

»Oh, und noch etwas, Jacob. Nur damit Ihr es wisst, ich werde ebenfalls auf dem Feld schlafen. Jennings ist in der Schänke – mit seinem Affen –, und nichts in der Welt könnte mich dazu bringen, mit diesem Kerl unter einem Dach zu schlafen.«

* * *

Auf der anderen Seite des Marktplatzes angekommen, drückte Jennings die Tür der Schänke auf und trat ein, gefolgt von seinem Sergeant. Der Major war überrascht, hatte er doch fest damit gerechnet, die Spuren einer durchzechten Nacht in der Schänke vorzufinden. Doch statt schmutziger Weingläser und halb geleerter Humpen der letzten Kundschaft bot sich ihm eine saubere, gepflegte Schankstube. Der Raum war leer, wie zu erwarten, doch im Kamin brannte ein kleines Feuer, und auf der Anrichte stand ein Stapel Teller, als würde jeden Moment der Tisch gedeckt.

»Hallo? Irgendjemand zu Hause?«

Eine Tür im hinteren Bereich der Stube ging auf, und eine junge Frau kam herein. Wahre Schönheit erkannte Jennings stets auf den ersten Blick. Er beschloss in diesem Moment, dass er das Mädchen vor der Abreise verführen würde. Da wäre ihm jedes Mittel recht.

Die junge Frau sprach ihn in dem bayerischen Dialekt an. »Guten Tag. Oh, Ihr seid Soldat?«

»Ja, Engländer, Miss. Major Aubrey Jennings, aus Farquharsons Regiment. Zu Diensten.«

Er verbeugte sich galant und nahm den Hut mit ausladender Geste ab.

»Ihr seid Engländer? Dann kann ich ja Englisch sprechen.«

Ihre Stimme klang wunderbar sanft. Was für ein herrlicher Kontrast zu der harten, männlichen Welt, die er eben verlassen hatte. Ihre Worte jedoch waren verbittert.

»Sagt mir, Sir. Warum sollte ich den Engländern vertrauen? Eure Leute kommen hierher und brennen die Stadt nieder. Warum? Was haben wir getan? Wir führen keinen Krieg gegen Euch. Wieso?«

Jennings war erschrocken und schwieg. Da kam ihm ein Gedanke. Ein brillanter dazu. »Entschuldigt, meine Liebe, ich bin im Nachteil. Ich hatte Euren Namen nicht verstanden ...«

»Weber. Ich heiße Louisa Weber, und dies ist das Wirtshaus meines Vaters.«

»Meine liebe Miss Weber, ich bin gekommen, um mich zu entschuldigen. Im Namen Seiner Hoheit des Herzogs von Marlborough bitte ich Euch und Eure Mitbürger zutiefst um Verzeihung. Auf unserem Weg in die Stadt sind wir den Menschen von Sielenbach begegnet und haben versucht, für den Schaden aufzukommen, der angerichtet wurde. Die Siedlung ist offenbar verloren, aber wir tun, was wir können. Ich ersuche Euch, mir zu glauben, dass dies nicht das Werk der Engländer war. Bei meiner Ehre als Soldat und Gentleman. Das waren unsere holländischen Verbündeten, und ich schwöre Euch, dass die Verantwortlichen zur Rechenschaft gezogen werden. Sie werden zum Tode verurteilt.«

Die junge Frau sah ihn einen Moment lang unverwandt an. Dann schien sie zu begreifen.

»Oh, nein«, entfuhr es ihr. »Das wollte ich nicht. Niemand soll sterben. Der holländische Captain hat mir alles erklärt. Er sagte, sie handelten auf Befehl Eures Herzogs. Die Stadt werde niedergebrannt, um den Kurfürsten Max Emanuel zu treffen. Damit er das Bündnis mit Frankreich bricht. Es waren die Engländer, die den Befehl gaben, Sielenbach niederzubrennen.«

»Ich versichere Euch, Miss Weber, dass es nicht so war. Wir haben die Männer, die das Feuer gelegt haben, gefangen genommen. Es sind Holländer. Sie werden jetzt unter strengster Bewachung nach Donauwörth gebracht, wo man sie vor ein Kriegsgericht stellen wird. Sie werden gehängt.«

Die junge Frau senkte den Blick.

»Das tut mir leid. Ich wollte nicht, dass sie sterben. Der Captain schien ein netter Mann zu sein. Ein wahrer Gentleman.«

»Meine arme Miss Weber, wie viel Ihr noch lernen müsst, wenn es um Soldaten geht. Ich werde Euch vieles erklären müssen. Nicht jeder Offizier ist auch ein Gentleman. Ihr müsst wissen, dass man manchen Männern kein Vertrauen schenken darf. Dieser Captain war gewiss kein Ehrenmann.«

Mit diesen Worten trat er zu der jungen Frau und legte ihr eine Hand auf die Schulter, dort, wo der Stoff ihrer Bluse den Blick freigab auf die weiche, helle Haut ihres Ausschnitts. Sie zuckte zusammen, entspannte sich aber bei der Wärme seiner Finger. Es war schon lange her, dass jemand sie auf diese vertrauliche Weise berührt hatte.

»Meine liebe Miss Weber … Louisa, wenn ich darf? Einem Engländer könnt Ihr vertrauen. Insbesondere mir. Aber kommt, zeigt mir, wo ich heute Nacht schlafen kann. Natürlich werde ich die Übernachtung bezahlen, auch das Essen und den Wein, den Ihr meinen Männern vielleicht anbieten könnt. Wir haben einen langen und beschwerlichen Weg hinter uns, aber wir scheuen keine Mühen, wenn es darum geht, die Übeltäter zu bestrafen.«

* * *

Steel hatte inzwischen das Nachtlager für die Grenadiere in Augenschein genommen, eine Weidefläche hinter der Kirche, im Schatten einiger Apfelbäume. Sein Gepäck ließ er bei Slaughter und ging dann zurück auf den Marktplatz. Auch die Muskete hatte er in die Obhut des Sergeanten gegeben, den Degen jedoch trug er bei sich. Bei jedem Schritt in der geisterhaften Stille der Straßen hallten die metallenen Geräusche über das Pflaster. Unwillkürlich legte er eine Hand auf die Degenscheide, da es ihm fast wie ein Sakrileg vorkam, Waffenklirren an einer Stätte zu hören, die unlängst von der Härte des Krieges heimgesucht worden war.

Am Rande des Marktplatzes und entlang der Hauptstraße, die von Norden her in die Stadt führte, standen die Fuhrwerke in der späten Nachmittagssonne. Einige Fuhrleute hatten die Karrengäule ausgespannt und tränkten sie am Brunnen auf dem Marktplatz. Steel hatte Williams damit beauftragt, Wachen bei den Wagen aufzustellen; an jeder Straße, die nach Sielenbach führte, sollten je drei Grenadiere postiert werden. Das war fast die Hälfte seines Zuges. Den anderen Männern war es erlaubt, sich in der Schänke aufzuhalten. Steel war indes klar, dass er und Slaughter darauf zu achten hatten, dass jeder Mann nur die ihm zustehende Ration trank und nicht mehr. Steel bewegte sich da auf dünnem Eis. Die Bierration sollte die Männer besänftigen, aber wenn das Vorhaben außer Kontrolle geriet, wäre er für die Folgen verantwortlich.

Er steuerte die Schänke an und trat ein. Das Wirtshaus war groß und mochte vor der Katastrophe von dem Pilgerweg profitiert haben, der durch diese Gegend führte. Zumindest hatte Colonel Hawkins ihm das erzählt. In der Schankstube roch es nach Alkohol und Pfeifenqualm. Allerdings war niemand da; daher ging Steel zu der Treppe, die in das erste Stockwerk führte. Er überlegte noch, ob er nach oben gehen sollte, als er ein leises Stöhnen von einer nur angelehnten Tür am anderen Ende des Raums vernahm. Steel wandte sich zu der Tür, zog sie auf und spähte in den Raum dahinter. Ein alter Mann saß in einem großen Holzstuhl, eingehüllt in eine Decke. Er schien im Schlaf vor sich hin zu murmeln.

»Das ist mein Vater.«

Beim Klang der leisen Stimme erschrak Steel und drehte sich um. Instinktiv hatte er den Knauf des Degens mit einer Hand umschlossen, sah aber im selben Moment eine junge Frau vor sich, die ihn auf Englisch ansprach.

»Tut mir leid, ich wollte Euch nicht erschrecken.«

»Das habt Ihr nicht, Miss. Ich war nur überrascht.«

Die junge Frau war außergewöhnlich schön. Sie hatte durchdringende blaue Augen und feines blondes Haar, das golden schimmerte. Steel war hingerissen von diesem Anblick.

»Ihr seid Engländer, ja?«

»Ja. Oder besser gesagt, Schotte, Miss.«

Er war sich nicht sicher, ob sie den Unterschied verstanden hatte, aber das war im Augenblick auch nicht so wichtig.

»Und Ihr seid Captain? Oder Lieutenant?« Umsonst suchte sie mit ihren wachen Augen nach einem Rangabzeichen an seiner Uniform.

»Lieutenant, Miss. Lieutenant Jack Steel aus Farquharsons Regiment. Im Dienste Ihrer Majestät Queen Anne.«

Er machte eine kurze Verbeugung. Als Louisa lächelte, war er erneut wie verzaubert von ihrer Schönheit.

»Ich heiße Louisa Weber, Lieutenant. Ihr seid uns willkommen. Dies ist das Wirtshaus meines Vaters. Euer anderer Offizier, Major … Jennings, hat mir erzählt, dass Ihr die Männer gefunden habt, die unserer kleinen Stadt so viel Unheil gebracht haben. Das war nicht das Werk der Engländer, sondern der Holländer. Ich versuche nur zu verstehen, was vorgefallen ist.«

Steel nickte, fragte sich aber gleich, was dieser Jennings der jungen Frau aufgetischt haben mochte. Wie hatte er das gemeint, sie hätten die Männer »gefunden«?

Louisa kniete sich neben ihren Vater und legte ihm einen Arm um die Schulter. Dann flüsterte sie dem alten Mann etwas auf Deutsch ins Ohr. Gewiss tröstende Worte an einem Tag, an dem es kaum Aussicht auf Trost gab. Als sie zu Steel aufschaute, füllten sich ihre schönen Augen mit Verzweiflung.

»Mein Vater ist krank. Wir sind auf Eure Gnade angewiesen. Mein Vater hat einen Vetter in England. Er wohnt in Harwich. Eine Stadt an der Ostküste, die vom Fischfang lebt. Sein Vetter dort ist Kaufmann. Ein sehr wohlhabender Mann, glaube ich. Wenn Ihr uns helfen würdet, nach England zu reisen, könnte ich Euch Geld geben, Lieutenant. Das habe ich schon Major Jennings gesagt. Er meinte, das ließe sich machen. Ich sagte ihm, der Vetter meines Vaters werde für alle Kosten aufkommen. Uns bleibt nichts anderes übrig. Wir sind ruiniert.«

Die junge Frau tat ihm aufrichtig leid. Sie hatte recht. In dieser Stadt konnten sie nicht mehr leben, Sielenbach existierte nicht mehr. Die Dragoner hatten nur die Kirche und das Wirtshaus verschont, aber wie sollte eine Schänke ohne Kundschaft auskommen?

»Natürlich, Miss Weber. Wir werden alles tun, um Euch zu helfen. Und Eurem Vater. Ihr braucht uns aber kein Geld zu geben. Was Jennings auch immer gesagt haben mag, ich bitte Euch, macht Euch keine Gedanken wegen des Geldes.«

Es war wieder einmal bezeichnend für einen Mann wie Jennings, über eine Bezahlung verhandelt zu haben. Steel bot der jungen Frau gerade die Hand und half ihr beim Aufstehen, als die Wirtshaustür aufging und Slaughter hereinkam. Der Sergeant räusperte sich, als er Steel durch die offene Tür im Hinterzimmer stehen sah.

»Mr. Steel, Sir. Ich wollte nur fragen, ob jetzt die Zeit wäre, den Männern ihre Ration Bier zu gönnen. Wir haben ganz schön trockene Kehlen.«

Steel trat aus dem Hinterzimmer in die Schankstube. »In Ordnung, Sergeant, lasst die Männer rein.«

Er wandte sich Louisa zu, die ebenfalls das Zimmer verlassen hatte. »Miss Weber, habt Ihr noch Bier für uns? Wir werden es selbstverständlich bezahlen. Und falls Ihr noch etwas zu essen haben solltet, wären wir Euch sehr verbunden. Ich für meinen Teil wäre Euch sehr dankbar, wenn Ihr noch Wein hättet.«

Trotz der widrigen Umstände schien das Wirtshaus zu etwas wie Normalität zurückzufinden, und daher war Louisa froh, sich um ihre Gäste kümmern zu können.

Nach und nach kamen die Grenadiere in die Schankstube. Sie nahmen beim Eintreten ihre Mützen ab, ließen die Waffen an der Tür und nahmen in Gruppen an den Tischen Platz. Binnen Minuten war es laut in der Stube. Steel beobachtete, wie Louisa sich zwischen all den Männern bewegte. Wie munter sie auf einmal wirkte, von neuem Elan belebt. Steel blieb derweil im Hintergrund und saß allein in einer dunklen Ecke neben dem Kamin. Louisa hatte ihm einen guten Moselwein serviert, und obwohl er ihn rasch hätte austrinken können, ließ er sich Zeit und behielt die Männer im Auge. Auch Slaughter, der mit einigen älteren Soldaten zusammensaß, ließ Vorsicht walten. Aber weder Steel noch sein Sergeant brauchten sich Gedanken zu machen. An einem Tisch wurde Karten gespielt. In einer anderen Tischgruppe wurde ein Volkslied angestimmt, allerdings hatten die Männer die alten Verse durch anzügliche Strophen ersetzt.

Steel spürte, dass die Männer sich zum ersten Mal seit Tagen entspannten, und war zuversichtlich, dass seine Taktik sich auszahlen würde. Vom Tisch am anderen Ende der Stube fing Slaughter Steels Blick ein und nickte verhalten. Erst jetzt konnte auch Steel sich ein wenig entspannen und genoss es, von seinem Platz aus Louisa zu beobachten. Sie zwängte sich an den voll besetzten Bänken vorbei und servierte in der schlecht gelüfteten Schankstube die hohen Maßkrüge mit süßlichem, dunklem Bier. Wie aus dem Nichts hatte sie einen Eintopf gekocht, in dem zur Abwechslung kein Ungeziefer schwamm; der Eintopf war zwar eher eine dünne Suppe, dafür aber heiß, und zudem gab es gutes Schwarzbrot mit Schinken und Käse.

Die Soldaten machten keine Anstalten, Louisa in irgendeiner Weise zu belästigen, wussten sie doch, dass ihr Offizier anwesend war, der angekündigt hatte, die Zeche zu zahlen. Steel sah, wie Louisa lächelte; ein strahlendes Lächeln, das ihr hübsches Antlitz wie von innen zum Leuchten brachte. Unweigerlich fragte er sich, wie überzeugend Jennings sie mit seinen salbungsvollen Worten und Versprechungen verzaubert haben mochte. Im selben Moment wunderte Steel sich jedoch, warum er überhaupt eifersüchtig auf einen Mann wie Jennings war. Er kannte diese junge Frau doch gerade einmal eine Stunde. Hatte nur wenige Worte mit ihr gewechselt. Und dennoch hatte die Tochter des Wirts etwas an sich, das Steel seltsam vertraut war, beinahe tröstlich.

Da sah er, dass Williams das Wirtshaus betrat und sich umblickte. An einem Tisch schauten die Grenadiere auf und grinsten. Ein junger Fähnrich, der erst kürzlich dem Regiment beigetreten war, wurde immer schnell zur Zielscheibe des Spotts, auch wenn Williams sich seine Sporen in dem Gefecht mit den Franzosen verdient hatte.

»Tom! Hier drüben!«, rief Steel über das Stimmengewirr der Männer hinweg. »Setzt Euch doch auf ein Glas zu mir.«

Williams bahnte sich seinen Weg durch die Schankstube und nahm in Steels Ecke Platz, worauf Steel zwei Gläser füllte.

»Habt Ihr irgendwo unseren Major gesehen?«

»Nein, Sir. Ich dachte, er wäre hier.«

»Und wo ist Herr Kretzmer?«

»Keine Ahnung, Sir. Könnte aber in seiner Kutsche sein.«

»Also, Tom. Ich hatte Euch ja versprochen, Euch noch einmal nach Eurem ersten Gefecht zu fragen, wie es Euch als Soldat gefällt.«

»Ich habe meine Meinung nicht geändert, Sir. Obwohl ich schon zugeben muss, dass mich der Vorfall in Sattelberg zutiefst beunruhigt hat. Das war doch nicht das wahre Gesicht des Krieges, oder, Sir?«

»Nein, Tom. Krieg ist nicht oft so. Aber die Wahrheit über den Krieg ist auch, dass man nie sicher sein kann, was einen als Nächstes erwartet. Sattelberg war schlimm. Aber lasst Euch gesagt sein, dass Ihr während Eurer Zeit als Soldat noch Schlimmeres sehen werdet. Und dann werdet Ihr wiederum erleben, dass sich nichts dergleichen ereignet. Als Soldat führt man ein sehr aufregendes und andererseits sehr langweiliges Leben. Und wenn Ihr bei der Armee bleibt, so verspreche ich Euch, dass es keinen Tag geben wird, an dem Ihr nicht entweder vor Freude hüpfen oder Euch mit Schauder abwenden werdet.«

* * *

Drei Stunden später erging Tom Williams sich immer noch in Träumen vom Soldatentum. Steel half ihm auf. Vielleicht hatte der junge Fähnrich doch ein wenig zu viel von dem Moselwein gehabt. Inzwischen waren die meisten Grenadiere gegangen und machten sich auf den Weg zu dem zweifelhaften Komfort ihres Nachtlagers. Als die letzten Soldaten die Schankstube verließen – einige sangen unbeirrt weiter, andere murmelten Worte des Dankes in Steels Richtung –, wandte Steel sich an Slaughter.

»Sergeant. Wärt Ihr so freundlich und helft Mr. Williams zu seinem Lager? Er soll in meiner Nähe schlafen. Aber nicht so nah bei mir, dass er in der Nacht womöglich mein Gepäck für eine Latrine hält.«

Slaughter musste lachen.

»Ich glaube, er ist erschöpft, wie, Sir? Ist den Wein nicht gewohnt. Ich kümmere mich schon um ihn, Mr. Steel. Lasst Euch nur Zeit.«

Slaughter hatte seinen Offizier den Abend über beobachtet, und daher war ihm nicht entgangen, dass Steel Augen für Louisa hatte. Slaughter kannte den Lieutenant lange genug, um diesen Blick einordnen zu können. Nun, gut möglich, dass Zeit für die Liebe war, wenn es Steel darum ging. Jetzt entsann er sich einer Nacht in Flandern, als er und Steel ziemlich angetrunken gewesen waren, nach einem langen harten Tag, an dem zu viele gute Männer ihr Leben verloren hatten. Steel hatte ihm von einer Frau namens Arabella erzählt. Er sprach von Bedauern und verpassten Gelegenheiten und von Hoffnungen, die das Leben vielleicht noch für ihn bereithielt. Am darauffolgenden Tag hatten sie natürlich kein Wort mehr darüber verloren. Aber der Sergeant hatte nicht vergessen, dass sein Lieutenant sich ihm anvertraut hatte. Vielleicht würde diese junge Frau ihnen fortan folgen. Gut möglich, dass sie diejenige war, die Steel ein Leben bot, nach dem er sich sehnte. Den angetrunkenen Fähnrich halb im Arm, verließ Slaughter die Schankstube und ließ Steel allein zurück.

Steel ging zu den Privaträumen der Wirtsleute und räusperte sich vernehmlich. Louisa drehte sich zur Tür und schaute ihn an.

»Ich sorge wohl besser dafür, dass Herr Kretzmer irgendwo schlafen kann.«

Steel nickte in Richtung des Bayern. Nachdem Kretzmer sich eine Flasche Brandy hatte bringen lassen, hatte er sich von den Soldaten abgesondert und war inzwischen im Stuhl von Louisas krankem Vater eingeschlafen. Louisa hatte allerdings nichts dagegen. Herr Kretzmer gehörte einer anderen Welt an als die Grenadiere und mochte sich nicht unter die Männer mischen. Louisa war froh, einen Landsmann unter ihrem Dach zu wissen. Gemeinsam mit Steel blickte sie auf den schlafenden Kaufmann.

»Lasst ihn einfach so liegen, Lieutenant. Ich werde ihn zudecken, und wenn er aufwacht, wird er sich schon zurechtfinden. Keine Sorge. Er ist so harmlos wie ein Welpe.«

Steel musste lachen.

»Habt Dank, Miss Weber, für Eure Gastfreundschaft. Könnte ich die Rechnung dann morgen begleichen? Wir stehen zeitig auf.«

»Ich auch, Lieutenant. Aber bitte sagt doch Louisa zu mir. Ihr seid willkommen. So hatte ich zumindest wieder das Gefühl, dass ... dass ein bisschen Leben in der Stadt ist. Ich ...«

Sie suchte plötzlich nach Worten. Instinktiv ging Steel zu ihr, legte ihr eine Hand auf die Schulter und sah ihr in die Augen, in denen Tränen schimmerten.

»Bitte, macht Euch keine Sorgen. Morgen werdet Ihr uns begleiten. Nehmt alles mit, was Euch wichtig ist, aber grämt Euch nicht. Wir kümmern uns um Euch und Euren Vater. Keine Angst. Dies ist nicht das Ende, sondern ein Neubeginn.«

Sie nickte zögerlich und lächelte, und einen Moment lang glaubte Steel, in ihren Augen noch etwas anderes zu entdecken. Doch jetzt spürte er, dass der Augenblick ungünstig war. Vorsichtig zog er seine Hand zurück.

»Ihr braucht Schlaf. Morgen marschieren wir nach Norden. Und dann beginnt für Euch ein neues Leben.«

* * *

Jennings war auf der Suche nach Alkohol. Nachdem Kretzmer gegangen war, hatte er fast eine Stunde in der Kirche zugebracht und nachgedacht; gebetet hatte er nicht. Als er spürte, dass ihn der Hunger überkam, hatte er Stringer in die Schänke geschickt. Er sollte ihm etwas zu essen und Wein mitbringen. Jennings hatte beschlossen, allein zu essen, also hockte er in der von Kerzen schwach erleuchteten Kirche, während der Sergeant draußen auf den Treppenstufen saß. Eben hatte der Mann ihm berichtet, die Grenadiere und Mr. Steel seien zum Nachtlager aufgebrochen. Daher nahm Jennings sich vor, die Annehmlichkeiten zu genießen, für die er bezahlt hatte. Ein richtiges Bett mit sauberen Laken, zuvor aber noch ein wenig Hochprozentiges. Und dann gab es da ja noch die junge Frau …

Der Major verließ leise die Kirche und ging die Stufen hinunter zum Marktplatz. Stringer wartete in den Schatten der Basilika. Als er Jennings sah, richtete er sich auf. Im Mondschein bot die Stadt einen wahrlich unheimlichen Anblick. Es war kalt, und selbst Jennings überkam ein sonderbares Unbehagen. Er trat zu seinem Sergeant.

»Ich möchte, dass niemand die Schänke betritt, verstanden? Keiner. Habt Ihr mich verstanden?«

»Sir. Ja, Sir.«

Jennings war schnell an der Tür und drückte dagegen. Der Riegel war nicht vorgeschoben. In der Schankstube war es düster. Eine einsame Kerze brannte noch, die Tische waren abgeräumt. Ein Lichtschein aus dem hinteren Bereich der Schankstube verriet Jennings, dass noch nicht alle Bewohner des Hauses schliefen. Gewiss würde er dort seinen Brandy bekommen. Und vielleicht noch andere Freuden genießen können …

Leise ging er über den Dielenboden, verhinderte mit einer Hand, dass der Degen klapperte, und stieß die Tür auf.

»Miss Weber, wie angenehm.«

Louisa erschrak und fuhr herum.

»Oh, Major Jennings. Ihr habt mich erschreckt. Tut mir leid. Ich war mit den Gedanken woanders.«

»Das ist verständlich für eine Frau in Eurer Situation. Ich habe mich nur gerade gefragt, ob ich noch ein Glas Cognac bekommen könnte. Oder starken Wein. Ich hatte viel zu tun. Berichte schreiben und dergleichen. Der Weinbrand würde mich ein wenig beruhigen. Wenn man das Kommando hat, bleibt eben keine Zeit, um mit den Männern zu trinken, müsst Ihr wissen.«

Louisa schenkte ihm ein mitfühlendes Lächeln.

»Ja, Major, natürlich. Ich glaube, wir haben noch etwas von dem guten französischen Branntwein. Ich werde ihn für Euch holen.«

Als Jennings tiefer ins Zimmer trat, stellte er zu seiner Überraschung fest, dass Kretzmer in einem Lehnstuhl schlief. Sofort reifte ein Plan in Jennings' Kopf. Wie aufmerksam von dem fetten Bayern, dachte er mit einem Grinsen.

Louisa stand mit dem Rücken zu ihm, stellte sich auf die Zehenspitzen und streckte die Hand nach dem obersten Regal des Schranks aus, wo sie die teureren Flaschen aufbewahrten. Der Major hatte ja versprochen, alles zu bezahlen. Sie spürte, dass der Mann dicht hinter ihr stand, und fühlte seinen Atem im Nacken.

»Ihr erinnert Euch bestimmt an unser letztes Gespräch, meine Liebe. An unseren Handel. Ich versprach Euch, dass ich Euch sicher nach England geleite. Und da haben wir uns doch auf eine Summe geeinigt, nicht wahr?«

Louisa drehte sich zu ihm um; es war schwierig, Körperkontakt zu vermeiden, weil der Major ihr so nah gekommen war. Geistesgegenwärtig hielt sie die Branntweinflasche zwischen sich und Jennings.

»Euer Brandy, Major.«

Jennings wich nur ein kleines Stück zurück.

»Ihr erinnert Euch doch an die Summe, über die wir sprachen, Miss Weber ... Louisa?«

Sie nickte. »Ja, Major. Aber die Dinge haben sich geändert. Lieutenant Steel hat mir versprochen, mich zu Eurer Armee mitzunehmen. Er sagte, es würde uns nichts kosten. Und dass er mich beschützt.«

Etwas Schlimmeres hätte sie nicht sagen können. Sie hatte ihr Schicksal selbst besiegelt.

»Ah, das hat Euch Mr. Steel also gesagt? Lasst mich Euch kurz daran erinnern, Miss Weber, dass wir uns handelseinig waren. Und nach meinen Wertmaßstäben ist ein einmal geschlossener Handel nicht mehr rückgängig zu machen. Also, Miss. Ihr werdet zahlen müssen, es sei denn, Ihr zieht es vor, dass wir Euch der Gnade der Franzosen überlassen.«

Er hielt inne und lächelte.

»Es gibt da natürlich noch eine andere Möglichkeit. Ihr könntet Euer hart verdientes Geld behalten und uns beiden zu einer angenehmen Abwechslung verhelfen.«

Louisa erbleichte und starrte Jennings fassungslos an. Hatte sie das richtig verstanden? Verlangte er wirklich von ihr, dass sie sich für Geld anbot, um sich die Reise nach Norden zu verdienen?

»Major, das habt Ihr doch eben nicht so gemeint, oder?«

Jennings nickte und lächelte weiter.

»Nein, das ist nicht Euer Ernst«, bekräftigte sie

Sein Atem beschleunigte sich.

»Oh doch, meine hübsche Louisa. Genau so meine ich es. Und es ist mir sehr, sehr ernst.«

Er sah, wie sich Abscheu auf ihrem Gesicht abzeichnete.

»Was?«, sagte er. »Nein? Dann nehme ich mir eben umsonst, was ich will.«

Louisa wollte schreien, doch Jennings drückte ihr bereits grob eine Hand auf den Mund. Die Hand stank nach Wein und Schmutz. Louisa versuchte noch, ihm in die Finger zu beißen, doch es gelang ihr nicht. Jennings zog die junge Frau unsanft an sich und zischte in bedrohlichem Ton: »So, meine Hübsche. Wir beide werden jetzt ein bisschen Spaß miteinander haben. Und wenn du schreist oder etwas anderes Törichtes vorhast, brauche ich bloß meinen Sergeant zu rufen. Du erinnerst dich doch an ihn? Er wartet draußen. Er wird deinem Alten die Kehle aufschlitzen, von einem Ohr zum anderen, verstanden? Und die Schuld für den Mord werde ich *ihm* da geben!«

Ruckartig drehte er Louisas Kopf in Richtung des schlafenden Kaufmanns. Als Jennings sah, dass ihre Augen sich vor Schreck weiteten, nahm seine Erregung zu. Langsam nahm er die Hand von ihren Lippen, da er ahnte, dass sie endlich die Aussichtslosigkeit ihrer Lage erkannt hatte.

»Und? Wo ist dein schmucker Mr. Steel jetzt? Ich sag's dir. Er schnarcht neben seinen Männern dort hinten auf dem Acker. Er wird dich nicht hören. Und helfen wird er dir auch nicht.«

Jennings strich ihr mit einer Hand über das Mieder, nestelte mit einem Finger an dem Spitzenbesatz ihrer weißen Bluse und berührte die weiche Haut darunter.

»Runter mit der Bluse.«

Louisa war vor Entsetzen wie erstarrt. Jennings fuhr ihr mit beiden Händen unter die Bluse und streifte sie ihr erst über den einen Arm, dann über den anderen nach unten. Mit einem Ruck riss er den Stoff bis auf die Taille, sodass Louisas Brüste unbedeckt waren. Nicht schlecht, dachte er. Für eine Bäuerin. Mit einer Hand tastete sie nach einem Messer, das irgendwo auf dem Tisch hinter ihr liegen musste, aber Jennings war schneller. Ihre Finger stießen zusammen, und die Klinge landete scheppernd auf dem Boden. Jennings packte Louisa beim Handgelenk und schlug ihr mit der freien Hand hart ins Gesicht. Sie wimmerte vor Schmerz.

»Du dumme deutsche Kuh! Denk an meine Worte, Mädchen. Noch so ein Versuch, und dein Vater stirbt, verstanden? Und jetzt hilf mir.«

Er griff ihr unter den Rock und streckte die Hand nach ihren Schenkeln aus. Sie setzte sich zur Wehr, aber seine Hände waren unnachgiebig wie ein Schraubstock.

»Mut hast du ja«, keuchte er.

Louisa spürte, wie ihr klarer Verstand in einem roten Nebel aus Entsetzen und Zorn unterging – eine natürliche Reaktion, die alles um sie her unwirklich erscheinen ließ. Dieser Mann wusste, was er tat. Hatte er schon zuvor anderen Frauen Gewalt angetan? Wie viele Frauen mochten es gewesen sein?

Inzwischen tastete Jennings grob unter ihren Röcken, bis er den Stoff voller Ungeduld an einer Seite zerriss. Ungeschickt befingerte er sie und öffnete rasch den Hosenlatz seiner Breeches. In ihrer Verzweiflung und Angst, ihrem Vater könne ein Leid geschehen, wenn sie jetzt schrie, biss Louisa sich in die Hand. Jennings verzog den Mund zu einem teuflischen Grinsen und starrte sie mit einem lüsternen, hasserfüllten Blick an.

»Vergiss nicht, Mädchen. Wenn du den anderen erzählst, dass ich es war, stirbt dein Vater!«

Nach dem ersten Schreck und all den Erniedrigungen, die Louisa bis jetzt durchlebt hatte, war der eigentliche Akt schneller vorüber, als sie befürchtet hatte. Wortlos und in ohnmächtiger Angst ließ sie es über sich ergehen, als Jennings sie rücklings auf den Tisch drückte und sich zwischen ihre Schenkel drängte. Sie spürte, wie er auf ihr erschauerte; dann entspannte sich sein Körper. Doch als er dann in einer grässlichen Parodie von Zärtlichkeit seine Wange in ihrer Halsbeuge vergrub, drehte sie angewidert den Kopf zur Seite und kniff die Augen zusammen. Sie konnte seinen stinkenden Atem kaum ertragen. Sie fühlte sich entehrt und wollte sich diesem Schurken so schnell wie möglich entziehen. Das Verlangen, sich von dieser Schandtat reinzuwaschen, wurde übermächtig in ihr.

Endlich war das Martyrium zu Ende. Jennings richtete sich auf, knöpfte den Latz seiner Breeches zu und strich seine Uniformjacke glatt. Dann sah er, wie das Licht der einsamen Kerze sich in der Klinge des kleinen Messers fing, das auf dem Boden lag. Er bückte sich, hob es auf und schaute mit höhnisch verzogenem Mund auf das halb nackte Mädchen herab. Einen Moment lang hatte er mit dem Gedanken gespielt, ihr den Hals aufzuschlitzen, aber da kam ihm eine andere Idee. Eine teuflische Idee, die ihn heiß durchzuckte. Er ließ das Messer in seine Tasche gleiten und zeigte auf Kretzmer.

»Rasch, hilf mir bei seinen Breeches«, zischte er.

Louisa starrte ihn entgeistert an. Dieser Mann war doch wohl nicht so verdorben, dass er verlangte, sie solle sich auch noch Kretzmer hingeben? Ungläubig und fassungslos sah sie, wie der Major das Messer wieder aus der Tasche holte, und zuckte zusammen, als er sich selbst in die Hand schnitt, wenngleich nicht sehr tief. Danach drückte er den vom Blut klebrigen Knauf des Messers in Kretzmers Hand, nahm ihm die Stichwaffe wieder ab und ließ sie zu Boden fallen.

Schließlich mühte der Major sich sichtlich ab, den fetten Kaufmann, der nach wie vor nicht aus seinem Rausch aufgewacht war, aus dem Stuhl zu ziehen. Von hinten schlang er ihm beide Arme um den Leib und schleifte Kretzmer durch den Raum zu dem Tisch, vor dem Louisa stand, immer noch ohne Bluse und zitternd vor Angst.

»Los, du Hure!«, knurrte er. »Mach seine Hose auf.«

Louisa wusste selbst nicht mehr, was sie tat, als sie zögerlich die Hand ausstreckte und sich am Hosenlatz des Kaufmanns zu schaffen machte. Sowie sie die Breeches aufgeknöpft hatte und die Hose dem beleibten Mann auf die Füße rutschte, stieß Jennings Louisa zu Boden und ließ den kraftlosen Kretzmer auf sie sinken. Die junge Frau rang nach Luft, als sie das Gewicht des Bayern auf sich spürte. Erst jetzt kam der Kaufmann langsam zu Bewusstsein, während Jennings sich bückte und Kretzmers fleischige Hände auf Louisas Brüste legte. Mit einem bösen Lächeln suchte er ihren Blick.

»Danke, meine Liebe. Ich denke, du hast es genauso genossen wie ich, oder etwa nicht? Und nicht vergessen – ein Wort, und dein Vater ist ein toter Mann.«

Mit der flachen Hand schlug er dem Kaufmann ins Gesicht und weckte ihn dadurch endgültig. Verwirrt und erschrocken schaute Kretzmer um sich und wollte sich mit beiden Händen prustend vom Boden hochdrücken. Erst da begriff er, dass er halb auf Louisa lag, und stammelte Unverständliches.

Jennings war währenddessen zur Tür geeilt, vergewisserte sich noch einmal, dass das von ihm arrangierte Bild der fleischlichen Begierde so blieb, wie es war, und rief mit lauter Stimme durch die Schänke.

»Wachen! Zu mir! Rasch, zu mir! Alarm! Wachen!«

Kurz darauf waren draußen auf dem Marktplatz der entseelten Stadt Schritte von Soldaten zu hören. Die Wachen kamen angelaufen – Jennings' Plan ging auf.

7.

An der Tür zum Wirtshaus versperrte Slaughter seinem Lieutenant den Weg. Steels Augen waren groß von Zorn und Besorgnis.

»Wo ist sie? Geht es ihr gut?«, drängte er.

Es war eine dumme Frage, die er sogleich bereute. Der Sergeant schenkte ihm ein sanftes Lächeln und legte ihm beschwichtigend eine Hand auf die Schulter, nicht zuletzt, um Steel daran zu hindern, unüberlegt vorzupreschen. Slaughter wusste sehr genau, wie ungehalten und ungestüm sein Offizier mitunter handelte, und in dieser angespannten Situation hätte der bayerische Kaufmann keine Chance.

»Kommt, Jacob, lasst mich durch. Ich muss zu ihr.«

»Vielleicht wartet Ihr noch einen Moment. Sie wird es schon schaffen. Sie ist eine starke Frau.«

»Jacob, hört zu, lasst mich durch. Ich habe ja Taylor an meiner Seite.«

Als der Name des Corporals fiel, lockerte der Sergeant seinen Griff ein wenig und zog schließlich seine Hand zurück. Matt Taylor besaß ein paar medizinische Kenntnisse und kannte sich recht gut mit Kräuterheilkunde aus. Slaughter wusste, dass Steel das guthieß. Im Verlauf der letzten Monate war Taylor zum Apotheker der Kompanie ernannt worden. Recht passend, wie Slaughter fand, denn bevor Taylor sich wegen Betruges in die Armee geflüchtet hatte, war er drei Jahre lang bei der Ehrwürdigen Apothekergesellschaft Londons in der Lehre gewesen. Außerdem hatte er Botanik am Physic Garden in Chelsea studiert. Seither nutzte Taylor die Heilkraft der Kräuter und Wurzeln, um alle möglichen Krankheiten zu kurieren, seien es Koliken, Skorbut oder Zahnschmerzen, sogar Malaria, die durch Stechmücken übertragen wurde.

»Also gut, Sir. Kommt, Matt.«

Die drei Männer durchquerten rasch die Schankstube und betraten den hinteren Raum. Jennings stand bei der Tür, mit dem Rücken zum Geschehen.

»Ich habe getan, was ich konnte, aber da war es schon zu spät. Der Schurke hatte längst seinen Spaß gehabt. Ein schändlicher Anblick. Armes Mädchen. Könnt Ihr da was machen, Steel? Nicht gerade mein Bereich, fürchte ich.«

Jennings lächelte entschuldigend und hielt auf die Tür des Wirtshauses zu. Ein kalter Schauer erfasste Steel, als er tiefer in den hinteren Raum trat. Der Geruch von Körperausdünstungen hing in der Luft. Louisa kauerte in einer Ecke. Sie hatte sich die zerrissene Kleidung notdürftig umgelegt, starrte mit leerem Blick zu Boden und schluchzte leise. Mit Entsetzen sah Steel, dass sie Prellungen im Gesicht hatte. Kretzmer hockte schief auf einem Stuhl in einer anderen Ecke des Zimmers. Man hatte ihn an Händen und Füßen gefesselt. Ein zugeschwollenes Auge und eine Platzwunde an der Wange verrieten Steel, dass die Soldaten nicht gerade zimperlich mit dem Kaufmann umgegangen waren, als sie ihn gefasst hatten.

Steel wandte sich an Taylor. »Matt, seht nach, ob Ihr etwas für sie tun könnt. Aber geht behutsam mit ihr um.«

Steel hasste sich für seine Nachlässigkeit. Wieso hatte er die junge Frau während der Nacht unbewacht zurückgelassen? Es wimmelte nur so von Männern. Die Grenadiere machten ihm keine Sorgen, aber warum hatte er nicht an all die anderen gedacht? An Jennings' Männer, die Fuhrleute oder den Koch. Wieso nicht an Kretzmer?

»Verflucht, Jacob. Ich bin ein Narr. Wir hätten ihr eine Wache zuteilen müssen. Eine verlassene Stadt und eine Kompanie

Rotröcke. Was bin ich doch für ein Trottel! Das ist alles meine Schuld.«

»Wenn Ihr es so seht, Sir, dann seid Ihr wahrhaftig ein Narr. Aber Tatsache ist, dass niemand eine Schuld trifft, außer Kretzmer. Sie wird sich schon wieder fangen. Matt kümmert sich um sie.«

Steel beobachtete, wie der Corporal sich zu Louisa hinunterbeugte und sie ansprach. Er flüsterte, als spräche er zu einem scheuen oder verwundeten Tier. Nach und nach schien der Schrecken von Louisa abzufallen, und sie beruhigte sich ein wenig. Steel trat beiseite, als Taylor die junge Frau aus dem Zimmer führte und mit ihr die Stufen ins obere Stockwerk hinaufstieg.

»Alles in Ordnung, Sir«, sagte Taylor, als er sich auf der untersten Stufe noch einmal zu Steel umdrehte. »Ihr könnt sie mir anvertrauen. Versucht noch ein bisschen zu schlafen.«

Als Steel sich noch einmal in dem Zimmer umschaute, fiel sein Blick erneut auf den beleibten Bayern. Ekel und Abscheu stiegen in ihm hoch, unbändiger Zorn wallte in ihm auf. Unter anderen Umständen hätte er diesen Bastard auf der Stelle getötet und die Konsequenzen getragen. Aber er wusste, dass er sich an die Regeln halten musste, zumal er als Offizier eine Vorbildfunktion hatte. Und schließlich gab es da noch Jennings, der nur darauf wartete, dass Steel einen Fehler machte. Dann nämlich hätte er etwas gegen Steel in der Hand und könnte ihn ein für alle Mal erledigen. Und die Vorschriften lauteten, Kretzmer unter strengster Bewachung zum Heerlager zu bringen, wo man ein faires Verfahren gegen ihn eröffnen würde. Erst dann – sofern es noch Gerechtigkeit in dieser Welt gab – wären sie berechtigt, ihn zu hängen. Bis dahin würde noch viel Zeit vergehen.

* * *

Am nächsten Morgen verhieß der blaue, wolkenlose Himmel einen weiteren heißen Tag. Schon beim Aufstehen lasteten die schlimmen Ereignisse der Nacht schwer auf Steel. Langsam stieg er die Stufen zu Louisas Kammer hinauf und klopfte an. Als die Tür sich öffnete, spähte Taylor hinaus auf die Treppe.

»Wie geht es ihr?«, fragte Steel.

»Nicht gerade gut, wie Ihr Euch vorstellen könnt. Er hat sie sehr grob behandelt.«

»Soll ich mit ihr sprechen?«

»Warum nicht, Sir. Ich kann zwar kein Deutsch, aber in der Nacht murmelte sie ein paarmal Euren Namen, Sir, im Fieberwahn.«

»Danke Euch, Taylor.«

Steel trat ein und ging zum Bett, in dem Louisa in einem Nachthemd aus Leinen unter einer Decke lag; ihr goldblondes Haar ergoss sich wie ein Fächer auf dem weißen Kissen. Taylor hatte ihr beim Waschen geholfen, doch die Prellung an der Wange hatte inzwischen eine dunkle Färbung angenommen. Steel sah, dass sie andere Druckmale am Hals hatte. In diesem Moment schlug sie die Augen auf, erschrak aber sogleich, als sie noch einen Mann in ihrem Zimmer sah, erkannte jedoch, dass es Steel war.

»Oh, Ihr seid es, Lieutenant. Ich … habt Ihr ihn? Habt Ihr …« Dann unterbrach sie sich, erinnerte sie sich doch an die Drohungen.

»Es tut mir sehr leid, Miss. Ich hätte nicht kommen sollen. Es ist nur so, dass … vergebt mir, aber ich war sehr in Sorge. Ich fühle mich verantwortlich für das, was geschehen ist.«

Sie brachte ein kleines Lächeln zustande. »Ihr? Wieso solltet Ihr dafür verantwortlich sein?«

»Ich hätte Wachen einteilen müssen. Hätte Männer in die Schänke beordern müssen, denen ich vertraue. Wer weiß, was alles hätte passieren können, wäre Major Jennings nicht gekommen.«

Als Jennings' Name fiel, weiteten sich Louisas Augen. Aus ihren eben noch leicht rosigen Wangen wich jegliche Farbe.

»Geht es Euch nicht gut? Soll ich noch einmal Corporal Taylor rufen?«

»Nein, nein. Es geht mir gut. Er ist ein guter Mann, Lieutenant. So sanft.«

»Tut mir leid. Ich wollte eben nicht den Eindruck erwecken, dass das, was geschehen ist, nicht schon schlimm genug war. Das geht mir alles sehr nah, glaubt mir. Und wenn der Major nicht gekommen wäre ...«

»Ja.« Sie hatte die Lider halb geschlossen. »Ich weiß«, hauchte sie. »Aber warum? Warum hat er das getan?«

Steel merkte, wie durcheinander sie war. Das musste an Taylors Kräutern liegen, an dem Trunk, den er ihr verabreicht hatte.

»Herr Kretzmer wird hängen, Louisa. Das könnt Ihr mir glauben. Wir haben ihn in Gewahrsam genommen.«

Als sie die Augen wieder öffnete, wirkte ihre Miene starr und freudlos. Kein Lächeln der Genugtuung. Unverwandt blickte sie auf die Wand. Tränen liefen ihr über die Wangen. Einen Moment lang war Steel unschlüssig, doch dann trat er ans Bett und wollte Louisa einen Arm um die Schultern legen.

»Ich ... es tut mir leid. Ich wollte nur ...« Er war sich nicht sicher, ob es sich ziemte, die junge Frau im Arm zu halten.

Ein Lächeln umspielte ihre Lippen. »Bitte, haltet mich fest.«

Vorsichtig legte er ihr seinen Arm um die Schulter und schämte sich fast für den schmutzig-roten Uniformstoff, aber Louisa achtete nicht darauf, sondern schmiegte sich dankbar an seine Brust und begann zu schluchzen. Steel zog sie enger an sich und dachte voller Verachtung an den Mann, der sich ihr zuletzt in so schändlicher Weise genähert hatte.

Sie schaute zu ihm auf. »Oh, Jack, ich weiß nicht, wem ich trauen kann. Er sagte, er würde meinen Vater töten, und das tut er.«

»Das wird er nicht. Kann er nicht. Wie sollte er das anstellen? Wir haben ihn ja. Kretzmer kann Euch nichts mehr anhaben, Louisa. Vertraut mir.«

»Das hat er mir auch gesagt.«

»Kretzmer? Ja, aber ich meine, was ich sage.«

Er schaute ihr in die Augen und glaubte, eine namenlose Angst darin zu sehen, auch wenn er sich einbildete, so etwas wie Zuneigung in Louisas Blick zu entdecken.

»Was ist los? Stimmt etwas nicht?«

Louisa drehte den Kopf zur Seite und schwieg. Wie sollte sie ihm beibringen, was Jennings ihr angetan hatte? Solange der Major lebte, war das Leben ihres Vaters in Gefahr. Aber da war noch etwas anderes. Sie hatte eben etwas empfunden. Etwas, mit dem sie nicht gerechnet hatte.

Von draußen drangen die Geräusche der Soldaten ins Haus. Die Männer packten ihre Sachen zusammen und luden all das auf, was sie noch als Proviant mitnehmen konnten. Es gab noch so viel mehr zu sagen, aber der Moment erschien ihr ungünstig.

»Wir müssen bald aufbrechen. Ihr müsst zu Eurem Vater. Wird er es schaffen? Und Ihr auch?«

»Ich denke, ja. Ich kümmere mich um ihn. Geht zu Euren Soldaten. Ich verspreche, dass wir in einer Stunde bereit sind.«

Verwirrt und erschüttert verließ Steel den Raum und traf auf seinen Corporal. »Bleibt bei ihr, Matt. Kümmert Euch um sie, und helft ihr mit dem alten Mann. Sorgt dafür, dass sie alles mitnehmen, was sie benötigen. Ich danke Euch, Corporal.«

Er fragte sich, ob der Mann spürte, dass er sich zu der jungen Frau hingezogen fühlte. Würde Taylor das den anderen erzählen? Doch Steel kannte seinen Corporal lange genug, um zu wissen, dass er stets verschwiegen war. Nachdenklich ging er die Treppe hinunter in die Schankstube und trat in den Sonnenschein vor dem Haus. Sosehr es ihn ärgerte, er musste anerkennen, dass Jennings Louisa zu Hilfe gekommen war. Slaughter war als Erster in das Wirtshaus geeilt, und Steel zweifelte nicht an den Worten seines Sergeant. Eindeutiger hätte die Situation nicht sein können: Kretzmer hatte über der halb nackten Wirtstochter gestanden, die Hose hing ihm um die Fußknöchel. Jennings hatte ihn längst überwältigt; die Spuren eines Kampfes waren nicht zu übersehen gewesen. Der Bayer hatte eine blutige Nase und aufgeplatzte Lippen; Jennings blutete an einer Hand. Die Wunde rührte, wie es schien, von einem Messer her, das auf dem Boden lag. Es bestand kein Zweifel an Kretzmers Schuld. Die Fakten sprachen für sich.

Inzwischen hatte man den gefesselten Kaufmann in seine eigene Kutsche verfrachtet, da sonst kein Fuhrwerk zur Verfügung stand. Zur Sicherheit war er mit einer Hand an die Tür gekettet. Da Kretzmer seit seiner Festnahme unaufhörlich protestierte, hatten die Männer ihn zusätzlich geknebelt.

* * *

Steel beobachtete derweil, wie der Major den Marktplatz überquerte, um seine Truppe zu inspizieren. Wie immer schlich Stringer wie ein treuer Hund hinter seinem Herrn her. Es war sieben Uhr in der Frühe. Normalerweise wären sie viel früher aufgebrochen, um die Hitze der Mittagszeit zu meiden. Aber die Vorfälle der vergangenen Nacht hatten Steel bewogen, den Aufbruch zu verschieben. Das lag nicht nur an Kretzmers Verbrechen. Denn offenbar war es vielen Soldaten gelungen, sich mehr Bier zu verschaffen, als ursprünglich vereinbart gewesen war. Und obwohl nur wenige Männer richtig betrunken waren, stellte sich alsbald heraus, dass die geistig umnebelten Zecher mit ihren morgendlichen Pflichten und Aufgaben nicht zurechtkamen.

Trotzdem hatte Steel beschlossen, dass der Treck in den kommenden zwei Stunden aufbrechen würde. Sie könnten an diesem Tag bis zu sechs Meilen schaffen. Steel war gerade auf dem Weg zu seinen Grenadieren auf der Weide, als er es sich noch einmal anders überlegte. Vielleicht war noch Zeit für etwas anderes. Etwas, das schon länger keinen Platz mehr in seinen Gedanken gefunden hatte.

Er hielt sich nicht für einen religiösen Menschen. Natürlich war er in einem gottesfürchtigen Umfeld der schottischen Episkopalkirche aufgewachsen; die Menschen dort gingen in die Kirche und achteten den Sonntag. Aber Steel hatte das Religiöse abgeschüttelt, als er älter wurde. Dennoch, wenn er auf dem Schlachtfeld war und die Bleigeschosse durch die Luft zischten, glaubte Steel – wahrscheinlich wie alle Soldaten –, dass *etwas* oder zumindest *jemand* über ihn wachte. Vielleicht seine vor langer Zeit verstorbene Mutter oder ein Wesen, das andere Menschen als Schutzengel bezeichneten.

Er drückte die schmale Kirchentür im Portal der Basilika auf und betrat das Gotteshaus; die Absätze seiner Stiefel klackten auf dem glänzenden Kachelboden. Mit rasselndem Degen an der Seite schritt Steel auf den Altar zu und blieb unwillkürlich stehen, als sein Blick auf die Muttergottesstatue fiel. Es handelte sich um eine Pietà: Maria hielt ihren toten Sohn im Arm.

Eine Frau und ein toter Mann. Wie oft hatte er das schon nach einer Schlacht gesehen, wenn die Ehefrauen oder die Frauen aus dem Tross auf dem blutigen Feld nach ihren Ehemännern oder Geliebten suchten, gekrümmt vor Gram und Schmerz. Und wenn sie den geliebten Menschen dann tot oder sterbend vorfanden, hielten sie ihn im Arm – wie die Muttergottes den toten Christus. Steel hatte die Frauen schluchzen gehört, hatte die Klagelaute noch im Ohr und wusste, dass der Schmerz sich in dieser Pietà manifestierte. Das Leid der ganzen Welt schien in dieser Darstellung zusammengefasst zu sein.

Er trat näher an die Statue heran und fragte sich, was ein Kirchenbesucher nun tun müsste. Er hatte vergessen, wie man betete, wie man kniete. Ja, das war es. Den Degen mit einer Hand umschlossen, beugte er ein Knie, sank langsam auf den kalten Steinboden und senkte den Kopf. Es fühlte sich richtig an. Aber was sollte er jetzt sagen, nach all den Jahren? Doch dann begann er, halb flüsternd, Worte zu sprechen, ohne groß nachzudenken.

»Gütiger Gott, wenn es dich gibt, ich bitte dich nicht um ein Wunder. Beschütze mich im Kampf, der uns bevorsteht, und halte deine schützende Hand auch über meine Männer. Schau wohlwollend herab auf Marlborough. Segne seinen Sieg und lass uns am Leben. Wenn ich sterben muss, dann lass es schnell geschehen. Lass mich nicht verstümmelt oder geblendet als Invalide zurück. Wenn es dich gibt, dann bete ich, dass du uns den Sieg schenkst.«

Steel hörte, dass die Kirchentür knarrend aufgezogen wurde. Da er von keinem seiner Männer in Gebetshaltung gesehen werden wollte, stand er schnell auf. Das Ende der Degenscheide schabte über den steinernen Boden und erzeugte einen metallenen Klang, der sich an den Säulen brach. Er sah, dass Slaughter ihm mit einem Lächeln auf den Lippen entgegenkam.

»Tut mir leid, Sir, ich wusste nicht, dass Ihr ein gottesfürchtiger Mann seid.«

»Bin ich nicht, Jacob. Aber es gibt Zeiten, da sind Worte wichtiger als nichts, oder? Schätze, wir haben im Moment eine Portion Glück nötig. Im Augenblick würde ich auf eine Hasenpfote schwören, wenn Ihr eine bei Euch hättet.«

»Glück, Sir? Nun, wenn Ihr es so nennen wollt. Ich spreche da lieber von Schicksal. Oh, ich stimme Euch zu, dass es da etwas gibt, das größer ist als wir. Leuchtet ja auch ein. Aber all das hier?« Er deutete auf die Gemälde, auf denen Heilige zu sehen waren, auf die verzierten Grabplatten in den Seitenschiffen und die Kapellennischen.

»Für meinen Geschmack ist das hier alles zu papistisch,

Mr. Steel. Schicksal. Das ist es. Man muss im Leben seinen eigenen Weg gehen. Aber das Schicksal entscheidet, ob man am Leben bleibt oder stirbt.«

Einen Moment lang schauten beide Männer zum Altar. Steel brach das Schweigen. »Seid Ihr dann so weit?«

»Wie gehabt, Sir. Die Männer haben sich auf dem Marktplatz versammelt. Hier und da wird gemurrt, aber das muss wohl das Bier sein. Jedenfalls sind sie besser gelaunt als noch vor Tagen. Die Zugtiere sind wieder angespannt, die Fuhrwerke abfahrbereit. Aber es scheint mir nicht richtig zu sein, Sir, dass die arme Miss Weber mit ihm fahren muss. Ich meine, nach allem, was er ihr angetan hat.«

»Ja, Jacob, da habt Ihr recht. Aber es ist kein Platz für sie auf dem Kutschbock, und wir müssen Kretzmer in einer geschlossenen Kutsche halten. Er weiß, dass der Strick auf ihn wartet. Wenn ich könnte, würde ich ihn auf der Stelle erschießen lassen. Aber das geht nun mal nicht. Ich kann's nicht ändern. Der Kerl kann nicht bei den anderen Fuhrleuten mitfahren, und zu den Verwundeten können wir ihn auch nicht setzen.«

Gemeinsam durchmaßen sie das Kirchenschiff. An der Tür drehte Slaughter sich noch einmal zum Altar um, der in diesem Augenblick von einem fast überirdisch hellen Lichtstrahl erfasst wurde, als die Sonne durch die Lichtgaden schien.

»Ist das nicht eigenartig, Sir?«, meinte der Sergeant. »Die Macht dieser Statue dort, wenn Ihr wisst, was ich meine. Was kann sie bewirken, frage ich mich? Warum kommen die Menschen von weither, um vor dieser Figur auf die Knie zu gehen und sich etwas zu wünschen?«

»Ich wollte, ich wüsste es, Jacob. Und ich frage mich, ob diese Wünsche je in Erfüllung gehen.«

* * *

Steel beobachtete den großen Raubvogel, der hoch über ihnen am Himmel kreiste. Wie mochte der Treck von dort oben aussehen? Diese armselige Marschkolonne aus Soldaten und Fuhrwerken auf der staubigen Straße? Für einen Milan war wohl nichts dabei. Der Vogel stieg noch höher in den blauen Himmel hinauf, losgelöst von allen irdischen Fesseln. Steel sehnte sich nach dieser Freiheit. Es würde ihm schon genügen, von diesem ermüdenden Kommando befreit zu sein. Vor zwei Tagen hatten sie Sielenbach endlich verlassen. Zunächst waren sie nach Süden marschiert, ehe sie eine östliche Route einschlugen. Später, als sie die Paar erneut bei Dasingen überquerten, hatten sie eine Straße genommen, die über eine lange Strecke geradeaus nach Norden führte. Dies war der Weg zurück zum großen Heerlager.

Steel sah, wie der Milan in weiten Kreisen nach unten schwebte. Vielleicht hatte er eine Beute erspäht. Steel ritt an der Spitze des Trecks und wünschte sich einmal mehr, er wäre allein.

Er konnte es kaum ertragen, dass Louisa bei diesem Kretzmer in der stickigen Kutsche eingesperrt war. Von Zeit zu Zeit ritt er zurück, um sich zu vergewissern, dass alles in Ordnung war. Sie kamen verdammt langsam voran. Tiefe Rillen und Furchen zogen sich über die Landstraße. Beim letzten starken Regen hatte der Weg sich in einen Schlammpfuhl verwandelt, doch jetzt hatte die Sonne den Boden festgebacken. Fuhrwerke, deren Räder nicht eisenbeschlagen waren, könnten mit einem gebrochenen Rad liegen bleiben. Selbst die Wagen, die Hawkins zur Verfügung gestellt hatte, waren anfällig.

Am Vortag nämlich waren zwei der Mehlfuhrwerke vom Weg abgekommen. Beim ersten Mal hatten die Männer den Karren noch zurückziehen können. Beim zweiten Vorfall jedoch war das Fuhrwerk umgestürzt, sodass die Hälfte der Ladung in den Graben gefallen war. Der Kutscher hatte sich ein Bein und mehrere Rippen gebrochen und musste mit den anderen Verwundeten im letzten Wagen mitfahren. Taylor war sich nicht sicher, ob der arme Teufel die nächsten Tage erleben würde.

Sie hatten so viele Säcke Mehl wie möglich auf die übrigen Wagen verteilt, aber der Vorfall hatte sie wertvolle zwei Stunden gekostet.

Steel überlegte immerzu, wie lange sie noch brauchen würden, um das Heerlager zu erreichen. An diesem Morgen waren sie an die Ach gekommen, unweit der kleinen Stadt Au, und folgten seither dem Verlauf des Flusses. Wenn die Karte stimmte, die Steel bei sich hatte, waren es noch acht Meilen bis zu den Furten des Lechs, dann einen Marschtag zurück nach Donauwörth. Falls Marlborough die Armee dorthin beordert hatte. Colonel Hawkins hatte durchblicken lassen, dass der Großteil des Heeres während Steels Abwesenheit verlagert würde. Er hielt es für ratsam, Williams als Aufklärer zu entsenden, in der Hoffnung, in den kommenden Stunden auf Reiter eines ihrer Regimenter zu stoßen. Er wandte sich dem jungen Mann zu und zeigte auf den Milan am Himmel.

»Seht Ihr den Vogel dort, Tom?«

Gemeinsam verfolgten sie, wie der Milan mit angelegten Flügeln in die Tiefe schoss.

»Tom, morgen werde ich Euch mit einem Auftrag losschicken.«

»Sir?«

»Ihr sollt als Aufklärer vorausreiten und unsere Armee ausfindig machen. Glaubt Ihr, dass Ihr das schafft?«

»Natürlich, Sir.«

»Wir sind jetzt auf dem Rückweg nach Donauwörth, aber die Wahrheit ist, dass ich keine Ahnung habe, ob der Herzog sich noch dort aufhält. Ihr müsst Euch in Acht nehmen und so lange suchen, bis Ihr auf Rotröcke stößt.«

»Hoffentlich auf unsere Rotröcke, Sir, und nicht auf die Franzosen.«

»Richtig. Inzwischen müsste doch mal jemand erkannt haben, dass es sich viel einfacher kämpfen ließe, wenn man auf den ersten Blick sähe, ob man den Feind vor sich hat. Wir Briten tragen rote Uniformen, und die französische Infanterie kommt in Weiß und Grau daher. Aber tragen unsere Verbündeten, die Dänen, nicht auch graue Uniformen?«

»Und die Österreicher haben für jedes Regiment eine andere Farbe. Manchmal bedaure ich unsere Kommandeure genauso sehr wie die Männer, die sie kommandieren.«

Als der Junge lachte, fiel Steel in das Lachen ein. Sie hatten sich bislang gut verstanden, und Steel wünschte, der Junge könnte noch möglichst viel Erfahrungen sammeln, ehe sie zum Hauptlager zurückkehrten und in die bevorstehende große Schlacht zogen.

»Wann werden wir unser Lager aufschlagen, Sir?«

»In ungefähr sechs Meilen, Tom. Den Tag werden wir noch marschieren müssen, so Gott will. Ich habe vor, heute Abend bei einem Ort namens Bachweiden zu lagern, wenn ich den Namen richtig behalten habe. Sind mir zu viele ›achs‹ und ›bachs‹ in der Gegend. Auf der Karte Eures Onkels ist der Ort bei einem kleinen Fluss eingezeichnet, da können wir dann die Tiere tränken. Die Männer können ein Bad nehmen, wenn sie wollen. Sie haben eine Pause verdient.«

* * *

Gegen fünf am Nachmittag erreichten sie die kleine Stadt. Es war ein netter Marktflecken mit schmalen, gepflasterten Straßen und Fachwerkhäusern, wie man sie überall in Schwaben antraf. Die Karte hatte nicht gelogen; Bachweiden lag am Zusammenfluss zweier Wasserläufe. Eine sanft geschwungene Steinbrücke spannte sich über den breiteren der beiden Flussarme. Steel gab Zeichen, und die Kolonne hielt an. Die Stadt war wie ausgestorben.

»Soll ich mit ein paar Männern die Gegend erkunden, Sir?«, bot Williams sich an.

»Nein. Ich denke, wir machen hier einen Moment Halt. Mir gefällt das nicht.«

Williams folgte dem Blick seines Lieutenants, der die Brücke im Auge behielt. Steel hatte recht. In den Straßen war niemand zu sehen. Ein Zittern durchlief den Fähnrich, da er sich an das Massaker in Sattelberg erinnerte. Steel schien Williams' Gedanken lesen zu können.

»Nein, Tom. Das kann nicht das Werk der Franzosen sein. Dafür sind wir zu weit nördlich. Unsere eigene Armee oder zumindest unsere Aufklärer müssten hier in der Gegend sein. So dicht würden die Franzosen sich nicht heranwagen.«

Doch Steel wusste nicht, ob er seinen eigenen Worten Glauben schenken sollte. Kein Lebenszeichen in den Straßen, nirgends war jemand an einem der Fenster zu sehen. Hier und da schlug der Wind eine Tür oder einen Blendladen zu.

»Sergeant Slaughter.«

Der Mann verließ die Spitze der Marschsäule. Steel stieg ab.

»Sir.«

»Folgt mir. Holt die Männer und sorgt dafür, dass ihre Waffen geladen sind.«

Während Slaughter die Befehle weitergab und Steinschlösser und Pulver inspizierte, gab Steel dem Fähnrich die Zügel des Pferdes in die Hand.

»Tom, Ihr bleibt bei der Truppe. Major Jennings wird sich gewiss zu Wort melden. Er wird verlangen, dass wir weitermarschieren. Gebt mir die Schuld, wenn er sich empört. Ich bin nicht lange fort. Sorgt dafür, dass der Rest der Grenadiere die Stadt betritt. Die Männer des Majors bilden die Nachhut. Wir wollen nicht noch einmal überrascht werden.« Er zog seine Muskete aus der Hülle am Sattelknauf, lud sie und setzte sich an die Spitze seiner Grenadiere. Vorsichtig gingen sie über die Steinbrücke und näherten sich dem Städtchen über eine schmale Straße, die kaum breiter war als eines der Fuhrwerke. Doch als sie die Stadt schließlich betraten, war immer noch niemand zu sehen. Langsam schritten die Soldaten über das Kopfsteinpflaster und erreichten das Herz der Stadt.

Auch Bachweidens Mittelpunkt bestand aus einem zentralen Platz mit repräsentativen Häusern der wohlhabenderen Bürger und einer Kirche. Während Steel und seine Männer in die Gassen beim Markt spähten, schlug die Kirchturmuhr. Es war Nachmittag, und für gewöhnlich kehrten zu dieser Stunde die Händler und Arbeiter zu ihren Familien zurück. Aber hier waren keine Händler zu sehen, keine Familien, keine Kinder.

Allerdings deutete bislang nichts auf gewaltsame Übergriffe oder gar ein Massaker hin. Nirgends bellte ein Hund. Nichts rührte sich. Steel wandte sich an Slaughter.

»Was haltet Ihr davon, Jacob?«

»Würde sagen, die Menschen haben die Stadt verlassen, Sir. Hier ist niemand mehr. Das spür ich. Sind alle abgehauen. Haben Angst vor den holländischen Dragonern, wenn Ihr mich fragt. Dieser Ort riecht nicht nach Tod, Sir. Wenn Ihr wisst, wie ich's meine.«

Steel nickte. Der Sergeant hatte recht. Hier hing nicht der charakteristische Geruch des Todes in der Luft wie in Sattelberg, dieser honig-süßliche Leichengeruch. Nichts deutete hier auf ähnliche Gräueltaten hin.

»Wir können nicht jedes Haus durchsuchen. Ich sage, wir bleiben hier, stellen Wachen an jeder Straße auf, die in die Stadt führt, und wechseln die Posten jede Stunde. Die Männer können abwechselnd im Fluss baden. Aber sie sollen sich bei der Brücke aufhalten. Und sorgt dafür, dass die Pferde genug Wasser kriegen. Die Wagen bringen wir zur Hauptstraße. Sagt den Männern, sie sollen sich eine Unterkunft für die Nacht suchen, aber keine Plünderungen, verstanden? Oh, noch etwas, Slaughter. Sagt

Mr. Williams, die Kutsche mit dem Gefangenen kommt hier auf den Marktplatz. Ich will diesen bayerischen Bastard im Auge behalten.«

Während Slaughter zu den anderen Soldaten lief, setzte Steel sich auf den Rand des Stadtbrunnens. Er legte die Waffe zur Seite und rieb sich die Augen. Seine Mission war fast zu Ende. Wenige Stunden trennten sie noch von der Armee. Schon bald würde für ihn und seine Männer wieder Normalität einkehren. Und dann würden sie in dem lang ersehnten Kampf endlich wieder auf die Franzosen treffen. Wäre das das Ende des Krieges? Er bezweifelte es. Jedenfalls hoffte Steel, es würde weitergehen, wenn man eine solche Hoffnung überhaupt nähren durfte. Aber der Krieg war nun einmal seine Welt. Krieg weckte neue Lebenskräfte in ihm, und er wusste, dass es immer so sein würde.

Er dachte darüber nach, was aus ihm geworden war und woher er stammte. In seinen Gedanken war er bei dem Haus seiner Eltern und der Farm und dem Glück, das ihn beseelte, bis seine Mutter starb. Damals war er erst elf Jahre alt gewesen, hatte erwachsen werden wollen und sollte nach Eton gehen. Der Tod seiner Mutter hatte die meisten seiner Hoffnungen zunichte gemacht. So war es ihm jedenfalls vorgekommen. Aber es war nicht ihr Tod allein, der seine Familie in den Ruin stürzte. Das erwartete Vermögen seines Onkels blieb aus, und so kam es, dass Steel nicht auf die teure Schule konnte, sondern unter einem erbärmlichen Privatlehrer litt.

Später stieg er als Angestellter bei der Anwaltskanzlei seines Onkels in Edinburgh ins Berufsleben ein. Er war sechzehn, als er zur Arbeit ging, und aus dieser Welt hatte ihn letzten Endes Arabella gerettet. Und vor der Versuchung. Denn, angestiftet von den Kollegen, hatte Steel damit begonnen, die Rechnungsbücher zu fälschen und kleinere Beträge zu veruntreuen, um sich ein paar Vergnügungen leisten zu können. Arabella hatte ihn vor dem unausweichlichen Schicksal bewahrt, das ihn der Betrügereien wegen ereilt hätte. Zumindest dafür müsste er ihr dankbar sein. Sie hatte ihm die Augen geöffnet für die Schönheiten des Lebens. Hatte ihm in Erinnerung gerufen, dass es Werte gab, für die es sich lohnte zu kämpfen: Liebe, Ehre, Rechtschaffenheit.

Und jetzt gab es etwas anderes, für das er kämpfte. Er kämpfte für die Armee. Seine Armee. Jede Schlacht stärkte diese Armee, auf die das neue Britannien – Queen Annes Britannien – wahrlich stolz sein konnte.

Mochten Männer wie Marlborough auch ihren Anteil am Aufbau der Armee haben, Steel ahnte, dass es schlachterprobte Offiziere wie er waren, die dem Heer Leben einhauchten. Sie standen am Beginn einer neuen Ära, und Steel wollte auf dieser Welt nichts lieber, als daran teilhaben zu dürfen. Aber vielleicht gab es da noch etwas anderes, was er haben wollte. Doch das würde warten müssen.

* * *

Das Rumpeln von eisenbeschlagenen Wagenrädern kündigte Kretzmers Kutsche auf dem Marktplatz an. Steel stand auf und ging zu der Kutsche, die vor den Säulen des überdachten Marktes hielt. Jennings trabte auf seinem Pferd langsam hinterdrein.

»So, Mr. Steel. Wohin habt Ihr uns nun schon wieder geführt? Wieder eine verlassene Stadt? Werden wir hier erneut auf Kadaver stoßen?« Er schnupperte wie ein Hund. »Wohl kaum, wie? Aber nirgends eine Menschenseele.«

Steel sah den Major am liebsten von hinten.

»Dazu kann ich nichts sagen, Major. Aber wir sind nicht weit von unseren Linien entfernt.«

»Oh, ist das so? Und woher wollt Ihr das so genau wissen? Wenn Ihr mich fragt, sind wir gut zehn Meilen von der Armee entfernt, wenn nicht gar mehr. Oder habt Ihr Euch vielleicht verirrt?«

»Ich werde Williams bald als Aufklärer losschicken. Ich bin fest davon überzeugt, dass er im Norden auf unsere Regimenter stoßen wird. Vielleicht in weniger als fünf Meilen.«

Jennings lächelte süffisant und stieg ab. »Nun, wenn Ihr Euch da so sicher seid und die Armee in der Nähe ist, warum dann die Eile? Wir haben Zeit, Steel, und eine Stadt ganz für uns allein. Eine verlassene Stadt, die eine legitime Beute für alle ist. Mein Sergeant meldet, die Keller und Küchen seien voller Vorräte. Warum also den Augenblick nicht genießen? Die Armee hat Zeit bis morgen.«

»Muss ich Euch daran erinnern, Major, wie wichtig unsere Mission ist? Jeder Tag, den wir unterwegs sind, wirkt sich auf die Armee aus. Schon morgen wird sich der Mangel an Rationen schmerzlich bemerkbar machen. Daher ist es zwingend erforderlich, dass wir mit den Vorräten so schnell wie möglich zurückkehren. Williams muss losreiten.«

»Muss ich Euch daran erinnern, Steel, wer hier das Kommando hat? Meiner Meinung nach wäre es unklug, den Jungen vor morgen früh loszuschicken. Wir haben Zeit genug. Wir rasten hier. Das ist ein Befehl, Steel.«

»Wie Ihr meint, Sir.«

Steel wusste, wie man dieses Spielchen spielte – streng nach Vorschrift.

»Fähnrich Williams führt die Kolonne, Major. Er wird den Männern befehlen, so schnell wie möglich Unterkünfte zu suchen. Die Stadt sieht verlassen aus, Sir, aber ich bin sicher, dass der Herzog es nicht gutheißen wird, wenn unsere Männer plündern. Ich werde anordnen, dass Furage in gewissem Rahmen beschafft werden darf, aber alles wird in Listen festgehalten. Soll ich auch dafür sorgen, dass Miss Weber und ihr Vater eine Unterkunft bekommen?«

Jennings seufzte. »Ja, wie Ihr meint. Macht mit ihnen, was Ihr wollt. Ich habe genug von ihr.«

Mit diesen Worten schritt er über den Marktlatz davon und rief nach seinem Sergeant. Die Dienstränge haben ihren Vorteil, dachte Jennings. Es war wichtig für seinen Plan, dass die Truppe in dieser Nacht in der Stadt blieb. Jennings wusste natürlich, dass Steel recht hatte: Die Armee konnte nicht weiter als einen halben Tagesmarsch entfernt sein. Aber dies hier war die letzte Möglichkeit für ihn, an die geheimen Papiere zu kommen. Hier ließe sich der Plan in die Tat umsetzen. Steel mochte clever sein, aber ihm, Jennings, und seinem Sergeant war er nicht gewachsen. Stringer war der geborene Meuchelmörder, so leise wie eine Katze und so schnell und sicher wie ein Schlachter mit dem Messer in der Dunkelheit. Er drehte sich noch einmal um und sah, wie Steel die Tür der Kutsche öffnete. Mit einem bösen Lächeln auf den Lippen fragte der Major sich, ob der Lieutenant ahnte, dass dies seine letzten Stunden auf Erden sein würden.

* * *

Steel spähte ins Innere der Kutsche. Er sah die Umrisse des Kaufmanns, der schlafend auf der Sitzbank kauerte, immer noch gefesselt und geknebelt. Ihm gegenüber, furchtbar nah an ihrem Peiniger, saß Louisa. Auch sie schlief, ebenso ihr Vater. Steel drückte die Wagentür leise zu, da er es für besser hielt, die junge Frau schlafen zu lassen. Er postierte einen Grenadier vor dem Wagen, überquerte den Platz und stieg auf eine kleine Terrasse, von wo aus man die Brücke und die Straße, die in die Stadt führte, sehen konnte. Langsam kamen die Fuhrwerke heran, doch gut die Hälfte der Wagen stand noch auf der anderen Seite des Flusses.

Im flachen Wasser, zwischen Röhricht, entdeckte er ein halbes Dutzend Soldaten. Sie hatten sich ihrer Kleidung entledigt, sprangen splitternackt und lachend wie Kinder im Wasser herum und spritzten sich gegenseitig nass. Und während die Männer so herumtollten, ohne ihre Uniformen und bar jeglicher Überbleibsel des militärischen Lebens, kam Steel sich wieder einmal wie der Adoptivvater der Männer vor. Sie waren seine Familie. Er kannte diese Burschen, kannte ihre Marotten und wusste bei fast jedem, warum er zur Armee gegangen war. Er fühlte sich für diese Männer verantwortlich und hoffte, dass sie alle – ob gut oder schlecht – die Belastungen überstehen würden, die die kommenden Tage für alle bereithielten.

Er beobachtete, wie ein Hüne von einem Mann, John Simmons aus Glasgow, versuchte, seinen Kameraden unter Wasser zu drücken, doch plötzlich erregte etwas anderes Steels Aufmerksamkeit: Das Aufblitzen der Sonne auf einem unerwartet hellen Objekt weiter stromaufwärts.

Keine dreißig Meter von den Männern im Wasser, unmittelbar an einer Biegung des Flusses, die wegen der Bäume schlecht einzusehen war, kamen Reiter in Sichtweite. Fünfzig oder sechzig Kavalleristen lenkten ihre Rosse am Flussbett entlang und hielten geradewegs auf die badenden Soldaten zu. Einer der Wachtposten feuerte, traf jedoch nicht. Der Schuss löste Alarm aus, aber leider zu spät.

Weiß spritzte das Wasser unter den Hufen der Pferde, Sand und kleine Steine am Ufer wirbelten durch die Luft, während die Reiter näher heransprengten. Steel drehte sich der Magen um, als er erkannte, dass das Aufblitzen, das er zuvor wahrgenommen hatte, die Sonne auf den blank gezogenen Säbeln der Kavallerie war. Im nächsten Moment hatten sie die nackten Grenadiere erreicht. Steel schloss bei diesem Albtraum die Augen. Keiner der Männer hatte eine Chance.

Steel versuchte, die Farben der Gegner einzuordnen. Hellblaue Uniformröcke erkannte er, an denen silberne Knöpfe aufleuchteten, dazu rote Mützen mit Fellbesatz und Federn. Die Reiter trugen elegante, pelzbesetzte Umhänge an einer Schulter. Husaren. Die neue Kavallerie der Franzosen. Eine Kavallerie, die sie sich bei den Ungarn abgeschaut hatten. Sie waren schnell, geschickt und tödlich. Noch nie war er Husaren begegnet, aber sie bestätigten all seine Befürchtungen.

Die großen, gebogenen Säbel sausten durch die Luft, und die bleichen Leiber der Grenadiere sanken blutig ins Wasser, das sich rot färbte. Steel sah, dass Simmons sich ungläubig ins verunstaltete Gesicht fasste, ehe er beim zweiten Säbelstreich in den Fluss fiel. Ein anderer Mann, McCartney, hielt sich die bloße Brust, die von der rasiermesserscharfen Klinge aufgerissen worden war. Ein Dritter rang nach Luft, ehe er im blutrot getränkten Wasser versank.

Doch die Reiter ließen nicht ab von ihren Opfern. Immer wieder umkreisten sie die wehrlosen Männer und hackten ihnen mit albtraumhafter Präzision das Fleisch von den Knochen. Steel musste an Gemälde der italienischen Meister denken, auf denen Schreckensszenarien des Alten Testaments dargestellt waren. Die zwei Grenadiere, die noch standen, klammerten sich an die Beine ihrer gnadenlosen Peiniger. Doch einer nach dem anderen fielen sie den Klingen zum Opfer und verschwanden im flachen Wasser. Steel riss sich von dem blutigen Spektakel los und schrie aus Leibeskräften in Richtung Brücke.

»Kavallerie! Achtung, feindliche Kavallerie! Grenadiere, zu mir!«

Die Wachtposten der Fuhrwerke und eine Hand voll anderer Soldaten, die aus den Häusern und Gassen strömten, folgten Steel die Hauptstraße hinunter in Richtung Brücke.

Steel lief im Schutz einer flechtenbewachsenen Mauer und versuchte, sich einen Überblick zu verschaffen. Er sah Carter, Macpherson, Mackay und sechs andere. Aus einer anderen Richtung kam Williams herbeigelaufen.

»Mr. Williams. Sergeant Slaughter. Auf der Straße Stellung beziehen. Drei Glieder tief.«

»Aber die Wagen, Sir. Schaut!« Aufgeregt zeigte der Fähnrich auf die andere Seite des Flusses, wo noch etliche Fuhrwerke warteten. Ein Dutzend Wagen, vielleicht fünfzehn. Nachdem die Husaren die badenden Grenadiere getötet hatten, sprengte die Hälfte der Abteilung zu den Wagen und attackierte die Fuhrleute und alle anderen Begleiter, die noch nicht über die Brücke in die Stadt geflüchtet waren.

Steel konnte sehen, wie die unbewaffneten Zivilisten von den Kutschböcken sprangen. Einige, die um Gnade bettelten, wurden kaltblütig niedergemacht. Andere versuchten, zwischen den Bäumen entlang des Flusses Schutz zu finden oder rannten ins Wasser, doch auch dort kamen sie unter die Hufe der Kavallerie und wurden von den Säbeln der Husaren zerhackt wie Ungeziefer. Einige der Reiter hielten Beile in der Hand und schlugen damit gnadenlos auf die Flüchtenden ein. Die meisten Husaren grinsten. Steel wandte den Blick von dem Gemetzel ab.

»Zu spät für die armen Teufel.«

Erst da erkannte er, dass der halbe Zug von Jennings' Männern, die Nachhut, dort hinten bei den letzten Wagen stand. Steel reckte den Kopf und sah, dass die Husaren die Soldaten direkt am letzten Wagen zusammengetrieben hatten. Formiert euch doch endlich, fluchte Steel vor sich hin. Mit purer Willenskraft versuchte er, die Männer dort drüben dazu zu bringen, Aufstellung zu nehmen. Es war ihre einzige Chance. Doch dann sah er, dass keiner der Männer ein Bajonett aufgepflanzt hatte.

»Großer Gott!«

Einer der Soldaten, vermutlich ein Sergeant, bemühte sich sichtlich, die Kontrolle zu übernehmen und die Männer in Reihen antreten zu lassen. Doch im nächsten Augenblick schlug ihm ein Husar mit dem Beil den Kopf vom Rumpf. Steel wusste, dass das Schicksal der Männer besiegelt war. Die glücklosen Rotröcke brachten gerade einmal drei Schüsse zustande, da war die Kavallerie schon bei ihnen und zerstückelte die Männer. Zu seinem Entsetzen machte Steel sich bewusst, dass im allerletzten Wagen, hinter den sterbenden Rotröcken, die Verwundeten lagen. Die armen Teufel würden ebenfalls ihr Leben lassen. Steel hatte recht, denn schon war einer der Husaren vom Pferd gestiegen und trat an den Wagen mit den Verletzten. Steel sah, wie das Beil des Mannes in erbarmungslosem Rhythmus auf die wehrlosen Verwundeten niedersauste.

Als er genauer hinsah, erkannte er, dass die Kavalleristen lange Zöpfe und Schnurrbärte hatten. Was, zum Teufel, machte die französische Kavallerie hier in der Gegend, so dicht bei den alliierten Linien? Da fiel ihm noch etwas auf. Dort, inmitten der wild um sich schlagenden, blau gewandeten Husaren, stach eine andere Uniform hervor. Ein Mann, ganz in Weiß gekleidet. Ein Infanterieoffizier, auf dem Kopf eine Pelzkappe. Ein Offizier der französischen Grenadiere. Steel überlegte, ob es einen Zusammenhang zwischen diesem Offizier und dem Auftauchen der französischen Grenadiere in Sattelberg gab. Vielleicht hatte ja ausgerechnet jener Grenadier die Reiter hierhergeholt. Hatten die Franzosen etwa von Marlboroughs Brief erfahren? Möglich. Es gab immer wieder Gerüchte, im Lager der Alliierten tummelten sich jede Menge Spione und Informanten.

Unwillkürlich fasste Steel sich an die Brust und fühlte das Päckchen. Erleichtert atmete er aus und wandte sich an Williams.

»Lasst die Männer hier Aufstellung beziehen, Tom. Drei Glieder tief, wenn es sich machen lässt. Ihr könnt Euch darauf verlassen, dass die Reiter sich gleich uns zuwenden werden. Und ich wette, dass die Infanterie nicht weit entfernt ist. Habt Ihr gesehen, wer dort bei den Reitern ist?«

Er zeigte auf den weiß gekleideten Mann.

»Sergeant Slaughter. Drei Reihen. Abwechselnd feuern. Seht zu, wie Ihr das hinbekommt. Aber haltet diese verdammte Kavallerie aus der Stadt heraus. Und Bajonette aufpflanzen. Schnell.«

Steel rannte zurück zum Marktplatz und rief in alle Gassen und Häuser, an denen er vorbeikam, nach seinen Männern.

»Grenadiere! Zu mir!«

Drei Rotröcke schlossen sich ihm im Laufen an. Von der Anhöhe kamen noch ein Dutzend Mann hinzu, darunter Corporal Taylor, Tarling, Cussiter, Milligan, Henderson und Hopkins. Steel rief Taylor an.

»Sind das alle?«

»Denke ja, Sir.«

»Wo bleibt Major Jennings?«

»Hab ihn nicht gesehen, Sir.«

Verflucht soll der Kerl sein, dachte Steel. Sie brauchten jetzt jeden Soldaten, zumal Jennings kein schlechter Kämpfer war. Kurz darauf erblickte er weitere sieben Mann von Jennings sowie Stringer.

»Ihr da, Männer!«, rief er. »Sergeant Stringer! Folgt mir.«

Am höchsten Scheitelpunkt der ansteigenden Straße drehte er sich um und zählte seine Leute. Achtzehn insgesamt.

»Hier werden wir stehen. Weiter dürfen sie nicht kommen. Corporal Taylor, Hopkins, Tarling und ihr anderen – hier aufstellen. Drei Glieder tief. Laden und die zweite Patrone griffbereit halten. Musketen überprüfen und Bajonette nicht vergessen. Oh, und wenn ihr Major Jennings seht, dann sagt ihm, dass wir ihn an der Brücke brauchen.«

Steel vergewisserte sich, dass die Männer so am höchsten Punkt der schmalen Straße standen, wie er es haben wollte. Die Gewehrläufe zeigten hinunter zur Brücke. Drei Reihen, die erste Reihe kniend, sechs Mann pro Reihe – ein Wall aus Bajonetten und geladenen Musketen.

»Und jetzt genau zuhören. Ihr seid unsere letzte Hoffnung.

Unsere letzte Chance. Ihr tut nichts, bis ihr mich die Straße hinauflaufen seht. Dann teilt ihr euch schnell in zwei Gruppen und tretet beiseite, die eine Hälfte nach links, die andere nach rechts. Wir werden in eure Richtung laufen, macht also schnell. Sobald wir an euch vorbeigelaufen seid, schließt ihr die Reihen wieder. Haltet euch bereit. Die Kavallerie wird uns dicht auf den Fersen sein. Taylor, Ihr habt das Kommando. Cussiter, Ihr kommt mit mir.«

Die beiden Männer rannten über den Platz zu der Kutsche.

»Herr Weber, Miss Louisa. Aussteigen, bitte. Wir suchen Euch einen etwas weniger exponierten Ort.«

Er wandte sich Cussiter zu. »Bringt sie in das Haus dort drüben. Ihr sorgt dafür, dass sie in Sicherheit sind. Bleibt bei ihnen.«

Kretzmer starrte ihn mit weit aufgerissenen Augen an.

»Und ihn solltet Ihr lieber mitnehmen. Obwohl ich ihn, ehrlich gesagt, in der Kutsche lassen möchte. Würde uns eine Menge Ärger ersparen, wenn ihn ein Querschläger träfe.«

Für einen kurzen Moment war er versucht, den Bayern zu erschießen, um dann vorzugeben, es sei eine feindliche Kugel gewesen. Aber dafür war jetzt keine Zeit. Schon rannte Steel zurück zur Brücke. Die Männer hatten das Feuer eingestellt, was eigentlich nur bedeuten konnte, dass die Kavallerie sich zurückgezogen hatte, um sich neu zu formieren. Soweit Steel es beurteilen konnte, bildete die Brücke den einzigen Zugang zur Stadt. Eine natürliche Verteidigungsposition. Doch er ahnte, dass er mit den wenigen Männern keine Husaren würde abwehren können … von Infanteristen, die da noch kommen mochten, einmal abgesehen. Wenn sie überleben wollten, war Steels einfache Falle ihre einzige Chance.

* * *

Auch Major Jennings hatte sich einen Plan zurechtgelegt. Parallel zur Hauptstraße war er von Haus zu Haus gelaufen und hatte den Marktplatz erreicht. In der rechten Hand hielt er einen kurzen Infanteriedegen, eine Seitenwaffe, die er sich von Stringer geborgt hatte. Er verfolgte ein ganz bestimmtes Ziel. Er hatte den Knall der Musketen bei der Brücke gehört, und die Schreie, als die Rotröcke die Franzosen unter Beschuss nahmen. Von einem Fenster im oberen Stockwerk eines Hauses hatte er beobachtet, wie die Kavallerie heransprengte.

Die Ankunft der Husaren war eine glückliche Fügung. Oh, er wusste genau, warum der Feind hierhergekommen war. Er hatte schon vermutet, dass der weiß uniformierte Major der Grenadiere, wer immer er sein mochte, ebenfalls erpicht darauf war, das Päckchen an sich zu nehmen. Aber der unbekannte Offizier der Franzosen interessierte ihn im Augenblick nicht, obwohl natürlich die Gefahr bestand, dass den Husaren die feindliche Infanterie folgte. Wie dem auch sei, Jennings war klar, dass seine Leute hier in der Stadt in einen verzweifelten Kampf verwickelt würden. Und das war genau die Gelegenheit, auf die er gewartet hatte.

Warum sollte er das Risiko auf sich nehmen, dem schlafenden Steel die Kehle aufzuschlitzen, wenn er den verhassten Lieutenant im Gefecht töten könnte? Dann würde er den Brief an sich nehmen und eine verfahrene Mission in einen Moment des Ruhmes verwandeln. Nun sah er, dass die Männer sich unweit der Brücke drei Glieder tief aufstellten. Rasch bog er in eine weitere Gasse und eilte mit großen Schritten in Richtung Brücke.

* * *

Die Husaren hatten den einzigen direkten Weg genommen, wie Steel es vorausgesehen hatte. Über die Steinbrücke. Bei der ersten Salve der Rotröcke waren sechs Reiter tödlich getroffen worden, worauf die anderen, überrascht von der Feuerkraft, zunächst zurückgeblieben waren. Doch jetzt hatten sie sich neu formiert und kamen in einer langen Abteilung über die Brücke, immer drei Husaren dicht nebeneinander. Die Pferde schnaubten, Harnische klirrten. Die Reiter hatten nicht genug Raum, um die Tiere anzutreiben, aber darauf hatten sie es auch nicht angelegt. Die Husaren waren fest entschlossen, und Steel wusste, dass die Feinde allein durch ihre zahlenmäßige Überlegenheit und die Wucht der Rosse den Sieg davontragen würden, selbst wenn bei der nächsten Salve noch mehr Husaren aus den Sätteln gehoben würden.

»Achtung!«

Als Steel den Blick über die Reihen schweifen ließ, sah er vertraute Gesichter und spürte, wie angespannt und auch verzweifelt die meisten seiner Soldaten waren.

»Feuert auf mein Kommando. Dann rennt ihr um euer Leben die Straße hinauf in die Stadt. Grenadiere. Legt an!«

Die Husaren waren gefährlich nah herangekommen. Noch trabten die Pferde, doch jeden Augenblick würde die Abteilung sich am Ende der Brücke auffächern und heranpreschen. Wenn die Grenadiere zu lange zögerten, wäre alles binnen Sekunden vorbei. Steel wartete trotzdem. Noch gab er den Befehl nicht. Aus den Augenwinkeln sah er, wie Slaughter bei einem jüngeren Soldaten die Haltung korrigierte und dem Burschen aufmunternde Worte zuraunte.

»Wartet! Wartet!«

Dann war es so weit. Die vordersten drei Husaren ließen in diesem Moment die Enge der Brücke hinter sich.

»Feuer!«

Eine Wolke aus weißem Pulverdampf lag in der Luft. Durch die Schwaden hindurch sah Steel, dass etwa acht oder zehn Reiter zu Boden gingen, teilweise mit ihren Pferden.

»Lauft, Männer! Lauft!«

Steel wich ein paar Schritte zurück und schaute noch auf das Blutbad bei der Brücke. Einige seiner Männer, die Veteranen, wichen ebenfalls mit dem Rücken zur Stadt zurück, während die anderen die Straße hinauf um ihr Leben rannten.

Schließlich lief auch Steel so schnell er konnte in die Stadt hinein.

Er wusste, dass die Kavallerie einen Moment brauchen würde, um sich in dem Gewühl bei der Brücke neu zu ordnen: Die Pferde in den nachfolgenden Dreiergruppen trampelten über die Toten und Sterbenden hinweg und griffen aus. Steel ahnte aber auch, dass er und seine Männer den Reitern wehrlos ausgeliefert waren und erst dann eine Chance hatten, wenn sie den höchsten Punkt der Straße erreichten.

Verzweifelt warf Steel einen Blick über die Schulter und sah, wie sich aus den letzten Pulverschwaden die Umrisse der Husaren herausschälten. Jetzt hatten die Feinde Platz, um den Pferden die Sporen zu geben.

»Lauft, ihr Hunde, lauft!«, schrie er.

Er rutschte auf dem Kopfsteinpflaster aus. Sein Herz hämmerte gegen seine Brust. Einige seiner Männer würden es nicht schaffen, aber die ansteigende Straße war ihre einzige Hoffnung. Weiter oben entdeckte er die drei Reihen Rotröcke. Er hob die Hand und bedeutete den Männern, eine Gasse zu bilden.

Exakt im richtigen Augenblick teilte die kleine Abteilung sich in zwei Gruppen, um den ersten Männern Platz zu machen. Einige waren vorerst in Sicherheit, hatten es geschafft. Steel selbst war nur noch zehn Fuß von den vordersten Schützen entfernt. Hinter sich hörte er den Schrei eines Grenadiers, der unter dem Säbel eines Husaren fiel. Die Männer mussten die Reihen schließen, sonst wären sie alle verloren! Wieder hob Steel die Hand, um anzudeuten, dass die Schützen erneut zusammenrücken sollten. Die Männer gehorchten, und Steel fand sich zwischen dem donnernden Hufschlag der Husaren und einem Wall aus Bajonetten und Musketen wieder. Er traute sich nicht mehr, nach hinten zu schauen, aber er spürte schon den heißen Atem eines Rosses im Nacken. Nur noch sechs Fuß. Fünf.

Als er den Luftzug eines todbringenden Säbels am Kopf spürte, warf er sich mit letzter Kraft in die Linie der Rotröcke, rutschte über die Pflastersteine und stieß unsanft gegen die Beine zweier Soldaten in der vordersten Reihe. Im selben Moment verwandelte sich die Welt um Steel in eine Hölle aus Donner und Blitzen, als die Rotröcke feuerten. Steel vergrub den Kopf unter den Händen und betete.

Vorsichtig hob er im Liegen den Kopf und schaute die Straße hinunter. Als der Dampf sich verflüchtigte, sah er, dass mindestens sechs Reiter und vier Pferde am Boden lagen. Doch er wusste, dass das nicht reichen würde. Denn hinter den toten, blau uniformierten Husaren rückten die anderen Kavalleristen Knie an Knie unaufhaltsam heran. Die Salve hatte nur die allerersten Reiter erwischt. Die Husaren machten nicht einmal Anstalten, sich neu zu formieren. Der feindliche Kommandeur hatte sie in kleinen Gruppen losgeschickt. Die erste Angriffswelle war abgewehrt, aber hier kam die nächste. Vielleicht hatten die Rotröcke noch Zeit für eine zweite Salve. Aber was dann? Wie sollten so wenige Infanteristen einer Abteilung Kavallerie standhalten?

Steel rappelte sich auf und eilte zu der hinteren Reihe der Rotröcke. Dort sah er Slaughter, Cussiter, Taylor, Tarling, Hopkins und Tom Williams. Gut. Doch zugleich fragte er sich, wer die armen Teufel sein mochten, die tot neben den Husaren auf dem Pflaster lagen. Und wo, um Himmels willen, steckte Jennings? Auch Stringer war nirgends zu sehen. Sollten die beiden etwa in einem Kampf verschont bleiben, der wahrscheinlich das letzte Aufbäumen dieses Zuges sein würde? Steel eilte an Williams' Seite.

»Tom, macht Euch auf die Suche nach Major Jennings und Sergeant Stringer. Sucht überall. Vielleicht sind sie irgendwo am Marktplatz. Los jetzt!«

Zu Slaughter gewandt sagte er: »Nachladen, Sergeant. Wie viel Schuss haben wir noch pro Mann?«

»Kann ich nicht sagen, Sir, aber wohl nicht mehr viele. Da wären noch die Granaten.«

»Nein. Die Pflastersteine würden in tausend Stücke gerissen. Wir würden genauso viele von uns wie von denen töten. Diesmal kommt es auf die Kugeln an, Jacob. Und auf die Bajonette. Mal sehen, wie viele von diesen Schweinehunden wir noch mit in die Hölle ziehen können.«

Die Husaren kamen näher. Steels Plan war zwar aufgegangen, aber es reichte nicht. Er fragte sich, ob Williams inzwischen den Major und dessen Sergeant aufgetrieben hatte. Würden die drei zurück sein, ehe die Kavallerie die Rotröcke niedertrampelte und eine Schlachtorgie veranstaltete, oder würden die Offiziere entkommen? Als er in Richtung des verlassenen Marktplatzes blickte, dachte er unweigerlich an Louisa. Was würde dann aus ihr? Er hätte sie fortschicken müssen. Aber wie? Es war ohnehin zu spät. Er betete, dass die französischen Husaren gnädiger waren als die Grenadiere. Mit einem Lächeln wandte er sich Slaughter zu. Er war bereit. Er hörte den Hufschlag auf den Pflastersteinen, rechnete jeden Augenblick mit dem Schlachtruf der Kavallerie.

»Fertig machen!«, rief er den Rotröcken zu.

Weiter unten kamen die Husaren die Straße hinauf, Stiefel an Stiefel.

»Anlegen!«

Die zweite Welle der Kavallerie war in leichten Trab verfallen. Er konnte die Gesichter der Männer sehen, ihre durchdringenden Augen. Er hörte, wie die Sergeanten Befehle auf Französisch riefen und die eigenen Männer anfeuerten. Für einen leichten Galopp ritten sie zu dicht nebeneinander, aber Steel wusste, dass das schiere Gewicht der Schlachtrosse ausreichte, um das Bollwerk der Infanterie zu zerstören. Noch zielten die Musketen auf die herannahenden Reiter.

»Auf das Kommando warten!«, zischte Slaughter.

Noch etwa dreißig Schritte. Zwanzig.

»Feuer!«

Steel brüllte den Befehl und betätigte den Abzug der eigenen Muskete. Die Salve donnerte die schmale Straße hinab, Häuserwände und Reiter verschwanden hinter Pulverdampf. Den Rotröcken klingelten die Ohren von den Schüssen. Steel spähte durch die Schwaden hindurch.

»Fertig machen zum Nahkampf!«

Die Salve hatte dem Feind das Tempo genommen, aber Steel war sicher, dass die Husaren nicht aufgeben würden. Plötzlich erschienen Gestalten in dem weißen Nebel. Zu Steels Linken hatten drei Husaren den Haufen aus toten Reitern und Pferden überwunden und schlossen zu den anderen auf. Der erste Husar bekam ein Bajonett in den Oberschenkel, schlug aber seinerseits nach dem Briten, der sich duckte, die blutige Klinge zurückzog und dem Reiter mit einem zweiten Stoß das Bajonett sauber in die Flanke rammte. Der Husar umklammerte die Klinge, sprang aus dem Sattel und spießte sich dadurch noch weiter auf.

Ein zweiter Husar hatte mehr Glück, denn er wehrte das Bajonett eines Soldaten aus Jennings' Truppe ab und zerhackte dem Mann mit einem gezielten Streich das halbe Gesicht. Steel stieß den toten Soldaten beiseite und holte mit seinem Degen zum Schlag aus. Der Franzose hatte keine Zeit mehr, sich zu verteidigen, und erhielt einen Hieb in den Bauch. Dann ließ er seinen Säbel fallen und drückte mit beiden Händen verzweifelt auf die klaffende Wunde. Als er versuchte, sein Pferd zu wenden, traf ihn eine Kugel aus der hinteren Reihe der Rotröcke.

Durch den Pulverdampf kamen immer mehr Feinde heran. Steel hörte jemanden hinter sich rufen und drehte den Kopf. Es war Stringer, der mit weit aufgerissenen Augen und blutigem Bajonett dastand.

»Mr. Steel, Sir. Sie sind uns in die Flanke gefallen, Sir, in der nächsten Straße. Ihr müsst kommen, Sir.«

Steel wandte sich an Slaughter.

»Es ist Jennings, er ist in Schwierigkeiten. Ihr habt das Kommando. Die Männer sollen sich neu formieren, Jacob. Nachladen, falls Ihr Zeit dafür findet. Ich bin gleich wieder da. Und schaut nach, ob Ihr Williams irgendwo seht.«

Schon eilte er Stringer nach, der in eine Gasse gelaufen war. Zwischen den eng stehenden Häuserwänden war es dunkel. Steel sah noch, wie der Sergeant am Ende der Gasse, wo wieder mehr Licht auf die Pflastersteine fiel, in die nächste größere Straße einbog. Steel rannte weiter. Die Muskete hatte er sich im Laufen umgehängt, hielt aber den Degen in der Rechten ... für alle Fälle. Seine Ohren klingelten noch von der Salve, und seine Schritte auf dem Pflaster klangen merkwürdig hohl und gedämpft, als der Lärm des Gefechts in den Hintergrund trat. Halb taub bog er in die Straße, in die Stringer gelaufen war, merkte aber sofort, dass etwas nicht stimmte.

Stille herrschte in der Straße, und ehe Steel seine Schritte verlangsamen konnte, erkannte er, dass er keinen zweiten Kampfschauplatz betreten hatte, sondern in eine Falle gelaufen war.

Stringers Musketenbajonett war direkt auf Steels Brust gerichtet. Hinter dem Sergeant lehnte Jennings am Sims eines Fensters im Erdgeschoss.

»Ah, Steel. Habt Dank. Wieder eilt Ihr mir zu Hilfe. Allerdings bin diesmal nicht *ich* in Lebensgefahr, sondern Ihr.«

Steel starrte den Major an und war sich der scharfen Bajonettspitze bewusst, die gefährlich nah vor seinem Hals schwebte. Gottverdammt! Wieso hatte er das nicht kommen sehen? Ein zweites Duell war wohl unvermeidlich. Der Ehre musste Genüge getan werden. Aber jetzt und auf diese Weise?

»Major Jennings, Ihr könnt Euren Terrier zurückpfeifen. Ich werde mich Euch in einem fairen Kampf stellen. Aber jetzt ist dafür keine Zeit. Wir unterliegen den Husaren. Unserer Armee zuliebe müssen wir jetzt gemeinsam handeln. Wir können es uns nicht leisten, hier zu versagen. Um Gottes willen, Mann! Dies hier kann warten.«

»Aber begreift Ihr denn nicht, Steel? Habt Ihr wirklich keine Ahnung? Ich tue das doch unserer Armee zuliebe. Mir ist bewusst, dass wir uns eine Niederlage hier nicht leisten können. Es geht nicht um das Mehl. Es geht um den wahren Grund Eurer Mission.«

Steels Augen weiteten sich.

»Ich weiß, was Ihr bei Euch tragt, Lieutenant. Ich weiß, was Ihr Kretzmer abgekauft habt und was diese Dinge für Marlborough bedeuten. Aber Ihr müsst verstehen, dass die Angelegenheit ebenso wichtig für die Herren ist, die mich geschickt haben. Nein, ich spreche nicht von Colonel Hawkins, sondern von den Männern, denen Britanniens wahre Interessen am Herzen liegen.«

»Ihr verfluchter Verräter!«

Jennings verzog den Mund zu einem Grinsen.

»Kommt, kommt, Steel. Wirklich, ich hatte mehr von Euch erwartet. Ihr müsst wissen, dass Ihr im Verlauf der letzten Tage ein wenig in meinem Ansehen gestiegen seid. Ihr seid ein wahrer Kämpfer, auch wenn Ihr im Herzen ein Schurke seid. Und Ihr wisst zumindest, wo Ihr hingehört. Anders als unser tapferer Kommandeur, der Herzog, der nie etwas anderes sein wird als ein Emporkömmling vom Lande. Wir brauchen Männer, die zum Führen geboren sind. Männer, deren Vorfahren unsere

Heere bei Crécy und Azincourt führten. Mit dem Brief, den Ihr bei Euch habt, werden diese Männer Marlborough zu Fall bringen und die Armee wieder unter das Kommando der rechtmäßigen Führer stellen. Und da ist es meine Pflicht, dafür zu sorgen, dass dem so geschieht.«

»Nur über meine Leiche.«

»O Gott. Ich hatte gehofft, Ihr würdet Euch nicht so heldenhaft gebärden.«

Stringer, der immer noch grinste, brachte die Spitze seines blutigen Bajonetts dichter an Steels Hals.

»Und glaubt mir, Steel, gern hätte ich Euch Gelegenheit gegeben, mir in einem fairen Kampf gegenüberzutreten. Aber Ihr seht ja selbst, dass uns die Zeit davonrennt. Also, Eure Waffen, bitte.«

Das Bajonett zuckte einen halben Zoll weiter in Richtung Kehle. Steel ließ den Degen fallen.

»Und die Muskete.«

Steel umfasste den Gurt der Waffe mit einer Hand und machte Anstalten, sie ebenfalls fallen zu lassen. Doch im letzten Moment packte er den Lauf, wich der Bajonettspitze aus, wirbelte die Waffe in der Hand herum und stieß sie Stringer mit dem Kolben zuerst zwischen die Beine. Der Mann schrie vor Schmerzen auf, ließ die Muskete fallen und stürzte zu Boden. Wimmernd hielt er sich die Genitalien. Steel, die Muskete noch in der Hand, richtete sich auf, aber Jennings war schneller.

Mit kalter Berechnung machte der Major einen präzisen Satz nach vorn und stieß Steel den Degen in die Seite. Er spürte, wie die Klinge ins Fleisch glitt, und zog sie rasch wieder zurück. Steel gab ein tiefes Stöhnen von sich und hielt sich die Seite.

»Na, na. Wieder mal Streit mit einem ranghöheren Offizier, Steel? So werdet Ihr nie Karriere machen. *En garde?* Oh, Ihr seid unbewaffnet. Nun, wie Ihr wollt.«

Steel schlug mit seiner Muskete nach dem Major, aber Jennings brauchte kaum auszuweichen. Wieder machte er einen Satz nach vorn und traf Steel wenige Zentimeter über dem Knie am Oberschenkel. Heißer Schmerz durchzuckte den Lieutenant. Verzweifelt blickte Steel sich nach seinem Degen um und entdeckte ihn wenige Fuß entfernt auf dem Boden. Wenn er nur irgendwie herankäme …

Einer Eingebung folgend schleuderte er die Muskete auf Jennings, griff wild tastend nach dem Degen und bekam den Knauf zu fassen. Doch ehe er die Waffe hochreißen konnte, hatte der Major schon wieder zugestoßen. Steel spürte, wie die Spitze der Klinge durch den Uniformstoff stach und sich leicht in den Rücken bohrte. Er wirbelte herum, sprang auf und stürzte sich voller Wut, aber ohne Waffe, auf Jennings. Blind vor Zorn umfasste er die Klinge des Majors mit der bloßen Hand, entriss ihm die Waffe, schnitt sich dabei aber selbst tief in die Hand. Jennings stand überrumpelt da und sah mit Schrecken, dass Steel die Degenklinge trotz der Schmerzen festhielt.

Rechts von Steel, unweit von Stringer, der sich noch vor Schmerzen krümmte, entdeckte Jennings die Muskete, die der Sergeant hatte fallen lassen. Sofort sprang der Major zu der Waffe und hob sie auf. Während Steel den Degengriff in die blutende Hand nahm, ließ Jennings den schweren Kolben des Gewehrs wie eine Keule auf den Schädel des Lieutenants niedersausen. Steels Beine gaben nach. Er sank auf die Knie. Rote Schlieren vor den Augen raubten ihm die Sicht, und er stürzte mit dem Gesicht nach unten auf die Pflastersteine. Atemlos stand Jennings über ihm, die Muskete noch in der Hand.

Nein, dachte er. Er würde dem Mann nicht den Schädel zertrümmern. Auch nicht mit dem Bajonett aufspießen. Er würde ihn erledigen wie ein Gentleman. Er ließ die Schusswaffe fallen, ging neben Steel in die Hocke und griff unter Steels Körper. Rasch tastete er in sämtlichen Taschen des Uniformrocks, bis er fand, wonach er suchte. Seine Finger schlossen sich um ein kleines, rechteckiges Objekt. Lächelnd zog er das Päckchen aus der Tasche. Das bräunliche Papier war mit Garn verschnürt.

Jennings entfernte das Band und las, was auf dem ersten verblassten Bogen stand.

Euer Majestät,

Ihr könnt nicht ermessen, wie sehr mein Herz sich nach Eurer Rückkehr sehnt und wie ganz Britannien frohlocken wird, wenn unser Land seinen rechtmäßigen Monarchen empfangen kann …

Weiter unten auf dem Pergament konnte Jennings die Unterschrift entziffern.

Euer Euch ergebenster Diener,
John Churchill

Jennings drückte sich das Päckchen an die Brust, ehe er es in der Tasche seiner Weste verschwinden ließ. Zufrieden grinsend bückte er sich, um seinen Degen aufzuheben, der neben Steels schlaffer Hand lag. Nur noch ein gezielter Stoß, und die Welt war diesen elenden Emporkömmling endlich los. Jennings ließ sich Zeit, stellte sich neben Steel, zeichnete mit der Degenspitze die Konturen von Steels Rücken nach und suchte nach der Stelle, wo das Herz des Lieutenants schlug. Er holte zum letzten Stoß aus. Jetzt, und alles wäre vorüber.

»Sir! Major Jennings, Sir! Was tut Ihr da!«

Williams war aus der Seitengasse gestürmt und blieb wie angewurzelt stehen. Jennings blieb keine andere Wahl, er ließ von Steel ab und ging energisch auf den Fähnrich zu. Instinktiv riss der junge Mann seinen Degen hoch, aber er reagierte zu spät, denn Jennings hatte schon den entscheidenden Schritt nach vorn gemacht und ihn am Oberschenkel getroffen. Williams schrie vor Schmerz, gab sich jedoch noch nicht geschlagen.

Die beiden Männer umkreisten einander.

»Steel ist tot, Junge«, wisperte Jennings. »Er hat unser Land verraten. Wenn Ihr Euren Degen sinken lasst, reden wir nicht mehr über die Sache.«

Erst jetzt entdeckte Williams Stringer und ahnte, dass der Major nicht die Wahrheit sagte.

»Ich glaube Euch nicht, Sir. Ihr habt ihn getötet.«

»Ich habe einen Verräter getötet.«

»Mr. Steel war ein ehrenwerter Mann, Sir. Er hätte uns nie verraten.«

Jennings seufzte. »Nun gut, Ihr hattet Eure Chance. Aber habt Ihr schon einmal Mann gegen Mann gekämpft, Junge? Ja? Habt Ihr das schon getan?«

Williams schwieg. Dann, zu Jennings' Erstaunen, machte er einen Schritt nach vorn und stach zu. Der Major hatte einen Moment nicht aufgepasst und spürte einen stechenden Schmerz am linken Arm. Blut lief über den Ärmel.

»Ah, wie ich sehe, habt Ihr Feuer, Bursche!«, spie er grollend hervor. »Aber Feuer allein wird gegen mich nicht ausreichen.«

Jennings tänzelte leichtfüßig wie ein Fechtmeister, der seinen Schüler unterweist, schnellte dann nach vorn und traf den Fähnrich wenige Zentimeter über der ersten Wunde.

Glühend heiß fuhr Williams der Schmerz durch die Glieder. Blut tränkte seinen Kniestrumpf. Gott, dachte Williams, auf dieses Spiel versteht der Major sich. So viel zu meinen teuren Fechtstunden in Eton. Was nutzten ihm die klassischen Schrittfolgen, auf die er so viel Zeit und Schweiß verwendet hatte? Dieses Duell hier wurde schnell und unerbittlich geführt. Hier gab es keine Finessen. Töten und getötet werden. Williams ahnte, dass er in diesem Zweikampf sein Leben lassen würde, falls nicht ein Wunder geschah. Er blickte auf Steels reglosen Körper.

Jennings brach das Schweigen.

»Er ist tot, Junge. Na los, kommt, Ihr seid doch nicht etwa ängstlich? So wird nie ein Soldat aus Euch. Soldaten sind tapfer, Mr. Williams. Aber Ihr seid wohl kein sehr mutiger Bursche, wie? Ihr habt Angst. Euer Vater wollte wohl, dass Ihr Euch uns anschließt. Zu etwas anderem seid Ihr eben nicht zu gebrauchen. Nein, ein Soldat wird nie aus Euch. Dazu fehlt Euch der Mumm. Verschwindet, ehe es zu spät ist! Ehe Ihr von einem Froschfresser aufgespießt werdet!« Er lachte auf. »Oh, ich vergaß. Zum Weglaufen ist es ja längst zu spät.«

Beim letzten Wort riss er den Degen hoch, machte einen Satz nach vorn und traf den Fähnrich am rechten Unterarm. Williams taumelte rückwärts, rutschte auf den blutverschmierten Pflastersteinen aus, verlor das Gleichgewicht, stürzte und stieß mit dem Hinterkopf gegen den breiten Fenstersims. Bewusstlos sank er zu Boden und hinterließ eine schmierige Blutspur an der Hauswand.

Inzwischen hatte Stringer sich wieder aufgerappelt und hinkte ein paar Schritte auf und ab, immer noch gekrümmt vor Schmerz.

Einen Moment lang fixierte Jennings den Sergeant, ehe er abwechselnd von Steel zu Williams blickte, als könne er sich nicht entscheiden, wen er zuerst ins Jenseits befördern sollte. Doch ihm blieb keine Wahl. Schnellen Schrittes war er wieder bei Steel und holte zum tödlichen Stich aus, als Stringer aufgeregt in eine Gasse deutete.

»Sir!«, entfuhr es ihm mit heiserer Stimme.

Als Jennings herumfuhr, entdeckte er zwei von Steels Grenadieren, die in diesem Moment die Straße betraten. Rasch fasste er sich an den Arm, verzog vor Schmerz das Gesicht und achtete darauf, dass die Männer das Blut sahen, das ihm über die Finger lief.

»Beeilung, Leute!«, fuhr er die beiden Rotröcke an. »Die Franzosen sind uns auf den Fersen! Ich wurde getroffen. Mr. Steel ist tot!«

Die Grenadiere eilten an ihm vorbei, und Jennings rannte die Straße hinunter in Richtung Marktplatz. Dort war niemand zu sehen; nur die Kutsche stand verlassen da. Jennings rannte zu den Pferden: Zwei Kaltblüter, die nicht auf Schnelligkeit gezüchtet wurden, sondern auf Zugkraft. Er löste eins der Tiere aus dem Geschirr und eilte zur Tür der Kutsche. Das Geld, das man Kretzmer für das Mehl gezahlt und nach dem Verbrechen wieder abgenommen hatte, lag in einer eisenbeschlagenen Kiste, die in der Kutsche untergebracht war. Er durfte das Geld nicht zurücklassen. Jennings stieg in die Kutsche, öffnete die Kiste und nahm die beiden Lederbörsen an sich. Geschickt band er sich die Schnüre der Beutel an den Gürtel und wandte sich zur Tür.

Draußen trat er zu dem Gaul und führte ihn von der Deichsel fort. Er wollte sich gerade auf den Rücken des Tieres schwingen, als er ein unverkennbares Geräusch hinter sich vernahm. Es war das Knacken des Hahns an einer Muskete. Langsam drehte Jennings sich um und sah sich einer rot uniformierten Gestalt gegenüber, die ihn mit einer geladenen Muskete bedrohte. Nur wenige Schritte von der Kutsche entfernt stand Dan Cussiter. Der Schütze starrte ihn aus hasserfüllten Augen an, und ein angespanntes Lächeln spielte um seine Mundwinkel.

»Nichts überstürzen, Mann«, versuchte der Major abzuwiegeln. »Ich kann alles erklären.«

Cussiter schwieg. Er zog den Kolben der Muskete fester an die Schulter, und Jennings wusste, dass der Mann jeden Augenblick feuern würde. Alles, was er noch hörte, war der eigene Herzschlag.

»Sei kein Narr, Junge. Du weißt doch, wie eine Bestrafung sich anfühlt. Du hast die Katze zu spüren bekommen. Kannst du dir vorstellen, was dich erwartet, wenn du dich des Mordes an einem Offizier schuldig machst? Nimm die Waffe runter. Sei vernünftig. Dann werde ich ein gutes Wort für dich einlegen.«

Er streckte die Hand aus. Cussiters Finger legte sich um den Abzug. Der Schütze hatte den Kopf leicht geneigt und spähte über den Lauf der Waffe, zielte direkt auf Jennings' Stirn. Der Finger bewegte sich weiter, und Jennings wartete auf das Aufblitzen an der Mündung. Tatsächlich zuckte ein Blitz, gefolgt von einem ohrenbetäubenden Knall, aber als Jennings die Augen zukniff und zusammenzuckte, spürte er nur einen kurzen heißen Luftzug am Kopf, ganz so, als hätte ihn ein Wüstenwind erfasst. Als er die Augen aufschlug, sah er, wie die weiße Pulverwolke in den Himmel stieg; die Kugel hatte ihr Ziel verfehlt und lediglich die Perücke des Majors gestreift. Erst jetzt sah Jennings, dass Cussiter zu Boden gegangen war und verzweifelt mit Stringer rang. Offenbar hatte der Sergeant sich im entscheidenden Moment auf den Schützen gestürzt.

Jennings zögerte keine Sekunde. Stringer hatte ihm zwar das Leben gerettet, aber für Dank war keine Zeit. Der Sergeant war für Jennings' weitere Pläne nicht mehr von Bedeutung. Der Major ließ das Pferd stehen und rannte zur nächsten Häuserecke, so schnell er konnte. Inzwischen waren weitere Soldaten auf den Marktplatz gekommen, doch er schaute nicht zurück. Vor ihm, an einer kleinen Kreuzung von Seitengassen, lag ein toter Husar am Boden, die Hand noch in den Zügeln des Pferdes verfangen. Die Stute stand geduldig da und rupfte an dem Unkraut, das zwischen den Steinen wucherte. Blitzschnell war Jennings bei dem Tier, ergriff die Zügel und entriss sie dem Toten.

Im nächsten Augenblick saß er im Sattel. Mit energischem

Schenkeldruck trieb er das Pferd an, ritt in gestrecktem Galopp durch die engen Straßen hinunter zur Brücke und sprengte an den vielen Toten vorbei und hinaus auf die Felder. Er war trunken vor Freude. Er hatte die Papiere! Die Papiere, die Marlborough zu Fall bringen würden und ihm, Jennings, in London Tür und Tor öffneten! Vor ihm lag ein Leben voller Einfluss und Wohlstand! Doch zuvor musste er die Dokumente noch sicher nach England schaffen. Und nach allem, was geschehen war, gab es für ihn eigentlich nur noch einen Weg in die Sicherheit.

Aubrey Jennings gab dem Pferd die Sporen und ritt, so schnell er konnte, in Richtung der Franzosen.

* * *

Steel spuckte Blut und spürte, dass ein Zahn locker war. Keuchend spie er ihn aus. Ihm dröhnte der Schädel. Er hatte das Gefühl, jemand hätte ihn mit einem Hammer bearbeitet. Mit zittriger Hand fasste er sich an den Kopf und fühlte klebriges Blut im Haar. Dann hustete er und musste sich übergeben. Als er schwer atmend den Blick hob, sah er verschwommen, wie Williams sich langsam aufrichtete. Schwankend wie ein Betrunkener stand der Fähnrich da, suchte Halt am Fenstersims und fasste sich an den Hinterkopf. Rinnsale aus Blut waren ihm über die Stirn und die linke Wange gelaufen.

Einer der Grenadiere, Mackay, bückte sich, griff Steel unter die Achselhöhle und bot sich an, seinem Lieutenant beim Aufstehen zu helfen. Doch kaum stand Steel, als er einen furchtbaren Schmerz im Bein spürte, der bis hinunter in die Wade strahlte. Er schaute an sich herab und machte sich zum ersten Mal ein Bild von den Verletzungen, die Jennings ihm zugefügt hatte.

»Gottverdammt«, grollte er.

Er sah Mackay in die Augen.

»Wo steckt er?«

»Wer, Sir?«

»Major Jennings, Mann. Habt Ihr ihn gefasst?«

»Er lief zurück zum Gefecht, Sir. Sagte uns, die Franzosen hätten Euch getötet.«

»Das sieht dem Hund ähnlich. Jennings ist ein Verräter.«

Der Major war also entkommen. Panik erfasste Steel. Rasch griff er in die Tasche seines Uniformrocks, doch seine Finger tasteten ins Leere. Das Päckchen war nicht mehr da. Steel hatte nie viel von Jennings gehalten, aber dass dieser Mann ein Verräter war, hätte er nicht gedacht. Nie im Leben wäre er darauf gekommen.

Durch den hämmernden Kopfschmerz nahm er den Lärm des Kampfes wahr. Großer Gott, sie setzten sich immer noch gegen die Franzosen zur Wehr. Jetzt erinnerte er sich schlagartig an alles.

»Williams, alles in Ordnung mit Euch?«, fragte er.

Der Fähnrich hatte sich auf den Sims gesetzt, taumelte leicht vor und zurück und versuchte, den Blutfluss an Kopf und Bein zu stoppen.

»Wird schon gehen, Sir.«

»Bleibt dort. Ihr, Tarling, passt auf ihn auf. Mackay, Ihr kommt mit mir.«

Steel hob seinen Degen vom Boden auf, griff nach der Muskete und eilte humpelnd hinter dem Grenadier durch die schmale Gasse. Weiter vorn wurde der Kampflärm lauter. Er hatte sich nicht verhört. Seine Soldaten hielten aus. Gott allein wusste, wie sie das geschafft hatten.

Kurz darauf hatte Slaughter ihn erblickt.

»Sagte Euch ja, dass ich nirgends hingehen werde, Sir«, rief er Steel zu.

Steel schaute die Straße hinunter und sah den Berg aus Toten und Verletzten, Husaren zumeist. Gliedmaßen lagen verstreut herum, Blut war an die Hauswände gespritzt. An drei Stellen war die Straße aufgerissen.

»Ihr habt also doch die Granaten benutzt.«

»Wie ich sagte, Sir. Ich würde nirgends hingehen. Außerdem hat Thorogood früher mal Cricket für seine Gemeinde gespielt. Er schleuderte die Granate, als die Husaren noch vierzig Schritte entfernt waren. Hättet Ihr sehen sollen, Sir.«

»Können wir das noch einmal machen?«

»Nur noch drei Bomben übrig, Sir. Vielleicht noch ein letztes Mal, wenn's sein muss. Und wir Glück haben. Was ist mit Euch, Sir? Ihr seht nicht gut aus.«

»Major Jennings.«

»Der Major? Wurde er getroffen. Ist er tot?«

»Es war der Major, der mir das angetan hat, Jacob. Er ist ein Verräter.«

»Hol mich der Teufel. Hab ja immer gemeint, dass er 'nen schlechten Charakter hat. Aber das? Verrat? Gottverdammt.«

Lärm weiter die Straße hinunter unterbrach die beiden in ihrer Unterhaltung. Erschöpft luden die übrig gebliebenen Männer in den Reihen die Musketen und überprüften ihre Bajonette. Steel stützte sich auf sein Gewehr und versuchte zu erkennen, was hinter den Toten auf der Straße vor sich ging. Doch er konnte nichts sehen, und allmählich legte sich die Dämmerung über die Stadt.

»Ihr solltet die Granaten fertig machen, Jacob. Könnte unsere letzte Chance sein.«

Angespannt wartete Steel auf das Klirren der Harnische und den Hufschlag der Pferde – die unverkennbaren Anzeichen der Attacke. Aber nichts dergleichen war zu hören. Weit unten, am Ende der Straße, vernahm er den Klang von Stahl auf Stahl. Die beiden ersten Reihen der blau gewandeten Husaren, die keine fünfzig Fuß mehr entfernt waren, machten auf Kommando kehrt und trotteten die Straße hinunter.

Steel sah zu seinen Männern. Thorogood stand bereit und wartete auf den Befehl, die Zündschnur seiner Granate an die glimmende Lunte zu halten. Die übrigen Soldaten hatten die Musketen im Anschlag und spähten über die Läufe hinweg. Es lag nahe, auf die zurückweichenden Reiter zu feuern. Doch Steel ahnte, dass es womöglich eine Finte war, um die Rotröcke zu einer Salve zu verleiten. Dann würden die Husaren die Zügel herumreißen und die Infanteristen niederreiten.

»Wartet! Nicht feuern!«

Vom Fluss drangen die metallenen Geräusche herauf. Was, zum Teufel, ging da vor? Der Tumult schwoll an, doch plötzlich wurde es leise. Steel hörte hier und da Rufe, gefolgt von sporadischem Knallen der Musketen und Karabiner. Die Geräusche von Stahl auf Stahl jedoch waren verklungen.

Ein Reiter tauchte an der Biegung der Straße auf. Das war es also. Wieder warf Steel einen Blick auf die Reihen der Rotröcke. Den Männern stand der Schweiß auf der Stirn, da es ungemein anstrengend war, die Musketen so lange im Anschlag zu halten.

»Stellung halten! Bereit halten zum Feuern!«

Erneut spähte Steel hinunter zum Fluss und stand schließlich mit offenem Mund da. Der einzelne Reiter kam näher. Aber er war kein Husar. Der Mann trug einen schwarzen Dreispitz und einen roten Uniformmantel. Aber wessen Rot mochte es sein? Wieder eine Finte?

Langsam bahnte Steel sich seinen Weg von der hinteren Reihe nach vorn und stellte sich gut sichtbar vor seine Männer. Jetzt sah er auch, dass die Klinge des Reiters rot von Blut war. Als er auf zwanzig Meter herangekommen war, zügelte er sein Ross und blickte zu den Infanteristen herüber.

Steel sah dem Mann in die Augen. Halb zu seinen Leuten gewandt, sagte er: »Nicht feuern.« Dann rief er mit lauter Stimme: »Wer seid Ihr?«

»Captain James Maclean, Hays Dragoner. Und wer seid Ihr?«

»Steel, Sir. Lieutenant. Farquharsons Foot Guards. Wir dachten, Ihr seid die Franzosen.«

»Wir doch nicht. Wir sind Schotten, so wie Ihr.« Der Captain ritt näher heran. »Ihr seht aus, als hättet Ihr ganz schön was hinter Euch.«

»Kann man wohl sagen, Captain. Gott sei Dank seid Ihr gekommen. Aber wie habt Ihr uns gefunden?«

»Oh, das war nicht weiter schwer. Wir sind immer dem Knall der Musketen gefolgt.«

»Ihr habt unsere Musketen gehört?«

Maclean lachte und deutete hinunter zur Brücke.

»Selbst der Herzog wird Eure Schüsse gehört haben, Lieutenant. Die gesamte Armee der Alliierten lagert keine drei Meilen die Straße hinunter.«

8.

Steel stöhnte. Wie lange sollte das denn noch dauern? Nur bekleidet mit Hemd, Weste, Breeches und Strümpfen hockte er in seinem Zelt hinter den alliierten Linien, das rechte Bein auf eine mit Heu gefüllte Furagetasche gelegt. Vor ihm kniete Corporal Taylor und inspizierte die Wunde, die Jennings dem Lieutenant vor mehr als vierzehn Tagen mit dem Degen beigebracht hatte. Währenddessen stand Sergeant Slaughter neben Steel und verfolgte bewundernd, aber auch leicht skeptisch, was Taylor machte. Steel trommelte voller Ungeduld mit den Fingern auf den kleinen Tisch neben sich.

»Seid Ihr sicher, Taylor, dass das wirklich nötig ist?«

»Bitte, Mr. Steel. Versucht, ruhig sitzen zu bleiben, dann dauert es nicht so lange. Ich denke, es ist das letzte Mal, dass ich das tun muss. Versprochen, Sir.«

»Aber was, zum Teufel, tragt Ihr nun schon wieder auf? Doch wohl nicht noch mehr fauligen Kürbis und halb verrottetes Fleisch?«

»Nein, Sir. Das ist das letzte Stadium. Damit alles bestens verheilt. Brauner Zucker, Bodensatz vom Wein und Leinsamenöl. Meine eigene Rezeptur.«

»Ich habe eher das Gefühl, dass Ihr mich für die Küche präpariert. Aber gut riechen tut es auch diesmal nicht.«

»Das ist die Wunde, die so riecht, Sir. Liegt nicht an meinen Umschlägen.«

Slaughter hüstelte. »Riecht wirklich nicht gut, Sir.«

»Oh, danke, Jacob. Meine Nase ist genauso gut wie Eure. Corporal Taylor versicherte mir, dies sei die einzige Möglichkeit, dass die Wunde noch rechtzeitig heilt, bevor wir die Franzosen angreifen. Und nach allem, was geschehen ist, habe ich nicht die Absicht, genau den Moment zu verpassen, auf den wir schon seit vier Monaten warten.«

»Wie dem auch sei, Sir. Stinkt ganz schön.«

Taylor warf dem Sergeant einen anklagenden Blick zu. »Zumindest ist die Wunde nicht mehr infiziert, Sergeant«, betonte er.

Nicht ohne Stolz deutete der Corporal auf die rosafarbene, glänzende Narbe, die dick auflag und sich an einer Stelle noch nicht ganz geschlossen hatte.

»Seht Ihr das Sekret, Sir, das Euch am Bein herunterläuft? Das sondert die Wunde ab, aber bald ist's geschafft. Ich verspreche Euch, noch in dieser Woche seid Ihr wieder der Alte, Mr. Steel.«

»Danke Euch, Taylor. Ich bin Euch zu großem Dank verpflichtet. Aber ich würde gern noch heute wieder auf den Beinen sein. Die Froschfresser sind auf der anderen Seite der Anhöhen, und ich verspreche Euch, dass wir sehr bald auf sie stoßen werden.«

»Oh, Jack, was riecht hier so schrecklich?«

Die Männer schauten zum Zelteingang, von wo sie die Stimme einer Frau vernommen hatten. Louisa Webers Silhouette zeichnete sich gegen den blauen Himmel ab, und die warme Nachmittagssonne zauberte einen Schimmer auf ihr blondes Haar.

»Hier riecht es so, als würdest du Schinken kochen … in Honig oder so.«

»Ist nur mein Bein, tut mir leid.«

Sie verzog den Mund und lachte. Zehn Tage lang hatte sie sich schon um Steel gekümmert und war inzwischen gegen den Anblick eines Feldlazaretts gefeit. Wenn auch nicht gegen die Gerüche. Als sie eintrat, verließ Slaughter das Zelt mit einem

Lächeln auf den Lippen. Taylor hingegen war ganz von seiner Arbeit vereinnahmt und wickelte einen sauberen Verband um Steels Bein.

»Corporal Taylor ist ein guter Feldscher, Jack. Er hat sich vorbildlich um mich gekümmert.«

Taylor errötete, was auch durch die Bartstoppeln zu sehen war. »Keine Ursache, Ma'am. Hab nur getan, was ich konnte.«

»Unsinn. Ihr seid ein Schatz. Lass ihn nicht ziehen, Jack.«

»Oh, keine Sorge, so weit lasse ich es nicht kommen.«

Steel fixierte Taylor mit einem unnachgiebigen Blick. »Seid Ihr nicht längst fertig, Corporal? Ihr könnt jetzt gehen. Ich bin sicher, das reicht.«

Taylor befestigte noch rasch das Ende des Verbandes und packte seine Utensilien wieder ein, wobei er darauf achtete, dass die kleinen Phiolen aus Glas sicher in ihren Lederhalterungen saßen.

»Einen guten Tag, Miss. Mr. Steel, Sir.«

»Auch Euch einen guten Tag, Taylor. Und danke.«

Als Taylor das Zelt verließ, beugte Louisa sich zu Steel hinab und gab ihm einen Kuss auf die Stirn. Er zog sie auf seinen Schoß.

»Jack, gib Acht. Dein Bein.«

»Mein Bein ist so gut wie neu. Dein Corporal Taylor hat es mir gesagt. Wo bist du gewesen?«

»Ich habe den Verletzten einen Besuch abgestattet. Einer von ihnen starb vergangene Nacht. Ein junger Bursche. Er hatte noch nach mir gerufen. Aber ich kam zu spät.«

Sie schaute zu Boden und zupfte an ihren Fingerknöcheln, als wollte sie Schmutz entfernen. Das war ihm schon vorher bei ihr aufgefallen, deshalb wusste er, dass sie es tat, um nicht in Tränen auszubrechen.

»Wie kommt Mr. Williams mit seinen Pflichten voran?«

»Er sah sehr beschäftigt aus. Um den Kopf trägt er einen Verband, und beim Gehen stützt er sich auf einen Stock, des Beines wegen. Er sieht ... blendend aus. Als er mit ein paar deiner Männer an den Fuhrwerken vorbeikam, hat er mir zugelächelt.«

Sie konnten froh sein, dass Williams überlebt hatte. Steel konnte sich nicht mehr an alle Einzelheiten nach dem Kampf in Bachweiden erinnern, doch nach und nach kehrten die Erinnerungen zurück. Der Kampf mit Jennings. Die Rettung in letzter Sekunde durch Hays Dragoner. Leider erinnerte er sich auch daran, dass Jennings nun die Papiere hatte.

Louisa, befreit von Jennings' Drohung, hatte schließlich die wahre Identität ihres Peinigers preisgegeben. Daraufhin hatte Steel sich in aller Form bei Herrn Kretzmer entschuldigt. Der Kaufmann war so dankbar gewesen, dem Strick entkommen zu sein, dass er sofort das Angebot angenommen hatte, mit einer Eskorte nach Augsburg zu reiten. Natürlich waren sie verpflichtet gewesen, für das Mehl aufzukommen. Denn Jennings' Täuschung war der Armee teuer zu stehen gekommen.

Steel würde erst dann Ruhe geben, wenn Jennings tot war. Aber wieso hatte er den Mann nicht längst durchschaut? Einen Verräter, der unschuldigen Frauen Gewalt antat. Die Wunde hatte ihn ans Bett gefesselt, und nun ärgerte es ihn, dass er dem Major nicht hatte nachsetzen können.

Nach der Rettung durch Hays Dragoner war Steel mit seinen Grenadieren im britischen Lager bei Neukirk geblieben, um die Nachhut zu bilden, während der Großteil des Heeres sich weiter nach Bayern vorgewagt hatte. Schließlich war die Armee zurückgekehrt, und so hatten sie gemeinsam den kurzen Marsch nach Norden unternommen. Am Vortag hatten sie das neue Lager südlich der Stadt Rain aufgeschlagen, die vor mehr als drei Wochen – kurz nachdem Steel nach Sattelberg aufgebrochen war – von Marlborough erobert worden war. Was vom kostbaren Mehl übrig geblieben war, hatte man dankend in Empfang genommen. Was jedoch Steels geheime Mission betraf, so war nicht viel darüber gesprochen worden. Jeden Augenblick rechnete er mit Colonel Hawkins.

Steel war auch bewusst, dass er bald vor Marlborough Rechenschaft ablegen musste. Er hatte versagt. Daran bestand kein Zweifel. Und wie auch immer die Strafe ausfallen mochte, es blieb abzuwarten, welche Schritte der Herzog von nun an einleiten würde.

Doch zunächst musste Steel wieder ganz hergestellt sein. Es hatte ihn überrascht, wie schwer er letzten Endes verletzt gewesen war. Der Schlag auf den Kopf hatte ihm beinahe eine Schädelfraktur beigebracht, aber die Wunde am Bein hatte ihm am meisten zu schaffen gemacht. Da er die Verletzung zunächst nur für unbedeutend gehalten hatte, hatte er sich einen Verband anlegen lassen. Dann aber fing das Bein zu pochen an, und kurz darauf begann die Wunde zu schwären und zu stinken. Sechs Tage lang hatte Steel im Fieberwahn gelegen. Dass er nicht gestorben war, hatte er einzig und allein der Fürsorge Corporal Taylors zu verdanken … und natürlich Louisa, die sich für ihn aufopferte.

Er beobachtete sie, während sie in seinem Zelt ein wenig für Ordnung sorgte. Bewunderte ihre schmale Taille, die blasse Schönheit ihrer halb bedeckten Schultern und ihr anmutiges Profil. Er staunte, wie standhaft sie war und wie schnell sie sich scheinbar von ihrer Not erholt hatte.

Erneut spielte er in Gedanken durch, was aus ihrer gemeinsamen Beziehung werden könnte. Wenn es je eine Frau gegeben hatte, die sich an ein Leben im Zeichen der Armee gewöhnen könnte, so war es Louisa. Aber wäre sie auch bereit dafür? Passte sie überhaupt zu ihm? Denn was wusste sie schon von ihm? Arabella war nicht mehr als eine ferne Erinnerung und viele, viele Meilen entfernt. Louisa aber war hier bei ihm, und Steel fragte sich seit Tagen, ob man das, was er für sie empfand, als Liebe bezeichnen konnte.

Sie drehte sich mit einem Lächeln zu ihm um.

»Was ist?«, fragte er.

»Ich ... ach, nichts. Ich wollte nur ...«

Sie war im Begriff, etwas zu sagen, als ein Rascheln vom Zelteingang zu vernehmen war. Henry Hansam trat ein, unmittelbar gefolgt von Colonel Hawkins.

Steel machte Anstalten, sich zu erheben, doch der Colonel bedeutete ihm, sitzen zu bleiben.

»Es tut mir leid, Jack, aber ich muss Euch mitteilen, dass man nach Euch verlangt. Ihr sollt Euch unverzüglich beim Oberbefehlshaber einfinden.«

Als er Louisa sah, nahm er den Hut ab und deutete eine Verbeugung an. »Einen guten Tag, Miss Weber.«

Auch Hansam grüßte höflich. Wie die anderen Kameraden aus dem Offiziersstab hatte auch Hansam akzeptiert, dass die junge Frau seither des Öfteren in Steels Zelt anzutreffen war. Frauen waren im Heerlager nichts Neues. Allerdings waren sie zumeist bei den einfachen Soldaten oder im Tross, aber bei Steel war alles möglich, das war den anderen Offizieren klar. Daher erschien es Hansam nachvollziehbar, dass ein Draufgänger wie Steel mit einem schönen bayerischen Engel an seiner Seite ins Lager zurückgekehrt war. Und auch wenn Steel sich noch nicht sicher war, was die eigene Zukunft betraf, so hatten seine Kameraden keine Zweifel, wie es für den Lieutenant und die Bayerin weitergehen würde.

Steel versuchte, sich vom Stuhl hochzudrücken. Louisa half ihm beim Aufstehen. Sie knöpfte ihm die Weste zu, legte ihm die rote Uniformjacke über die Schultern und hielt sie ihm so, dass er bequem hineinschlüpfen konnte. Als er dann, ebenfalls mit Louisas Hilfe, die Füße in seine Stiefel schob, strich er sich über das kürzlich rasierte Kinn. Er betrachtete sich in dem kleinen Handspiegel, der auf einem Tischchen stand. Hawkins konnte sich ein Lächeln nicht verkneifen.

»Ihr seid zwar nicht gerade das perfekte Abbild eines Offiziers, Jack, aber ich möchte behaupten, dass Ihr so vor Marlborough treten könnt.«

»Colonel, ich bin kaum zehn Tage zurück, und Ihr verspottet mich bereits.« Theatralisch zeigte er auf sein Bein. »Ich bin ein kranker Mann. Habt Ihr denn kein Mitgefühl?«

Hawkins lachte. Louisa reichte Steel den Gehstock, den er seit Tagen benutzte, um das verletzte Bein zu schonen. Dann hielt sie ihm den Zelteingang auf, sodass er mit eingezogenem Kopf ins Freie treten und die angenehme Abendluft atmen konnte. Während Hansam den Eingang für den Colonel aufhielt, drehte Steel sich noch einmal zu Louisa um, die im Zelt blieb.

»Wünscht mir Glück, ihr zwei. Ich schätze, ich kann es brauchen.«

* * *

Marlboroughs Zelt wurde von zwei Dutzend Kerzen erleuchtet. Doch als Steel und Hawkins eintraten, war der Herzog nirgends zu sehen. Der Diener Marlboroughs füllte gerade drei Gläser mit Wein. Hawkins reichte eines davon Steel.

»Wirklich, Jack, damit hatte ich nicht gerechnet. Von Jennings' Absichten wusste ich nichts. Natürlich habe ich mitbekommen, dass er aufgebrochen ist, aber ich dachte, er wäre von Colonel Farquharson losgeschickt worden. Meines Erachtens besteht kein Zweifel, wer hinter dieser Intrige steckt. Es ist bekannt, dass der Markgraf ein Gegner von Marlboroughs Strategie ist. Daher vermuten wir, dass einer seiner Kommandeure Wind von unserem Vorhaben bekommen hat. In der Armee sind Tories, aber mir war bislang nicht bewusst, dass auch Major Jennings dieser Fraktion anhängt.«

»Mir auch nicht, Colonel. Obwohl mir aufgefallen ist, dass

sich seine Art der Kriegsführung in vieler Hinsicht von der unseres Kommandeurs unterscheidet.«

Hawkins sah sehr ernst aus.

»Es ist klar, dass die französischen Grenadiere, insbesondere ihr Offizier, Euch verfolgten und hinter etwas ganz Bestimmtem her waren, sonst hätten sie sich nicht so nahe an unsere Linien herangewagt. Ich frage mich, ob Major Jennings inzwischen bei den Franzosen ist. Womöglich hat ihn der Offizier der Grenadiere entdeckt. Aber ich nehme an, dass der Major sich in seiner neuen Rolle nicht sehr wohlfühlen wird.«

»Jennings mag ein Wendehals sein, Sir, was die Loyalität dem Herzog gegenüber betrifft, aber ich kann nicht glauben, dass er Landesverrat begeht. Colonel Farquharson wird gekränkt sein und sich am meisten über das Verhalten seines Verwandten ärgern.«

»Doch wer immer die Franzosen auf unsere Mission hingewiesen hat«, fuhr Steel fort, »wie es scheint, hat Jennings den Intriganten die Arbeit abgenommen. Tatsächlich muss ich die Schuld bei mir suchen, Colonel. Ich hätte argwöhnischer sein müssen, als Jennings plötzlich mit seinen Leuten in unserer Nähe war. Ich hätte seine wahren Absichten erahnen müssen. Und ich hätte vor allem nicht zulassen dürfen, dass er mich in der Hitze des Gefechts überrumpelt. Es tut mir furchtbar leid.«

»Ich glaube, ich weiß, wer die Franzosen mit ins Spiel gebracht hat, Steel. Jennings hatte doch einen Sergeant, nicht wahr?«

»Stringer? Der soll sein Komplize gewesen sein?«

»Wie es scheint, hat der Sergeant für die Franzosen geschmuggelt und ihnen Vorräte verkauft. Offenbar hat er mit einem Quartiermeister gemeinsame Sache gemacht. Jennings wird Stringer ins Vertrauen gezogen haben, was die geheime Mission betraf, und als er sah, dass viel Geld mit im Spiel war, hat er sich an seinen Mittelsmann gewandt, der die ganze Sache den Franzosen verraten hat –

gegen eine hübsche Summe, versteht sich. Erst beim zweiten Hinterhalt wird Stringer begriffen haben, dass er sein eigenes Todesurteil unterzeichnet hat. Natürlich kriegen die Franzosen ihn nicht, was wir Euch zu verdanken haben. Aber der Henker wird ihn bald vor sich haben. Der Mann ist ein geborener Verräter. Wir haben seinen Freund bereits unter Arrest gestellt. Er hat alles gestanden und wird morgen gehängt.«

»Stringer?« Steel sah verzweifelt aus. »Ihr müsst wissen, Colonel, dass ich immer gehofft hatte, Major Jennings mit Stringers Hilfe aufzuspüren.«

Hawkins legte ihm eine Hand auf die Schulter.

»Keine Sorge, Jack. Ich dachte mir, dass Ihr noch etwas mit ihm vorhabt. Sergeant Stringer glaubt, er wäre noch einmal mit einem blauen Auge davongekommen. Er wird nervös werden, aber das wird ihn nur noch stärker antreiben, Euch zu besänftigen. Er gehört Euch, bis Ihr Jennings gefunden habt. Dann gehört er mir.«

Als die beiden Männer ein Hüsteln vernahmen, drehten sie sich um. »Wie auch immer wir diesen Fuchs aus seinem Bau locken, Gentlemen – hoffen wir, dass es dann noch nicht zu spät sein wird, den Schaden zu beheben, der angerichtet wurde.«

Es war Marlborough, der während des Gesprächs leise das Zelt betreten hatte. Hawkins und Steel hatten mit dem Rücken zum Zelteingang gestanden. Der Herzog war allein gekommen und fing Steels Blick ein.

»Euer Hoheit«, sagte Steel und verbeugte sich kurz. »Ich hatte nicht bemerkt ...«

»In der Tat, Lieutenant Steel. Wie ich hörte, wurdet Ihr hart auf die Probe gestellt. Zwei Gefechte mit dem Feind. Infanterie und Kavallerie. Husaren, wenn man mich richtig informiert hat. Wie denkt Ihr über diese Abteilung?«

»Es sind exzellente Reiter, Euer Hoheit, wenngleich ich der Ansicht bin, dass der Ruf der Husaren zu sehr auf die äußere

Erscheinung zielt. Wir haben ihnen eine gehörige Tracht Prügel verabreicht.«

»Und wurdet selbst gehörig verprügelt. Ihr wurdet von John Hays Dragonern gerettet. Habe ich recht? Aber ich habe gehört, dass Ihr Euch tapfer geschlagen habt, Steel. Und jetzt seid Ihr ja in Sicherheit, wie? Was machen Eure Verletzungen?« Marlborough deutete auf Steels Bein. »Wurde ausreichend für Euch gesorgt? Ich habe einen guten Leibarzt.« Die eisigen, grau-grünen Augen bohrten sich tief in Steels Innerstes.

»Habt Dank, Sir. Ich wurde gut versorgt. Es war bloß ein Kratzer, Euer Hoheit. Und ein Schlag auf den Kopf.«

»Den Euch unser Freund Major Jennings zufügte, wie ich hörte.«

Steel war einen Moment sprachlos. Er fragte sich, wie viel Hawkins dem Herzog bereits mitgeteilt haben mochte.

»Ihr habt Euch nach Kräften bemüht, die Papiere an Euch zu bringen«, fuhr Marlborough fort. »Tatsächlich hattet Ihr sie bereits in Euren Besitz gebracht. Ihr konntet ja nicht ahnen, dass Jennings sich als Verräter erweist. Habt Ihr einen Blick auf die Papiere geworfen?«

Steel wusste nicht recht, was er sagen sollte, beschloss aber, bei der Wahrheit zu bleiben. »Ja, Euer Hoheit.«

»Dann seid Ihr also mit dem Inhalt vertraut?«

»Ich sah die Anschrift, Sir, in Frankreich. Das Datum. Euren Namen. Mehr nicht.«

»Meine Unterschrift. Ja. Und den Namen des ... eines anderen Mannes. Des Datums könnt Ihr Euch auch entsinnen?«

»1696. November, glaube ich, Euer Hoheit.«

Marlborough überlegte. Als er dann wieder anhob, schien er mehr zu sich selbst zu sprechen. »Ja, das muss um die Zeit gewesen sein. Ich hatte König James um Vergebung ersucht. Glaubte ich doch, ihm und seinem Haus ein Leid angetan und dadurch meine eigene Ehre befleckt zu haben.«

Der Herzog löste sich aus seinen Erinnerungen und blickte Steel an. »Ein törichtes Unterfangen. Aber das war eine andere Zeit. Ein anderes Land. Damals war ich ein anderer Mann.«

Er trat an den Tisch, wo der Diener ihm ein Glas Wein reichte. Nach einem langen Schluck stellte er das Glas wieder ab. »Gott segne die Königin. Wie dem auch sei, Gentlemen. Ich fürchte, dass wir in großen Schwierigkeiten stecken, da ich bloßgestellt bin. Meinen Gegnern ausgeliefert. Meine Zukunft und das Schicksal dieser Armee, ob wir nun in der kommenden Schlacht bestehen oder nicht, hängen davon ab, wie Major Jennings sich verhalten wird. Es war nicht Euer Fehler, Steel. Aber wie ich Euch vor Eurer Abreise schon angedeutet habe – wenn Ihr versagt, sind wir alle ruiniert. Und leider befürchte ich, dass dieser Moment nun gekommen ist. Was können wir noch tun? Wo sollen wir den Major suchen?«

Steel wollte gerade darauf antworten, als Hawkins das Wort ergriff.

»Euer Hoheit, wir müssen vor allem Ruhe bewahren. Wir wissen, dass Jennings zu den Franzosen geflohen ist. Er ist nicht auf direktem Weg nach Flandern und zur Küste geritten. Betrachten wir es als Trost, dass er noch im Land weilt und nicht in England ist.«

»Er ist bei den Franzosen, Euer Hoheit«, bekräftigte Steel. »Dessen bin ich sicher. Er kann nicht mehr zur Armee zurückkehren.«

Marlborough ließ ein spöttisches Lachen vernehmen.

»Ah, ich weiß, was Ihr mir jetzt sagen wollt, Mr. Steel. Ich habe das heute schon einmal gehört, aus Hawkins' Mund. Und von Lord Cadogan und Cardonell. Ihr möchtet mir sagen, dass ein einzelner englischer Offizier auf einem französischen Kavalleriepferd gesichtet wurde, von einem Späher der Dragoner. Und dass dieser Offizier an den französischen Wachtposten vorbeiritt, geradewegs in die feindlichen Linien. Es mag stimmen, dass es Jennings gewesen ist. Aber das war vor fünf Tagen. Der Mann könnte längst zu den Häfen am Ärmelkanal unterwegs sein.«

Steel schüttelte den Kopf.

»Nein, Euer Hoheit. Bei allem Respekt, Sir, ich weiß, dass er noch nicht in einem der Häfen ist. Versetzt Euch in die Lage der Franzosen, Sir. Ein englischer Offizier läuft über. Er erzählt ihnen, er habe Informationen, die Marlborough zu Fall bringen könnten, und verlangt eine Eskorte zur Küste. Überlegt, wie Ihr selbst handeln würdet, Sir. Ihr seid im Begriff, mit Eurer gesamten Armee in die Schlacht zu ziehen. Eine Schlacht, die über den ganzen Feldzug entscheiden wird, vielleicht sogar über den Krieg. Allein darauf habt Ihr Euer Augenmerk gerichtet. Was dieser englische Offizier auch immer tut, es ändert nichts an der Unausweichlichkeit der Schlacht.«

Steel hielt kurz inne, ehe er fortfuhr: »Natürlich würdet Ihr ihm gern Glauben schenken. Aber würdet Ihr ihm glauben? Gewiss würdet Ihr beschließen, den Überläufer in Eurer Armee zu halten – als Freigänger –, um nach der Schlacht neue Entscheidungen zu treffen, nicht wahr? Und wenn Ihr siegreich wärt, würdet Ihr ihn nach England schicken, um Bedingungen zu stellen. Solltet Ihr aber verlieren, hättet Ihr immer noch eine Geheimwaffe, auf die Ihr zurückgreifen könntet, um Rache zu üben an einem Kommandeur, der sich selbst als Sieger sieht. Jeder französische Kommandeur wird an die Gunst des Schicksals glauben, da Major Jennings übergelaufen ist. Glaubt mir, Euer Hoheit, Jennings ist noch bei den Franzosen. Und genau dort werde ich ihn finden.«

»Jetzt sagt mir bitte nicht, dass Ihr beabsichtigt, das französische Heerlager zu infiltrieren, Mr. Steel. Ein Tag trennt uns noch von der Schlacht. Wenn Ihr Euch auf ein solch tollkühnes Unterfangen einlasst, begebt Ihr Euch selbst in große Gefahr, und wir haben einen fähigen Offizier weniger.«

»Nein, Euer Hoheit. Ich fühle mich geschmeichelt. Aber ich stimme Euch zu, Sir, es wäre töricht. Nein, ich beabsichtige, Jennings im Verlauf der Schlacht zu finden. Und wenn ich ihn finde, töte ich ihn und nehme die Papiere wieder an mich. Darauf habt Ihr mein Wort, Sir.«

Marlborough drehte sich halb zum Tisch und spielte mit der versilberten Kokosnussschale, seiner Lieblingstasse, die stets auf dem Tisch in der Ecke des Zeltes stand. Schließlich wandte er sich wieder Steel zu. Sein Gesicht war aschfahl.

»Also gut, Mr. Steel. Aber ich werde Aufklärer entsenden, die die Gegend nach dem Major absuchen. Und Ihr, Hawkins, müsst die Komplizen dieses Mannes ausfindig machen. Allerdings fürchte ich, dass die Hauptverdächtigen uns bereits verlassen haben. Morgen stößt unsere Armee auf die Kaiserlichen Streitkräfte unter Führung von Prinz Eugen. Unser Freund, der Markgraf von Baden, ist mit fünfzehntausend Mann nach Ingolstadt aufgebrochen. Sorgt Euch nicht, Steel. Tatsächlich empfinde ich seine Abreise als Segen. Der Mann war immer ein Klotz am Bein. Und jetzt, da er sich mit Freude einer Belagerung widmet, haben wir freie Hand, uns auf das Hauptgeschäft dieses Feldzuges zu konzentrieren. Denn im Augenblick ist Prinz Eugens Armee im Anmarsch. Eine Armee von zwanzigtausend Mann, Gentlemen.«

Feuer lag in seinen Augen, als Marlborough zu der Staffelei ging, auf der die abgenutzte Karte stand. Sanft strich er mit der Hand darüber und zeichnete die Entfernung zwischen Münster und Höchstädt nach.

»Zusammen mit Prinz Eugens Männern verfügt unsere Armee über hundertsechzig Schwadronen Kavallerie und fünfundsechzig Infanteriebataillone. Insgesamt mehr als fünfzigtausend Mann. Morgen werden wir ihn in Münster treffen. Noch heute Abend habe ich siebenundzwanzig Schwadronen unter dem Herzog von Württemberg und zwanzig Bataillone unter dem

Kommando meines Bruders zu seiner Hilfe entsandt. Meine Spione berichten, Marschall Tallard habe sich mit Marschall Marsin verbündet sowie mit den zahlenmäßig kleineren Streitkräften des Kurfürsten. Alles in allem vielleicht sechzigtausend Mann. Ja, sie sind uns zahlenmäßig überlegen, aber ihre Truppen sind in schlechterem Zustand, und sie verfügen über keinen Oberbefehlshaber.«

Marlborough wies auf die Karte. »Die Truppen lagern bei Höchstädt«, erklärte er weiter, »in einem Gebiet, das von Marschland umgeben ist. Aber ich weiß schon, wie wir sie aus ihrem Bau locken. Wir müssen sie dazu bringen, ihre Stellungen zu verlassen. Sie werden dem Verlangen nicht widerstehen können, mehr über den Feind in Erfahrung zu bringen. Tallard mag den Wunsch verspüren, auf Verzögerung und Hinhaltetaktik zu setzen, aber Marsin ist davon überzeugt, dass meine Armee sich auf dem Rückzug befindet. Auch der Kurfürst ist sicher, die Oberhand zu haben. In den Augen des Feindes haben wir halb Bayern verwüstet und ziehen uns zurück, um das Moselgebiet zu drangsalieren.«

Er warf einen Blick auf Steel.

»Aber Ihr könnt Euch darauf verlassen, Steel, dass wir bleiben und sie *hier* bekämpfen.«

Marlborough krallte seine Fingernägel in die Karte, an einer Stelle, die gleich weit entfernt war von Münster und Höchstädt. Ein Dorf an der Donau, die sich als breite blaue Linie über die Karte zog. Steel kniff die Augen zusammen, um den Ortsnamen besser lesen zu können, vermochte ihn aber nicht zu entziffern. Währenddessen fuhr Marlborough fort und schien wieder einmal zu sich selbst zu sprechen.

»Macht Euch bewusst, dass diese Schlacht, wenn sie denn beginnt, entscheidend sein wird. Es wird eine blutige Schlacht, von der Ihr – da bin ich sicher – noch Euren Enkelkindern erzählen werdet. So wie ich, wenn Gott will, meinen davon erzählen werde. Und jetzt bitte ich Euch, mich allein zu lassen. Vergebt mir, Gentlemen, aber ich spüre, dass meine Kopfschmerzen zurückkommen. Es gibt noch so viel zu tun. Bitte verlasst mein Zelt.«

Während sie sich von dem Zelt entfernten und im abnehmenden Licht des Tages zu den eigenen Linien zurückgingen, wandte Hawkins sich an Steel.

»Ihr dürft Euch glücklich schätzen, Jack. Es gibt nicht viele Infanterielieutenants, zu denen Marlborough so sprechen würde. Und nur wenige, denen er noch vertrauen würde, nachdem die Mission fehlgeschlagen ist, da Ihr versagt habt.«

Bei den letzten Worten zuckte Steel zusammen.

»Oh, Ihr habt nun einmal versagt, Jack. Aber er hat recht. Und er weiß so gut wie ich: Wenn jemand in der Lage ist, Jennings zu finden, dann seid Ihr es. Und nun ist er bereit, Euch eine weitere Chance zu geben, die Papiere zu beschaffen.«

Hawkins blieb stehen und blickte Steel an.

»Jack, ich sage Euch nun etwas, das bislang nur wenige wissen. Marlborough hat sich auf ein verzweifeltes Unterfangen eingelassen. Er und Prinz Eugen haben den Markgrafen absichtlich damit beauftragt, Ingolstadt einzunehmen, weil sie die Kontrolle über die alliierten Streitkräfte haben wollen. Die beiden ahnten, dass der Markgraf nie zugestimmt hätte, die Franzosen hier anzugreifen ... und auch sonst nirgends, wenn man seine gegenwärtige Laune kennt. Er ist übervorsichtig. Und nach der Schlacht am Schellenberg glaubt er, dass Marlborough es geradezu darauf anlegt, das Leben seiner Männer aufs Spiel zu setzen. Prinz Eugen hingegen ist – wie Marlborough – davon überzeugt, dass die Schlacht jetzt herbeigeführt werden muss, wenn Europa von der Macht eines Tyrannen wie Ludwig befreit werden soll. Dass Ihr die Papiere verloren habt, war so ziemlich das Schlimmste, was passieren konnte. Der arme Mann hatte schon so gut wie alles auf eine Karte gesetzt. Jetzt ist er natürlich niedergeschlagen. Und wenn wir die Oberhand behalten wollen, wird der Herzog, so Gott will, seine letzten Kräfte mobilisieren müssen.«

Sie schritten die »Straße« hinunter, einen zwanzig Fuß breiten Weg, der durch jedes Lager lief, wenn auch nur für einen Tag. Auf der einen Seite dieser Schneise standen die Zelte der Offiziere und des Offizierstabes, auf der anderen die Unterkünfte der gemeinen Soldaten aus allen Bataillonen und Schwadronen. Während auf der Seite der Offiziere Plaudereien, Lieder und Kerzenschein erkennen ließen, dass die Herren sich in kleineren Gruppen zur Mahlzeit eingefunden hatten, legten die Männer auf der anderen Seite sich allmählich schlafen.

Hier und da saßen noch Soldaten an Lagerfeuern, und mitunter hörte Steel Takte bekannter Melodien. Es waren nicht mehr die beschwingenden, jubilierenden Märsche, die die Armee auf dem langen Weg von Flandern nach Bayern begleitet hatten, sondern einfachere Lieder. Balladen, die von der Heimat und unerwiderter Liebe erzählten. Von unerfüllten Träumen und Sehnsüchten. Schlichte, aber eingängige Melodien, bei denen die meisten Männer verstummten und eine Weile versonnen in die Glut starrten.

Ein Stück weiter den Weg hinunter sah Steel, wie ein rot uniformierter Soldat dabei war, sein schlichtes Quartier sauber zu machen. Auf der anderen Straßenseite hallte lautes Lachen durch die besseren Unterkünfte der Offiziere. Der Soldat hob kurz den Kopf und warf einen verächtlichen Blick auf die Feststimmung in den Offizierszelten. Hawkins lachte in sich hinein, als sie weitergingen.

»So war es wohl immer, Jack. Ganz gleich, wie gut eine Armee ist. Ganz gleich, wie gerecht der Kommandeur sein mag. Es gibt Offiziere, die bei ihren Männern beliebt sind, aber leider auch ebenso viele, denen die einfachen Soldaten ein frühes Ende wünschen. Glaubt mir, Jack, Ihr werdet in unserer Armee nicht der Einzige sein, der in der kommenden Schlacht noch eine Rechnung offen hat. Viele Offiziere werden ihr Leben lassen, und ihren Familien daheim erzählt man, die Gentlemen seien den Heldentod gestorben. Doch in Wirklichkeit haben sie eine Kugel im Rücken, die in England gegossen wurde.«

Er dachte einen Moment nach.

»Aber vielleicht werden die Männer ihre persönlichen Rachegelüste zurückstellen und sich mutig in die Schlacht stürzen«, fuhr er dann fort. »Denn ich habe noch nie eine Armee gesehen, die so fest entschlossen war, ihr Ziel zu erreichen. Das ist kein Krieg der Gentlemen mehr, Jack.«

»Bei allem Respekt, Colonel, das war er nie. Und daran braucht Ihr mich nicht zu erinnern.«

»Tut mir leid, mein Junge. Gewiss. Dieser schreckliche Zwischenfall in dem Dorf. Frauen und Kinder, furchtbar. Und Ihr wisst, dass dieses Massaker noch ein Nachspiel haben wird. Inzwischen wurden bis zu vierhundert Dörfer niedergebrannt. Die Holländer und Dänen haben ein Großteil der Bevölkerung gezwungen, auf der Flucht zu leben. Und alles auf Geheiß des Herzogs. Aber das Blutbad von Sattelberg ist wieder eine andere Sache. Natürlich haben die Franzosen so etwas schon zuvor verbrochen. Denkt an die Gebiete der Kurpfalz. Oder an die armen Kamisarden in den Cevennen in Frankreich. Krieg gegen das eigene Volk, um Gottes willen.« Er hielt einen Moment inne, ehe er fortfuhr.

»Aber dass diese Praxis jetzt auch unseren Krieg heimsucht, Jack. Dass den Menschen hier so viel Böses widerfährt. Das ist neu. Die Franzosen metzelten Zivilisten nieder, um den guten Ruf *unserer* Armee in den Dreck zu ziehen. Das ist wahrlich eine neue Art der Kriegsführung. Eine Kriegsführung, die auf Einschüchterung setzt und den Geist der Menschen lähmt. Terror und Ehrlosigkeit sind ihre Waffen. Ein Grund mehr, dass

Ihr Jennings finden und töten müsst. Ein englischer Offizier hat die Opfer des Massakers mit eigenen Augen gesehen. Wenn Jennings die Lüge verbreitet, an dem Blutbad seien nicht die Franzosen schuld, wird er dazu beitragen, dass der politische Druck auf Marlborough zunimmt.«

Plötzlich blieb der Colonel stehen. »Meine Zeltreihe, glaube ich. Ich wünsche Euch eine gute Nacht, Jack.«

Während Hawkins zu seinem Zelt ging, das in der hinteren Reihe des Offizierlagers stand, hob Steel den Eingang der eigenen Unterkunft an und trat ein. Louisa saß an einem kleinen Tisch und las in ihrer Bibel, eine der wenigen Habseligkeiten, die sie von der Schänke hatte mitnehmen können.

Lächelnd schaute sie auf. »War es schlimm?«

»Nein, keineswegs. Es ist nur hart, wenn man zugeben muss, dass man versagt hat.«

»Werdet ihr in die Schlacht ziehen?«

»Morgen vielleicht. Wahrscheinlich aber noch einen Tag später.«

»Kannst du denn schon wieder kämpfen, Jack? Dein Bein ist noch nicht ganz gesund.«

»Es wird schon gehen. Und ich muss kämpfen. Ich habe den Befehl, in die Schlacht zu ziehen. Ich muss die Papiere finden. Und Jennings töten.«

Bei dem Namen erstarrte Louisa. »Aber wie willst du das machen? Wie willst du ihn finden?«

»Ich werde bald sehr genau wissen, wo er sich aufhält. Denn ich kenne einen Mann, der ihn aufspüren wird. Jennings hatte einen Sergeant, einen üblen Gesellen. Und du kannst mir glauben, dass dieser Sergeant Stringer seinen Herrn finden wird. Er würde alles tun, um seinen Hals zu retten. Glaube mir, Louisa, ich werde ihn finden. Und dann werde ich ihn töten.«

»Nein.«

»Nein? Du willst nicht, dass er stirbt?«

»Nein, ich möchte nicht, dass *du* ihn tötest. Das ist *mein* Vorrecht.«

Steel konnte sie für ihren Mut und ihre Leidenschaft nur bewundern. »Und wie willst du das schaffen?«

»In der Schlacht. Mit dir. Du findest ihn, und dann erschieße ich ihn.«

Steel lachte, wurde aber schnell wieder ernst, weil er Louisa nicht in ihren Gefühlen verletzen wollte.

»Meine liebe Louisa. Wenn du neben mir im Getümmel der Schlacht stehen würdest, könntest du von Glück reden, wenn du mit dem Leben davonkämst. Auf dem Schlachtfeld werden an die hunderttausend Mann sein.«

Sie schwieg. Jack hatte recht. Es war eine verrückte Idee. Aber wenn Jennings schon sterben sollte, so wusste Louisa im Innersten ihres Herzens, dass ihr allein das Recht zustand, ihn zu töten. Sie schaute zu Steel auf, und in ihren flehenden Augen schimmerten Tränen.

Steel spürte ihren Schmerz, streckte die Hand nach ihr aus und legte sie ihr um die Taille.

»Wirst du es tun, Jack?«, fragte Louisa. »Bitte, nimm mich mit in die Schlacht. Bring mich zu Jennings. Lass mich ihn töten. Dann werde ich frei sein.«

»Das kann ich nicht. Du könntest umkommen oder verstümmelt werden. Mit dieser Schuld könnte ich nicht leben.«

Steel fröstelte.

»Ist dir kalt?«, fragte Louisa. »Hast du wieder Fieber?«

»Nein, es ist nichts.«

Louisa schlang einen Arm um ihn und schmiegte den Kopf an Steels Brust. »Wie wird es sein in der Schlacht?«

»Es wird laut sein, hart und blutig. So etwas hast du in deinem ganzen Leben noch nicht gesehen. Und du würdest dir wünschen, es nie wieder zu erleben.«

Steel betrachtete sie, wie sie dasaß und sich an ihn schmiegte.

Er hatte sich sehr schnell an sie gewöhnt. Liebe hin oder her, sie war seine Geliebte geworden, und die letzten Nächte hatte sie, befreit von den täglichen Sorgen, in seinen Armen gelegen. Was der nächste Tag auch bringen mochte, sie hatten noch die kommende Nacht. Louisa lächelte ihn an und zog ihn dann langsam hinunter auf das kleine Feldbett.

* * *

Aubrey Jennings war zunächst nach Süden geflohen, auf der einzigen Straße, die seines Wissens vom Lager der alliierten Armee wegführte. Zwei Tage war er schnell geritten, bis er in die Vororte von Augsburg kam. Dort hoffte er, auf die Franzosen zu stoßen. Stattdessen geriet er an einen Trupp bayerischer Infanteristen, die sich auf dem Rückzug befanden und sofort das Feuer auf ihn eröffneten, kaum dass sie seinen roten Uniformrock sahen.

Nach diesem Zwischenfall hielt der Major es für vernünftiger, den Fluss zu überqueren und weiter in nordwestlicher Richtung zu reiten. Doch ohne Karte hatte er sich bald hoffnungslos verirrt. Die Gegend war bewaldeter als zuvor, und Jennings stieß immer wieder auf Bauern, die ziellos umherstreiften, da man ihre Gehöfte niedergebrannt hatte. Ein paarmal kaufte er den Leuten Nahrung und Bier ab, aber später erwies sich der rote Uniformrock erneut als hinderlich; daher trug Jennings das Innenfutter nach außen – denn der Rock war innen weiß und ähnelte den Uniformen der französischen Truppen.

Schon bald scheuerten die Epauletten, Knöpfe und anderen Verzierungen auf seiner Haut, sodass Jennings am zehnten Tag seiner Flucht, in den großen Waldgebieten Schwabens, das britische Rot der Uniform trug. Es war Pech, dass er noch am selben Tag von einem Trupp Reiter entdeckt wurde, die er zu Recht für alliierte Kavalleristen hielt. Doch Jennings entkam ihnen ohne Probleme, da das Ross des toten Husaren den anderen Pferden weit überlegen war. Am zwölften Tag goss es in Strömen, und Jennings, der inzwischen halb verhungert war und lange nichts mehr getrunken hatte, beschloss, sich nicht länger zu verstecken. Schlussendlich fand er sich in Offingen wieder, kehrte in einer Schänke ein, um etwas zu trinken, und gab sich einer Patrouille blau gewanderter französischer Dragoner zu erkennen. Die Männer waren überrascht gewesen, wie willig Jennings sich ergeben und obendrein betont hatte, dass es ihn freue, die Dragoner zu treffen.

Das alles war zwei Tage her. Nun betrachtete Jennings sein müdes Gesicht in dem kleinen, elegant gerahmten Spiegel, der auf einer Truhe in dem überschaubaren Zelt stand, das man ihm vorübergehend als Quartier überlassen hatte. Er zuckte zusammen, als der Barbier, der ihn rasieren sollte, das Rasiermesser sauber über die Bartstoppeln gleiten ließ. Wie zivilisiert die Franzosen doch waren.

Jennings schwelgte in Zukunftsplänen: Er sah sich wieder in den Reihen der eigenen Armee und stellte sich vor, wie er nach Marlboroughs Entlassung Änderungen in einer modernen Streitmacht vorantreiben würde. Etwas von der Eleganz und dem Stil, der die französischen Offiziere gegenwärtig auszeichnete, sollte Einzug im britischen Offiziersstab halten.

Der Barbier säuberte die Klinge in der kleinen Wasserschale, reichte dem Major ein Handtuch und verabschiedete sich. Jennings tupfte sich das Gesicht trocken und ließ die vergangenen Wochen Revue passieren.

Wie sehr seine Situation sich verändert hatte! Einerseits galt er als Flüchtling. Denn zu Recht vermutete er, dass die Überlebenden des Kampfes in Bachweiden inzwischen wieder bei der Armee waren und über sämtliche Vorfälle Bericht erstattet hatten. Dieser Cussiter hatte versucht, ihn zu erschießen, aber der Bastard hatte sich zuallererst von seinem Hass leiten lassen.

Natürlich hatte Louisa längst erzählt, wer in Wahrheit über sie hergefallen war. Aber was galt schon das Wort eines bayerischen Bauernmädchens?

Jennings verzog den Mund zu einem Lächeln und betrachtete sein Spiegelbild. Wer würde sonst noch gegen ihn aussagen? Sergeant Slaughter? Was mochte der Kerl wohl erzählen? War er es nicht gewesen, der Kretzmer und Louisa in eindeutiger Stellung entdeckt hatte? Slaughter müsste ihn, Jennings, doch eigentlich für einen Helden halten. Wenn er recht überlegte, gab es niemanden mehr, der gegen ihn aussagen könnte. Der einzige Beweis, der wirklich gegen ihn sprach, war die Flucht selbst.

Jennings zog seine Jacke an und überprüfte, ob die Papiere noch in der Tasche waren. Erleichtert strich er mit den Fingern über die Schnur und das äußere Packpapier.

Zum hundertsten Mal probte er, wie er daheim in London seine kühne Tat zum Besten geben würde. Ja, er würde erzählen, wie genial er Steel übertrumpft hatte, den verräterischen Schotten, den Marlborough entsandt hatte, um die belastenden Dokumente zu sichern. Wie er zahllose Angriffe überstanden hatte, sowohl vonseiten der Franzosen als auch vonseiten der verräterischen Rotröcke. Wie er sich bis zu den französischen Linien vorgewagt hatte, um seinen Freunden in Tory-Kreisen jene Informationen zuzuspielen, die diese Herren benötigten. Und dann würde Marlborough ein weiteres Mal in den Tower wandern. Nur würde er diesmal nicht entkommen, genauso wenig wie Steel ihm, Jennings, entkommen war.

Immer noch bereute Jennings, dass er keine Zeit gehabt hatte, dem Kerl den Gnadenstoß zu geben. Wäre ihm das gelungen, könnte er jetzt ruhiger schlafen. Andererseits war er sicher, dass niemand den Schlag überleben konnte, den er Steel verpasst hatte. Er hatte doch gehört, dass der Schädel wie eine Walnuss geknackt hatte. Allein die Wunde, die er seinem Rivalen am Bein beigebracht hatte, war womöglich schon tödlich gewesen. Nein, Steel war tot. Dessen war er sicher. Marlborough drohte der Tower, und er, Jennings, würde ein reicher Mann sein. Als Colonel würde er an der Spitze seines eigenen Regiments reiten. Schon sah er sich in einer prächtigen Uniform und genoss die Gewissheit auf zukünftigen Ruhm. Bei diesem Ausblick lächelte er.

In diesem Moment räusperte sich jemand vernehmlich vor dem Zelt, und kurz darauf teilte eine behandschuhte Hand den Eingang. Ein Offizier der französischen Kavallerie trat ein. Jennings Grinsen erlosch. Er gab sich ernst.

»Major Jennings?«

»Lieutenant?«

»Würdet Ihr mir bitte folgen, Sir. Mein Colonel wünscht Euch zu sprechen.«

Jennings griff nach seinem Hut und folgte dem jungen Mann hinaus in die warme Abendluft. Er befand sich im Herzen der gesamten französisch-bayerischen Armee. Zehntausende Männer und Pferde lagerten, so weit das Auge reichte, auf der Ebene bei Höchstädt. Zunächst hatte der Major keinen großen Unterschied zum eigenen Heerlager entdecken können. Doch bei genauerem Hinsehen erfasste er die Ausmaße. Jenseits der Linien der Infanterie standen Wagenkolonnen mit Munition. So viel hatte er noch nie an einem Ort gesehen. In unmittelbarer Nähe der Fuhrwerke standen Tausende Karrengäule angebunden auf einer riesigen Weidefläche, wie auf einem Pferdemarkt daheim auf dem Lande. Daran schloss sich eine große Feldküche an, in der ein ganzer Ochse auf einem Spieß gebraten wurde. Weiter vorn sah der Major drei große Zelte, an deren Eingängen Dutzende französische Offiziere standen, als befänden sie sich auf einem königlichen Empfang.

Während der Lieutenant ihn an der Kavallerie vorbeiführte, konnte Jennings im Vorübergehen einen Blick erhaschen auf ein Zelt, in dem mehrere Husaren an einem Tisch saßen und sich von einer halb nackten Frau unterhalten ließen, die für die Herren auf dem Tisch tanzte. Sie kreischte vor Aufregung, als einer der Männer sich vorbeugte und ihr den Rock herunterriss.

In vielen Belangen hätte der Unterschied zu Marlboroughs Armee nicht größer sein können, und Jennings fragte sich mit einem Mal voller Unbehagen, welches Heer letzten Endes als Sieger aus der kommenden Schlacht hervorgehen würde. Seine Zukunft stand auf dem Spiel.

Endlich hatten die beiden Männer die Zeltreihen hinter sich gelassen und gelangten an ein großes Zelt, das ein wenig abseits stand und auf der eine kleine Fahne mit den Lilien wehte. Der Lieutenant hielt Jennings den Zelteingang auf und bedeutete ihm einzutreten. Es war eigenartig, hier inmitten der Feinde willkommen zu sein. Ein Leben zwischen den Fronten, dachte Jennings plötzlich und spürte, wie Selbstverachtung in ihm hochstieg.

»Major Jennings, Colonel«, wurde er angekündigt.

»Danke Euch, Henri, Ihr dürft Euch dann entfernen. Major Jennings, gestattet, dass ich mich vorstelle. Ich bin Colonel Jean Martin Michelet des Regiments d'Artois. Ich heiße Euch willkommen.«

Mit leicht verengten Augen musterte der Colonel den sonderbaren Engländer. Jennings' äußerer Erscheinung und seinem ganzen Verhalten versuchte er zu entnehmen, ob dieser Überläufer es ernst meinte. Oder war er vielleicht doch einer von Marlboroughs zahllosen Spionen?

»Ein Freund von Lord Malbrook ist hier als Freund gern gesehen. Aber setzt Euch doch bitte zu mir. Ein Glas Wein? Er wurde unlängst aus Frankreich geliefert.«

Jennings lächelte, denn es amüsierte ihn, dass der Franzose Marlboroughs Namen nicht richtig aussprechen konnte, wie so viele seiner Landsleute. Colonel Michelet war mittelgroß und hatte ein ansprechendes, sonnengebräuntes Gesicht. Der schmale Oberlippenbart entsprach der Pariser Mode. Das einzig wirklich Bemerkenswerte an seinen Zügen war die schmale Narbe, die sich von der rechten Gesichtshälfte bis unter das Kinn zog.

»Wie ich hörte, habt Ihr Euch meinen Männern aus freien Stücken ergeben, Major Jennings. Es heißt, Ihr hättet etwas, das für unsere Sache von größtem Wert sein könnte.«

Jennings setzte sich und nahm den Kelch mit Wein entgegen.

»Aber Ihr seid ein Offizier der englischen Armee, Major. Ihr wollt doch gewiss nicht bekennen, ein Verräter zu sein?« Er lachte. »Habt Ihr französisches Blut in Euren Adern?«

»Nein, Colonel. Und ein Verräter bin ich bestimmt nicht. Aber ich bin in einer einzigartigen Position, die es mir ermöglicht, nicht nur meinem Land, sondern auch der Krone Frankreichs einen großen Dienst zu erweisen. Es gibt da spezielle Informationen, die sich in meinem Besitz befinden. Informationen, die Marlborough und dessen Freunde zu Fall bringen werden.«

»Interessant, Major. Gehe ich recht in der Annahme, dass Ihr uns mitteilen werdet, wann und wo Lord Malbrook angreifen wird? Werdet Ihr uns seine Strategie erläutern? Uns zeigen, wo seine Elitetruppen stehen und wo seine Schwachpunkte liegen?«

»Nein. Als Offizier in der Armee von Queen Anne und als Gentleman kann ich mein Land nicht verraten. Aber ich vermag Euch etwas sehr viel Wertvolleres anzubieten. Ich besitze die Mittel, um den Herzog für immer zu diskreditieren. Dokumente, die ihn eindeutig als Jakobiten entlarven, als Verräter an Land und Krone. Diese Papiere müssen auf sicherem Weg nach England transportiert werden, und zwar von einem englischen Offizier. Von mir selbstverständlich.«

Michelet lächelte. »Ja, Major. Wir wissen von diesen Papieren. Ein sonderbarer Fall. Ein Mann, der mit meinen Versorgungsoffizieren zu tun hatte, machte mich auf die Schriften aufmerksam.« Wieder lachte er. »Der Mann erzählte mir von den Papieren und dass ein Kaufmann sie habe. Dass er ein Treffen mit einem britischen Offizier arrangiert habe. Ihr Name fiel in diesem Zusammenhang. Wir bezahlten den Informanten für seine Dienste, worauf ich Soldaten entsandte, um die Papiere sicherzustellen. Grenadiere und Husaren, unter dem Kommando meines fähigsten Offiziers. Eure Männer stießen in Sattelberg auf meine Abteilung. Ihr konntet Euch ja selbst ein Bild davon machen, wie effizient meine Leute vorgehen. Aber es war nie meine Absicht, dass Zivilisten bei diesem Einsatz ihr Leben verloren. Das tut mir wahrlich leid. Major Malbec hat seinen eigenen Kopf. Es war eine ... Tragödie.«

Lächelnd verlangte er noch mehr Wein.

»Aber sagt mir, Major Jennings, zuletzt hörte ich, die Papiere seien verschwunden. Malbec wurde zurückgeschlagen. Ich dachte, die Dokumente seien verloren. Wenn Ihr sie wirklich bei Euch habt, so ist das eine willkommene Neuigkeit.«

Jennings wusste, dass jetzt der Zeitpunkt war, um die eigene Bedeutung herauszustellen. Schließlich spielte er die entscheidende Rolle, wenn es darum ging, den richtigen Leuten die inkriminierenden Briefe zuzuspielen.

»Ich bitte Euch lediglich, mir eine Eskorte auf dem Weg zur Kanalküste zur Seite zu stellen. Wenn ich Euch noch auf andere Weise helfen kann, tue ich das gern. Aber ich kann natürlich nicht gegen meine Landsleute kämpfen.«

»Ausgeschlossen. Wer würde das schon von einem Offizier verlangen? Aber wir können Euch nicht zu Eurer Armee zurückschicken. Selbst wenn Ihr das wünschtet, was Ihr sicher nicht tut, wie ich sehe. Schon morgen oder übermorgen werden wir in eine große Schlacht ziehen. Marshall Tallard zieht es vor, auf seinem Arsch zu sitzen und abzuwarten. Aber ich weiß, dass Marschall Marsin sich durchsetzen wird. Sein Wort hat Gewicht. Tallard benimmt sich wie ein altes Weib. Er ist nicht in der Lage, eine Armee für Frankreich zu befehligen. Ich weiß, dass wir kämpfen werden. Und Ihr, Major, werdet sozusagen einen Logenplatz erhalten, um das Spektakel verfolgen zu können.«

Nach einer kurzen Pause fuhr er fort: »Und dann, nachdem wir Eure Armee und Lord Malbrook geschlagen haben, werden wir Euch sicheres Geleit bis zur Kanalküste geben. Aber kommt. Ich spüre, dass Ihr ein gebildeter Mann seid. Ich werde meinen Schreiber anweisen, Euch die nötigen Papiere für den Freigang auszustellen. Ihr werdet sie unterzeichnen, aber in der Zwischenzeit dürft Ihr Euch noch etwas von dem Wein munden lassen, der exzellent ist, wie Ihr mir beipflichten werdet.«

Der Colonel lächelte. »Vielleicht möchtet Ihr danach mir und einigen meiner Freunde bei einem leichten Mahl Gesellschaft leisten? Wir haben einen Koch aus Paris kommen lassen. Für den heutigen Abend hat er mir eine Suppe als Entree versprochen, dazu frisches Huhn und ausgewählte, gedünstete Gemüsesorten. Den Abschluss unseres kleinen Diners bildet ein ausgezeichneter Käse, zu dem ein edler Branntwein gereicht wird. Es ist nicht viel, ich weiß, aber wir dürfen nicht wählerisch sein. Ausnahmsweise dürfen wir uns nicht allzu intensiv um unser leibliches Wohl kümmern. Denn morgen, Major, müssen wir eine Schlacht gewinnen.«

* * *

Steel lag in der Dunkelheit wach und lauschte auf das Brummen der Fliegen, die in dem Zelt herumschwirrten. Er sah, wie sich zwei Fliegen auf den fettigen Tellern niederließen, von denen

Louisa und er ihre schlichte Mahlzeit aus Brot und Bohnen gegessen hatten. Nate würde sich bald um das Geschirr kümmern, ehe die Armee das Lager abbrach. Am letzten Abend vor der Schlacht hatte Steel seinen Diener von dessen Pflichten entbunden. So war es üblich.

Er nahm eine der Blechtassen, die neben den Tellern standen, verscheuchte eine weitere Fliege vom Rand und nahm einen langen Schluck, fest entschlossen, den Rest des Weins zu trinken. Dann betrachtete er die schlafende Louisa und ließ seinen Blick über die sanften Konturen ihres Körpers gleiten, die sich unter der Decke abzeichneten. Er hörte, wie sie atmete, flach und gleichmäßig. Ab und an murmelte sie im Schlaf vor sich hin. Worte, die er nicht verstand. Er wusste inzwischen, wie betrübt sie wirklich war, und hasste sich selbst dafür, dass er ihr verboten hatte, Jennings auf eigene Faust zu suchen.

Aber wie sollte er dieser jungen Frau gestatten, in eine Schlacht zu ziehen? Der einzigen Frau nach Arabella, für die er mehr als nur Zuneigung empfand. Er konnte sie unmöglich den Schrecken des Krieges aussetzen und in die Todesmühle schicken, in der nur das Schicksal entschied, wer überlebte und wer unterging.

Da er Louisa nicht wecken wollte, brauchte Steel einen Augenblick, bis er sich aus dem Feldbett gequält hatte. Er schlüpfte in die Breeches, zog die scharlachrote Uniformjacke über, machte aber nur einen einzigen Knopf zu und ging zum Eingang des Zelts. Draußen, in der kühlen Nachtluft, schaute er hinauf zum klaren, wolkenlosen Himmel. Der Mond stand tief, und am dunklen Firmament konnte Steel die Sternenkonstellationen sehen, die seit Kindheitstagen seine Vorstellungskraft beflügelt hatten.

Das bleiche Licht des Mondes lag über dem stillen Lager, einem Meer aus Leinwand. In den Zelten ruhten die Männer sich noch ein wenig aus, bevor sie sich am kommenden Tag den Kaiserlichen Truppen anschlössen. Die Griechen, das wusste

Steel, hatten im silbrigen Licht des Mondes den Kummer der Artemis gesehen, der Geliebten Orions, die sich von ihrem Bruder Apollo hatte täuschen lassen und versehentlich Orion tötete. Steel betete, dass morgen nicht zwei weitere Liebende eine Tragödie erleben würden.

Weiter links verrieten ihm Hufschlag und das leise Klirren der Harnische eine Gruppe Reiter. Instinktiv griff Steel dorthin, wo sonst immer sein Degen saß. Doch er fasste ins Leere und atmete erleichtert aus, als er in der Dunkelheit Stimmen vernahm, die Englisch sprachen. Ein Wachtposten hatte die Reiter angerufen, salutierte eifrig und ließ die Männer passieren, die jetzt in Steels Richtung trabten. Es mochten zehn Berittene sein, die meisten davon in roten Uniformjacken, einige in blauen. Als die Männer näher kamen, betonte das Mondlicht die Gesichtszüge. Steel erkannte den ersten Mann.

»Mr. Steel«, sprach Marlborough, »Ihr seid noch spät auf den Beinen. Für Schlaf bleibt Euch nicht mehr viel Zeit, da wir gegen zwei Uhr aufbrechen werden. Und das ist in drei Stunden. Ihr solltet Euch ausruhen. Wie ich sehe, hat Euer Sergeant meinen Ratschlag befolgt. Ich wünsche Euch eine gute Nacht, Lieutenant.«

Während der Herzog und sein Gefolge die Zeltreihen entlangritten, schaute Steel zu Slaughter hinüber, der in seine Decke gehüllt friedlich schnarchend vor dem Zelteingang lag. Dort hatte der Sergeant sich am Abend postiert, um zu verhindern, dass irgendjemand Steel und Louisa störte. Als Steel Schritte hinter sich hörte, drehte er sich um. In der Dunkelheit erahnte er Tom Williams' Lächeln.

»Tom?«

»Konnte nicht schlafen, Sir. Weiß auch nicht, warum. Muss an der Schlacht liegen, nehme ich an. Ich kann's kaum noch abwarten. Ich habe schon so oft alles in Gedanken durchgespielt.«

»Die Schlacht kommt früh genug, Tom. Dann könnt Ihr Euch Eure Gedankenspiele sparen. Denkt daran, was immer Ihr auch tut, behaltet mich im Auge. Kümmert Euch um Eure Männer, aber wenn Ihr tut, was ich tue, wird alles gut.«

Unwillkürlich dachte Steel an seine erste große Schlacht. Damals stand er als junger Fähnrich, kaum achtzehn Jahre alt, unter den im Winde wehenden Standarten der Foot Guards auf der zugigen Ebene von Steenkerke. Es war der 3. August 1692, als die Armee von König William die Franzosen nach einem kühnen Nachtmarsch überraschte. Steel glaubte jetzt noch, die klirrende Kälte zu spüren, und erinnerte sich, wie erstaunt und erschrocken er war, als der Morgennebel sich allmählich lichtete und den Blick auf Tausende weiß und rot gewandete Infanteristen freigab; Franzosen und Söldner aus der Schweiz, die von König Ludwig XIV. bezahlt wurden, standen den englischen Linien mehrere Glieder tief gegenüber.

Er sah, wie die Kanonenkugeln, zunächst nicht größer als schwarze Punkte, heransausten, größer wurden und in den Formationen Schneisen aus Blut und Knochen rissen. An jenem Tag gab es keinen ruhmreichen Sieg, sondern einen hastigen Rückzug. Doch damals hatten sie auch keinen Marlborough als Oberbefehlshaber gehabt. Der kommende Tag jedoch oder der übernächste würde anders verlaufen.

»Habt Ihr wirklich vor, ihn in der Schlacht zu töten, Sir? Diesen Jennings?«

Williams' Stimme holte Steel in die Gegenwart zurück. Er nickte, war er doch davon überzeugt, dass er irgendwo in der Hölle aus Ruhm und Vernichtung den Major finden würde. Dafür hatte er gesorgt.

»Seid Ihr sicher, dass Sergeant Stringer Euch zu ihm führen wird?«

»Tom, wenn dieser kleine Mann für irgendetwas taugt, dann für das Aufspüren von Ungeziefer. Er hat einen Riecher für verrottetes Fleisch. Und Jennings ist nicht mehr als fauliges Aas. Außerdem weiß Stringer, dass er erst Schonung erwarten darf, wenn er seinen Auftrag erledigt hat.«

Steel dachte noch einmal an das Gespräch, das er früher am Tag mit Stringer geführt hatte. Verständlicherweise verabscheute der Sergeant ihn, weil Steel ihm in Bachweiden die unangenehme Verletzung beigebracht hatte. Da Steel die Gesellschaft dieses Speichelleckers als unerträglich empfand, hielt er das Treffen so kurz wie möglich. Bislang hatte Steel noch niemandem verraten, welche Rolle Stringer bei Jennings' Mordversuch gespielt hatte. Denn Steel bewies Weitblick. Im Augenblick nämlich konnte er die Fähigkeit dieses Mannes, andere zu täuschen, für seine eigenen Belange nutzen. Wusste er doch, dass Stringer – der treue Hund, der zum Judas wurde – kein Schamgefühl besaß. Vielleicht spekulierte dieser Kerl sogar darauf, in Steel einen neuen Herrn zu finden. Aber in diesem Punkt irrte er sich.

»Ich hoffe, Ihr findet Major Jennings und tötet ihn.«

»Das hoffe ich auch, Tom. Aber jetzt solltet Ihr versuchen, noch etwas Schlaf zu finden. Wir wollen ja nicht, dass Ihr mitten in Eurer ersten Schlacht einschlaft, oder?«

Williams humpelte zu seinem Schlafplatz. Irgendwo in der Ferne bellte ein Hund. Steel schlenderte zu seinem Zelt zurück. Inzwischen verzichtete er auf den Gehstock. Dafür hatte er in der Schlacht keine Verwendung. Sein Bein fühlte sich gut an. Er konnte wieder fester auftreten, fest genug, um sich den Franzosen zu nähern.

Beim Zelt angekommen zog er den Kopf ein und trat ins Innere. Sein Blick fiel wieder auf Louisa, deren goldblondes Haar wie ein Goldregen auf dem Kissen strahlte. Offenbar hatte sie ihn gehört, denn sie schlug die Augen auf. Lächelnd hielt sie ihm die Decke auf.

Später, als sie in den frühen Morgenstunden in seinem Arm lag, spürte Steel, wie unruhig Louisa im Schlaf war, nicht zuletzt deshalb, weil sich draußen inzwischen die Soldaten zum Abmarsch bereit machten. Er zog Louisa enger an sich, versuchte, die beharrlichen Trommelwirbel auszublenden und schloss die Augen. Doch es war umsonst. Die Dämmerung ließ sich nicht fortwünschen.

9.

Der Nebel, der des Nachts tief über den Donaumarschen gehangen hatte, löste sich allmählich in der Morgensonne auf. Alles sah nach einem ungewöhnlich heißen Sonntag im August aus. Inzwischen konnten die Aufklärer der französischen Kavallerie erkennen, dass sich ihren Blicken nicht die Vorhut einer marschierenden Armee bot. Von dem Aussichtspunkt auf der Anhöhe nördlich des Dorfes Blindheim blickte Marschall Tallard verblüfft auf die Schlachtreihen der gesamten alliierten Armee hinunter, die in einer Entfernung von einer Meile aufmarschiert war. Als Erstes zählten seine Generäle die Standarten, um die Anzahl der Bataillone im Feld abzuschätzen. Doch als die Zahl immer größer wurde, erkannten die Offiziere, wie stark die Streitkräfte waren. Daher beschlossen sie, die Soldaten zu wecken.

Gegen neun Uhr traf sich Tallard, der noch ganz außer Atem war, mit Marschall Marsin und dem Kurfürsten auf dem Kirchturm von Blindheim. Dort überlegten die drei Kommandeure, wie sie ihren Sieg am besten perfekt machen könnten. Denn keiner der Herren bezweifelte, dass der englische Herzog mit dieser außergewöhnlichen Aktion den Untergang seiner gesamten Armee heraufbeschworen hatte.

Auf der anderen Seite der Ebene ritt Marlborough auf seiner grauen Stute weiter an den langen Reihen der rot uniformierten Infanterie vorbei. Sein Gefolge bestand aus Cadogan, Cardonell, Hawkins und allen übrigen Generälen. Der Herzog hatte keine Eile, betrachtete die Männer aufmerksam und sorgte dafür, dass möglichst viele Soldaten ihn auch gut sehen konnten.

Die Männer kannten ihn bestens: das graue Pferd, die prächtige rote Uniform mit ihrem Litzenbesatz und anderen Verzierungen. Am auffälligsten war jedoch die blaue Schärpe des Hosenbandordens.

Eins stand für den Herzog unumstößlich fest: Der Ausgang dieser Schlacht, in der es um sein Überleben und das Schicksal Europas ging, hing von der Moral der Männer ab. Deshalb musterte Marlborough seine Soldaten mit aufrichtigem Interesse. Viele hatten zotteliges Haar und Bärte, die sie wochenlang nicht gestutzt hatten. Die Uniformen mochten zwar nicht mehr für eine Parade taugen, aber sie sahen immer noch recht ordentlich aus, wenn man in Betracht zog, was die Männer alles erlebt hatten, nachdem sie vor drei Monaten in Flandern aufgebrochen waren.

Hier sollte das große Abenteuer also zum Abschluss gebracht werden. Das Schuhwerk der Soldaten war erst kürzlich ausgetauscht worden und somit kaum abgetragen; die Musketen blitzten in der Morgensonne, das Pulver war trocken, Patronenhülsen waren in ausreichender Menge vorhanden. An Proviant hatte es nicht gemangelt: Brot und Bier. All diese Dinge trugen dazu bei, dass eine Armee bereit war, den Feind zu besiegen. Und heute war der entscheidende Tag endlich gekommen.

Marlborough war gemeinsam mit Prinz Eugen in das Dorf Wolpertstetten geritten, da dort das Zentrum der alliierten Linie entstehen sollte. Dort waren sie auf den Kirchturm gestiegen und hatten das feindliche Lager mit Fernrohren abgesucht. Das Gespräch war kurz und zielgerichtet gewesen. Gott, so glaubte der Herzog, hatte ihn offensichtlich mit einem würdigen Alliierten gesegnet. Denn Prinz Eugen verkörperte all das, was dem Markgrafen von Baden fehlte. Der Prinz war entschlussfreudig, kühn und vor allem Marlboroughs Plänen gegenüber aufgeschlossen.

Während die kleine Reiterschar sich der letzten Kompanie von Colonel Webbs Regiment näherte, wandte der Herzog sich an Hawkins und Cadogan, die unmittelbar hinter ihm ritten.

»Prinz Eugen versicherte mir, er werde die rechte Flanke halten, ganz gleich, wie arg ihm die Franzosen und der Kurfürst zusetzen werden. Dadurch ermöglicht er uns einen zentralen Vorstoß. Und zwar genau dort.«

Er deutete auf die Ebene und die weiten Flächen hinter dem Dorf Unterglauheim. »Der Schlüssel zu dieser Schlacht, meine Herren, sind die Dörfer«, betonte er und zeichnete mit einem Finger eine imaginäre Linie von rechts nach links in die Luft.

»Blenheim, Unterglauheim, Oberglauheim und Lutzingen«, fasste er zusammen. »Wenn wir diese Dörfer haben, beherrschen wir das Feld. Wir müssen diese Ortschaften unbedingt sichern, koste es, was es wolle. Und das, Gentlemen, sage ich nicht leichtfertig daher.«

Die Kirchturmuhr im Dorf schlug achtmal. Als wäre der letzte Glockenschlag ein geheimes Zeichen gewesen, eröffnete eine Kanone auf der rechten Flanke der Franzosen das Feuer. Der Geschützdonner setzte sich in der Reihe der Artillerie fort, während die Geschosse durch die Luft sausten. Doch Marlborough schaute gelassen in Richtung der feindlichen Kanonen.

»So beginnt es also«, murmelte er.

Eine Kugel flog direkt in Richtung des Generalstabs. Einer der Männer sah sie kommen und zog vorsichtshalber den Kopf ein. Doch die Kugel verfehlte ihr Ziel und grub sich in den kürzlich gepflügten Boden links von Marlboroughs Pferd. Erdklumpen flogen durch die Luft und trafen den Sattel und die Breeches des Herzogs. Marlborough täuschte Gleichgültigkeit vor und ritt weiter. Im selben Augenblick begann das Regiment, das dem Oberbefehlshaber am nächsten war, zu jubeln: Merediths Regiment.

Marlborough hob die Hand und ließ die Männer wissen, dass er die Jubelrufe zu schätzen wusste. Mit einem Lächeln auf den Lippen wandte er sich einem Meldeläufer zu, einem der zahllosen drahtigen, blau gekleideten Burschen, die stets in seiner Nähe warteten. Die Läufer, die man an ihren Kappen erkennen konnte, waren entscheidend für die reibungslose Kommunikation zwischen dem Oberbefehlshaber und den jeweiligen Kommandeuren auf dem Schlachtfeld.

»Übermittle Prinz Eugen eine Nachricht, Junge. Frag ihn, ob er bereit ist, vorzurücken. Sag ihm, es sei dringend notwendig. Wir werden nämlich in Kürze durch den feindlichen Kanonenbeschuss in arge Bedrängnis kommen.«

Der Junge eilte davon. Während er lief, sirrte eine weitere Kanonenkugel über den Kopf von General Orkney hinweg und verrichtete ihr tödliches Werk inmitten der Kavallerie, die sich hinter dem Stab eingefunden hatte. Zwei Pferde wurden zerfetzt, ein unglückseliger Soldat büßte einen Fuß ein.

»Seid Ihr Euch Eures Plans sicher, Euer Hoheit?«, fragte Cadogan. »Wir gehen ein großes Risiko ein, Sir. Der Feind hat sich gut verschanzt und scheint uns zahlenmäßig überlegen zu sein, auch wenn wir uns alle Mühe geben.«

Marlborough quittierte die Worte seines Freundes mit einem Lächeln und wandte sich an Hawkins. »Es wird Euch vielleicht überraschen, Hawkins, wenn ich Euch sage, dass ich mit dem Gelände hier recht vertraut bin. Das weiß auch der gute Cadogan«, fuhr er fort und bedachte den Mann erneut mit einem Lächeln. »Generalmajor Natzmer, der eine Reiterbrigade Prinz Eugens kommandiert, hat erst letztes Jahr genau hier gekämpft. Allerdings auf der gegenüberliegenden Seite der Anhöhe. Leider unterlag er den Franzosen, aber dafür hat er hervorragende Kenntnisse vom Gelände jenseits unseres Feindes.«

»Das mag sein, Euer Hoheit«, schaltete sich Orkney ein. »Aber meiner Ansicht nach scheinen die Franzosen gut gesicherte Stellungen bezogen zu haben. Haltet Ihr es wirklich für klug, sie von hier aus zu attackieren, zumal sie uns zahlenmäßig überlegen sind?«

Marlborough spitzte die Lippen. »Mylord Orkney, jetzt ist nicht der Zeitpunkt, eine Attacke infrage zu stellen. Ja, ich gebe Euch recht, dass ihre Stellung stark befestigt ist. Ich habe schon lange keine so gute Position mehr gesehen. Aber ich sage Euch, wir werden sie besiegen.«

Er wandte sich an Hawkins und Cadogan. »Hat denn niemand von Euch den Fehler der Franzosen bemerkt? Habt Ihr Tallards Achillesferse denn nicht entdeckt?«

Die Generäle reckten die Hälse, um die Ebene besser in Augenschein nehmen zu können.

»Ihr braucht nicht so angestrengt zu schauen, meine Herren. Es ist doch offenkundig. Betrachtet die Mitte der Linie. Tallard und der Kurfürst lagern nicht als eine Armee, sondern als zwei voneinander getrennte Heere. Mit den Pferden jeweils auf beiden Flügeln. Seht Ihr, wie die Reiter sich Stiefel an Stiefel in der Mitte des Feldes drängen?«

Orkney hatte Bedenken. »Vielleicht verfolgen sie damit eine bestimmte Absicht. Das Gelände ist wie geschaffen für die Kavallerie. Keine Hecken oder Gräben, und die Felder sind abgeerntet.«

»Das mag stimmen«, räumte der Herzog ein, »aber selbst wenn es ein wohl überlegter Zug ist, so könnt Ihr nicht abstreiten, dass sich mir eine besondere Möglichkeit bietet. Tallard hat acht oder neun Bataillone Infanterie in der Mitte postiert. Gentlemen, das könnte sich als fataler Irrtum erweisen.«

Während er dies sagte, flog eine Kugel von den französischen Linien herüber und traf das Pferd eines Beraters des Herzogs, eines Fähnrichs von Lumley's Horse Regiment. Dem Tier wurde der Kopf abgerissen. Die blutigen Überreste flogen den Infanteristen, die unmittelbar daneben standen, ins Gesicht. Doch die

Kugel hatte noch Fahrt, durchschlug einen Soldaten auf Brusthöhe und verletzte zwei weitere Männer am Bauch und am Unterleib. Etwa fünfzig Meter hinter dem Regiment blieb das Geschoss liegen und hatte eine blutige Schneise hinterlassen. Während der Fähnrich noch damit beschäftigt war, den Stiefel aus dem Steigbügel seines enthaupteten Pferds zu befreien, wandte Marlborough sich wieder seinem Stab zu.

Diesmal sprach er seinen Bruder Charles Churchill an, der eine Brigade kommandierte und seit den frühen Morgenstunden auf dem Schlachtfeld weilte. »Charles, ich denke, es wäre eine gute Idee, wenn die Infanterie sich nun hinlegt. Es wird zusehends wärmer, und wir dürfen nicht zulassen, dass die Männer so schnell überhitzt sind.«

Sogleich gaben Offiziere und Sergeanten den Befehl »Hinlegen« entlang der alliierten Reihen weiter. Von Pferden gezogene Geschütze wälzten sich mit knarrenden Rädern am Generalstab vorbei, auf dem Weg zu höherem Terrain. Marlborough sah den Gespannen nach.

»Schaut, Gentlemen. Colonel Blood hat ein scharfes Auge. Die Franzosen mögen vielleicht mehr Geschütze als wir haben, aber wir werden uns gewiss nicht in unserer Feuerkraft einschränken lassen.«

Die Offiziere ließen ihre Blicke über das weite Feld schweifen und verfolgten, wie die eigenen Kanonenkugeln wie schwarzer Regen auf die französischen Linien niedergingen. Man konnte sehr genau sehen, wo die Geschosse einschlugen: In die eben noch geschlossenen Reihen der weiß uniformierten Infanteristen fraßen sich schmutzig-rote Bahnen der Verwüstung.

Marlborough sah, wie eine weitere Kanone in Position gebracht wurde, und gab seinen Beratern zu verstehen, ihm zu folgen. Sie ritten zu den Anhöhen oberhalb Unterglauheims, fast exakt im Zentrum der Linie, und erreichten bald die Stelle, an der die Geschützbatterie Stellung bezogen hatte. Marlborough stieg von seinem Pferd, gab die Zügel einem Burschen und trat zu dem Batteriekommandeur. Der Mann war Anfang dreißig, mittelgroß und von der Sonne gebräunt. Seine schwieligen Hände verrieten seinen Tätigkeitsbereich.

»Wie heißt Ihr?«

»Jonas Watson, Euer Hoheit. Major der Artillerie.«

»Also, Major Watson, in welche Richtung gedenkt Ihr Euer Feuer zu richten?«

Der Mann lächelte. Dann drehte er sich halb ab und deutete unmissverständlich auf die französischen Reihen. »Genau auf die Ansammlung Pferde dort drüben, Sir. Auf ausdrücklichen Befehl von Colonel Blood, Euer Hoheit.«

Der Major bezog sich auf mehrere Schwadronen französischer Kavallerie, die an ihren blassgrauen Mänteln und schwarzen Manschetten zu erkennen war.

»Ja, ich denke, Ihr habt recht. Und welchen Neigungswinkel gedenkt Ihr einzuhalten, um Euer Ziel zu treffen?«

»Nicht mehr als acht Grad, Euer Hoheit.«

»Lasst mich sehen.«

Marlborough trat zu einer der großen Zwölfpfünder, deren Lauf aus Messing bestand. Er bückte sich und spähte den gut fünf Fuß langen Lauf entlang.

»Ihr braucht Euren Neigungswinkel lediglich um zwei, nein, ein Grad zu verringern, Major Watson. So, das müsste Eure Geschosse in die Mitte des Feindes bringen. Macht nur weiter, Major.« Mit diesen Worten schwang er sich wieder in den Sattel und trabte zurück zu seiner Position. Der Generalstab folgte dem Herzog, worauf der leicht verdutzte Offizier der Artillerie sich wieder seinen Pflichten widmete.

»Seht Ihr, Hawkins, wie sehr die Männer es mögen, wenn ich Interesse an ihren Tätigkeiten bekunde? Sie wissen es zu schätzen. Und genau das unterscheidet den guten General von dem schlechten.«

Marlborough blickte hinüber zu den Franzosen und bewertete die Lage im Stillen neu. Er sprach zu niemandem speziell, als er sagte: »Wir müssen diesen Fluss überqueren, ehe der Feind erkennt, was wir tun. Seid gewiss, wenn Marschall Tallard ein wahrer General ist, wird er versuchen, uns davon abzuhalten. Es wird entscheidend sein, dass wir uns jenseits des weichen Untergrunds festsetzen, bevor Tallard Zeit hat, seine Reiter zu mobilisieren. Beten wir zu Gott, dass Prinz Eugen bald so weit ist.«

* * *

Inzwischen schallten von der französischen Seite sehr misstönende Klänge über die Ebene, allerdings undeutlich und wie aus weiter Ferne. Nur gelegentlich konnte man eine Melodie heraushören. Die Musik König Ludwigs. Die hochtrabende Stimme der imperialistischen Bestrebungen des Sonnenkönigs.

Marlborough rieb sich das Ohr, als habe er Schmerzen. Dann blinzelte er, schüttelte den Kopf und wandte sich an Cardonell.

»Was ist das für ein Lärm? Ich denke, das können wir besser, wie, Adam? Lasst die Musikanten aufspielen. Sollen sie spielen, was sie wollen. Etwas Mitreißendes. Den *Lillibullero*, *Over the hills and far away*, den *Grenadiers' March*. Eine Melodie, die die Seele berührt.«

Sein Blick wanderte zu Hawkins. »Jetzt ist die Musik gefragt. Das wird die Männer aufbauen und die Franzosen vielleicht beunruhigen.«

Während er dies sagte, brach eine weitere Salve Artilleriefeuer über sie herein. Die schweren Eisenkugeln wühlten sich mit furchtbarer Wucht in den Erdboden und bahnten sich ihre Wege zwischen all den bäuchlings liegenden Rotröcken. Und obwohl die Soldaten am Boden lagen, fanden die Kanonenkugeln ihre Ziele.

* * *

Genau in diesem Augenblick, keine fünfhundert Meter weiter links bei dem flachen Gelände der dampfenden Marschen, war Steel mit seinen Gedanken bei der bevorstehenden Schlacht. Er schaute hinüber zum Feind, ließ den Blick über die sonnenüberfluteten Felder gleiten. Der Kopf war ihm ein wenig schwer von dem Wein des Vorabends, und seine Sinne umspielte noch der Duft von Louisas Körper. Gestern, an einem Samstag, waren sie hierhergekommen und hatten zusammen mit anderen Einheiten aus Rowes Brigade Stellung beim Dorf Schwennigen bezogen. Der ausdrückliche Befehl lautete, den schmalen Übergang zu schützen, der so entscheidend für die herannahende Armee sein würde. Weiter vorn hatten die Pioniere dafür gesorgt, dass die Wege befahrbar waren. Im Laufe des Tages war es dann immer wieder zu kleineren Scharmützeln gekommen, als die Wachtposten beider Seiten einander entdeckten.

Gegen sechs Uhr abends hatten sich ihnen französische Dragoner genähert. Doch die Alliierten hatten ihre Linie gehalten, und mit Unterstützung der Foot Guards war der Feind vorerst zurückgeschlagen worden. Seither herrschte eine trügerische Stille.

Zur Abwechslung hatten seine Männer in den Häusern des verlassenen Dorfes nächtigen können. Steel hatte Louisa zu einer kleinen, bescheidenen Behausung eines Kötters am Rande der Siedlung gebracht, wo sie jeden Tag im Garten arbeitete. Ihr Vater, der bislang Henry Hansams Gast gewesen war, wohnte ebenfalls in diesem Haus und hatte es sich bald am offenen Kaminfeuer bequem gemacht.

Steel und Louisa saßen eng beieinander an einem schlichten

Tisch im Haus des Kötters. Louisa trug ein einfaches Kleid und sah so schön aus wie eh und je. Sie aßen Schwarzbrot mit Schinken und Käse. Dazu tranken sie mehr als nur eine Flasche des hiesigen Weins, den Hansam in einem der anderen Häuser gefunden hatte. Später teilten sie das Nachtlager und wussten, dass dies womöglich ihre letzte gemeinsame Nacht war.

Der Schlaf währte nicht lange, denn kurz nach drei in der Frühe rückte die Armee heran. Die Soldaten hatten den Fluss Kessel über Pontonbrücken überquert und waren in acht langen Marschkolonnen nach Westen gelangt, vorbei an bewaldeten Anhöhen und den Marschen auf der linken Donauseite. Steel beobachtete, wie die Schwadronen und Bataillone sich fächerförmig auf der Ebene ausbreiteten. Kurz darauf war es an der Zeit, dass sich auch seine Brigade in den allgemeinen Vormarsch eingliederte.

Sie hatten sich wortlos voneinander verabschiedet, hatten bis zum allerletzten Moment einander umarmt. Danach, als der Strom der vorrückenden Einheiten auch Steel erfasste, hatte er an der Spitze seiner Männer so lange zurückgeschaut, bis er Louisa nicht mehr sehen konnte. Von da an hatte er sich der Front zugewandt und war wieder Soldat mit Leib und Seele.

Jetzt, während die Einheiten sich formierten, erkannte Steel nach und nach, wie Marlboroughs großes Vorhaben Konturen annahm. Zu seiner Rechten rückten die Kaiserlichen Truppen unter Prinz Eugen – dänische und preußische Infanterie sowie verschiedene Kavallerieschwadronen der Kleinstaaten – beharrlich auf dem unebenen Gelände vor und hielten auf ein Dorf in der Ferne zu. Auf der linken Flanke hatte Marlborough seine englischen Truppen mit niederländischen, hessischen und hannoverschen Verbänden zusammengezogen.

Entlang der Stellungen riefen Trommelwirbel die Soldaten unablässig zur Ordnung. Hin und wieder wurden Schüsse in die Luft abgegeben: Ein untrügliches Zeichen dafür, dass die

Männer ihre Musketen noch einmal auf ihre Tauglichkeit für den kommenden Tag überprüften. Jeder noch so kleine Rest feuchten Pulvers wurde mit speziellen Werkzeugen, die jeder Soldat bei sich trug, aus den Zündpfannen gekratzt. Nichts wollte man dem Zufall überlassen. Jeder Schuss war wichtig, und Fehlschüsse, die leider viel zu oft vorkamen, entschieden über Leben und Tod.

* * *

Steel, den Degen an der Seite und die Muskete über die Schulter geschlungen, marschierte an der Spitze der Kompanie, die sich in drei Kolonnen aufgeteilt hatte. Neben ihm ging Hansam, hinter ihm Tom Williams.

Weiter vorn ritten Sir James und Frampton, der Jennings inzwischen als Adjutant ersetzte, nach links und führten das Regiment auf das Feld. Die Schuhe der Soldaten schimmerten feucht im noch taufrischen Gras. Hinter Steel gaben die Sergeanten mit lauten Stimmen die Befehle zum Richtungswechsel, worauf die Marschsäulen von Farquharsons Foot Guards sich wie rote Raupen über das Feld bewegten, um die ihnen zugewiesenen Positionen einzunehmen.

»Was hältst du davon, Jack?«, fragte Hansam. »Links haben wir einen Fluss, rechts einen Wald. Bleibt uns nur eine Richtung zum Vorrücken.«

Steel lächelte. Das Gelände eignete sich zum Kampf. Die breite Ebene erstreckte sich über vier, fünf Meilen vom Ufer der Donau bis zu den düsteren, bewaldeten Anhöhen der schwäbischen Berge. Reife Getreidefelder, so weit das Auge reichte. Ungefähr durch die Mitte der Ebene schlängelte sich der Nebelbach und floss in Nord-Süd-Richtung in die Donau. Der Nebelbach bildete die Scheidegrenze, denn zu beiden Seiten hatten die verfeindeten Armeen Stellung bezogen. Auf einer unbestellten Fläche, genau an der Stelle, an der der Nebelbach sich in zwei Arme teilte, blieb das Regiment stehen.

»Linien bilden!«, rief Slaughter den Befehl.

Schnell und mit fließenden Bewegungen teilte sich die rote Kolonne in kleinere Einheiten auf. Die Männer schwenkten nach innen, wie sie es auf dem Drillplatz gelernt hatten. Kurz darauf hatte sich die Marschformation in klar gegliederte Schlachtreihen verwandelt. Steel nahm seine Position in der Mitte der Kompanie ein, vier Schritte vor seinen Männern, und schaute nach links.

»Ich sehe jetzt, was Seine Hoheit mit uns vorhat, Henry. Er glaubt, dass wir wieder einmal in einen Frontalangriff übergehen können. Wir wollen ihn für das in uns gesetzte Vertrauen nicht enttäuschen.«

Steel schaute an Hansam vorbei, der links von den Grenadieren stand, unmittelbar neben zwei nervös wirkenden Trommlerjungen. Weiter dahinter sah Steel McInnery und Laurent bei der ersten und zweiten Kompanie stehen. Die beiden Offiziere lachten und riefen sich etwas zu, was Steel auf die Entfernung nicht verstehen konnte. Hinter der dritten und vierten Kompanie, im Zentrum des Bataillons, waren die Fahnen zu erkennen: die rote Seide der Regimentsfahnen, daneben das azurblau-weiße Andreaskreuz von Schottland. Die Banner flatterten stolz über dem Bataillon, gehalten von den jungen Fähnrichen. Hinter den Fahnen ragte die kräftige Gestalt von Sergeant Macwilliam auf, der seine Hellebarde festhielt, die er ohne zu zögern als Stock einsetzen würde, wenn auch nur einer der Männer in den Reihen einen halben Schritt zurückwich.

Hinter dem Sergeant, vor den Pionieren, saß Sir James Farquharson auf seinem kastanienbraunen Wallach. Es war auf die Entfernung schwer zu erkennen, aber Steel hatte den Eindruck, dass sich in den Zügen des Kommandeurs eine Mischung aus Stolz und schierem Schrecken abzeichnete. Steel zupfte an seinem Kragen herum und kratzte sich am Hals. Die Läuse, die alle Männer plagten – Offiziere wie einfache Soldaten gleichermaßen –, wurden in der Wärme besonders aktiv.

Slaughter grinste und sprach eher leise. »Wieder das alte Problem, Sir?«

»Das alte Problem, Jacob. Ich will verflucht ein, aber ich weiß auch nicht, warum diese elenden Biester immer dann aktiv werden, wenn wir kurz vor dem Kampf stehen. Ob ich je meine Kleidung mal für mich allein haben werde?«

»Muss an Eurem Blut liegen, Sir. Es dürfte durch den Marsch wärmer sein, wenn Ihr versteht, was ich meine. Vor der Schlacht ist das wohl so. Wisst Ihr was, Sir, Ihr solltet Euch mal an Taylor wenden. Der schwört auf Lavendel und Mandeln. Reibt Euch damit ein. Er meint, dass man dann nichts mehr von den kleinen Blutsaugern sieht. Meint Ihr nicht, dass Ihr die Biester ein für alle Mal loswerden wollt, nachdem wir die Froschfresser erledigt haben? Großer Gott, ich dachte, Miss Louisa hätte Euch die schlechten Manieren ausgetrieben. Ist nicht gut, wenn sich ein Offizier wie Ihr dauernd kratzt, falls ich mir die Bemerkung erlauben darf, Sir.«

»Nein, Jacob, die Bemerkung dürft Ihr Euch nicht erlauben, und Ihr wisst genauso gut wie ich, Sergeant, dass dieses Geziefer nicht wählerisch ist. Selbst diejenigen, die Wert auf Reinlichkeit legen, sind dauernd betroffen. Unser letzter König hatte während der Feldzüge auch immer damit zu kämpfen.«

Williams lachte. Das war es, was Slaughter hatte provozieren wollen, und Steel wusste es. Lachen war das einzige Mittel vor einer Schlacht, ein Mittel, das besonders die jüngsten Zugänge im Regiment nötig hatten. Das Lachen baute Spannungen ab. Nur das half, und natürlich andere Ablenkungen; Gespräche aller Art. Man redete über alles Mögliche, nur nicht über die Aussicht auf den nahenden Tod, Verstümmelungen und unaussprechliche Schmerzen.

Steel versuchte, nicht weiter auf den ärgerlichen Juckreiz zu achten, und schaute an der vordersten Reihe entlang, die sich wie ein schier endloser Fluss aus Rot nach links erstreckte.

»Also, Tom. Was haltet Ihr von Eurem ersten planmäßigen Aufmarsch vor dem Kampf? Seht Ihr all die Regimenter? Man kann sie an den Fahnen unterscheiden. Dort hinten, zum Beispiel, seht Ihr Lord North bei der gelben Fahne, dahinten das Regiment des Herzogs von Marlborough unter dem Georgskreuz. Dann kommt Ingoldsbys Truppe, Waliser zumeist, und zuletzt die rote Fahne der Yorkshiremen von Brigadier Rowe. Die ganze Brigade hat sich zum Kampf eingefunden.«

»Ein großartiger Anblick, Sir. Wäre ich Franzose, würde ich jetzt in meinen Stiefeln zittern.«

Steel spähte hinüber zum Feind. Und fragte sich, wie viele Franzosen dort von der anderen Seite der Ebene herüberblicken mochten.

Als der Nebel sich in den frühen Morgenstunden gelichtet hatte, war Steel überrascht gewesen, dass die Zelte im französischen Lager noch standen. Hatte der Feind denn nicht die Trommeln und Fanfarenklänge gehört und die herannahenden Marschkolonnen gesehen? Inzwischen hatte man die Zelte und das Gepäck weiter nach hinten verlagert, sodass die Franzosen und die Bayern ihre Schlachtordnung hatten einnehmen können. Ein eindrucksvoller Anblick. Siebzig, vielleicht sogar achtzig Bataillone und zahllose Schwadronen Kavallerie mitsamt Kanonen. Steel glaubte, noch nie ein so großes Heer gesehen zu haben.

Insgesamt mochten dort drüben bis zu neunzig Geschütze stehen, von denen einige wie riesige Mörser zur Belagerung aussahen. Auch die Position des Feindes war gut durchdacht. Andere Kommandeure hätten in diesem Fall nie einen Frontalangriff in Erwägung gezogen. Aber Marlborough war kein gewöhnlicher Befehlshaber. Und diese Ebene, wie Steel sich erneut in Erinnerung rief, gab kein schlechtes Schlachtfeld ab, ganz gleich, ob man nun mit dem Leben davonkam oder den Tod fand.

Steel merkte, dass Hansam einen Schritt hinter ihm stand.

»Siehst du, Jack, man kann an den Farben der Uniformen erkennen, wie die Nationen sich aufgestellt haben. Auf der rechten Seite hauptsächlich das Weiß und Grau der Franzosen, das bayerische Blau auf der linken Seite, vom Feind aus gesehen. Eine kluge Vorsichtsmaßnahme, meinst du nicht auch? Marlborough könnte das seinerseits tun, wenn man bedenkt, wie viel verschiedene Nationen hier bei uns stehen.«

»Ich glaube nicht, dass Seine Hoheit so was in Erwägung ziehen würde, Henry. Er hat vor, die Männer zu mischen. Hast du nicht gesehen, dass General Cutts uns in unserer Division sechs Glieder tief aufmarschieren ließ? Vier Reihen Infanterie, dahinter zwei Reihen Reiter. Siehst du? Mit Absicht hat er die ausländischen Truppen und Söldner in die englischen und schottischen Verbände eingegliedert. Hinter der ersten Reihe von Rowe steht eine Brigade Hessen, dahinter wieder Engländer, unter Ferguson. In der vierten Reihe warten unsere Verbündeten aus Hannover.«

Tatsächlich hatte Steel sich den ganzen Morgen Gedanken über die Aufstellung gemacht. In dem Abschnitt, in dem auch Farquharsons Leute standen – unter Cutts Befehl –, wartete die Kavallerie im hinteren Bereich, wie es für gewöhnlich gehandhabt wurde. Aber in den übrigen Abschnitten entlang der Ebene hatte Marlborough, soweit Steel es beurteilen konnte, eine Reihe Infanterie, dahinter zwei Glieder Kavallerie und dann wieder eine Reihe Infanterie aufmarschieren lassen. Eine ungewöhnliche Formation. Steel fragte sich, was das zu bedeuten hatte.

Alles in allem, dachte er, haben wir ungefähr zwölftausend Mann, fast ein Viertel der Armee und den Großteil der Infanterie, und wir bilden die linke Flanke. Im Zentrum der feindlichen Linien hatte sich Kavallerie eingefunden, und Marlborough schien zahlenmäßig gleichgezogen zu haben. Aber hier, vor dem Dorf Blenheim, würde die Infanterie den Sieg davontragen, wie Steel sich bewusst machte. Zudem erkannte er nun, mit einem unguten Gefühl in der Magengegend, dass der Herzog seine Armee auf freier Fläche vorrücken lassen musste, wenn er erfolgreich sein wollte – und das hieß, dass die Männer dem Geschützfeuer ausgesetzt waren, ehe sie das umliegende morastige Gelände überqueren konnten. Eine Sache war klar: Dies würde kein einfacher Sieg werden.

Weiter vorn auf dem ausgedörrten Gras hatten die feindlichen Kanonenkugeln bereits eine für die Engländer bittere Ernte eingefahren: Tote aus den vorderen Reihen lagen verdreht und entstellt am Boden. Schon seit über einer Stunde hielt die französische Artillerie ihren Beschuss aufrecht. Doch das Feuer war stärker geworden. Und nach wie vor kam kein Befehl zum Angriff. Es hieß, man warte noch, bis die Truppen unter Prinz Eugen die ihnen zugedachte Stellung am rechten Flügel bezogen hatten.

Auch Slaughter hatte sich inzwischen einen Überblick verschafft. »Mieser Boden hier, Sir. Schlecht für denjenigen, der einen Angriff wagt.« Er trat fest auf, um den Untergrund zu testen. »Seht Ihr das, Sir? Ist richtig sumpfig hier. Der Boden gibt nach.«

Dann deutete er in Richtung der geplanten Angriffslinie. »Und seht Ihr auch, wie weiter hinten das Gelände leicht ansteigt? Kann man kaum erkennen. Aber wenn man genau hinguckt, sieht man's. Ich sag's Euch, sumpfiger Boden, und wir müssen die Steigung nehmen und das alles.«

Im Schutz der vorherigen Position hatte das Regiment sich neu formieren können. Jetzt hingegen, als die Kugeln über die Köpfe der Männer hinwegflogen, hatte man eine lockere Formation eingenommen. An der Spitze des Regiments hielt der

Pfarrer, ein kleiner, blässlicher Mann mit einer großen Nase und langem strähnigem Haar, den Feldgottesdienst ab. Die Männer hatten Platz gemacht, sodass inmitten der Reihen eine freie Fläche in Form einer Kapelle entstanden war. Die erste Reihe hatte umgeschwenkt, während die beiden letzten Reihen das kleine Kirchenschiff und den Altarraum bildeten.

Der Feldgeistliche hatte das mit Goldfäden durchwirkte Altartuch über sechs Trommeln gelegt, die man eng zusammengeschoben hatte. Einer der Trommlerburschen hielt feierlich das lange, goldene Kreuz. Auf zwei weiteren Trommeln standen Kerzenständer, deren Kerzen noch nicht entzündet waren. Der Pfarrer begann mit seiner Predigt und sprach in dem typischen, einschläfernden Singsang der in Oxford ausgebildeten Geistlichen. Allerdings wohnte seiner Stimme eine unfreiwillige Komik inne, da er leicht lispelte.

»Wir sind nichts als Staub, und zu Staub werden wir gewiss wieder werden.«

Weiter hinten hüstelte Slaughter und gab ein leises Murren von sich. »Großer Gott, muss der uns daran erinnern? Wir finden schon früh genug unser Ende.«

»Jacob!«, ermahnte Steel ihn.

Hansam zuckte mit den Achseln und schaute Steel an. »Ich hab auch nicht viel dafür übrig, du etwa? Aber ich nehme an, dass die Männer Trost darin finden.«

»Nein, ich kann dem auch nicht viel abgewinnen, Henry. Aber jedem das Seine.«

Einige der anderen Offiziere knieten inzwischen vor den eigenen Reihen vor dem behelfsmäßigen Altar. Steel konnte McInnery erkennen, den eingefleischten Spieler – der gern das Geld anderer Leute verspielte –, und neben ihm den Hugenotten Laurent, der, wie es hieß, mehr Ehefrauen in Flandern und Spanien hatte, als ihm lieb sein konnte. Dennoch, wenn diese Männer Ruhe in der Andacht fanden, hatte Steel nichts dagegen einzuwenden. Einen Moment lang fühlte auch er sich auf eigenartige Weise von den Mysterien der Messe vereinnahmt, als die Männer zögerlich die ersten Verse eines Psalms anstimmten.

Da wurde Steel bewusst, dass ein kleiner Teil von ihm sich noch gut an die sonntäglichen Gottesdienste in der kleinen Kirche unweit seines Elternhauses erinnerte. Er musste an den jovialen Geistlichen Reverend McLuskey denken und an den furchtbaren Chor, dem zumeist einfache Landarbeiter angehörten. Natürlich entsann er sich seiner damals jungen und schönen Mutter, die in der Kirchenbank der Familie so andächtig der Predigt lauschte, neben Steels schnarchendem Vater. Wie anders nun alles war, da dieser bleiche und furchtbar ängstliche Geistliche hier vor ihnen stand. Doch Steel war klar, dass er nicht das Verlangen nach Glauben verspürte, sondern sich einfach nur in die friedvollen Tage der Vergangenheit zurücksehnte. Trotzdem musste er sich eingestehen, dass er in der Kirche in Sielenbach etwas verspürt hatte. Er dachte wieder an den Altar dort und an die Pietà mit dem toten Christus. Vielleicht wurde ihm allmählich alles zu viel. Louisa. Jennings. Der bevorstehende Kampf.

Er beobachtete, wie die Rotröcke voller Inbrunst zu singen begannen, aus einer Verzweiflung heraus, die sich bei den meisten Männern im Angesicht des drohenden Todes einstellte. Denn während der bisweilen schiefe Gesang zum Himmel hinaufstieg, gingen die Kanonenkugeln der Franzosen gnadenlos auf die Regimenter nieder.

Die erste der Kugeln riss ein blutiges Loch in die Reihe Soldaten, die unmittelbar hinter dem notdürftigen Altar standen. Körper und Gliedmaßen wurden in das improvisierte Kirchenschiff geschleudert.

»... und erlöse uns von dem Bösen ...«

Weiter hinten, innerhalb der zweiten Brigade von Cutts Division, begann ein hessisches Regiment, einen lutherischen

Psalm zu intonieren. Die deutschen Verse wehte der Wind über die Soldaten hinweg.

Die Bemühungen des Geistlichen, den Gottesdienst abzuhalten, wurden zusehends von Schmerzensschreien unterbrochen, da die Kanonenkugeln erbarmungslose Beute machten. In diesem Augenblick sah Steel, wie der Kopf eines Schützen – mitsamt Hut – aus den Reihen der Männer gerissen wurde und dem Geistlichen am Gesicht vorbeiflog. Besudelt von Blut und Knochensplittern brachte der Pfarrer die letzten Worte zustande: *» ... et spiritu sancti. Amen.«*

Damit schloss der Geistliche, der inzwischen leichenblass geworden war, die große schwarze Bibel mit zittrigen Händen, bekreuzigte sich und eilte raschen Schrittes zu den hinteren Reihen der Brigade. Das Altartuch und die Kerzen überließ er vorerst den vorläufigen Messdienern.

»So lebt denn wohl und Amen zu Euch allen und so weiter«, grummelte Slaughter.

»Jacob, ich dachte, Ihr wärt ein gottesfürchtiger Mann.«

»Oh ja, Mr. Steel. Ich fürchte unseren Herrn, Sir. Aber eins sag ich Euch, ich fürchte seine Diener mehr als den großen Herrn selbst. Ich habe nämlich die Erfahrung gemacht, dass es auf einem Schlachtfeld nirgends halb so gefährlich ist wie in unmittelbarer Nähe von einem Mann Gottes. Krieg, wisst Ihr, Sir? Nun, das ist doch das Werk des Teufels, oder etwa nicht?«

»Ich glaube ja, Sergeant.«

Während Steel sprach, wühlte sich eine französische Kugel in die erste Reihe der zweiten Kompanie und zerfetzte ein halbes Dutzend Soldaten. Drei waren sofort tot. Die anderen jedoch hatten weniger Glück. Während die Sergeants darum bemüht waren, die Reihen wieder zu schließen, kroch einer der Verwundeten, ein Junge von nicht mehr als siebzehn Jahren, in die hinteren Reihen. Er hatte keine Beine mehr, was ihm womöglich noch gar nicht bewusst geworden war, denn er nutzte seinen gesunden Arm, um sich mühsam über das ausgedorrte Gras und den festgebackenen Boden zu ziehen. Steel konnte den Anblick nicht mehr ertragen und schaute zur Seite. Ja, Jacob, dachte er, das ist das Werk des Teufels, und dieser Ort hier ist wahrscheinlich näher an der Hölle dran als alle anderen Orte zusammengenommen.

* * *

Inzwischen war es Mittag geworden, doch immer noch gingen die Kanonenkugeln auf beiden Seiten des Feldes wie Hagel nieder. Marlborough spähte durch sein Fernrohr. Er stand an einer steilen Böschung an der südlichen Anhöhe des Dorfes Unterglauheim. Es bestand kein Zweifel, welches Ausmaß die Verwüstung inmitten von Cutts Division im Augenblick angenommen hatte. Der Herzog wandte sich Cadogan zu.

»George. Reitet los und sucht Colonel Blood, wo immer er sein mag. Sagt ihm bitte, dass wir mindestens sechs, besser noch acht Geschütze in der Nähe des Dorfes Blenheim brauchen. Der Colonel soll General Cutts Attacke auf diesen Ort mit Artilleriefeuer unterstützen. Bitte eilt Euch. Wir müssen die Infanterie unterstützen, ehe sie ganz in Stücke gerissen wird.«

Marlborough blickte hinunter auf die Ebene und wandte sich schließlich Hawkins zu. »Was meint Ihr, warum hat Marschall Tallard noch nicht versucht, unseren Vormarsch aufzuhalten? Der Nebelbach ist der Schlüssel zum Schlachtfeld. Ihr habt ja Natzmers Bericht vernommen. Warum hat der Marschall nicht unsere Truppen angegriffen, als sie das Wasser in ungeordneten Kolonnen überquerten? Warum, James? Ein paar Schwadronen französischer Kavallerie hätten leicht den ganzen Angriff hinwegfegen können.«

»Er wird seine Gründe haben, Sir. Allerdings frage auch ich

mich, was für Gründe das sein mögen. Dieses Zaudern widerspricht allen Prinzipien eines guten Generals.«

»Ich begreife das auch nicht, Euer Hoheit«, meldete sich Orkney zu Wort. »Er hat sich immer noch nicht bewegt. Also, an seiner Stelle hätte ich uns in dem Fluss attackiert. Aber schaut.«

In diesem Moment konnten die Männer des Generalstabs sehen, wie sich die letzten Rotröcke am anderen Ufer des Nebelbachs neu formierten. Marlborough stieg von seinem Pferd und bedeutete seinen Bediensteten, einen großen Eichentisch sowie mehrere Stühle heranzuschaffen.

»Gentlemen, ich denke, wir sollten jetzt speisen. Bitte leistet mir Gesellschaft. Adam, sagt allen Brigaden Bescheid. Die Männer sollen ihre Rationen essen. Sie dürfen sich hinsetzen oder hinlegen, ganz wie sie meinen.«

Hawkins fragte sich derweil, ob Prinz Eugen bereits die vereinbarte Position erreicht haben mochte. Gewiss, dachte er, hätten wir schon vor einer Stunde von ihm hören müssen.

Entlang der alliierten Stellungen fanden die Männer sich zu kleinen Gruppen zusammen und begannen, Feuer zu machen, um die kärglichen Rationen zu kochen. Dennoch gruben sich die französischen Kugeln in die Reihen, und die Männer, die eben noch damit beschäftigt waren, Brotlaibe zu schneiden oder in Töpfen zu rühren, wurden plötzlich von Eisenkugeln aus dem Leben gerissen.

Rechts vom Generalstab wurde ein Regiment aus holländischen und schweizerischen Infanteristen gnadenlos vom Kanonenfeuer dezimiert. Marlborough schaute einen Moment lang in diese Richtung.

Er sah, wie einer der Offiziere den Befehl zum Hinlegen gab und im selben Moment zusammenbrach, da ihm ein Geschoss den Kopf abgerissen hatte.

Cadogan sprengte heran. Das Fell seines Rosses schimmerte vor Schweiß. »Euer Hoheit, ich habe eine Nachricht von Prinz

Eugen. Er steht kurz vor dem Angriff, Sir. Er lässt Euch ausrichten, dass er baldmöglichst Bescheid sagen wird.«

Marlborough sah seinem Vertrauten direkt in die Augen. »Und was ist mit den Brücken? Sagt mir, George, haben die Pioniere meine Befehle ausgeführt?«

»Ja, Sir, alles ist bereit. Wie Ihr befohlen habt.«

»Dann heißt es für uns, dass wir nur noch auf Prinz Eugens Signal warten müssen.«

Der Herzog nahm am Tisch Platz und ließ sich Wein servieren. Dann brach er das Brot, nahm eine Hähnchenkeule und lächelte seinen Generälen zu. »Wein, George? Charles? General de Luc? Ich bitte Euch, meine Herren. Nehmt doch Platz, solange Ihr könnt. Wir können ohnehin erst etwas unternehmen, wenn Seine Hoheit Prinz Eugen uns wissen lässt, dass er bereit ist.« Er hob sein Glas. »Gentlemen, ich wünsche Euch einen erfreulichen Tag.«

Während Trinksprüche ausgebracht wurden, lenkte ein Späher sein Pferd in Richtung Tisch. Das Fell des Tieres glänzte schweißnass. »Euer Hoheit«, sprach der Mann mit deutschem Akzent. »Seine Hoheit der Prinz lässt Euch ausrichten, dass er das Signal zum Angriff in einer halben Stunde geben wird. Um halb eins, Sir.«

Marlborough nickte. Er nahm noch einen Schluck Wein und tupfte sich den Mund sorgfältig mit einem weißen Spitzentaschentuch ab. Zu Hawkins gewandt flüsterte er dann: »Dieses Warten, warum dieses Warten, James? Was macht Eugen bloß? Er braucht doch nicht so lange, um seine Position einzunehmen?«

»Es wäre vermutlich unangemessen, erneut eine Nachricht abzusetzen, Sir. Ihr müsst Euch seine Freundschaft sichern.«

Hawkins' Blick wanderte zu einem Bataillon Rotröcke. Er staunte über die Tapferkeit dieser Männer und fragte sich, woran es liegen mochte, dass sie sich immer wieder antrieben.

Warum liefen sie nicht vor dem Geschosshagel davon, der sie schon so lange drangsalierte? Doch er kannte die Antwort. Sie lautete: Marlborough. Es lag an ihrem Oberbefehlshaber. Er hatte diese Armee geschaffen, und er würde sie auch erhalten. Ohne ihn wäre die Armee nichts. Aber es lag auch an den Männern selbst. Taschendiebe und Straßenflegel, wohin man sah, aber bei Gott, Hawkins wusste, dass er lieber mit zehn dieser Männer in die Schlacht ziehen würde als mit zehntausend Franzosen.

Aus den Augenwinkeln sah er, dass George Cadogan erneut heranritt. Der Brigadier zog die Zügel straff, sprang aus dem Sattel und eilte mit wehenden Rockschößen zu dem Tisch, an dem Marlborough saß. Der Herzog warf einen der Hühnerknochen, den er eben abgenagt hatte, den Hunden von Cardonell zu.

»Ich weiß, George, ich weiß«, sagte der Herzog.

»Euer Hoheit. Er ist bereit, Sir. Prinz Eugen hat seine Infanterie in zwei Reihen auf unserem rechten Flügel aufziehen lassen, links davon die Kavallerie. Er signalisiert, dass er zum Vorrücken bereit ist, Sir.«

Mit einem Nicken erhob Marlborough sich. »Wie es scheint, meine Herren, ist jetzt der Zeitpunkt gekommen.« Er wandte sich seinem Bruder zu. »Charles, wir sollten die Infanterie jetzt zusammenrufen.« Er schnippte mit den Fingern, worauf ein Berater gelaufen kam. »Eine Nachricht für Lord Cutts. Sagt ihm, dass seine Infanteriebrigaden jetzt mit äußerster Entschlossenheit vorrücken müssen. Und sagt ihm, dass er dafür so viel Kavallerie erhält, wie er benötigt. Ich habe fünfzehn Schwadronen, die ihm folgen werden.«

Jetzt sollte sich zeigen, wie gut die Franzosen die Verteidigung von Blenheim organisiert hatten. Welche Erfahrungen sie umgesetzt hatten. Hawkins beobachtete, wie der Herzog sich mit Nachdruck an seine Generäle wandte. »Gentlemen, auf Eure

Posten, und zwar auf der Stelle. Befolgt meinen Plan aufs Wort, und der Tag gehört uns.«

* * *

Steel saß auf einem leicht erhöhten Platz am Ufer des Nebelbachs und kaute das Stück Schwarzbrot weich, das den Großteil seiner Mahlzeit bildete. Dann lauschte er wieder. Die Musikanten hatten aufgehört zu spielen. Also begann es. Die Spielleute gliederten sich wieder in die Reihen ein, um Teil der Angriffswelle zu werden. Ausgenommen natürlich die Trommlerburschen, die sich nun anschickten, den Rhythmus des langen und blutigen Marsches vorzugeben, mit dem die Regimenter alsbald in Richtung Feind vorrückten.

Steel schluckte den letzten Bissen Brot herunter, der ihm am Gaumen klebte, und schaute an der Linienformation entlang. Die Grenadiere – so sah es die Ordnung vor – hatten sich ursprünglich auf der rechten Flanke des Bataillons eingefunden, neben der ersten Kompanie. Doch im Verlauf der letzten halben Stunde, kurz vor der Essenspause, war Captain Frampton die Reihen entlanggeritten und hatte die Kompanien in die vorbestimmten Züge aufgeteilt. Entsprechend der Vorschriften war Hansam mit seiner halben Kompanie Grenadiere zur linken Flanke marschiert, während Steel zu den übrigen Männern aufgeschlossen hatte, sodass das Bataillon nun gleich viele Grenadiere auf beiden Seiten besaß. Dies entsprach der Formation, die man für das revolutionäre Feuern Zug für Zug benötigte – ein System, das den Franzosen zum Verhängnis werden sollte.

Steel hatte sich inzwischen ganz rechts von der ersten Reihe positioniert und wusste Slaughter unmittelbar hinter sich. Seit drei Stunden ertrugen sie nun schon die zermürbende Kanonade der Franzosen. Hinter Slaughter stand Tom Williams. Er hatte ein breites Grinsen aufgesetzt und hielt den Degen in der Rechten.

»Sir«, rief er Steel zu. »Glaubt Ihr wirklich, dass wir bald angreifen werden?«

»Früh genug, Tom. Seid nicht zu ungeduldig. Die Franzosen warten auf Euch. Sie werden nirgendwo hingehen.«

Hansam kam zu ihnen. »Wie denkst du über General Cutts, Jack? Ich höre immer wieder, er sei so hirnlos wie der Degen, der an seiner Seite hängt.«

»Nun, vielleicht hat er kein Hirn, aber ich möchte behaupten, dass er so scharf wie die Klinge seines Degens ist. Er ist tatsächlich bekannt für seinen Mut, Henry. Und seine Kühnheit. Vielleicht bekommen wir heute von beidem etwas zu sehen.«

»Ja, Sir«, ließ sich Slaughter vernehmen. »So viel steht fest. Wir werden früher auf die Froschfresser stoßen, als uns lieb ist. So Gott will.«

Hansam lachte. »Ihr seid ja heute gut aufgelegt, Sergeant. Könnt Ihr den Kampf kaum noch abwarten?«

»Bin immer für 'ne Prügelei zu haben, Sir. Besonders dann, wenn's gegen die *Monsenjörs* geht.«

Steel zog eine Braue hoch. »Ich würde nicht so selbstzufrieden sein, Sergeant. Henry, du weißt doch, dass sie Cutts den Salamander nennen, weil er stets an den heißesten Stellen des Gefechts zu finden ist. Und dir dürfte nicht entgangen sein, dass wir im Augenblick an der gefährlichsten Stelle des Schlachtfelds stehen.«

»Wir sind ja auch Farquharsons Grenadiere, Jack. Was hast du anderes erwartet?«

Als die Offiziere nach links blickten, sahen sie mehrere Reiter, die entlang der Frontlinie trabten. Hansam tippte sich an den Hut. »Ich habe so das Gefühl, dass ich wieder auf meine Position muss. Nehme an, wir rücken bald vor. Jack, Sergeant

Slaughter. Viel Glück, meine Herren. Auf ein Wiedersehen in Blenheim.«

Während er zurück zu seinem Posten ging, kamen die Reiter näher heran und hielten bei der Mitte der Kompanien an. Brigadier Rowe stellte sich in die Steigbügel.

»Viel Glück, Männer. Ich bin sicher, dass der Tag uns gehören wird. Es wird ein hartes Vorwärtsgehen werden, härter vielleicht als alles, was ihr bislang gesehen habt. Aber ich habe keine Zweifel, dass wir es gemeinsam schaffen werden. Behaltet mich im Auge, Männer. Denn ich werde einer der Ersten dort drüben an den Verschanzungen sein. Und befolgt meine Befehle. Ihr gebt erst dann einen Schuss ab, wenn ich mit meinem Degen an die Palisaden schlage.«

Rowe wendete sein Pferd und ritt die erste Reihe in entgegengesetzter Richtung entlang.

Steel vernahm Sir James' Stimme über den Geschützdonner hinweg.

»Bataillon bereit machen zum Vorrücken!«

Er zog seinen Degen und schwenkte ihn hoch über seinem Kopf. Jetzt, dachte Steel. Jetzt, du törichter, tapferer alter Mann. Auf diesen Augenblick hast du gewartet. Aus diesem Grund hast du dieses Regiment ins Leben gerufen. Ich wünsche dir Glück und Freude damit.

Wieder schallte Sir James' Stimme über die Reihen hinweg. »Bataillon. Gewehre schultern. Vorwärts Marsch!«

Als er den Degen senkte, spielten die Trommlerburschen einen donnernden Wirbel und fielen dann in den unnachgiebigen Rhythmus des Vorrückens.

Der Boden war weich und sumpfig, und während sie vorrückten, sah Steel, dass manch einer im Schlamm seinen Schuh verlor. Er spähte hinüber zu den Verschanzungen des Feindes. Das Ziel mochte noch gut zweihundert, vielleicht auch nur einhundertfünfzig Meter entfernt sein. Vor ihnen lag der schmalere

Arm des Nebelbachs, nicht breiter als zwei Meter. Die Ufer sahen einigermaßen trocken aus, doch mit jedem Schritt wurde der Untergrund weicher und unberechenbarer. Nach zehn weiteren Schritten stiegen kleine Pulverdampfwolken an einer der beiden hölzernen Wassermühlen auf, die den Fluss überspannten. Musketenkugeln gingen wie Hagelkörner nieder. Ein Mann aus Steels Kompanie wurde am Bein getroffen und ging zu Boden.

»Gott, Sergeant«, rief Cussiter, »ich dachte, die Pioniere hätten diese Häuser da gesäubert!«

»Sind keine Häuser, Cussiter«, zischte Slaughter dicht am Ohr des Schützen. »Sind Mühlen. Kümmer dich nicht um die Pioniere. Geh einfach weiter. Bleib schön in der Reihe.«

Zur selben Zeit rannten die französischen Scharfschützen aus der Mühle zurück zu ihren Leuten. Wenige Sekunden später gingen die Holzbalken der Mühlen in Flammen auf.

Steel warf einen Blick nach links und sah die Foot Guards, seine alten Kameraden, die unter dem riesigen Banner aus scharlachroter Seide zum Angriff übergingen.

Das Ziel der Foot Guards schien nicht das Dorf Blenheim selbst zu sein, sondern eine lange Reihe umgeworfener Fuhrwerke, die sich von den Behausungen des Dorfes bis zu den Marschen der Donau zogen. Hinter diesen Barrikaden saßen Franzosen, so viel stand fest, aber noch wusste niemand, wie stark die Verteidigung war und um was für eine Einheit es sich handeln mochte. Sie werden es früh genug erfahren, ging es Steel durch den Kopf.

Über den Lärm der Trommeln und Kanonen hörte er mit einem Mal das knallende Flattern der eigenen Regimentsfahne im Wind. Der Beschuss vonseiten der französischen Geschütze wurde heftiger. Als Steel zufällig nach links schaute, sah er zu seinem Entsetzen, wie eine Eisenkugel keine zehn Schritte entfernt in die erste Reihe schlug und einen Soldaten zermalmte, sodass nur noch Fleisch und Knochen übrig blieben.

»Gott, Jacob, was war das?«

»Ich weiß nicht, Sir, aber was immer das war, ich will's nicht näher kennenlernen.«

Die Franzosen hatten das Feuer mit ihren großen Geschützen eröffnet. Vierundzwanzigpfünder. Ein Kaliber, das eigentlich bei Belagerungen und nicht gegen Infanterie eingesetzt wurde. Mit einer dieser Kugeln konnte man bis zu ein Meter große Löcher in Festungsmauern reißen. Die Wirkung inmitten der anrückenden Infanterie war verheerend, zumal aus relativ kurzer Distanz geschossen wurde. Wieder flog ein Geschoss in die Reihen und hinterließ eine riesige Lücke – die Schreie der Verwundeten und Sterbenden gingen den Kameraden durch Mark und Bein.

Die Soldaten überwanden den flachen Fluss und kämpften sich die sanfte Uferböschung auf der anderen Seite hinauf. Steel wusste, was die Männer oben erwartete. Aber er fragte sich, wie die Gegenwehr aussehen mochte. Das Vorwärtskommen war schwierig auf dem weichen Untergrund. Als die ersten Infanteristen die kleine Anhöhe erreichten, hatten sie einen ungehinderten Blick auf das Dorf, das keine hundertzwanzig Meter mehr entfernt war. Jetzt sahen sie auch, von welcher Stellung aus die Franzosen das Sperrfeuer aufrechterhalten hatten. Auf einem kleinen Hügel rechts von Blenheim standen sechs der größten Geschütze, die Steel je zu Gesicht bekommen hatte. An einer anderen Stelle des Nebelbachs waren die Pioniere, die selbst unter schwerem Beschuss standen, fast damit fertig, eine Brücke aus zahllosen Faschinen über den flachen Flusslauf zu legen, damit das Zentrum der alliierten Armee den Nebelbach überqueren konnte.

Die Trommeln steigerten sich zu einem unnachgiebigen Rhythmus, um die Soldaten weiter anzutreiben. Steel schaute sich nach seinen eigenen Männern um und sah Mackay, McNeil, Tarling, Cussiter, Taylor, McCance und andere Kameraden in seiner unmittelbaren Nähe. Ihre Mienen waren verbissen. Slaughter war dabei, die Reihen neu zu formieren.

Unterdessen ritt Sir James am Ende des Bataillons entlang. Steel konnte erkennen, dass der Colonel abstieg, das Pferd einem Bediensteten überließ und sich dann langsam seinen Weg an die Spitze des Regiments bahnte. Ja, dachte Steel. Du hast noch Feuer, alter Mann. Nutze den Augenblick und führe deine Männer in die Schlacht.

Farquharson hob seinen Degen hoch über seinen Kopf. »Jetzt, Männer! Für Queen Anne und den Ruhm Schottlands. Folgt mir in den Sieg.«

Die Trommlerburschen, rotgesichtig und verschwitzt, versuchten den hämmernden, beharrlichen Rhythmus des Angriffsmarsches aufrechtzuerhalten. Die Trommelschläge hallten über das Feld, und diesem Rhythmus konnte sich keiner entziehen.

Steel setzte sich an die Spitze seiner halben Kompanie und hatte Henderson, einen der Neuankömmlinge, wenige Schritte hinter sich. Ein Junge von der englisch-schottischen Grenze. Steel wusste, dass er gern angelte. Als er sah, wie sehr der arme Kerl zitterte, legte er ihm eine Hand auf die Schulter und redete ihm gut zu. »Keine Sorge. Du schaffst das. Wir fühlen uns im Moment alle so. Bleib einfach in meiner Nähe.«

Dann wandte er sich seinen Männern zu. »Grenadiere, mir nach!«

Entlang der Linien der Bataillone taten es ihm die anderen Kompanieoffiziere gleich – Laurent, McInnery, Frampton und die anderen vertrauten Gesichter aus der Offiziersmesse.

Steel wusste Slaughter und Williams hinter sich. Der Sergeant hatte sich den Degen über die Schulter gelegt und marschierte mit grimmiger Miene weiter. Als Steel wieder hinüber zur feindlichen Stellung blickte, verspürte er die altbekannte Leere. Sein Hals war ganz trocken. Der Schweiß lief ihm unter der schweren roten Offiziersjacke am Körper hinab, und mit jedem Schritt schien das Vorwärtskommen schwieriger zu werden. Er hörte Slaughters Stimme.

»In der Reihe bleiben! Weiter, Männer, immer weiter!«

Steel, die Augen unverwandt auf die feindliche Stellung gerichtet, beschleunigte seine Schritte, und nach und nach, mit unnachgiebiger Gewissheit, wälzte sich die große Masse Rotröcke vorwärts. Steels Regiment trug den Kampf hinüber zum Feind.

* * *

Schon seit zwei Stunden schlenderte Aubrey Jennings die Reihen der französischen Armee entlang, da er wissen wollte, wie die Franzosen auf die neue Situation reagieren würden. Michelet hatte ihm mitgeteilt, es könne zum Kampf kommen, aber bei Tisch vertraten die Offiziere untereinander die Ansicht, Marschall Tallard ziehe es vor, nicht zu kämpfen. Marlborough werde seine Armee weiter nach Norden führen, in Sichtweite der Franzosen, hieß es. Also hatte Jennings sich beruhigt schlafen gelegt, hoffte er doch, alsbald die Kanalküste erreichen zu können. In Gedanken wähnte er sich bereits zurück in England und bräuchte dann nicht mit gemischten Gefühlen zu verfolgen, wie seine Landsleute von den Franzosen in Stücke gerissen wurden.

Doch alles hatte sich anders entwickelt. Jennings hatte die Nacht in einer Scheune östlich des kleinen Dorfes Blenheim verbracht, oder Blindheim, wie die Franzosen den Namen auszusprechen pflegten. Jetzt stand er auf einer leichten Anhöhe unweit dieser Scheune und konnte beobachten, wie die Alliierten sich für den Kampf formierten. Es sah nach einer gewaltigen Schlacht aus.

Marlborough stand offenbar kurz vor dem Angriff, denn Jennings vernahm die bekannten englischen Trommelwirbel, die die Soldaten vorantrieben. Er sah, wie die Fahnen ins Zentrum rückten. Die Offiziere setzten sich an die Spitzen ihrer Kompanien. Jennings erkannte die preußischen Verbände und die Kavallerie in der Mitte, darunter auch niederländische und hessische Truppen. Von ihm aus rechts sah er die Guards. Und dort, noch weiter rechts, nicht mehr weit von Blindheim entfernt, machte er das Andreaskreuz aus: Sir James Farquharsons Regiment of Foot.

Zweifel begannen an ihm zu nagen, denn genau in jenes Regiment gehörte er. Dort drüben waren *seine* Leute, auf der anderen Seite dieses Feldes, das bald von Blut getränkt sein würde. Denn Jennings war zuallererst ein britischer Offizier, der loyal zu seinem Land und zur Königin stand. Doch kaum waren die Zweifel in ihm hochgestiegen, sprach ihn ein anderer Teil seines Gewissens von der Pflichtvernachlässigung frei. Die innere Stimme versicherte ihm, dass seine Entscheidung richtig gewesen sei. Ein Ehrenmann habe nicht anders handeln können. Schließlich ginge es darum, das Land vor Gefahren zu bewahren. Aber Jennings spürte auch, dass er ein großes Opfer brachte – er war nicht bei seinen Männern, konnte nicht an den Erfahrungen des Regiments teilhaben. Das empfand er als großes Unglück.

Doch er beruhigte sich mit der Aussicht auf andere Schlachten unter anderen Kommandeuren. Jennings war mit seinen Gedanken wieder einmal in der Zukunft. Er malte sich die Feldzüge in Spanien aus, wo seiner Ansicht nach der Krieg entschieden würde. Glorreiche Siege fernab von den sumpfigen Niederungen der deutschen Lande warteten auf ihn. Doch innerlich war er zerrissen. Einerseits wünschte er sich, Marlborough möge mit Schimpf und Schande aus dem Dienst entlassen werden. Andererseits schrie irgendwo in seiner gequälten Seele eine Stimme, dass an diesem Tag niemand anders siegen durfte als die Briten.

10.

Sie waren fünfzig Meter vom Feind entfernt. Nein, nur noch vierzig. Doch die Infanterie in Blenheim hatte immer noch nicht das Feuer eröffnet. Steel hatte die vordere Linie des vorrückenden Bataillons im Blick. Die Männer der ersten Reihe waren nicht mehr alle auf einer Höhe, da das sumpfige Terrain den Soldaten Schwierigkeiten machte. Jeder lief sein eigenes Tempo, und die Sergeanten bemühten sich, mit ihren Halbpiken die Reihen geschlossen zu halten. Steel rechnete jeden Augenblick damit, dass die Franzosen schießen würden, und in einem Kugelhagel konnte eine ungeordnete Formation zu einem orientierungslosen Haufen verkommen. Er wartete auf das Mündungsfeuer, auf die Pulverwölkchen und den Hagel der Bleigeschosse. Doch er zwang sich, nicht daran zu denken, und konzentrierte sich einzig und allein auf das Ziel.

Das Dorf mochte an die dreihundert Häuser umfassen. Einige Grundstücke besaßen kleine, durch niedrige Mauern eingefriedete Gärten. Steel sah den Turm der steinernen Kirche auf dem Dorfplatz. Dort befand sich zweifellos das Zentrum der französischen Defensive, im Schutz der Mauern des alten Friedhofs. Eine perfekte, improvisierte Festung.

Steel entdeckte einen kleinen Bach, der sich durch das Dorf schlängelte. Auch das bot den Verteidigern einen natürlichen Vorteil. Er sah sich in seinen Vorahnungen bestätigt, denn die Franzosen hatten ihre Stellungen ausgiebig befestigt: Aus Flechtwerk gefertigte Gabionen zogen sich durch das Dorf, ergänzt durch sogenannte *chevaux de frise* oder Spanische Reiter: Längsstangen, an denen x-förmig angespitzte Pflöcke gebunden waren.

Durchsetzt von Bajonetten und Piken boten sie unüberwindbare Hindernisse. Neben diesen Sperren hatten die Verteidiger andere Barrieren errichtet, wobei sie alles aus dem Dorf verwendet hatten, was nicht niet- und nagelfest war: Fuhrwerke, Holzkisten, Weidenkörbe, Baumstämme und größere Äste. Aus den Häusern, deren Bewohner längst auf der Flucht waren, hatte man Tische, Truhen, Standuhren und andere Möbelstücke geholt und in den Verteidigungswall eingefügt. Steel sah, wie sich das Sonnenlicht auf Metall fing, und wusste, dass die Franzosen ihre Bajonette durch die improvisierten Schießscharten steckten, die sie in die hölzernen Verteidigungsanlagen gehauen hatten.

Am meisten beunruhigten ihn jedoch die massiv aussehenden Holzpalisaden, die jeden Eingang zum Dorf versperrten und sich wie eine Wehrmauer vom Dorf bis hinunter zur Donau zogen.

Slaughter war an Steels Seite. »Gott, Sir. Wie, um alles in der Welt, sollen wir das überwinden? Und ganz ohne Geschütze.«

»Keine Ahnung, Jacob. Ich kann nur vermuten, dass Lord Cutts von uns erwartet, dass wir so feurig sind wie er. Vielleicht hat er vor, die Palisaden mit seinem heißen Salamanderatem in Brand zu stecken.«

Jetzt waren es nur noch fünfunddreißig Meter. Nach wie vor gaben die Trommeln den erbarmungslosen Rhythmus vor. Steel konnte inzwischen die Trommelschläge hinter den französischen Verteidigungslinien hören. Seltsam, dachte er. Wie anders doch die Trommelwirbel des Feindes klangen! Das Timbre und der Rhythmus waren überhaupt nicht britisch.

Dennoch löste sich kein einziger Schuss von den feindlichen Stellungen. Das Vorwärtskommen war schweißtreibend und mühsam. Steel sah, wie einer der Männer ins Stolpern geriet. »Los da, McLaurence. Weiter, Junge. Die warten auf uns.«

Plötzlich machte er sich bewusst, dass die französischen Kanonenkugeln nicht mehr auf seine Kompanie hagelten. Williams passte sich Steels Schritttempo an. »Warum feuern die nicht auf uns, Sir? Das ist doch seltsam.«

»Die warten einfach nur, bis wir schön nah heran sind, Tom. Nah genug, damit sie nicht danebenschießen können. Aber keine Sorge, die treffen uns schon nicht.«

Natürlich war das gelogen. Aber was blieb ihm anderes übrig? Was konnte ein verängstigter Bursche mit seinem Degen ausrichten? Er musste Williams davon überzeugen, dass er unsterblich war. Er musste glauben, nicht getroffen werden zu können – so wie Steel selbst es sich einredete. Und doch wusste er, dass es eine Kugel gab, die sich eines Tages in sein Herz bohren würde.

»Aber was ist mit ihrer Artillerie, Sir? Die Belagerungsgeschütze auf dem Hügel dort drüben. Die Kugeln fliegen über uns hinweg. Die zielen zu weit, Sir.«

»Nein, Tom, wir sind schon zu nah heran. Wenn sie jetzt feuern, riskieren sie, dass sie ihre eigenen Leute im Dorf treffen. Vielleicht geht es ihnen auch gar nicht um die Männer, aber stellt Euch vor, eine dieser schweren Kugeln trifft die Verteidigungswälle. Dann klafft dort eine Bresche für uns.«

Endlich hatten sie eine Atempause von dem schrecklichen Geschützfeuer, das sie seit über drei Stunden terrorisierte. Aber Steel ahnte, dass sie jeden Moment in einen ebenso tödlichen Beschuss laufen würden. Inzwischen konnte er die Infanteristen ziemlich gut in ihren Stellungen erkennen. Hellgraue Uniformröcke, rote Westen. Was waren das für Truppen? Aus Navarra, glaubte er. Oder das Regiment d'Artois. Er sah auch die Musketenläufe aufblitzen, die bedrohlich aus den Stellungen ragten. Kommt schon, dachte er, ihr müsst doch jetzt das Feuer eröffnen. Feuert, verdammt noch mal!

Als hätte man ihn gehört, ertönte auf eine Entfernung von unter dreißig Metern der Knall der ersten Musketen. Die heißen Bleigeschosse, keinen halben Zoll im Durchmesser, jagten in die Reihen der Rotröcke. Zu viele fanden ihr Ziel. Steel sah, wie Männer zurücktaumelten, als wären sie von einer unsichtbaren Faust getroffen worden, und gegen die nachrückenden Soldaten prallten.

Eine Kugel flog Steel am Kopf vorbei und traf den Mann links hinter ihm, McLaren, tödlich an der Schläfe.

Doch immer noch gelang es den abgeklärten Sergeanten, die Lücken in den eigenen Reihen zu schließen. Die Grenadiere rückten auf einer Linie vor. Die Blicke geradeaus gerichtet stapften sie über die Körper der toten oder sterbenden Kameraden hinweg. Slaughter hatte recht. Das hier war Irrsinn. Sie stürmten eine gut befestigte Stellung und waren dem feindlichen Beschuss schutzlos ausgeliefert. Die britischen Kanonen feuerten zwar, aber die Entfernung war zu groß, und Marlborough hatte andere Sorgen.

Dies war noch schlimmer als der Schellenberg. Dort hatten die Verteidiger bald die Beine in die Hand genommen. Hier jedoch sah Steel, dass die Franzosen sich hinter ihren Verschanzungen drängten und abwarteten. Nein, sie würden nicht davonlaufen. Konnten es nicht. Sie würden feuern und die Stellung halten, bis die Rotröcke sie erreichten. Falls wir überhaupt so weit kommen, dachte Steel. Er hörte, wie die französischen Offiziere Befehle gaben. Die Trommeln verstummten, und die Burschen zwängten sich durch die Reihen hindurch nach hinten. Genau in diesem Augenblick vernahm Steel über den Lärm hinweg einen französischen Befehl.

»Tirez!«

Dann brach die Hölle los, als ein neuerlicher Geschosshagel mit voller Wucht auf die Rotröcke niederging. Linker Hand sah Steel, wie sich einer der Männer wie zur Abwehr die Hand vors Gesicht hielt; er ging in einem Hagel aus Blei unter. Die Franzosen werden nicht weichen, dachte er. Sie bleiben stehen. Selbst gegen uns. Gegen die besten Truppen von Marlboroughs Armee.

Oh ja, die Franzosen halten ihre Stellung. Aber wir werden sie dafür zahlen lassen.

Als sie noch fünfzehn Meter entfernt waren, drehte Steel den Kopf zur Seite und rief über die Schulter: »Granaten zünden!«

Die vordersten Grenadiere nahmen je eine Bombe aus der Granattasche und hielten die Zündschnur an die stetig glimmende Lunte, die an den Bandeliers befestigt war.

Im nächsten Augenblick hatten die Rotröcke ihr Ziel erreicht. Die Palisaden. Steel sah, wie Brigadier Rowe weiter links hart mit dem Knauf seines Degens gegen das Holz hämmerte. Auf das Zeichen des kommandierenden Offiziers hin kam die gesamte erste Linie der Brigade zum Stehen.

Steel rief über den Lärm hinweg: »Grenadiere! Werft die Granaten!«

Gleichzeitig schleuderten die vordersten Männer der Kompanie ihre Bomben über die Verteidigungsanlagen und traten dann ein paar Schritte zurück, als die schwarzen Metallkugeln inmitten der Franzosen landeten. Steel zählte acht Explosionen und hörte Schreie, aber die Granaten hatten bislang keine der Verschanzungen beschädigt, auch wenn ihr Einsatz tödlich gewesen war. Steels Blick fiel wieder auf Rowe. Erneut hämmerte der Brigadier mit dem Degen gegen einen umgestürzten Wagen, den die Gegner geschickt in die Palisaden eingebaut hatten. Diejenigen Grenadiere, die keine Bomben geworfen hatten, traten nun einen Schritt vor. Slaughter gab das Kommando.

»Anlegen.«

Die Männer der gesamten Brigade brachten ihre Musketen in Anschlag.

»Feuer!«

Das Mündungsfeuer lief wie eine prasselnde Zündschnur die Linie entlang, und die Welt um Steel wurde zu einem Strudel aus Hitze und Dampf, als bis zu dreitausend Musketen ihre Geschosse auf die französischen Verteidiger abfeuerten. Sowie der

Pulverdampf sich lichtete, wusste Steel, was er als Nächstes zu tun hatte.

»Grenadiere, Bajonette aufpflanzen! Folgt mir, stürmt!«

Steel eilte in Richtung der hölzernen Barrieren, ohne sich umzuschauen, wer alles folgte; die Muskete trug er noch über der Schulter, den rechten Arm mit dem Degen hatte er emporgereckt. Er spürte, dass die Männer hinter ihm waren: andere Rotröcke, die jetzt die Hände ausstreckten, um irgendwo an den Palisaden Halt zu finden. Im Zweifelsfall umklammerten sie die Läufe der feindlichen Musketen. Steel hörte die Flüche der Kameraden. Rasch schaute er sich nach einer Möglichkeit um, die Barriere zu überwinden, und entdeckte einen schmalen Tritt bei der Achse eines Fuhrwerks. Es gelang ihm, sich an dieser Stelle hochzuarbeiten, ehe er sich geschickt über die ungemein spitzen Stangen der Palisade schwang und auf der anderen Seite in einer Gruppe Franzosen landete. Fünf Kameraden waren ihm nachgeklettert, sechs weitere drängten hinterdrein.

In unmittelbarer Nähe riss ein französischer Schütze die Muskete hoch, das Bajonett auf Brusthöhe. Steel schlug mit dem Degen gegen die feindliche Klinge, lenkte sie nach links ab, überraschte den Gegner mit einem kühnen Satz nach vorn und trieb ihm den Degen ins Herz. Kaum hatte er die große Klinge aus dem Körper des Toten gezogen, als er aus den Augenwinkeln eine Bewegung wahrnahm und sich im letzten Moment gegen einen weiteren Stoß eines Bajonetts wappnen konnte. Doch dieser Gegner war behände und wich Steels Degenklinge aus. Steel hingegen hatte die Bewegung vorausgeahnt, setzte zu einer Finte an, verlagerte sein Gewicht auf das rechte Bein und stieß zu. Er schlitzte den Unterarm des Franzosen auf und kümmerte sich nicht weiter um den Mann. Denn die Franzosen waren überall. Massenhaft ballten sie sich in ihren Stellungen, anstatt eine erkennbare Kampfformation einzunehmen. Doch Steel wusste instinktiv, dass die Gegner in diesem Abschnitt in der Überzahl waren, und wandte sich an den Soldaten, der neben ihm kämpfte.

»McCance, wir müssen zurück. Sagt es den anderen. Folgt mir.«

Im selben Moment stieg Steel zurück über die Barriere und wehrte einen Offizier ab, der unmittelbar vor ihm zum Schlag ausholte. Doch der Mann hatte sich einen halben Schritt zu weit vorgewagt und trug einen tiefen Schnitt an der Stirn davon. Dann, als der Offizier in die Menge zurücktaumelte und dadurch vorerst seine Soldaten behinderte, erklomm Steel die Spitze der Palisade und sprang auf der anderen Seite herunter. Sieben der elf Grenadiere, die ihm gefolgt waren, taten es ihm gleich. Das Schicksal der Übrigen lag auf der Hand.

Doch selbst als Steel und seine Männer den Rückzug antraten, strömten weitere französische Schützen in die Lücken der Verteidigungsreihen. Steel musste gleich zwei aufblitzenden Bajonettspitzen ausweichen, die durch die Barrieren stachen. Es war hoffnungslos. Er sah keine Möglichkeit, ausreichend Männer über die Palisaden zu führen, um es mit den Verteidigern aufzunehmen. Es waren einfach zu viele.

Er sah, wie Cussiter und Mackay versuchten, die Holzstangen der Barrieren mit bloßen Händen herauszureißen. Zwei weitere Grenadiere sprangen ihnen bei und gaben ihr Bestes, um die Franzosen mit gezielten Bajonettstichen in Schach zu halten. Da hörte Steel links von sich ein Stöhnen und sah, wie Brigadier Rowe zu Boden ging. Zwei Offiziere des Generalstabs – Colonel Dalyell und Major Campbell, beides Schotten – eilten herbei, um Rowe aus dem Getümmel zu ziehen. Weitere Schüsse fielen, und fast gleichzeitig sanken die beiden Offiziere auf dem Körper ihres sterbenden Brigadiers zusammen. Steel entdeckte mehr Einschusslöcher in den Uniformjacken der beiden Männer, als er zählen konnte. Irgendwo aus dem dichten weißen Pulverdampf vernahm er die Stimme eines weiteren Offiziers.

»Zurück, alle zurück!«

Sofort wurde der Befehl entlang der Linie getragen. Auch die Soldaten riefen inzwischen einander zu: »Rückzug! Rettet euch.«

Die Grenadiere blickten nach vorn. Slaughter, das Gesicht von Schmutz beschmiert, schaute flehentlich zu Steel herüber, sagte jedoch kein Wort. Die Männer wichen keinen Zollbreit zurück. Wieder krachte eine französische Salve von den Palisaden. Im Dorf hatten die Franzosen sich unterdessen neu formiert, wie Steel erkannte. Wenn wir noch einen Moment länger bleiben, schoss es ihm durch den Kopf, sind wir geliefert. Steel war klar, dass es nur noch eine Möglichkeit gab.

»Grenadiere, mir nach. Zurück!«

Langsam und widerstrebend zogen die Kameraden sich von den Verschanzungen zurück. Die Blicke auf den Feind gerichtet wichen sie die entscheidenden Meter zurück, die sie eben noch unter so hohen Verlusten erobert hatten. Die Franzosen, ermuntert vom Anblick der zurückweichenden Menge Rotröcke, drängten ihrerseits vor. Einige überwanden sogar die eigenen Palisaden, sprangen auf der anderen Seite herunter und verfolgten die Briten.

Steel sah die Gegner kommen. »Weiter zurück. Haltet euch nicht mit denen auf. Nehmt wieder eure Positionen ein. Zurück in die Linien.«

Steel verließ die Barrieren mit dem Rest seiner Männer und nahm exakt den Weg, den sie zuvor gekommen waren, inzwischen mit dem Rücken zum Feind. Sie mussten eine möglichst lange Strecke schaffen, ehe die Geschütze wieder feuerten. Das Gelände vor den Palisaden war übersät mit rot gekleideten Leibern. Unter den Toten befanden sich Dutzende Verletzte. Einige von ihnen, hoffnungslos verstümmelt, reckten den Kameraden die Hände entgegen und riefen um Hilfe. Aber dafür blieb keine Zeit. Als Steel etwa hundert Schritte gezählt hatte, blieb er stehen und drehte sich zum Feind um. Drüben bei den Palisaden entdeckte er Brigadier Rowe an der Stelle, an der er zu Boden gegangen war. Eingezwängt unter den beiden toten Stabsoffizieren, hatte er sich seither nicht mehr gerührt.

Steel fragte sich, wer nun das Kommando haben mochte, und versuchte, sich einen Überblick über die eigene Einheit zu verschaffen. »Kehrt um, formiert euch.«

Dann entdeckte er Slaughter. »Wie hoch sind unsere Verluste?«

»Vier blieben jenseits der Barrieren, Sir, vier weitere liegen dort bei den anderen und werden sich nicht mehr erheben. Dann noch Tarling und McLaurence, beide getroffen, Sir, aber er lebt noch. Zehn alles in allem. Und Baynes wird noch vermisst.«

Elf Gefallene von dreiunddreißig Mann. Genau einer von drei. Steel schaute entlang der Brigade und schätzte, dass die Verluste bei jedem Regiment und jeder Kompanie ebenso hoch waren. Selbst Fergusons Männern war es weiter hinten nicht gelungen, ihren Abschnitt einzunehmen. Steel konnte sehen, wie die Guards sich in einen kleinen Obstgarten zurückzogen; ihre roten Uniformen waren zerfetzt. Gewiss würde die Brigade nicht erneut losgeschickt, um das Dorf zu erobern. Ohne Artillerie würden sie es niemals schaffen. Auch Cutts musste einsehen, dass dieses Unterfangen zwecklos war.

Er hatte darauf gewettet, dass die Franzosen wieder feuern würden, und rechnete jeden Moment mit dem brennenden Schmerz einer Musketenkugel. Doch nichts dergleichen geschah. Abgesehen von ein paar sporadischen Schüssen schwiegen die Waffen der gegnerischen Infanterie. Selbst diejenigen, die über die eigenen Palisaden geklettert waren, stiegen nun wieder zurück hinter die Verschanzungen. Steel konnte sich nicht erklären, warum die französische Artillerie nicht erneut mit rasendem Zorn über die Briten hergefallen war.

Slaughter sprach Steels Gedanken aus. »Habt Ihr gemerkt, Sir? Die feuern nicht mehr. Keiner. Vielleicht auch zu weit für die Infanterie. Aber man müsste doch meinen, dass die Artillerie auf dem Hügel uns wieder einheizt, oder? Was mag da vorgehen?«

»Ich wünschte, ich wüsste es, Jacob. Und ich frage mich allmählich, was wir tun sollen.«

Doch seine Frage wurde allzu schnell beantwortet. Etwas weiter hinten und rechts vom Bataillon begann der Boden zu beben. Steel glaubte zunächst, dies sei die lang ersehnte Artillerie, schaute sich um und blieb wie angewurzelt stehen. Denn dort drüben kamen keine Geschütze, sondern Reiter. Sie trugen rote Uniformjacken und kamen aus der Richtung der alliierten Linien. Doch Steel ahnte, dass diese Männer keine Freunde waren. Und dann erkannte er, dass sie schnell heransprengten. Er wandte sich an seine Männer.

»Achtung, Kavallerie! Kavallerie an der Flanke. Rechte Flanke umschwenken. Formieren. Bereit machen für die Kavallerie!«

Auch Williams besann sich nun auf seine Pflichten und wurde hektisch. »Bereit machen zur Abwehr der Kavallerie!«

Steel beobachtete, dass die Reiter in Galopp fielen. Es bestand kein Zweifel mehr. Das waren Franzosen, und sie hielten direkt auf die ungeschützte rechte Flanke von Rowes Brigade zu. Unmittelbar auf das ungeordnete Regiment. Auf ihn, Steel. Er versuchte, die Gegner zu zählen. Sechs, sieben, acht Schwadronen. Zu viele. Vielleicht tausendzweihundert Mann. Und während sie näher kamen, erkannte er auch die Uniformen. Rote Uniformröcke mit aufwendiger Spitzenverzierung, die sich vorn über die Jacke zog. Silberne Tressen an den Hüten jedes Reiters, ganz gleich, welchen Ranges er war. Die Männer trugen farbenprächtige Gürtel, und jede Kompanie hatte eine andere Farbe: Gelb, Violett, Grün, Blau und jene eigenartige Farbe, die nur die französische Armee trug, die Farbe der Morgendämmerung.

Das dort waren die Elitereiter der französischen Armee. Die *Gens d'Armes*. Die Soldaten Frankreichs von adligem Geblüt. Die Nachfahren jener Ritter, die, wie jeder britische Schuljunge lernte, gegen King Henry bei Azincourt gekämpft hatten und in dem berühmten Pfeilhagel untergegangen waren. Diese Männer hingegen schienen an diesem Tag fest entschlossen zu sein, ihre Ahnen zu rächen.

»In Formation!«, rief Steel. »Aufstellung beziehen! Zu mir!«

Auch Slaughter hatte die Gefahr richtig eingeschätzt. »Beim Allmächtigen, Sir. Wir müssen uns formieren.«

Hätten sie genug Zeit gehabt und die Kavallerie in der Ferne gesehen, wäre es zu einem Manöver wie auf einem Exerzierplatz gekommen. Denn die vier großen Divisionen jedes Bataillons hätten sich rasch so aufgestellt, dass jeweils die Flanken geschützt waren. Die beiden Züge Grenadiere hätten dann die Ecken der rechteckigen Formation geschützt oder hätten sich weiter im Innern um die Fahnen geschart. Auf das Kommando »schwenkt um« hätten sich alle zum Feind gedreht.

Doch jetzt musste Steel auf die Schnelle ein anderes Rechteck formieren. Einen Defensivblock aus Männern der eigenen halben Kompanie, die inzwischen nicht mehr als zwanzig Soldaten umfasste, unterstützt von der Rumpfmannschaft zweier weiterer Linienkompanien. Alles in allem ungefähr einhundert Mann, wie Steel im Geiste überschlug. Sie standen jedoch nicht, wie vorgeschrieben, drei Glieder tief, sondern nur zwei. Die vorderen Soldaten knieten und hatten die Gewehrkolben in den Boden gedrückt, sodass die Bajonette in einem Winkel abstanden und auf die Bäuche der Pferde zielten. Dahinter stand die nächste Reihe mit aufgepflanzten Bajonetten, bereit zum Feuern.

Bei guter Disziplin, selbst ohne die dritte Reihe, war eine solche Formation gut gewappnet gegen Kavallerie. Aber wenn die Reihen ungeordnet waren, ergaben sich Lücken, durch die die

Reiter preschen und dann inmitten der Infanteristen ein Blutbad anrichten konnten. Slaughter und die anderen Sergeants und Corporals brüllten Befehle. Dann warteten sie auf die Attacke.

»Linie halten. Dicht zusammenbleiben.«

Steel stand im Innern der rechteckigen Formation und schaute sich um. Er entdeckte Tom Williams und Laurent, aber weitere Offiziere konnte er nirgends ausmachen. Er spähte durch die Reihen nach draußen. Hatten auch die anderen sich rechtzeitig sammeln können? Wo waren Sir James und die Standarten?

»Musketen bereit machen!«, donnerte Slaughters Stimme über die Männer hinweg.

Gleichzeitig nahmen die Grenadiere ihre Waffen, spannten die Steinschlösser halb und füllten ein bisschen Zündkraut in die Pfanne, ehe sie geschlossen wurde.

»Waffen laden!«

Die hervorragend ausgebildeten Männer griffen in ihre Munitionstaschen, holten eine Patronenhülse heraus und bissen geübt das Ende ab, wobei sie Acht gaben, die Bleikugel darin nicht zu verschlucken. Dann schütteten sie vorsichtig das Schwarzpulver in den Lauf, spien die Kugel hinterher, drückten die Papierhülle zusammen und pressten sie zuletzt hinein. Rasch zogen die Männer nun die hölzernen Ladestöcke aus den Halterungen und stopften die ganze Ladung bis nach unten.

»Bereit machen!«

Die Waffen wanderten auf Brusthöhe, die Hähne wurden ganz durchgespannt. Weiter rechts von der eigenen Formation erblickte Steel mindestens ein weiteres Rechteck aus Rotröcken. Aber nach wie vor liefen zu viele Soldaten durcheinander und boten den berittenen Angreifern ein leichtes Ziel. Die Kavallerie war nicht mehr weit entfernt.

»Anlegen!«

Die Männer an der Seite, die zu den Reitern zeigte, stemmten die Kolben ihrer Musketen gegen die Schulterbeugen.

»Warten! Warten!«

Die riesigen Rosse sprengten heran. Steel sah die Säbel, die in ihrer düsteren, rasierklingenscharfen Schönheit aufblitzten.

Jetzt.

»Feuer!«

Die Flanke des Rechtecks eröffnete das Feuer. Fünfundzwanzig Musketen auf kurze Distanz gegen den heranstürmenden Trupp Kavallerie. Steel hörte durch den Dampf hindurch, wie die Kugeln ihre Ziele fanden. Das charakteristische Geräusch, wenn Geschosse sich ins Fleisch bohrten. Pferde wieherten, Kavalleristen schrien. Zu beiden Seiten krachten Ross und Reiter in die Reihen der Rotröcke. Noch richteten die Säbel wenig Schaden an. Denn die meisten Männer, bisweilen auch die Tiere, waren tot oder lebensgefährlich verletzt, als sie auf die vordere Infanteriereihe trafen. Doch durch die Wucht des Aufpralls und das schiere Gewicht der Pferdekörper gingen die ersten Infanteristen zu Boden.

Wenige Schritte von Steel entfernt war ein großes schwarzes Ross in eine der Bajonettspitzen gesprungen, die sich in die Brust des Tieres bohrte. Das Pferd stürzte schwer auf die Waffe, die der Grenadier im allerletzten Moment losließ. Im selben Augenblick riss er geistesgegenwärtig seinen kurzen Infanteriesäbel aus der Scheide und stach in Richtung des Reiters, der noch im Sattel hing, und trieb dem Mann die Klinge in die Brust.

»Gut gemacht, Morrison!«, rief Steel dem Kameraden zu. »Weitermachen!«

Als der Pulverdampf sich verzog, wurde offenbar, dass fast alle Kugeln der ersten Salve getroffen hatten. Vor der Formation der Rotröcke lagen Männer und Pferde verstreut am Boden. Die meisten getroffenen Tiere waren jedoch noch nicht tot und lagen, von Schmerzen geplagt, auf ihren Reitern. Nur wenige Kavalleristen regten sich noch. Einer jedoch, der eine klaffende Bauchwunde hatte, versuchte sich in Sicherheit zu bringen. Jenseits der Verletzten hatten die Angreifer angehalten und zogen sich zurück. Für Erste hatte Steels Formation gehalten.

Doch seine Erleichterung währte nicht lange, als er weiter rechts eine weitere Abteilung derselben Einheit erblickte. Er beobachtete, wie eine dritte und vierte Schwadron der rot gekleideten Reiter sich unter die umherlaufenden Infanteristen mischten, die noch keinen Schutz in einer Formation gefunden hatten. Hilferufe hallten über das Feld, als einige Soldaten verzweifelt versuchten, kleine Gruppen zu bilden. Doch die Säbelklingen trafen mit tödlicher Präzision, wieder und wieder. Steel hörte die Jubelrufe der Gegner, wenn sie erneut einen der Infanteristen niedergemäht hatten.

Einer der Rotröcke rannte blindlings über das Feld. Er hatte den rechten Arm eingebüßt, konnte aber noch laufen und hielt auf eine der rettenden Formationen zu. Die anderen ermunterten ihn und feuerten ihn an, doch es nutzte alles nichts. Im nächsten Augenblick tauchte ein hünenhafter Franzose auf einem schwarzen Pferd hinter dem Unglücksraben auf und spaltete ihm mit einem gezielten Säbelstreich den Schädel. Die Soldaten in der Formation fluchten und rissen ihre Waffen hoch, während der Gen d'Arme davonritt und sich leichtere Beute suchte.

Verzweifelt schaute Steel zu den anderen Rechteck-Formationen hinüber und versuchte abzuschätzen, wie es dem Rest des Bataillons ergangen war. Er glaubte, Colonel Farquharson zu erkennen. Von den Fahnen keine Spur. Doch dann entdeckte er welche. Ein einzelner Fähnrich hielt die kostbaren Symbole hoch, den Stolz des Regiments. Der Bursche mochte nicht älter als sechzehn sein und klammerte sich wie besessen an die zerfetzte rote Fahne des Colonels. Das schottische Andreaskreuz hielt inzwischen einer der erfahreneren Sergeanten. Steel konnte sehen, dass der Sergeant die freie Hand auf die Schulter des zitternden jungen Fähnrichs gelegt hatte. Einige Männer aus dem Bataillon hatten sich um die beiden geschart, darunter zwei Grenadiere, wie Steel sah: Royce und einer der jungen Rekruten namens Ritchie.

Die kleine Schar schien sich schrittweise von der Kavallerie zu entfernen, um zu den Formationen zu gelangen, aber sie hatten kaum zehn Meter geschafft, als sie entdeckt wurden. Mit Schlachtrufen auf den Lippen stürzte sich ein Trupp Kavalleristen auf die Männer. Steel beobachtete, wie die Infanteristen, nicht mehr als ein Dutzend, ihr Bestes gaben. Zwei von ihnen feuerten aufs Geratewohl, doch dann fielen die Reiter über sie her. Einer der Soldaten spießte einen Kavalleristen mit dem Bajonett auf, wurde jedoch im selben Moment vom Nebenmann des Franzosen zu Boden geschlagen.

Der Fähnrich, den kurzen Säbel hoch über dem Kopf, schlug geschickt nach dem Oberschenkel eines Reiters und traf mit voller Wucht. Der Mann wich zurück und hielt sich das blutende Bein, doch sofort nahm ein anderer Kavallerist den Platz des Verwundeten ein. Diesen zweiten Mann konnte der junge Bursche auch noch abwehren, aber gegen den dritten Angreifer war der Fähnrich machtlos: Er tauchte hinter ihm auf und schlug dem Burschen hart auf die Schulter; die Klinge drang tief in den Oberkörper. Steel musste mit ansehen, wie der Bursche vor Schmerzen das Gesicht verzog und dann mit schreckgeweiteten Augen zu Boden sank. Der grinsende Kavallerist jedoch streckte die Hand aus und griff sich die Standarte von dem sterbenden Engländer. Er riss die helle, blutverschmierte Fahne hoch und sprengte mit einem Jubelruf zurück zu den eigenen Linien.

Das war zu viel. Steel packte Slaughter bei der Schulter. »Jacob, die Fahne.«

»Nicht Euer Ernst, Sir. Wir haben keine Chance. Das ist Selbstmord.«

»Kommt Ihr nun mit oder nicht? Jetzt oder nie.«

Er suchte Williams zwischen all den Soldaten. »Tom, sagt Captain Laurent, dass ich die Grenadiere mitnehme. Er hat das Kommando.«

Steel nahm das Gewehr von der Schulter und bahnte sich, den Degen in der anderen Hand, seinen Weg durch die Flanke der Formation, in Richtung der französischen Kavallerie. »Grenadiere, mir nach!«

Die halbe Kompanie und einige von Hansams Leuten lösten sich aus dem sicheren Stand des Rechtecks, gefolgt von Slaughter. »Verfluchter Mist. Auf geht's. Wartet, Sir. Komme schon.«

Sie liefen in gefährlich offener Formation und riskierten, jeden Augenblick von den Kavalleristen entdeckt zu werden. Unbeirrt hielt Steel auf ein Bataillon blau uniformierter Hessen zu, die er weiter rechts erspäht hatte. Bislang hatten die Kämpfer aus den deutschen Landen auf dem Marschboden gelegen, um dem Kanonenbeschuss zu entkommen.

Als Steel und seine Männer näher kamen, rief der deutsche Offizier einen Befehl, worauf die Soldaten aufsprangen und zu Steels Erstaunen schnell und gekonnt eine Verteidigungsformation einnahmen. Es waren Grenadiere. Steels genaues Gegenstück aus der Armee der Landgrafschaft Hessen-Kassel. Sie trugen spitze Hüte mit Verzierungen, die noch feiner aussahen als die von Farquharsons Männern. Die dunkelblauen Uniformröcke waren gefüttert und mit roten Manschetten abgesetzt; am auffälligsten jedoch waren die Kniestrümpfe in einem erschreckenden Scharlachrot. Erst jetzt fiel Steel auf, dass alle Männer dieser Abteilung Schnauzbärte trugen. Er trat zu dem Offizier der Kompanie und machte eine kleine Verbeugung. Der Deutsche erwiderte die höfliche Geste.

»Leider spreche ich kein Deutsch«, begann Steel.

»Ich spreche ein wenig Englisch, Lieutenant. Das dürfte genügen. Hauptmann Rodt. Grenadiere von Hessen-Kassel.«

»Lieutenant Jack Steel, aus Sir James Farquharsons Foot Guards.«

»Sagt, Lieutenant, Ihr benehmt Euch eigenartig. Ihr habt Eure Formation verlassen, um zu uns zu stoßen. Was habt Ihr vor?«

»Ich habe mich gefragt, Captain, ob Ihr uns behilflich sein könntet. Seht Ihr, jene Herren dort drüben haben uns die Fahne entrissen. Und ich habe die Absicht, sie mir zurückzuholen.«

Der Hesse spähte durch den Rauch hinüber zur französischen Kavallerie, die immer noch damit beschäftigt war, einzelnen versprengten Infanteristen hinterherzujagen. Die letzten Überlebenden aus Rowes Brigade wurden gnadenlos niedergemetzelt.

»Die haben Eure Fahne? Natürlich müsst Ihr sie Euch zurückerobern, und natürlich helfen wir Euch, Lieutenant.« Mit diesen Worten wandte er sich an seine Kompanie und gab Befehle. Sofort traten die Deutschen einen Schritt vor und öffneten damit die Reihen der Formation.

»Und nun, Lieutenant, wenn Ihr Euch uns anschließen möchtet. Ich nehme Euch und Eure Männer gern in meine Reihen auf.«

Vorsichtig und abwartend reihten die Grenadiere sich in die hessische Kompanie ein, ermuntert durch Slaughter und Steel. Steel und sein Sergeant schlossen sich dem deutschen Hauptmann an der Spitze an. Von links kam Tom Williams gelaufen und gesellte sich mit einem Grinsen zu den Kameraden. Irgendwo musste er seinen Hut verloren haben. Er salutierte zuerst vor Steel, dann vor dem Hauptmann und positionierte sich linkerhand der Offiziere. Rodt hob den Degen über den Kopf und richtete ihn dann mit ausgestrecktem Arm nach vorn.

Er rief einen weiteren Befehl und schulterte den Degen, worauf die Kompanie sich in Richtung der Franzosen in Bewegung setzte. Slaughter drehte Steel halb den Kopf zu. »Wisst

Ihr, Sir, ein Teil von mir sagt mir, dass dies purer Irrsinn ist. Infanterie, die Kavallerie angreift. Und dann auch noch die Elite der Froschfresser.«

»Ich würde sagen, der Teil von Euch hat recht, Sergeant. Aber ein Teil von *mir* ist der Ansicht, dass wir die verdammte Pflicht haben, die Fahne zurückzuerobern.«

Nach ungefähr fünfzig Schritten wusste Steel, dass die Kavallerie sie entdeckt hatte. Auch Rodt merkte es. Sie blieben stehen. Steel erhob die Stimme und rief über den Lärm hinweg: »Grenadiere, bereit machen und laden!«

Die Gens d'Armes, bereits gelangweilt von ihrem blutrünstigen Spiel, ließen nach und nach von dem erbärmlichen Haufen aus Rowes Brigade ab, denn die anrückende Infanterie erschien ihnen als verlockenderes Ziel. Eine kleine Truppe Hessen, hier und da ergänzt durch ein paar britische Rotröcke, und eine Fahnenabteilung hinter der letzten Reihe. Eine Standarte konnten die Franzosen ihrem Sonnenkönig bereits zu Füßen legen. Die Aussicht auf eine weitere Fahne war unwiderstehlich.

Demonstrativ formierten die Gens d'Armes sich neu, und Steel sah auf einen Blick, dass es an die hundert Reiter waren. Und er wusste, dass die zusammengewürfelte Truppe, der er sich angeschlossen hatte, in einer Formation maximal zwanzig Musketen auf einmal abfeuern konnte. Ihm war ebenfalls klar, dass den Gegnern ihre zahlenmäßige Überlegenheit allzu bewusst war. Aber da gab es eine Sache, mit der die edlen Herren aus Frankreich nicht rechneten.

Inzwischen standen Steel und die Kameraden hinter den Reihen der Hessen. Als Steel zwischen den Köpfen der deutschen Soldaten hindurchschaute, konnte er die Franzosen ziemlich deutlich sehen. Und dort, inmitten der Reiter, entdeckte er die Standarte. Es lief besser, als er zu hoffen gewagt hatte. In einer Schlacht war es gemeinhin üblich, eine erbeutete feindliche Fahne sofort nach hinten zum Kommandeur zu bringen, um die wohlverdiente Ehre in Empfang zu nehmen. Doch die Franzosen trugen die Fahne wieder in die Schlacht.

Steel hielt Ausschau nach Slaughter. »Jacob? Wir haben noch eine Chance.«

Der Sergeant lächelte.

Steel wandte sich an Hauptmann Rodt. »Captain, ich habe da eine Idee.«

* * *

Die Franzosen rückten unaufhaltsam vor und waren siegessicher. Mit einer sorgsam vorbereiteten Rechteckformation mochte man in der Lage sein, Kavallerie abzuwehren. Aber sie waren die Männer des Königs, die Gens d'Armes von Frankreich, und schlecht organisierte Formationen wie diese, obendrein noch in Unterzahl, stellten keine Herausforderung dar. Sie würden sich nun einer Flanke nähern, zwanzig Schritte vor dem Ziel umschwenken und so tun, als würden sie fliehen. Die Infanteristen würden längst feuern und vielleicht vier oder fünf Reiter treffen. Doch dann, auf ein Zeichen hin, würden die Reiter wenden. Und während die Fußsoldaten noch mit dem Nachladen beschäftigt waren, würden die Kavalleristen geradewegs in die ungeschützte Flanke sprengen. Unter dem Ansturm der nachfolgenden Reiter wäre die Formation verloren. Der Rest wäre so leicht wie Schweine abstechen.

Als die Kavallerie nur noch etwa fünfundzwanzig Schritte entfernt war, gab Captain Rodt einen Befehl, worauf zwanzig Hessen die Musketen anlegten.

Steels Kommando folgte im selben Augenblick. »Grenadiere, bereit machen!«

Doch anstatt die Waffen anzulegen, griffen die Rotröcke in ihre Munitionstaschen und holten die kleinen schwarzen Eisenkugeln heraus.

»Granaten zünden!«

Prasselnd erwachten die Zündschnüre zum Leben.

Einige der heransprengenden Reiter sahen, was dort vor sich ging, und machten fast genau in dem Augenblick kehrt, in dem das Täuschungsmanöver hätte eingeleitet werden müssen. Doch da war es schon zu spät.

»Feuer!«

Die Hessen feuerten ihre Musketen ab. Gleichzeitig schleuderten die zwölf Grenadiere ihre Granaten in Richtung Feind. Einen kurzen Moment schien die Welt still zu stehen. Dann explodierten die Bomben, und der Stolz der französischen Kavallerie ging in einem Meer aus Flammen und Blut unter.

Durch den Rauch hindurch verfolgte Steel das Chaos. Die Pferde stürzten übereinander und begruben ihre Reiter unter sich. Er wandte sich Slaughter zu: »Folgt mir!«

Die beiden bahnten sich ihren Weg durch die Reihen der Infanteristen und wagten sich in den Albtraum aus Schreien und Verstümmelungen. Der Franzose, der zuvor den britischen Fähnrich erschlagen und jubelnd die Fahne an sich gerissen hatte, lag jetzt mit der Beute in der Hand halb unter seinem aufgerissenen Pferd. Von Panik erfasst stoben die unversehrt gebliebenen Tiere in alle Richtungen davon, warfen teilweise ihre Reiter ab und schlugen wild mit den Hufen aus.

In dem ganzen Getümmel hatte Steel jedoch nur Augen für einen Mann. Nun stand er über dem Gen d'Arme und sah die schreckgeweiteten Augen dieses Mannes, als er die große Degenklinge aus Ferrara durch die Luft sausen sah. Steel schlug dem Franzosen durch den Oberarm bis zum Kinn. Der Kavallerist ließ die Standarte fallen und erhielt den Gnadenschuss aus Slaughters Muskete. Steel hob das seidene Tuch auf, drückte es an sich und eilte zurück in Richtung der eigenen Reihen.

Ein Franzose löste sich aus der Menge und holte aus, um Steel am Rücken zu treffen, doch Slaughter hatte den Angriff bemerkt und spießte den Mann mit dem kurzen Infanteriesäbel auf. Inzwischen waren weitere Grenadiere in das Durcheinander gelaufen und rissen die Reiter von den Sätteln. Aber Steel wusste, dass sie sich nicht lange hier aufhalten durften.

»Grenadiere, mir nach!«

Alle folgten ihm auf der Stelle, ohne das Kommando zu hinterfragen. Steel, Slaughter und die anderen, die ihnen zu Hilfe geeilt waren, rannten so schnell sie konnten zu den Hessen zurück, die ihre Formation nicht aufgegeben hatten. Die Soldaten machten den Rückkehrern Platz und ließen sie in ihre Reihen, als Rodt schon den nächsten Befehl rief. »Feuer!«

Eine weitere Salve donnerte über das Feld. Was von vier Schwadronen der Elitekavallerie übrig war, floh Hals über Kopf. Die verstreut liegenden Toten und Sterbenden wurden zurückgelassen. Von weiter rechts hörte Steel erneut Hufschlag und den Widerhall von Jubelrufen. Noch mehr rot uniformierte Kavalleristen gerieten in sein Blickfeld, diesmal jedoch Engländer unter General Wyndham. Fünf Schwadronen, die den versprengten Gens d'Armes hinterherjagten. Die Franzosen waren zwar immer noch in der Überzahl, hatten aufgrund der aufgelösten Formation aber keine Chance gegen die britischen Reiter. Was folgte, war ein Lehrstück diszipliniert eingesetzter Kavallerie: Die Briten ließen die fliehenden Franzosen zunächst an den Flanken der drei gebündelten Schwadronen und fielen erst dann aus drei Richtungen über sie her. Schnell durchbrachen sie die notdürftige Formation und drangen bis ins Zentrum vor.

Steel beobachtete, wie die Briten die Fliehenden einholten und mit ihren langen Säbeln zuschlugen, voller Tatendrang und Schlachtenhunger. Immer weiter ritten die englischen Dragoner, bis sie in die Salven aus dem Dorf gerieten und zur Umkehr gezwungen waren.

Steel, nach wie vor außer Atem, schob den Degen zurück in die Scheide und verabschiedete sich von Hauptmann Rodt. Mit der blutverschmierten Standarte im Arm verließen Steel und die anderen Grenadiere die hessische Formation wieder und hielten auf die inzwischen neu geordneten Überreste aus Rowes Brigade zu. Bald stieß Steel auf Sir James Farquharson, der eine Schnittwunde am Arm versorgte und sich angeregt mit Charles Frampton unterhielt. Als Farquharson auf Steel aufmerksam wurde, schaute er mit ungläubigem Blick auf das Bündel in Steels Arm.

»Die gehört Euch, Sir.« Mit diesen Worten bot er dem Colonel die Standarte dar.

Farquharson nahm die zerfetzte Fahne aus rot und golden verzierter Seide entgegen und sah dann Steel an. »Lieutenant Steel, bei meiner Treu. Ihr seid wahrhaftig ein Held, Sir. Eine Ehre für das ganze Regiment. Für die Armee. Der Captain-General soll davon erfahren. Gut gemacht, Sir.«

Er reichte Frampton die blutige Fahne.

»Frampton, was meint Ihr? Mr. Steel hat die Fahne gerettet.«

Frampton lächelte. »Ja, Steel, gut gemacht. Sehr gut gemacht.« Er wandte sich wieder dem Colonel zu. »Wie ich schon sagte, Sir James, wir müssen uns neu formieren. Lord Cutts befiehlt, dass wir das Dorf abermals attackieren. Er hat uns Artillerie in Aussicht gestellt, auch wenn der Boden zu weich ist. Wir müssen wieder vorrücken, Sir.«

Steel wandte sich von den höheren Offizieren ab und trat zu seinen Grenadieren, die inzwischen wieder eine geschlossene Kompanie bildeten. Die Männer standen zwei Glieder tief, und Slaughter rief die Soldaten mit Namen auf. Unweit der angetretenen Grenadiere traf Steel auf einen lächelnden Henry Hansam, der sich aus einem in Streifen gerissenen Hemd einen notdürftigen Kopfverband gefertigt hatte. Neben Hansam stand Williams, der einen Säbelstreich auf die Hand erhalten hatte.

»Ihr wurdet getroffen, Tom?«

»Ach, nichts weiter, Sir. Ich habe den Kerl erwischt.«

»Gut gemacht. Ihr solltet Euch die Hand trotzdem verbinden lassen. Wir müssen wieder vorrücken.«

Hansam schüttelte den Kopf. »Bestimmt nicht, Jack. Doch nicht ohne Unterstützung durch die Kanonen?«

»Ich fürchte, es geht nicht anders, Henry. Befehl von Cutts. Obwohl auch ich meine, dass nicht viel mehr als beim letzten Mal dabei herauskommen wird. Mir scheint, Gentlemen, dass wir geopfert werden, um die Aufmerksamkeit des Feindes von dem wirklichen Ziel des Herzogs abzulenken.«

Von weiter hinten begannen wieder die Trommelwirbel fürs Sammeln. Framptons Stimme war zu hören. »Bataillon auf Angriffsformation!«

Steel schaute zu den Offizieren hinüber, die sich um die zerfetzte Fahne scharten. Abgesehen von Williams standen nur noch zwei Fähnriche zur Verfügung. Während die Linien neu geordnet wurden, wandte Steel sich an die Kompanie. »Grenadiere, Linie bilden!«

Dann schaute er zu Hansam, Williams und Slaughter. »Viel Glück euch allen. Wir können es gut gebrauchen.«

* * *

Sechshundert Meter westlich von Steels Position stand ein rot uniformierter Offizier auf dem kurzen Vorsprung, der sich von oberhalb des Dorfes Sonderheim bis zu den Ufern des Weiherbrunns zog, eines schmalen Zuflusses der Donau, der durch Blindheim floss.

Im Verlauf der letzten Stunde hatte Aubrey Jennings den britischen Angriff beobachtet, außerhalb der Reichweite von Marlboroughs Kanonen. Er hatte mit angesehen, welchen Blutzoll die Vierundzwanzigpfünder der Franzosen in den Reihen der Engländer gefordert hatten und wie gut die weiß uniformierten Infanteristen in dem Dorf verschanzt waren. So wurde Jennings auch Zeuge von Rowes Debakel; seine Männer fielen in Scharen. Er hatte es kommen sehen. Einmal hatte er sogar Sir James in dem Getümmel erblickt, der seine Männer in die Schlacht führte. Ein für Jennings überraschender Anblick, hatte er den Offizier doch stets für einen Feigling gehalten.

Aber dieser Tag steckte ohnehin voller Überraschungen. Als Jennings nämlich auf die von Rauchschwaden durchzogene Ebene hinunterspähte, entdeckte er doch tatsächlich die Grenadiere und an deren Spitze eine ihm vertraute Gestalt. Sie war deutlich zu erkennen und sah doch unwirklich aus – kein Zweifel, dort unten focht sein alter Rivale Jack Steel, wie immer ohne Kopfbedeckung.

Jennings war felsenfest davon überzeugt, dass Steel nicht mehr lebte, und hielt den Soldaten dort unten vor den Verschanzungen Blindheims zunächst für eine Geistererscheinung.

Doch der Major wusste, dass seine Augen ihn nicht trogen. Wut und Entsetzen wichen alsbald der Erkenntnis, dass er es sich offenbar zu leicht gemacht hatte, einen Gegner wie Jack Steel aus dem Leben zu befördern. Dieser Mann schien von einem unsichtbaren Zauber geschützt zu sein. Wie war es sonst zu erklären, dass Steel dauernd überlebte, obwohl sein Leben allzu oft auf Messers Schneide stand? Verflucht sei Steels Glück!

Von da an verfolgte Jennings die Szenerie auf der Ebene vor Blindheim mit besonderem Interesse. Aufmerksam beobachtete er, wie ein rot uniformierter Infanterist nach dem anderen fiel, und hoffte, Steel möge unter den Opfern sein. Im Pulverdampf einer französischen Salve verlor er den Lieutenant zunächst aus den Augen und entdeckte ihn dann unerwartet bei den Palisaden des Dorfes. Dieser Mann schien gegen alles gefeit zu sein. Doch selbst das Glück eines Jack Steel wies sicherlich erste Risse auf. Denn wie viele Männer konnten angesichts der Wucht der französischen Salven überleben?

Jennings verfolgte das Wogen der Schlacht auf der französischen rechten Flanke und schaute gelegentlich hinüber nach links, wo die Kaiserlichen Truppen den Angriff tief in die Reihen des Kurfürsten trugen.

Er sah, wie die Rotröcke sich vor Blindheim zurückzogen. Und je dichter der Qualm wurde, desto größere Schwierigkeiten hatte der Major, die Einheiten auseinanderzuhalten ... geschweige denn, einen einzelnen Mann zu erkennen. Als die französische Kavallerie in Galopp fiel, glaubte Jennings zunächst, der gesamte Flügel der Alliierten werde zerschlagen. Für einen Moment zeichnete sich schon der Sieg der Franzosen ab. Doch dazu kam es nicht. Denn die französische Kavallerie strömte wieder zurück, und die Schlacht war abermals offen. Was auch immer geschah, er konnte keinen Teil dazu beitragen.

Jennings wurde in seinen Beobachtungen durch das Auftauchen von vier weiß uniformierten Reitern gestört. Colonel Michelet, zwei seiner Regimentsoffiziere und ein Trompeter, der ein herrenloses Pferd mit sich führte, hatten ihre Position hinter Blindheim verlassen und ritten den Sporn hinauf. Der Colonel grüßte Jennings.

»Guten Morgen, Major. Ich dachte mir, dass ich Euch hier finden würde. Ich hoffe, Ihr habt so gut geschlafen wie ich. Es geht nichts über einen edlen Cognac, um die Verdauung anzuregen, nicht wahr? Wie ich sehe, habt Ihr unsere Streitkräfte in Augenschein genommen. Ich fürchte, dass es um Eure Armee nicht sonderlich gut bestellt ist, Sir.«

Er setzte ein breites Grinsen auf und fuhr fort: »Schaut doch. Eure tapferen Rotröcke hegen die Absicht, erneut anzugreifen. Haben Eure Kommandeure denn nicht erkannt, wie nutzlos dieses Ansinnen ist? Wie wollen die Engländer gegen eine Armee wie die unsere bestehen, und dann noch in dieser unserer Stellung? Das muss Euch doch arg verdrießen, Sir.«

Jennings lächelte. »Mein lieber Colonel, ich bin gerührt von Eurem Mitgefühl. Aber glaubt mir, es ist unnötig. Je mehr Männer auf britischer Seite ihr Leben lassen, desto schneller wird Lord Marlborough in Ungnade fallen. Das ist der Preis, den wir für unser Heil zahlen müssen.«

»Ah, Ihr Engländer. Ständig müsst Ihr Eure protestantische Moral in alles einbringen. Diese Papiere, die Ihr nach England bringen wollt – seid Ihr sicher, dass sie genügen, um Lord Malbrooks Vernichtung einzuleiten?«

»Da bin ich sehr zuversichtlich, Colonel. Aber als *gentilhomme militaire* wisst Ihr sicher zu würdigen, dass es nie schaden kann, wenn man noch eine Reserve in der Hinterhand hat.«

Der Colonel lachte und klopfte Jennings auf die Schulter. »Und nun, mein Freund, zum Geschäftlichen. Ich bin nicht ohne Grund zu Euch gekommen. Mein General, der Marquis de Clerambault – ich denke, Ihr seid ihm gestern Abend begegnet –, bittet Euch um einen kleinen Gefallen, sozusagen als Gegenleistung für unsere Gastfreundschaft. Der Marquis ist nach der kurzen Unterhaltung davon überzeugt, dass Ihr Ansehen genießt. Und wahrscheinlich wisst Ihr über Einzelheiten des Zustands Eurer Armee Bescheid.«

Jennings grinste nervös und versuchte sich zu erinnern, womit er in Gegenwart des Marquis am Vorabend geprahlt hatte. Was hatte er diesem aufgeblasenen französischen General, der nach Brandy und fadem Eau de Cologne stank, alles erzählt?

»Aus Eurem Benehmen schließe ich, dass dort unten Euer Regiment kämpft«, fuhr der Colonel fort. Jennings ahnte, was nun kommen würde. »Gewiss könnt Ihr mir sagen, Major, unter wem es dient. In welcher Brigade. Ihr wisst, welche dieser Regimenter die stärksten sind, die Elite, und welche am ehesten nachgeben werden. Mein General wäre Euch sehr verbunden, wenn Ihr zu ihm reiten würdet – wir stellen Euch ein Pferd zur

Verfügung – und ihm in allen wichtigen Belangen mit Eurem Rat zur Seite stehen könntet. Wir schicken weitere zehn Bataillone nach Blindheim. Denn wir denken, dass der Angriff Eures Lord Malbrook ein doppelter Bluff ist. Er versucht uns glauben zu machen, die Attacke hier sei eine Finte und er werde uns im Zentrum angreifen. Wir aber sind davon überzeugt, dass er Blindheim zum Ziel seines Angriffs erklärt hat. Und Ihr, Major, verfügt über das Wissen, uns sagen zu können, ob unsere Vermutungen stimmen.«

Jennings schüttelte den Kopf. »Es tut mir leid, Colonel. Ihr könnt mich nicht dazu überreden, meine Landsleute zu verraten. Ihr mögt es weiterhin versuchen, aber ich werde mich auch dann weigern, Pferd hin oder her. Aber ich hätte da noch eine Frage. Seid Ihr sicher, dass es klug ist, siebenundzwanzig Bataillone in ein so kleines Dorf zu stecken?«

Michelet lachte. »Das ist eben unsere Art, Major. Wenn wir von einem Plan überzeugt sind, bleiben wir ihm treu. Wir verstärken unsere Streitkräfte dort.«

Jennings lächelte angesichts dieser unüberhörbaren Arroganz. »Woher wollt Ihr wissen, dass ich mich an meinen Freigang halte? Jeder britische Offizier, der über solche Informationen verfügt wie die, die Ihr mir eben mitgeteilt habt, wäre nun der Ehre verpflichtet, zu den eigenen Reihen zurückzureiten und die Offiziere zu alarmieren.«

»Aber Major Jennings, inzwischen können wir beide einander einschätzen, denke ich. Und Euch halte ich nicht für *irgendeinen* britischen Offizier. Ihr gehört einer besonderen Art Offizier an. Ja, Ihr seid einer dieser Offiziere, die sich womöglich nicht der Ehre verpflichtet fühlen, wenn sie das Heil des Vaterlandes und insbesondere den eigenen Aufstieg mit einer Handlungsweise vorantreiben, die andere als unehrenhaft bezeichnen würden?«

Jennings starrte den Mann an. Für einen kurzen Moment war

er versucht, ihn zum Duell zu fordern. Doch dann besann er sich, in welcher Lage er sich befand. Und ihm dämmerte allmählich, dass Michelet recht hatte. Mit seinem ganzen Verhalten hatte er, Jennings, den hergebrachten Ehrenkodex über den Haufen geworfen und durch einen eigenen Kodex ersetzt. Ein moralischer Kodex für das moderne Zeitalter. Jetzt wusste er, dass es kein Zurück gab.

Michelet schickte sich an, davonzutraben, drehte sich aber noch einmal im Sattel um.

»Ach, Major, auch ich hätte da noch eine kleine Bitte. Ich weiß, dass Ihr nicht gegen Eure eigenen Landsleute kämpfen werdet. Das würde ich nicht einmal von Euch erwarten. Aber es gibt da ein Problem, bei dem Ihr uns vielleicht behilflich sein könntet. Auf der Ebene diesseits von Blindheim befindet sich eine Einheit, eine Kompanie, von Männern, die Ihr als Abtrünnige bezeichnen würdet. Deserteure aus Eurer Armee. Zumeist Engländer, Iren und Schotten. Ich wäre Euch zu großem Dank verpflichtet, Major, wenn Ihr diese Leute unter Eure Fittiche nähmet. Bringt sie aus dem Dorf und führt sie ins Zentrum der Linien, aber weit genug hinten. Haltet sie aus der Gefahrenzone. Ich versichere Euch, nach der augenblicklichen Verteilung der Streitkräfte bräuchtet Ihr lediglich gegen Niederländer und Preußen zu kämpfen, wenn überhaupt.«

Jennings nickte und machte sich die Ironie seiner Lage bewusst: Man bat ihn, eine Abteilung Deserteure zu kommandieren.

»Ihr seid ein gerissener Mann, Colonel. Natürlich komme ich Eurer Bitte nach. Was bleibt mir anderes übrig? Ein kleiner Preis, den ich zu zahlen bereit bin, wenn es dem Sieg dient. Und wenn ich Eure Worte richtig deute, Colonel, ist die Schlacht ja bereits so gut wie gewonnen.«

Michelet lachte überlegen. »Ich denke, daran besteht inzwischen kein Zweifel mehr. Ja, wir werden siegen.«

11.

Marlborough schüttelte den Kopf und sah zu Cardonell hinüber. »Adam, reitet bitte zu General Cutts. Sagt ihm mit Nachdruck, er soll Blenheim nicht erneut ohne meinen ausdrücklichen Befehl angreifen. Er hat sich auf eine Entfernung von hundert Metern zurückzuziehen und wird von dort ein Dauerfeuer aufrechterhalten. Die Franzosen müssen unter allen Umständen in ihren Stellungen im Dorf festgenagelt werden.«

Er hielt kurz inne; dann fuhr er fort: »Er soll seine Züge nacheinander vorrücken und feuern lassen. Dann sollen sie sich wieder so weit zurückziehen, bis sie außer Schussweite der Franzosen sind. Wenn er sich an diese Vorgaben hält, wird er den Gegner einem ständigen Beschuss aussetzen. Lord Cutts darf auf gar keinen Fall die Stellungen angreifen. Er soll den Feind beschäftigen und ihn daran hindern, die Verschanzungen von Blenheim aufzugeben. Könnt Ihr das alles behalten?«

»Absolut, Euer Hoheit.«

Während Cardonell davonritt, wandte sich der Herzog seinem Vertrauten Cadogan zu. »Seht Ihr, George, auf diese Weise werden wir gut die Hälfte ihrer Streitkräfte festsetzen. Inzwischen dürfte Tallard fünfundzwanzigtausend Mann nach Blenheim beordert haben. Und wir nageln sie dort fest und brauchen dafür nicht einmal halb so viele Männer wie Tallard.«

Der Herzog verfolgte das Gemetzel, das sich weiter unten in der Ebene abspielte. Dann wandte er sich an Hawkins: »James, ich denke, wir können Blenheim getrost General Cutts überlassen. Er hat seine Befehle.«

Hawkins deutete auf den rechten Flügel, wo die Pulverschwaden wie eine Wolkendecke am Himmel standen. »Wie es scheint, hat auch Prinz Eugen alle Hände voll zu tun, Euer Hoheit.«

»Seine Aufgabe ist es, so viele gegnerische Verbände wie möglich zu binden. Dessen ist er sich bewusst. Ich bin sicher, er wird nicht unterliegen.«

Marlborough blickte hinüber zum Zentrum der feindlichen Linien. Es war schwierig zu beurteilen, wie der Kampf vorankam. »Was denkt Ihr, James, gehört das Dorf uns?«

Hawkins spähte durch sein Fernrohr und richtete es auf die nähere Umgebung von Oberglauheim. Da Marlborough an Absprachen und Versprechen gebunden war, hatte er das Kommando für den Vorstoß im Zentrum dem jungen Prinzen von Holstein-Beck übertragen, einem jungen Burschen, der erst gestern eingetroffen war. Eine Entscheidung, die Hawkins nicht guthieß. Denn Holstein-Beck war als Offizier völlig unerfahren.

Und den jüngsten Entwicklungen dort im Zentrum entnahm Hawkins, dass die Dinge nicht wie geplant liefen. Die Franzosen waren aus dem Dorf vorgerückt und warfen sich nun mit ihren Bataillonen gegen die Brigade von Holstein-Beck. Abermals setzte Hawkins das Fernrohr an und sah durch das Rund der Linse die Standarten. Drei erregten seine Aufmerksamkeit. Ein weißes Kreuz mit grünen und gelben Ecken und gekrönten goldenen Harfen.

»Iren, Euer Hoheit.«

Marlborough schnitt eine Grimasse. Das waren die berüchtigten »Wild Geese«, exilierte Jakobiten, die seit nunmehr zwölf Jahren in französischen Diensten standen. Der Herzog wusste, dass man diese Männer im Auge behalten musste, verspürten sie doch das brennende Verlangen, die Flucht ihrer Landsleute nach der Schlacht am Boyne wiedergutzumachen. Aber dass diese verzweifelten Männer jetzt mit so viel Mut vorrückten, hätte selbst Marlborough nicht für möglich gehalten.

Der Herzog und Hawkins verfolgten genau, wie die rot uniformierte irische Infanterie beharrlich Kurs hielt und direkt in zwei niederländische Bataillone stürmte. Die Niederländer wichen nach kurzer Gegenwehr ungeordnet zurück.

In diesem Augenblick erreichte ein Kurier den Herzog. Ein niederländischer Offizier der Kavallerie. »Ich bringe Nachricht vom Prinzen von Holstein-Beck, Euer Hoheit. Er braucht dringend Kavallerie, Sir. Er bittet mich, Euch mitzuteilen, dass er schon vor einer Weile General Fugger um Kavallerie gebeten hat. Aber Fugger will keine Männer schicken, Euer Hoheit. Er sagt, er könne keine Truppenverschiebungen ohne den ausdrücklichen Befehl von Prinz Eugen vornehmen.«

Marlborough fasste sich an die Schläfe. »Das hatte ich befürchtet. Während Prinz Eugen und ich feste Absprachen getroffen haben, weigern sich seine Generäle, direkte Befehle von mir entgegenzunehmen.«

»Wir müssen sofort handeln«, mischte Cadogan sich ein. »Die Iren und Franzosen weiter hinten werden unser Zentrum durchbrechen. Die Angriffslinie würde in zwei Abschnitte zerfallen.«

Marlborough rief nach Papier und Federkiel und begann zu schreiben. Dann drückte er die Notiz dem Niederländer in die Hand. »Rasch. Bringt diese Botschaft zu Prinz Eugen. Direkt von mir. Sorgt dafür, dass er die Zeilen auch liest. Er hat den Befehl, Fuggers Kavallerie zu Holstein-Beck zu schicken. Dann reitet Ihr zu Holstein-Beck und teilt ihm mit, dass Fuggers Kürassiere unterwegs sind. Er muss die Linie halten, bis der Entsatz kommt. Verstanden?«

Während der Kurier lossprengte, hoffte Hawkins, dass es noch nicht zu spät war. Als er sich dann wieder dem Geschehen unten auf dem Schlachtfeld zuwandte, verschlug es ihm den Atem. Fest umklammerte er den Sattelknauf, denn der Anblick, der sich ihm auf der Ebene bot, war alles andere als erfreulich:

Holstein-Becks Brigade würde auch Fuggers Kavallerie nicht mehr viel nützen.

Denn inzwischen strömte Marsins Kavallerie durch die Bresche, die die Iren in die Linie geschlagen hatten. Hawkins und Marlborough versuchten, sich einen Überblick über die Stärke des Feindes zu verschaffen.

»James, wie viele gegnerische Schwadronen zählt Ihr?«

»Dreißig, Sir. Vielleicht mehr.«

Dreißig Schwadronen. Überall schienen die blau und rot gekleideten Reiter den alliierten Infanteristen die Köpfe abzuschlagen. Binnen weniger Augenblicke hatte Holstein-Becks Brigade aufgehört zu existieren.

Auch Cadogan sah, wie das Unheil seinen Lauf nahm. »Großer Gott! Die sind im Zentrum durchgebrochen. Sir, die Linie ist gefallen. Seht Ihr das?«

Marlborough verfolgte das Gemetzel, das sich unweit Oberglauheims zutrug, mit verbissener Miene. Die französische Kavallerie jubelte und mähte die Verbände aus niederländischen und schweizerischen Truppen gnadenlos nieder. »Ja, George, ich sehe es.«

Jetzt war das Zentrum der Alliierten offen. Jeden Moment könnte der Feind einen Keil zwischen die beiden Flügel von Marlboroughs Armee treiben. Die Alliierten sahen sich ihrer Initiative beraubt. Es bestand kein Zweifel mehr: Die Franzosen waren im Begriff, den Sieg davonzutragen. Es gab nur noch eine Möglichkeit, und der Herzog würde sie nutzen. »Folgt mir, Gentlemen.«

Marlborough brachte das graue Pferd in leichten Trab, dann in Galopp, und bahnte sich seinen Weg den Abhang hinunter bis zu einer der Brücken, die früh am Morgen von den Pionieren errichtet worden war. Der Herzog überquerte den Nebelbach, gefolgt von den sechs Herren des Generalstabs.

Ein Offizier ritt heran, blutüberströmt. »Euer Hoheit, Holstein-Beck ist verwundet und in Gefangenschaft geraten. Alles ist verloren, Sir.«

Marlborough sprach sogleich einen der Berater an. »Charles, bringt die Hannoveraner der Reserve nach vorn. Alle drei Bataillone. Auch die dänischen Reiter. Nehmt so viele Schwadronen, wie Ihr finden könnt. Und sagt Colonel Blood, er soll eine Batterie, nein, gleich zwei Batterien Geschütze über diese Brücke schaffen. Er braucht keine Bedenken zu haben. Die Brücke wird das Gewicht aushalten.«

Noch während der Berater seinem Pferd die Sporen gab, kam weiter rechts Bewegung in die Reihen, da Fuggers Kaiserliche Kürassiere endlich vorwärtsdrängten. Die großen Kämpfer in ihren auffälligen Waffenröcken, den glänzenden, silber-schwarzen Kürassen und den *Zischäggen* oder Sturmhauben verließen auf ihren riesigen Schlachtrossen die Anhöhe auf dem rechten Flügel.

Die zwölf Kürassier-Schwadronen krachten in die linke Flanke von Marsins geballter Kavallerie und trafen die Reiter an der ungeschützten Seite, die jeder Kavallerist fürchtet – die Seite, auf der die Männer die Zügel halten und die sie mit dem Säbelarm nicht so wirksam verteidigen können. Einen Moment lang sah es so aus, als wäre eine Wand aus Stahl auf einen blauroten Felsen geprallt. Augenblicke später begann dieser Fels nachzugeben und wurde von den Kürassieren zurück ins Zentrum der Franzosen gedrückt. Marlborough wandte sich Cadogan zu.

»Das, Adam, war vermutlich die selbstloseste und kühnste Entscheidung eines Generals, die Ihr je erleben werdet. Prinz Eugens Flügel steht unter großem Druck, und dennoch schickt er mir die Kavallerie, die ich benötige, und bringt dadurch die Wende in einer fast aussichtslosen Lage. Ich danke Gott für die Freundschaft und Loyalität des Prinzen.«

Inzwischen war es drei Uhr. Der Kampf dauerte nun schon

sechs Stunden an. Es war offensichtlich, dass die unmittelbare Bedrohung für die britische Infanterie abgewendet worden war, aber Hawkins – wie auch Marlborough – war sehr wohl bewusst, dass die Schlacht einen äußerst kritischen Punkt erreicht hatte. Der Herzog schien Hawkins' Gedanken zu erraten.

»Wir müssen die feindliche Infanterie in Oberglauheim festsetzen. Lord Cutts verhindert, dass die Truppen Blenheim verlassen. Dasselbe müssen wir im Zentrum vornehmen.«

Hawkins ließ seinen Blick über das Feld schweifen. Überall schienen die Truppen mehr oder weniger festzustecken. Auf beiden Seiten standen sich die Einheiten Kavallerie in langen Reihen gegenüber, und weder die Franzosen noch die Briten machten Anstalten, die Schwadronen einzusetzen. Unterdessen war auf dem rechten Flügel Prinz Eugens Vorstoß zum Erliegen gekommen. Wenn wir das Schlachtfeld jetzt räumen, ging es Hawkins durch den Kopf, werden sie daheim sagen, dass die Armee geschlagen wurde. Aber der Colonel wusste, dass es nicht Marlboroughs Art war, allzu schnell klein beizugeben. Der Herzog hatte noch einen Trumpf im Ärmel, und Hawkins ahnte, um was es sich handeln mochte.

* * *

Jennings stand im Garten eines kleinen Fachwerkhauses nordwestlich von Blindheim und begutachtete den Haufen Männer, die er von nun an befehligen sollte. Mürrische und zerzaust aussehende Deserteure allesamt. Die meisten trugen die roten Uniformröcke der Briten, darüber hinaus entdeckte der Major aber auch das preußische Blau und das Grau der Dänen. Insgesamt um die fünfzig Mann, unrasiert und schlecht ausgerüstet. Viele hatten ihre Hüte verloren, und die Auswahl an Waffen war dürftig: Englische Brown Bess Musketen, Flinten, Dragonerkarabiner, Degen und Beile. In diesem Aufzug entsprachen die Männer keineswegs dem Bild des modernen Soldaten, dem Jennings so gern in Gedanken nachhing. Doch für die kommenden Stunden war das Schicksal des Majors wohl oder übel mit diesen Deserteuren verknüpft.

Aus Richtung Sonderheim tauchten Reiter auf. An deren Spitze ritt ein Offizier, der Jennings irgendwie bekannt vorkam. Er war ein wenig übergewichtig, und sein blauer Uniformrock wies mehr Litzenbesatz an den Aufschlägen und Manschetten auf als sämtliche britischen Uniformen.

Als der Trupp an Jennings vorbeitrottete und auf den einzigen Weg zuhielt, der von den französischen Linien direkt nach Blindheim führte, hielt der Offizier sein Pferd an. Sein Blick haftete auf Jennings.

»Wer seid Ihr?«

»Major Aubrey Jennings, Sir. Zuvor aus der Armee von Queen Anne. Ich bin Gefangener Eurer Armee, Sir. Mir wurde Freigang gewährt.«

Einer der Berater des hohen Offiziers lenkte sein Pferd näher zu Jennings. »Gestattet, dass ich Euch Seine Hoheit, General le Marquis de Clerambault, vorstelle.«

Da erkannte Jennings den Mann, mit dem er am Abend zuvor dem Brandy zugesprochen hatte. Er nahm den Hut ab und machte eine galante Verbeugung. Der General ließ es nicht bei der einen Frage bewenden. »Und wer sind diese Männer dort, Major?«

»Deserteure, Sir. Sie wurden meiner Obhut unterstellt. Aber ich glaube, Sir, dass ich bereits das Vergnügen hatte, Eure Bekanntschaft zu machen. Wir sind uns, wenn Ihr Euch erinnern mögt, erst gestern Abend im Lager begegnet ...«

Clerambault, dessen Erinnerungsvermögen in diesem Punkt nicht so gut zu sein schien, unterbrach ihn barsch: »Und was genau wollt Ihr mit diesen Männern machen?«

»Ich habe Befehle von einem Eurer Offiziere erhalten, Sir. Von Colonel Michelet vom Regiment d'Artois. Ich soll die Männer ins Zentrum der Linie bringen, wo sie für Euch kämpfen werden.«

»Ist das so? Befehle, wie?« Er wandte sich an seinen Berater. »Michelet also. Habe ich einen derartigen Befehl erteilt?«

»Nein, General.«

»In der Tat, nein. Ein solcher Befehl ist mir fremd. Diese Männer mögen Deserteure sein, aber sie befinden sich in *meinem* Abschnitt des Feldes, und hier werden sie auch bleiben, Major. Wie Ihr ja seht, kann ich es mir nicht leisten, einen einzigen Mann fortzuschicken.«

»Aber, mein lieber General. Was soll ich dann tun? Ihr könnt doch nicht von mir, einem Engländer, erwarten, dass ich gegen meine Landsleute kämpfe. Und das müsste ich unweigerlich tun, wenn ich hier in Blindheim bliebe.«

Clerambault dachte einen Moment nach.

»Nun, ich sehe, was Ihr meint, Major. Aber ich fürchte, ich kann nichts an Eurer Lage ändern. Ihr müsst hierbleiben. Entfernt Ihr Euch vom Dorf, fasse ich dies als Anzeichen auf, dass Ihr Euren Freigang ausgenutzt habt. Und dann wären wir natürlich gezwungen, Euch zu erschießen.«

Jennings wusste, wann er sich geschlagen geben musste. Er lächelte den General an und nickte demütig. Clerambault schaute derweil selbstzufrieden auf Jennings herab.

»Einen guten Tag, Major. Und viel Erfolg.«

Jennings sah der kleinen Reitergruppe nach und unterdrückte einen Fluch, ehe er sich wieder seiner ungeordneten Kompanie zuwandte. Jetzt durfte er den Ort nicht mehr verlassen, aber er konnte die Männer unmöglich in den Kampf gegen die eigenen Leute führen. Da entdeckte er einen Sergeant, einen Iren, der die Uniform aus Orkneys Regiment trug.

»Sergeant. Sorgt dafür, dass die Männer sich ausruhen. Sie

sollen sich mit frischem Wasser eindecken, wenn es hier welches gibt. Ich schaue derweil nach, ob ich mir einen besseren Überblick über die Schlacht verschaffen kann.«

Der Mann rührte sich nicht.

»Sergeant, habt Ihr mich verstanden?«

»Wenn es Euch gefällt, Sir.« Dem letzten Wort haftete ein unangenehmer Unterton an. »Die Männer wollen von keinem mehr Befehle entgegennehmen, Sir. Wir werden alle wegen Desertion erschossen, wenn wir in Gefangenschaft geraten. Und es gibt nur eine Möglichkeit, nicht geschnappt zu werden, Sir. In den hinteren Reihen bleiben, Sir.«

»Also gut, bleiben wir hinten. Aber Ihr werdet meine Befehle ausführen, oder Ihr landet an der verdammten Frontlinie. Tut, was ich sage. Behaltet das Haus im Auge und lasst niemanden fort. Haltet die Männer bei Laune, verstanden, Sergeant? Ist eine Viertelgallone Rum für jeden Mann drin, wenn Ihr mir gehorcht. Ich verspreche Euch, dass ich Euch nicht ins offene Messer laufen lasse, und ich tue mein Bestes, dass Ihr nicht in Gefangenschaft geratet. Wenn Ihr wollt, könnte ich sogar ein gutes Wort für Euch einlegen, sobald das alles hier vorüber ist. Wie hört sich das an?«

Der in Ungnade gefallene Sergeant besann sich auf die Reste seines soldatischen Eifers, richtete sich auf und stand still. Dann wandte er sich an die Männer und brüllte Befehle. Zu Jennings' Erstaunen gehorchten die Deserteure. Auch sie, erkannte er, lebten fortan gemäß ihrem eigenen Verhaltenskodex.

Er ging zu dem Fachwerkhäuschen, machte die Tür auf und betrachtete den Haufen Deserteure ein letztes Mal. Einen Mann bemerkte er jedoch nicht: einen kleinen, wieselgesichtigen Kerl, der sich bislang in den Schatten der hinteren Reihen aufgehalten hatte. Dieser Mann, der in den Gassen Holborns aufgewachsen war, verstand es, sich unbemerkt davonzustehlen.

Kaum hatte Jennings sich abgewandt, schlüpfte der Soldat zur Hintertür hinaus, schlich durch einige enge Straßen und stieg hinab zum Flussufer. Dort balancierte er über die Körper der Verwundeten, die sich zum Sterben ans Ufer geschleppt hatten und das Wasser mit ihrem Blut rot färbten, entledigte sich seiner Jacke und sprang in den Fluss, fest entschlossen, hinüber zu den alliierten Linien zu schwimmen. Denn er hatte eine Nachricht zu überbringen.

* * *

Steel rieb sich das Gesicht mit beiden Händen und versuchte, die Hoffnung nicht aufzugeben. Wie nicht anders zu erwarten, war auch die zweite Angriffswelle verebbt. Zwar war es ihnen gelungen, die Franzosen von den Palisaden zurückzudrängen und hier und da bis in eine Straße vorzudringen, aber es war alles umsonst gewesen. Blenheim war ein sonderbares, weit verzweigtes Dorf. Eine Ansammlung von Gehöften, dicht an dicht, jeweils mit Höfen und Einfriedungen aus Stein. Dadurch wurde jedes dieser Häuser zu einer kleinen Festung. Der Ort war vollgestopft mit französischer Infanterie.

Steel schätzte die Zahl der Gegner auf zwanzigtausend Mann. Angesichts der drückenden Überzahl des Feindes und der uneinnehmbaren Stellungen hatten die Rotröcke sich zurückziehen müssen. Also kümmerten sie sich um ihre Wunden und zählten die Gefallenen der Kompanien. Der Blutzoll war sogar noch höher als beim ersten Ansturm. Besonders die Grenadiere hatten schwere Verluste hinnehmen müssen. Siebzehn Mann waren getroffen, zehn von ihnen würden nicht durchkommen. Schlimm für Steel war, dass Nate Thomas eine Kugel in die Brust bekommen hatte und langsam und jämmerlich krepierte.

Steel hockte im Gras, in einer Mulde, die Schutz vor dem Dauerbeschuss aus den Verschanzungen Blenheims bot. Bei ihm war der Rest seiner halben Kompanie. Gedankenversunken starrte er hinunter zur Donau und fragte sich, wie lange man ihnen eine Atempause gönnte.

Slaughters Hüsteln holte Steel in die Gegenwart zurück. Der Sergeant brachte zwei Grenadiere mit, die einen Gefangenen in ihrer Mitte hatten.

»Mr. Steel, Sir. Dachte, der hier könnte Euch interessieren. Hab ihn unten am Fluss erwischt. Er hat namentlich nach Euch gefragt.«

Der Sergeant grinste nun und trat beiseite, sodass Steel den Gefangenen besser sehen konnte. Der Mann war bis auf die Haut durchnässt und trug nur noch sein Hemd und seine Breeches. Doch ein Blick genügte, und Steel hatte ihn erkannt. Dieses schiefe Grinsen konnte nur einem gehören: Sergeant Stringer.

* * *

Marlborough lächelte. Es stand ihm auch zu. Auf den Feldern zwischen Blenheim und Oberglauheim hatte er inzwischen achtzig Schwadronen Kavallerie, zumeist Engländer, und nicht weniger als dreiundzwanzig Bataillone Infanterie antreten lassen. Unter den Fußtruppen befanden sich einige der besten Regimenter Ihrer Majestät Queen Anne. Der Herzog suchte die feindlichen Linien mit seinem Fernrohr ab und reichte es schließlich Cardonell. »Sagt mir, was Ihr seht, Adam.«

»Ich sehe Kavallerie, Sir. Etwa fünfzig Schwadronen. Und Infanterie, Euer Hoheit. Neun, vielleicht zehn Bataillone.« Er gab dem Herzog das Glas zurück, der es zusammenschob und weiterhin lächelte.

»Gentlemen, ich denke, wir haben sie. Sie sind uns im Zentrum unterlegen, zwei zu eins, stellenweise drei zu eins, wenn ich mich nicht irre. Wir dürfen nun keinen Moment zögern. Cadogan, gebt den Befehl zum allgemeinen Vorrücken.«

Kurz darauf bewegten sich die großen Linien der Kavallerie und der Fußtruppen, die der Oberbefehlshaber so sorgfältig zwischen den Dörfern hatte aufmarschieren lassen, langsam und zielgerichtet über die Felder. Die Franzosen, die sich eben noch als Sieger gefühlt hatten, erkannten sofort, dass das Schicksal sich gegen sie verschworen hatte. Die Masse aus rot und blau uniformierten Soldaten marschierte über die Ebene und nahm die leichte Steigung hinauf zu den französischen Linien.

Marschall Tallard, der unlängst von einer Besprechung mit Marsin in die Mitte der eigenen Linie zurückgekehrt war, sah die Gegner kommen. Hektisch rief er nach Verstärkung, schaute sich um und sah niemanden.

Marsin wandte sich an einen seiner Berater. Wo, fragte er, blieb die Reserve? Jene zwölf Bataillone, die er speziell für diese Aufgabe vorgesehen hatte? Der Berater sah ihn nur verblüfft an und zog die Brauen hoch. Dann deutete er zum rechten Flügel und sagte: »Clerambault.«

Tallard schaute in die Richtung, in die der Mann zeigte, und entdeckte nahe der Donau das kleine Dorf Blindheim. Und in diesem Moment wusste er, dass die Schlacht verloren war.

* * *

Steel konnte sein Glück kaum fassen. Wenn man Stringer Glauben schenken durfte, hielt Jennings sich in Blenheim auf. Es gab für Steel keinen Grund, einem Mann zu misstrauen, der für eine Ration Rum seine eigene Mutter verschachern würde.

»Ihr habt ihn also mit eigenen Augen gesehen, Stringer?«

»So deutlich, wie Ihr jetzt vor mir steht, Sir. Er ist dort, ich sag's Euch. Major Jennings in Fleisch und Blut. Und die haben ihm ein Kommando übergeben. Ich kenne ihn, er wird's annehmen. Ist 'n verdammter Lügner, Sir. Sagte mir, Ihr wärt ein Verräter, forderte mich auf, Euch zu töten. War nicht meine Idee,

Mr. Steel, Sir. Hat immer nur gelogen. Und ich lass mich nicht gern belügen, Sir, nein, ich nicht.«

Was auch immer seine Beweggründe waren, Stringer hatte sich an den Auftrag gehalten und seinen früheren Vorgesetzten verraten, obwohl Steel den Sergeant im Zweikampf übel zugerichtet hatte.

»Ihr habt getan, was ich von Euch verlangt habe, Stringer. Belassen wir es dabei.«

»Danke, Sir. Danke Euch, Mr. Steel. Wenn ich sonst noch was für Euch tun kann? Irgendetwas ... stehe Euch jederzeit zur Verfügung ...«

»Das reicht«, unterbrach ihn Slaughter.

Der Blick, den Stringer dem Sergeant zuwarf, war voller Hass. Er presste den Beutel Münzen an seine Brust.

Steel bedeutete Slaughter, näher zu kommen, während die beiden Grenadiere sich entfernten und Stringer etwas abseits sein Geld zu zählen begann.

»Wartet, bis er mit dem Zählen fertig ist, Jacob. Ein paar Minuten nur. Dann stellt Ihr ihn unter Arrest und bringt ihn in die hinteren Reihen. Befehl von Colonel Hawkins.«

»Mit Vergnügen, Sir.« Langsam schritt Slaughter hinüber zu dem grinsenden, nassen Sergeant.

Steel musste irgendwie in das Dorf gelangen. Wann würden sie erneut angreifen? Seit mehr als zwei Stunden spielten sie nun schon dieses gefährliche Katz-und-Maus-Spiel mit den französischen Verteidigern. Die britischen und hessischen Verbände rückten Zug um Zug vor, feuerten und zogen sich möglichst schnell wieder zurück. Währenddessen versuchten die Franzosen hier und da einen Ausfall, wurden jedoch jedes Mal zurückgedrängt. Der Boden war übersät von rot uniformierten Leibern. Doch seit einer halben Stunde feuerten endlich auch britische Kanonen auf das Dorf, und nur Gott wusste, was für Zustände jetzt hinter den Palisaden herrschten. Es war eine Belagerung im Kleinformat. Ein Nervenkrieg. Und Steel verlor allmählich die Geduld.

Irgendwo dort in den Häusern, keine zweihundert Meter entfernt, befanden sich Dokumente, die für die Sache der Alliierten und für das Schicksal des Oberbefehlshabers von allergrößter Bedeutung waren. Steel hatte sich fest vorgenommen, diese Dokumente wieder in seinen Besitz zu bringen. Seine Zukunft und nicht zuletzt seine Ehre standen auf dem Spiel. Und diese Schriftstücke hatte der Mann, der jener Frau Gewalt angetan hatte, die Steel liebte. Es musste ihm irgendwie gelingen, sich in das Dorf zu schleichen. Von diesem Vorhaben würden ihn auch die abertausend Franzosen nicht abhalten. Er musste jetzt handeln, musste Aubrey Jennings finden und ihren Streit ein für alle Mal beenden.

* * *

Inmitten Marlboroughs Generalstab auf der Anhöhe bei Oberglauheim war Hawkins im Augenblick in der Lage, das Vorrücken der Truppen ins Zentrum zu verfolgen. Die Kavallerie unter dem Kommando von Lumley und Hompesch bewegte sich in leichtem Trab in drei Angriffswellen vorwärts; die Männer ritten Steigbügel an Steigbügel und hatten die Säbel, wie befohlen, gezogen.

»Ihr seht, James«, sprach Marlborough, »wie sie nun gezwungen sind, sich gegen unsere Kavallerie in Rechtecken zu formieren. Jetzt werden wir ja erleben, aus welchem Holz Colonel Blood geschnitzt ist.«

In diesem Moment eröffnete eine Batterie aus neun englischen Kanonen das Feuer auf sieben große Infanterieformationen der Franzosen. Die Männer hielten sich tapfer, aber selbst auf diese Entfernung waren die Erfolge der Geschütze gut zu erkennen.

»Schrotladungen auf eine Distanz von hundert Meter, James. Bei Gott, dieser Mann ist wahrlich der Vater der Artillerie. Schaut.«

Holcroft Blood, Marlboroughs gefürchteter Befehlshaber der Artillerie, hatte Schrot in die Kanonen stopfen lassen – Leinensäcke, gefüllt mit Dutzenden Musketenkugeln oder anderen Kalibern, die für gewöhnlich auf der Jagd Verwendung fanden. Der Effekt auf kurze Distanz war verheerend; jeder Schuss tötete und verstümmelte die Männer reihenweise. Zwei der französischen Rechtecke, die unter diesem Beschuss standen, waren zu einem orientierungslosen Haufen zusammengeschossen worden, der sich kaum mehr formieren konnte. Eine weitere Formation war trotz hoher Verluste noch intakt und versuchte, langsam zurückzuweichen.

Marlborough wandte sich Cadogan zu. »Habt Ihr die Uhrzeit, George?«

»Ich denke, es ist jetzt kurz vor sechs, Euer Hoheit.«

»Schickt eine Nachricht an Lord Cutts. Bittet ihn, er möge mir noch einmal die Freude machen, den Feind ein wenig länger hinzuhalten. Wenn er es für ratsam hält, so mag er erneut einen Angriff auf das Dorf einleiten. Cutts wird alsbald feststellen, dass Blenheim in Kürze umzingelt ist.«

Mit dieser Einschätzung sollte der Herzog recht behalten.

Als Hawkins wieder die Ebene in Augenschein nahm, sah er, wie die ersten Verbände der alliierten Kavallerie über die freie Fläche zwischen Oberglauheim und Blenheim jagten. Sie trieben die zerfallenden Formationen von Tallards und Marsins Dragonern vor sich her.

Marlborough konnte sich ein Grinsen nicht verkneifen. »Gentlemen, ich denke, der Zeitpunkt ist gekommen, dass ich mich den übrigen Schwadronen unserer Kavallerie anschließe.« Zum ersten Mal an diesem Tag zog der Herzog seinen Degen und schwenkte ihn hoch über seinem Haupt.

Er wandte sich seinen Leuten zu. »Trompeter, zum Angriff blasen. Gentlemen, werdet Ihr mich begleiten? Wir haben einen Sieg zum Abschluss zu bringen.«

* * *

Der Befehl, erneut den Angriff auf das Dorf aufzunehmen, war wie eine Befreiung. Wie alle geplagten Infanteristen unter Cutts, die vor Blenheim ausharrten, hörten auch Steel und die Grenadiere die unverwechselbaren Trompetenklänge, die das Nahen der Kavallerie ankündigten. Schwadron nach Schwadron strömte jetzt durch die immer breiter klaffende Bresche im Zentrum der französischen Linie.

Einer der jüngeren Männer in der Kompanie, ein Landarbeiter aus Hampshire namens Collins, tippte Slaughter aufgeregt auf den Arm. »Schaut, Sergeant. Dort drüben. Die Franzosen ziehen sich zurück. Schaut doch! Es ist ein Wunder, Sergeant.«

»Wenn das ein Wunder ist, dann hat es Seine Hoheit der heilige Herzog von Marlborough vollbracht. Nein, das ist kein verdammtes Wunder, Junge. Das, Collins, ist nur die britische Armee, die das tut, was sie tun muss. Deswegen sind wir ja hier, um die verfluchten Franzosen zu töten. Und jetzt hör auf, dir die Augen aus dem Kopf zu gucken, fang lieber mit dem Töten an. Hier wimmelt es noch von diesen Dreckskerlen.«

Slaughters brutalen Worten wohnte etwas Wahres inne. Die Mitte mochte nachgegeben haben, aber im Dorf war der Kampf noch lange nicht vorbei. Es blieb noch genug Zeit zum Sterben. Steel ahnte, wie hoch die Verluste sein würden, wenn sie diese Stellungen erneut angriffen. Dennoch, wenn er an die anderen Sturmläufe dachte, glaubte er, dass sie nicht noch einmal so viele Männer verlieren würden. Denn wenn die Franzosen sich perfekt verbarrikadiert hatten, machte sich bald Verzweiflung innerhalb der Infanterie breit. Steel kam nicht darüber hinweg, was für ein Irrsinn es gewesen war, so viele Männer in dieses kleine Dorf zu schicken. Die Kommandeure hatten noch den letzten Infanteristen in die Häuser und Gassen gequetscht. Die Folge war, dass nur wenige Soldaten überhaupt Platz genug hatten, auf die anrückenden Engländer zu feuern.

Framptons Stimme ertönte hinten am Bataillon. »Formieren. Offiziere, Stellungen beziehen.«

Das war es also. Noch ein weiteres Mal, und sie wären drin. Und dann würde er Jennings aufspüren. Er schaute zu Hansam hinüber. »Henry, ich gehe mit der halben Kompanie nach links. Wir schlagen einen Bogen südlich um das Dorf. Die Guards haben die Barrikaden genommen und scheinen die Flanke hinwegzufegen.«

Sir James' Stimme durchschnitt die Luft. »Bataillon vorwärts. Angriffsmarsch.«

Inzwischen fehlten ihnen die Trommeln, da zwei der Burschen getötet worden waren und die übrigen Trommler weiter hinten die Verletzten versorgen mussten. Das Regiment trat geschlossen vor, worauf die französische Infanterie im Dorf sogleich das Feuer eröffnete. Die Musketenkugeln sirrten wie ein Schwarm Bienen durch die Luft. Steel drehte sich zu seinen Männern um, die alle mit gesenktem Kopf marschierten, als wären sie in einen Hagelsturm geraten. »Vorwärts, immer weiter. Folgt mir, Männer!«

Einige waren zu Boden gegangen, aber Steel blieb keine Zeit, nachzuschauen, um welche Kameraden es sich handelte. Inzwischen waren sie fast an den Barrikaden angekommen. Die Franzosen luden nach und legten wieder an. Steel hielt den Blick nach vorn auf die hölzernen Verschanzungen gerichtet. Nur noch wenige Meter. Sie liefen jetzt. Ihre langen roten Rockschöße flatterten im leichten Wind; die Bajonette trugen sie stoßbereit vor sich her. Steel hörte den Knall der feindlichen Salve, sah das Mündungsfeuer und den Rauch.

Plötzlich verspürte er einen brennenden Schmerz im linken Arm und schaute im Laufen auf die Stelle. Eine Kugel hatte ihn am Oberarm getroffen und ein kleines, schwelendes Loch im Uniformstoff hinterlassen. Keine Zeit dafür. Weiter. Noch fünf Meter. Mit hörbarem Aufprall stürmten sie gegen die Barrikaden und waren im nächsten Augenblick oben auf dem Schanzwerk. Inzwischen wussten sie, wo man sich am besten abstützen konnte, wo man einen Griff zum Festhalten fand.

Sekunden später überwanden sie die Stellungen und stürzten sich auf die weiß uniformierten Verteidiger. Einige Franzosen versuchten davonzulaufen, konnten jedoch in der Masse der nachdrängenden Männer nicht fliehen und wurden von hinten von den britischen Bajonetten aufgespießt. Andere blieben standhaft und stießen mit ihren Waffen nach den Angreifern, spießten einige von ihnen im Sprung auf. Doch diesmal stand es besser für die Engländer.

Steel sah, dass gleich beim ersten Sturmlauf genügend Grenadiere die Barrikaden überwunden hatten. Er rief in Slaughters Richtung. »Weiter, Jacob. Nicht lockerlassen. Weiter!«

In den engen Gassen wurde der Kampf zu einem Gefecht Mann gegen Mann. Ein Kräftemessen, in dessen Verlauf Gewehrkolben Schädel zertrümmerten und Bajonettspitzen, aufs Geratewohl eingesetzt, verheerende Wunden rissen. Einige Männer kämpften bald mit bloßen Fäusten, während andere ihre Finger in die Augen und Gesichter des Gegners zu krallen versuchten.

Steel sah sich einem Franzosen gegenüber. Er konnte sogar den Atem des Mannes riechen und sah dem Soldaten in die braunen Augen, als er ihm den Griff des Degens hart gegen den Kiefer rammte. Dann drückte er mit aller Kraft weiter, worauf der Mann einen Moment lang den Kopf wegdrehte. Steel zögerte keine Sekunde. Er zog den Arm zurück und schlug dem Mann mit dem Handschutz gegen die Stirn. Der Soldat war kaum zu Boden gegangen, da drängte Steel bereits weiter und nahm es mit dem nächsten Gegner auf. Aber der drehte sich um, drückte gegen die nachrückenden Reihen und versuchte, die Männer zurückzudrängen.

Von weiter hinten rief ein französischer Offizier Befehle. Steel wusste nicht, ob die Soldaten nun bleiben oder sich zurückziehen sollten, aber plötzlich löste sich der Block der Verteidiger auf und wich zurück. Augenblicke später strömten die Männer in westlicher Richtung davon und verließen die Straßen und Stellungen am östlichen Rand des Dorfes. Steel indes wusste, wie gefährlich es sein konnte, wenn man zu schnell die Verfolgung aufnahm. Er hielt erneut Ausschau nach Slaughter. »Sergeant, die ersten zwei Straßen einnehmen, weiter nicht.«

* * *

Steel feuerte die Männer an, weiter vorwärts zu drängen. Vorsichtig wagten sie sich in geduckter Haltung in der schmalen Straße vor, um ein möglichst kleines Ziel zu bieten, ohne jedoch die oberen Fenster der Häuser aus den Augen zu lassen. So hatte er es den Jungs beigebracht, denn überall konnte ein Musketenlauf aus einem Fenster lugen. Beim letzten Haus der Straße bogen sie um die Ecke und erreichten einen kleinen Dorfplatz. Gegenüber stand ein weiteres Gebäude, dessen Hof von einer etwa vier Fuß hohen, moosbewachsenen Mauer eingefasst war. Und genau dort hatten sich weiß uniformierte Infanteristen verschanzt, die Bärenfellmützen trugen.

»Aufpassen! In Deckung!«

Kaum hatten die Rotröcke sich links und rechts in Sicherheit gebracht, eröffneten die Feinde, die genauso überrascht gewesen waren wie die Engländer, das Feuer aus ungefähr dreißig Musketen. Aber Steels Leute waren gut ausgebildet und schnell. Nur fünf von ihnen fielen in der engen Straße. Unter den Verwundeten waren auch Cussiter und Collins.

»Jetzt, Grenadiere!«, rief Steel. »Folgt mir!«

Er wusste, dass der Gegner im Augenblick nicht in der Lage war, weitere Reihen Infanterie antreten zu lassen, die hätten feuern können. Jene dreißig Schützen hinter der Mauer mussten erst nachladen. Daher blieb den Grenadieren nur diese Chance. Als die Rotröcke sich links und rechts wieder aus dem Schutz der Häuser lösten, konnte Steel sehen, dass die Franzosen wie besessen nachluden, hatten sie doch Steels Absicht durchschaut. Die meisten der weiß uniformierten Männer hatten ihre Munition im Lauf und stopften sie mit den Ladestöcken nach unten.

Steel wusste, dass ihnen nicht mehr als fünf Sekunden blieben. Mit hämmerndem Herzen rannte er los und machte so lange Schritte wie irgend möglich. Während er über die Pflastersteine auf die französische Stellung zurannte, spürte er, dass seine Kameraden ihm folgten, trotz der langen und eher hinderlichen Uniformröcke.

»Mir nach, Männer! Lauft, lauft, packt sie euch. Stürmt!«

Dreißig Franzosen legten an. Zwei von ihnen schossen. Eine Kugel traf einen britischen Grenadier mitten ins Gesicht. Blutüberströmt sank er zu Boden, mit zertrümmerter Nase und zerfetzter Stirnpartie. Aber die anderen Soldaten der Grenadiers Rouge waren den Bruchteil einer Sekunde zu langsam. Steel machte einen Satz nach vorn, überwand die Mauer und prallte gegen zwei französische Infanteristen, die ihre Gewehre hochgerissen hatten. Er hörte Schüsse, die jedoch über die Köpfe der Angreifer hinwegfegten. Denn die Rotröcke hatten die Mauer überwunden, und in diesem Augenblick wusste Steel, dass es auf zwei Dinge ankam: Auf den geschickten Umgang mit der Klinge – ob nun Degen oder Bajonett – und auf die verdammte Körperkraft.

Steel entschied sich für Letzteres und gab vor, im Zweikampf mit einem französischen Offizier die *en garde*-Position einzunehmen. Der Mann sah ihn an und grinste, ehe er formvollendet den Fechtgruß entbot. Steel erkannte den Offizier wieder: Es war der Mann, den er bereits bei den Gabionen am Schellenberg gesehen hatte. Dieser Mann hatte auch das Kommando in Sattelberg innegehabt.

Bei Gott, einen kaltblütigen Mörder, der Frauen und Kinder auf dem Gewissen hatte, würde er nicht grüßen. »Du heidnischer Bastard«, fluchte Steel.

Anstatt sich auf die Schrittfolge eines formalen Degenkampfes einzulassen, machte Steel sofort einen Satz nach vorn und überraschte den Mann mit einem einzigen Stoß. Die Klinge verfehlte den Oberschenkel des Franzosen zwar knapp, doch Steel hatte so viel Schwung, dass er mit seinem ganzen Gewicht gegen den Mann prallte. Der Offizier taumelte zurück in seine Soldaten, erholte sich jedoch rasch von dem Angriff und stürzte sich auf Steel. Dieser konnte die Klinge eben noch abwehren, aber da der Franzose nachstieß, erwischte er Steel mit dem Griff des Degens am Kinn. Steel flog zurück und prallte gegen Slaughter und zwei weitere Grenadiere, die es mit drei Franzosen aufgenommen hatten.

Steel sank auf ein Knie. Ihm brummte der Schädel. Dann rieb er sich das Kinn, schaute auf und sah, dass der Offizier zum Schlag ausholte – nicht mit einem gewöhnlichen Degen, sondern mit einem schweren Kavalleriesäbel, der eigens dafür gemacht war, tiefe Wunden zu reißen. Steel hielt den eigenen Degen noch rechtzeitig waagerecht hoch und parierte die Wucht des Schlages mit seiner langen, glänzenden Degenklinge. Der Säbel hinterließ eine Scharte in der Schneide, durchschlug die Klinge aber nicht.

Der Mann ist gut, dachte Steel. So gut wie Jennings. Aber auch so gut wie er? Sowie er an den verhassten Major dachte, fiel ihm sein Vorhaben wieder ein. Es ging um mehr als nur eine gewonnene Schlacht. Sosehr er den Franzosen auch verabscheute, Steel erkannte, dass jetzt nicht die Zeit für einen langen Fechtkampf war. Aber der Offizier setzte erneut nach. Diesmal schwang er den Säbel von unten nach oben, und Steel konnte sich nur mit einem Sprung nach hinten retten. Die Klinge sauste um Haaresbreite an seiner Brust vorbei. Im Gegenzug wich Steel seitlich aus, täuschte einen Angriff auf der linken Seite des Mannes vor, riss den Degen gekonnt nach rechts und streifte den Offizier an der Schulter. Links und rechts von Steel benutzten seine Männer inzwischen die Musketen als Keulen und zogen ihre kurzen Infanteriesäbel.

Da Steel keine Möglichkeit sah, sich dem Gefecht zu entziehen, blieb ihm nur der Angriff. Aber gerade als er ansetzte, trat ein hünenhafter französischer Grenadier neben den Kommandeur und stieß mit dem Bajonett nach Steels Bauch. Steel schlug die Stichwaffe zur Seite und wehrte kurz darauf den Säbel des Offiziers ab, der auf Steels Brust zielte. Allmählich wurde ihm die Sache zu heiß. Steel wich einen halben Schritt zurück und sah, wie Slaughter einem Franzosen mit dem kurzen Säbel die Schusswaffe aus der Hand schlug und den Mann am Unterarm verletzte.

Lärm von weiter rechts und von hinten lenkte ihn ab. Einen Moment lang befürchtete er, dort rückten noch mehr Franzosen an, aber der französische Offizier – Claude Malbec – hatte den Lärm ebenfalls gehört. Während Steel den Hals reckte, um besser sehen zu können, fiel Malbecs Blick auf die Scharen rot uniformierter Infanteristen, die auf den Dorfplatz strömten.

Der französische Offizier erkannte sofort, dass es Zeit war, sich zurückzuziehen, auch wenn er das Duell mit dem hochgewachsenen britischen Offizier genossen hätte. Als Steel sich wieder dem Gegner zuwandte, war dieser verschwunden. Doch der große Grenadier stach erneut mit dem Bajonett nach Steel. Diesmal jedoch wurde ihm seine Körpergröße zum Verhängnis. Denn er beugte sich zu weit vor und vernachlässigte seine Defensive. Steel stieß schnell und hart zu, traf den Gegner unterhalb des Kinns und trieb ihm die Klinge durch den Hals. Der Franzose sackte zu Boden. Das Blut quoll ihm aus dem Mund. Steel zog die klebrige Klinge zurück.

Inzwischen wimmelte es nur so von rot uniformierten Soldaten. Niederländer allesamt, die über andere Straßen zum Dorfplatz gelangt waren, um den Angriff zu verstärken. Steel sah, dass es keine Leute von Cutts waren, sondern Truppen aus dem mittleren Frontabschnitt. Und das konnte nur eins bedeuten: Marlborough hatte den Sieg davongetragen. Steel wusste, dass das Dorf ihnen bald größtenteils gehörte, wenn sie nur entschlossen genug vorwärtsdrängten. Vielleicht könnten sie eine Kapitulation erzwingen. Mochte der französische Offizier ihm auch entwischt sein, im Augenblick hatte Steel ein weitaus wichtigeres Anliegen.

Außer Atem wandte er sich an Williams und deutete nach links. »Tom, nehmt den Zug und durchsucht alle Häuser entlang dieser Straße. Ich möchte, dass Ihr möglichst viele Offiziere lebend fangt, wer immer dort steckt. Aber seid wachsam. Wenn sie sich verdächtig aufführen, dann tötet Ihr sie. Lasst sie nicht frei herumlaufen.«

Er war sicher, dass er irgendwo hier auf Jennings stoßen würde, und hatte nicht die Absicht, ihn erneut entwischen zu lassen.

* * *

In einer Straße ganz am westlichen Rand des Dorfes stand ein Haus, in dem es sich Aubrey Jennings in einer kleinen Stube im oberen Stockwerk bequem gemacht hatte. Er schenkte sich Cognac nach, den ihm sein neuer Sergeant namens Saunders besorgt hatte. Der Major hatte den Mann an der Treppe positioniert und wartete auf das Ende der Kämpfe. Der Sergeant schien ein vernünftiger Bursche zu sein. Vielleicht, so dachte Jennings, nehme ich diesen jämmerlichen Abtrünnigen in mein Regiment auf. Er sah sich schon in London und malte sich aus, wie eine dankbare Nation ihn mit all den militärischen Ehren empfing, die ihm für seine Leistung zustanden. Ja, sie würden ihn in den Rang eines Colonels erheben. Dieser Saunders könnte dann einen passablen Sergeant-Major abgeben.

Der Angriff der Alliierten hatte ihn letzten Endes überrascht. Aber noch kein Grund für Jennings, beunruhigt zu sein. Denn was wollten Cutts' zwölftausend Mann – falls überhaupt noch so viele übrig waren – schon ausrichten gegen doppelt so viele Franzosen in diesen gut befestigten Stellungen? In den anderen Abschnitten der Front würde Tallard die Oberhand behalten.

Jennings hatte sich gerade selber zugeprostet, als die Tür aufging und Sergeant Saunders hereinkam.

»Major. Ihr solltet besser mitkommen und Euch das anschauen. Es sieht gar nicht gut dort drüben aus. Schätze, die Franzosen müssen weichen.«

»Warum so unruhig, Sergeant? Ihr irrt Euch sicher.«

»Nein, da gibt's kein Vertun, Sir. Die rennen wie die Hasen über die Felder davon. Und wie's aussieht, sind wir umzingelt. Überall verdammte Rotröcke. Was sollen wir tun, Sir?«

Jennings dachte einen Moment nach. Dann stand er auf, richtete seinen Uniformrock und den Degen und griff nach den zwei wunderschön mit Silbereinlagen verzierten Pistolen, die er früher am Tag einem toten französischen Dragoner abgenommen hatte. Eine Pistole steckte er in seinen Gürtel, die andere Waffe behielt er in der Hand und spannte den Hahn. »Sergeant, Ihr wisst, dass es Augenblicke gibt, in denen allein ein Offizier den Überblick behält. Die Lösung ist sehr einfach.«

Der Sergeant lächelte und glaubte wieder daran, dass es stets richtig gewesen war, den höheren Offizieren zu vertrauen. Dann aber wich das vertrauensselige Lächeln einem Stirnrunzeln, denn Jennings richtete die Pistole auf Saunders und betätigte langsam, aber bestimmt den perfekt geschwungenen Abzug. Der Sergeant ging zu Boden. Ein schwarzes, schwelendes Loch klaffte dort, wo ihn die Kugel an der Stirn getroffen hatte.

Ja, es gab wahrlich nur eine Lösung, wie Jennings sich bewusst machte, während er die noch qualmende Pistole nachlud. Er würde das Ende des Kampfes abwarten, jeden erschießen, der so töricht war, ihn hier aufzustöbern, und dann in dem allgemeinen Durcheinander fliehen. Ein Pferd würde er sicherlich irgendwo auftreiben können. Er trug immer noch die Uniform eines britischen Majors. Demnach gehörte er offenbar der siegreichen Armee an. Nach wie vor hatte er die belastenden Briefe bei sich, die Marlborough zu Fall bringen würden. Sein Proviant reichte für mehrere Tage. Und sobald die Franzosen besiegt waren, würde sich ihm in den alliierten Linien niemand mehr in den Weg stellen oder ihn auf seinem Weg zur Kanalküste behindern. Jennings bezweifelte nicht, dass der Sergeant recht hatte. Er konnte bereits englische Stimmen unten in den Straßen hören.

Das Ende stand kurz bevor. Der Major langte nach dem halb vollen Glas Cognac und blickte beim Trinken auf Saunders' reglosen Körper hinunter. Langsam sickerte das Blut aus der Wunde, die die Kugel beim Austreten am Hinterkopf hinterlassen hatte. Schade drum, dachte er. Der Mann hätte vielleicht das Zeug zum Sergeant-Major gehabt. Was soll's. Beizeiten ließen sich noch genügend Freiwillige finden.

* * *

Tom Williams wusste jetzt, dass er seine wahre Berufung gefunden hatte. Er führte seinen Zug Grenadiere schon wie ein erfahrener Veteran durch das Dorf, von Ost nach West. Nach und nach traten sie die Türen der Häuser in den Straßen Blenheims auf. Vier Gebäude hatten sie bereits gesäubert und mehr als fünfundzwanzig französische Gefangene zusammengetrieben. Diese Männer waren kampfesmüde, aber für Williams' Trupp war es nicht immer einfach gewesen.

Gleich aus dem ersten Gebäude stieg noch der Rauch eines Granateneinschlags. Im Innern war Williams über die verkohlten Überreste eines Franzosen gestolpert. Zwei andere Gegner lagen halb verbrannt am Boden und schrien vor Schmerzen – sie ließen sie liegen. Sie konnten ihnen nicht mehr helfen und weigerten sich, ihnen den Gnadenschuss zu geben. Beim zweiten Haus stießen sie auf erbitterten Widerstand, den die Grenadiere nur durch den Einsatz ihrer Bajonette und Gewehrkolben brechen konnten. Beim dritten Gebäude ergaben die entgeisterten Infanteristen sich sofort bereitwillig und kamen mit erhobenen Händen heraus.

Das war das Soldatentum, von dem Williams immer geträumt hatte. Der Stoff für Geschichten, die sie sich als Jungs erzählt hatten. Geschichten, die seine Fantasie beflügelt hatten, als sein Vater ihm mitteilte, er habe ihm den Eintritt in die Armee erkauft. Für seine Familie mochte er ein hoffnungsloser Fall sein. Aber wenn sie ihn jetzt sehen könnten, würden sie Achtung vor ihm haben.

Er führte zwei Grenadiere zu der geschlossenen Tür eines Hauses an einer Straßenecke ganz im Westen von Blenheim. Durch einen Torbogen weiter unten am Dorfrand konnten sie die Wiesen entlang der Donau sehen. Das Gras war durchtränkt vom Blut toter französischer Dragoner und britischer Rotröcke, die beim ersten Sturmlauf am Morgen gefallen waren. Williams wandte sich an Corporal Taylor.

»Taylor, ich denke, dies hier erledige ich. Ein paar Mann zu mir. Ihr geht mit den Gefangenen weiter. Bringt sie zurück zu Mr. Steel.«

Er trat gegen die Tür und war verblüfft, dass sie nicht nachgab. Sie war verschlossen. Einer der Grenadiere hämmerte mit dem Gewehrkolben auf den Knauf, bis die Tür aufsprang. Im Haus schien niemand zu sein. Kein Laut drang aus dem kühlen Halbdunkel der Stube nach draußen. Der Tisch, bereits für die Frühmahlzeit gedeckt, war seit Tagen nicht mehr berührt worden. Während die Männer ins Innere spähten, sprang eine Ratte von einem der Stühle und flitzte ins Freie. Williams entspannte sich.

»Niemand hier, McCance. Ich schaue noch kurz ins obere Stockwerk. Ihr geht weiter. Und vergesst die Gasse dort nicht.«

Mit gezogenem Degen stieg Williams die Treppenstufen nach oben. Er wähnte das Haus unbewohnt und war davon überzeugt, dass die Besitzer in Eile das Dorf verlassen hatten. Dennoch war er gespannt, was es im oberen Stock zu entdecken gab. Steel hatte ihm einmal von der Möglichkeit erzählt, in verlassenen Gebäuden reiche Beute machen zu können – noch dazu quasi rechtmäßig. Einmal, so Steel, habe er in Russland Goldmünzen gefunden, mit denen er das Essen für das gesamte Regiment bezahlt habe. Ein andermal fand er genug Spitze, um damit drei Unterröcke für seine Geliebte anfertigen zu lassen.

Aber es war weder Gold noch Spitze, was Tom Williams sah, als er die Tür am oberen Treppenabsatz öffnete.

In der Kammer saß jemand auf dem Bett. In einer Hand hielt er ein Glas Brandy, in der anderen eine geladene Pistole: Aubrey Jennings in Hemd und Breeches. Seine äußere Erscheinung erinnerte kaum noch an den Dandy, den er früher so gern im Regiment gegeben hatte. Er war hager im Gesicht geworden und hatte Spuren vom Schießpulver auf Wangen und Stirn. Auf dem Fußboden lagen zwei Männer. Einer sah wie ein britischer

Rotrock aus. Der andere war ein französischer Captain. Beide waren tot.

Es war schwer zu sagen, wer mehr überrascht war – Jennings oder Williams. Einen Moment lang sah es so aus, als würde der Major den Abzug betätigen. Doch er besann sich eines Besseren, sicherte die Waffe vorsichtig und legte sie auf den Tisch.

»Sieh an. Was für eine Erleichterung. Und ich dachte schon, Ihr wärt wieder so ein Kerl, der es auf mich abgesehen hat. Ich wurde gefangen genommen, seht Ihr? Dieser Franzmann hier wollte mich umbringen. Aber der tapfere Bursche dort eilte mir zu Hilfe und wurde dann selbst erschossen. Ich sah schon mein eigenes Ende vor Augen. Und jetzt seid Ihr es, der mir zu Hilfe kommt, Tom. Wer hätte das gedacht. Aber kommt doch rein. Ein Glas Cognac?«

Der Fähnrich war sprachlos. Er war im Augenblick nicht fähig, die Situation voll zu erfassen. Bei ihrer letzten Begegnung hatte Jennings versucht, ihn zu töten. Doch hier saß der Major nun, ein Vergewaltiger, und begrüßte ihn auf freundliche Weise.

»Ich ... ich verstehe nicht ganz, Major. Ich dachte ...«

»Mir ist bewusst, was Ihr denkt, Tom. Aber lasst es mich erklären. Es tut mir aufrichtig leid, dass ich Euch bei unserer letzten Begegnung verwunden musste. Wie ich sehe, habt Ihr Euch erholt. Die Wahrheit ist, dass mir keine andere Wahl blieb. Seht Ihr, Tom, ich bin ein britischer Spion. Ich bin einzig und allein dem Herzog von Marlborough verpflichtet, niemandem sonst.«

»Aber das Dorf. Miss Louisa. Mr. Steel sagte, Ihr hättet ... hättet ...«

»Mr. Steel hat sich geirrt, Tom. Er wusste nicht, wie mein Auftrag lautete, konnte es nicht wissen. Dennoch, während Ihr Euch auf dem Schlachtfeld abgemüht habt, habe ich hier in Blenheim den Krieg hinter der Front geführt. Meine gezielten Informationen, die ich dem Herzog rechtzeitig zuspielen konnte, führten letzten Endes zu unserem Sieg, Tom.«

Er erhob sich. Williams aber wich einen Schritt zurück, da er nicht sicher war, ob er dem Major wirklich trauen durfte.

»Kommt, Tom. Legt den Degen beiseite. Ich sehe, dass Ihr zögert. Was haltet Ihr davon, wenn wir zunächst Colonel Farquharson aufsuchen? Und dann bringe ich Euch zu Marlborough. Er wird begeistert sein, mich zu sehen. Und wenn ich ihm erzähle, dass Ihr mich gefunden habt, wird er Euch reich belohnen, glaubt mir, Tom. Ihr seid noch jung, und dann schon eine Beförderung? Nicht schlecht, wie? Hat es alles schon gegeben. Aber kommt. Ich brauche eine Waffe. Diese französischen Pistolen mögen ja gut sein. Aber sie sind eine Schande für einen englischen Offizier. Jetzt reicht mir Euren Degen. Merkt Ihr denn nicht, dass ich begierig auf den Kampf draußen bin? Ihr könnt doch nicht den ganzen Ruhm allein einheimsen, wie? Euren Degen, Tom, und wir machen uns auf den Weg.« Mit diesen Worten griff er nach seinem Uniformrock und zog ihn an.

Ohne nachzudenken und beflügelt von der Aussicht auf Beförderung, bot Williams dem Major den Degen dar. Jennings nahm die Waffe entgegen und lächelte. »Für diese Klinge hätte ich mich nicht entschieden, aber in diesem Fall wird sie meinen Ansprüchen genügen.«

Williams starrte ihn an und wusste nicht, wie er die letzten Worte des Majors einordnen sollte. Im selben Moment streckte Jennings den Arm aus und brachte die Spitze des Degens an die Brust des jungen Fähnrichs. Mit sanftem Druck gab er Williams zu verstehen, sich von der Tür wegzubewegen, und drängte ihn dann langsam zurück zur Wand.

»Es tut mir sehr leid, Williams. Tatsächlich ist nichts von alledem wahr, müsst Ihr wissen.«

Der Fähnrich erstarrte.

»Und da Ihr jetzt mein kleines Geheimnis kennt, lasst Ihr mir leider keine Wahl. Lebt wohl, Tom.«

Williams konnte den Cognac in Jennings' Atem riechen. Er fühlte, wie die Degenspitze sich langsam in seine Brust bohrte. Doch gerade als der Major den Fähnrich mit der Sechsundzwanzig-Zoll-Klinge an die Wand nageln wollte, nahm er ein hoffnungsvolles Schimmern in Williams' Augen wahr. Im nächsten Moment hallte ein ohrenbetäubender Knall von den Wänden wider. Eine Kugel zerfetzte die Spitze von Jennings' Zeigefinger, riss ihm die Waffe aus der Hand und schlug neben Williams' Kopf in der Wand ein. Der Major stand schockiert da, schrie dann vor Schmerzen auf und hielt sich die blutende Hand.

Im selben Moment stürzte sich Williams auf ihn, doch der Major war schneller und erfahrener. Ehe der Junge sich's versah, erhielt er einen Tritt zwischen die Beine und krümmte sich vor Schmerzen. Jennings ballte die unversehrte Hand zur Faust und schlug dem Fähnrich hart auf den Nacken. Williams ging vollends zu Boden und wimmerte kläglich. Alles war in Sekunden vorüber. Als Jennings zur Tür wirbelte, erkannte er durch den Pulverdampf hindurch eine ihm vertraute Gestalt.

Auf der Schwelle stand Louisa Weber. Sie zitterte, doch sie hielt die noch schwelende Muskete mit dem aufgepflanzten Bajonett im Anschlag.

Jennings' Züge waren von Zorn verzerrt. »Du kleine Schlampe!«, spie er.

Louisa stand wie angewurzelt da. Sie hatte gehofft, dass die Kugel Jennings töten würde oder dass sie ihn zu Boden schleuderte. Aber sie hatte sich verrechnet. Louisa wich zurück, wusste nicht, was sie jetzt tun sollte. Die Muskete war nicht mehr geladen, aber man konnte sie dank des langen Bajonetts immerhin noch als Stichwaffe einsetzen. Zögerlich zielte sie mit der Klinge auf den Major.

»Bleibt, wo Ihr seid!«, rief sie atemlos.

Jennings zog mit finsterer Miene ein Tuch aus der Tasche und wickelte es um den Fingerstummel. Der Schmerz ließ ihn zusammenzucken. »Wie hast du mich gefunden?«, zischte er.

Louisa lächelte triumphierend und gewann die Fassung zurück. »Ich hörte, wie Lieutenant Steel seinem Sergeant erzählte, er werde Euren Sergeant bezahlen, damit er Euch verrät. Und das hat er getan. Also bezahlte ich Sergeant Stringer erneut und erfuhr, wo ich Euch finden kann.«

»Wollt Ihr mir sagen, dass Ihr, eine Frau, ein Schlachtfeld überquert habt, um hierherzukommen?«

Louisa war etwas außer Atem, doch ihrer Stimme mangelte es nicht an Entschlusskraft. »Ihr wärt erstaunt, Major, was eine Frau alles vermag, wenn sie etwas unter allen Umständen erreichen will.«

Jennings wagte sich einen Schritt näher zur Tür, doch Louisa stieß mit dem Bajonett nach ihm. »Zurück, oder ich töte Euch!«

»Sei nicht töricht. Du bist der Sache nicht gewachsen. Sergeant Stringer weiß, wo ich bin. Das hast du eben selbst gesagt. Er wird bald hier sein. Und dann schlitzt er dir den Hals auf.«

Louisa dachte kurz nach und lächelte dann wieder. »Als ich Sergeant Stringer zuletzt sah, ritt er nach Augsburg, die Taschen voll mit meinem Geld.«

Inzwischen war sie mutiger und trat einen Schritt tiefer in den Raum, was Jennings sehr genau registrierte. Denn nun hatte sie den Musketenlauf ein wenig gesenkt. Jennings nutzte den Moment, sprang zum Bett und griff nach den beiden Pistolen, von denen eine geladen war. Die andere hatte er in seiner Nachlässigkeit liegen lassen. Aber welche der beiden war nun geladen? Es kümmerte ihn nicht. Er wirbelte auf dem Absatz herum. Ehe Louisa die schwere Muskete richtig handhaben konnte, stieß Jennings den Lauf mit der gesunden Hand zur

Seite. Gleichzeitig holte er mit der anderen Hand aus und schmetterte Louisa den Griff der Pistole an den Kopf. Sie sank bewusstlos zu Boden.

Ein Stöhnen hinter ihm verriet Jennings, dass Williams mühsam auf die Beine kam. Der Degen lag noch am Boden, der Knauf verdreht durch den Aufschlag der Kugel. Williams sah die Waffe zwar, aber wieder war der Major schneller und schickte den Degen mit einem Fußtritt über den Boden hinüber zum Fenster. »Nein, Tom. Also, wo waren wir stehen geblieben? Ach ja, ich wollte Euch töten.«

Williams war wieder zu Atem gekommen. »Bastard!«

»Spricht man so mit einem höheren Offizier?«

Jennings hielt die Pistole in der Rechten, bückte sich und hob den Degen auf. Dann tauschte er die Waffen rasch und hielt die Spitze des Degens erneut gegen Williams' Brust. Geschickt drehte er die Pistole in der Linken so, dass der Finger sich um den Abzug schloss. »So, jetzt sind wir so weit. Erzählt mir doch, wie Ihr zu sterben wünscht. Durch die Kugel oder durch den Degen, Tom?«

Williams zitterte vor Angst. Unerbittlich bedrohte Jennings ihn mit dem Degen. Er übte mehr Druck aus, sodass die Spitze sich leicht in Williams' Haut bohrte. Die ersten Tropfen Blut sickerten durch den Stoff des Hemds und bildeten einen kleinen, roten Kreis. Als Williams versuchte, weiter zur Wand zurückzuweichen, spannte Jennings den Hahn der Pistole und hielt sie dem Fähnrich an den Kopf.

»Sagt es mir, Tom. Wie soll ich Euch ins Jenseits befördern? Soll ich Euch mitten ins Herz stechen oder die Wand mit Eurem Hirn bekleckern?«

Williams' Blick, von Entsetzen geprägt, schien sich plötzlich auf irgendetwas in Jennings' Rücken zu richten. Der Major lächelte.

»Glaubt Ihr wirklich, Ihr könnt mich noch mal mit diesem

Trick narren, Junge? Ich lasse mich nicht zweimal täuschen. Kommt jetzt. Ihr habt die Wahl gehabt. Welche Art des Sterbens zieht Ihr denn nun vor? Ich bin ein fairer Mann, aber ich habe nicht endlos Zeit.«

»Ihr, Major Jennings? Ihr habt für diese Welt überhaupt keine Zeit mehr.«

Die Stimme kam von der Türschwelle.

Jennings fuhr herum. Steel stand bei Louisa. In einer Hand hielt er seinen großen Degen, in der anderen Jennings' zweite Pistole.

»Ah, Steel. Ich habe mich schon gefragt, wann Ihr auftaucht. Ich nehme an, Stringer hat mich verraten.«

»Ein Verräter sollte nie einem anderen Verräter vertrauen, Major. Seht Ihr das auch so?«

Jennings lachte übertrieben auf. »Ihr schimpft mich erneut einen Verräter, Steel? Wie wenig Ihr doch begriffen habt.«

»Da gibt es nichts zu begreifen, Major. Es gibt gute Menschen auf der Welt und böse. Keine Frage, zu welchen Ihr gehört.«

Blitzschnell wirbelte Jennings auf dem Absatz herum und rammte Williams den Ellbogen in die Rippen. Im nächsten Augenblick vollführte er im klassischen Fechtstil eine perfekte *ballestra* – einen Ausfall – und stach mit dem Degen des Fähnrichs nach Steel.

Steel wehrte den Stoß jedoch ab und traf Jennings am Oberarm. Der Major schrie auf, schien von seiner eigenen Nachlässigkeit überrascht zu sein, fing sich aber wieder und riss den Degen hoch. Die Spitze pendelte auf Steels Augenhöhe. Doch der Lieutenant verlagerte sein Gewicht auf das rechte Bein und parierte gekonnt. Jennings hatte dies kommen sehen und ließ die Klinge sinken, sodass Steel am Unterarm eine lange Schnittwunde davontrug.

Er zuckte vor Schmerz zusammen und wich zwei Schritte

zurück, wobei er darauf achtete, nicht über Louisa zu stolpern. Langsam bewegte er sich tiefer in den Raum in Richtung Williams, der zu sich kam und sich bereits nach einer Waffe umsah. Das war Steels Chance. Schnell warf er dem Fähnrich den Degen zu. Williams fing die Waffe geschickt auf und wandte sich Jennings zu, während Steel die Pistole auf den Major richtete, den Hahn spannte und abdrückte. Was folgte, war ein leeres Klacken. Die Waffe war nicht geladen.

Nun bedrohte Jennings Williams mit der Klinge. Der junge Fähnrich zögerte, da er gesehen hatte, wie geschickt der Major mit dem Degen umgehen konnte. Mit diesem Zaudern überließ er Jennings die Initiative. Denn im selben Moment richtete der Major die Pistole auf Steel und drückte seinerseits ab. Der Knall und ätzender Rauch erfüllten die Kammer. Die Kugel traf Steel an der Schulter. Er fiel zu Boden, presste eine Hand an die Wunde und versuchte, wieder auf die Beine zu kommen. Jennings bedrohte erneut den Fähnrich.

»So, Williams, wo waren wir stehen geblieben?«

Geschickt wand er die dünne Klinge des Infanteriedegens um die größere Klinge und schlug Williams mit einer gezielten Drehung den breiteren Degen aus der Hand. Mit einem Scheppern landete Steels Waffe auf dem Boden. Gleichzeitig hielt Jennings dem Fähnrich die Spitze an die Kehle und grinste triumphierend.

Doch während Williams mit großen Augen sein eigenes Ende erwartete, veränderte sich Jennings' Grinsen zu einem Ausdruck namenloser Verwirrung. Seine Augen weiteten sich, seine Lippen erstarrten. Die Zeit schien sich zu verlangsamen, als sich eine blutige Klinge aus der Brust des Majors schob. Ungläubig starrte Jennings auf das Bajonett, das ihn am Rücken getroffen hatte. Williams' Degen entglitt ihm, ehe er zunächst mit der verstümmelten Hand und schließlich mit der anderen Hand die lange Klinge des Bajonetts umfasste. Steel ließ Louisas Muskete los, die in Jennings' Rücken steckte, und stellte sich vor den Major.

»Das war unachtsam von Euch, Aubrey. Sehr nachlässig.«

Jennings taumelte rückwärts und versuchte das Gleichgewicht zu halten, da das Gewicht der Muskete ihn nach unten zu ziehen drohte. Sein Stöhnen kam stoßweise, und er kam nicht mehr über ein heiseres Wispern hinaus. »Ihr könnt mich … nicht töten, Steel. Verflucht seid Ihr. Ihr seid … meiner nicht würdig.«

»Nicht würdig?« Steel deutete auf Louisa. »War sie etwa würdig? Und wie steht es um die Armee, um Euer Vaterland, Aubrey? Waren sie Eurer würdig? Ihr verräterischer Bastard.«

Jennings' Atem ging flach und keuchend. Sein Gesicht war bleich, der Mund blutverschmiert. Die letzten Worte blieben ihm fast im Halse stecken. »Wie könnt … Ihr es wagen? Ich sehe Euch … in der Hölle, Steel.«

Ungerührt packte Steel den Major bei der Schulter und drückte ihn langsam zu Boden, sodass die Muskete sich noch tiefer in Jennings' Leib bohrte. »Mag sein, Major. Aber das wird hoffentlich noch sehr, sehr lange dauern.«

Trotz der brennenden Schmerzen an der Schulter ließ Steel nicht von seinem alten Widersacher ab und drückte gnadenlos weiter, bis die Waffe entzweibrach; der Schaft des Bajonetts stieß gegen Jennings' Schulterblätter. Williams starrte auf die von Entsetzen verzerrte Miene des Majors, der sich immer noch verzweifelt mit blutigen Händen an die Klinge klammerte. Sein Widerstand schien kein Ende nehmen zu wollen, doch schließlich erstarrten die Hände.

Steel ließ Jennings' schlaffen Körper los und wandte sich Louisa zu, die allmählich das Bewusstsein wiedererlangte. Steel kniete neben ihr, hielt ihren Kopf in seinen Händen und sah, wie sie die Augen aufschlug.

»Jack?«

»Tom, kommt und helft Miss Weber.«

Williams half Louisa auf die Beine, während Steel noch einmal zu Jennings trat. Er bückte sich, achtete darauf, sich nicht am Bajonett zu schneiden, und knöpfte den teuren Uniformrock auf, dessen karmesinroter Stoff sich von Jennings' Blut beinahe schwarz färbte. In der rechten Innentasche ertastete Steel ein kleines Päckchen, zog es hervor und erkannte das Bündel Briefe. Schnell säuberte er den Einband von Blut, vergewisserte sich noch einmal, dass es sich wirklich um die Briefe handelte, und schob das Bündel dann in die eigene Rocktasche.

Williams und Louisa saßen inzwischen auf dem Bett. Die Tränen liefen Louisa über die Wangen. »Ist er ... ist er tot?«, wisperte sie.

Steel nickte. »Der rührt sich nicht mehr.«

Sie wischte sich die Tränen fort. »Was hast du ihm abgenommen? Geld?«

Steel schüttelte den Kopf und fasste sich an die verletzte Schulter, da er den pochenden Schmerz erst jetzt richtig wahrnahm. »Nein, kein Geld. Etwas Wertvolleres als Geld. Etwas, das man mit Geld nicht kaufen kann.«

Er blickte hinunter in Jennings' leblose Augen. »Die Ehre eines Mannes.«

Epilog

Der Abend breitete sich über den Feldern aus und brachte das fahle Mondlicht mit, das auf die Körper der Toten und der Sterbenden fiel. Pulverdampf und der honigsüße Geruch des Todes hingen schwer in der Luft. Das Blut sammelte sich in den Ackerfurchen und färbte die Wasser des Nebelbachs und des Weyerbrunns rot.

Blenheim lag entseelt da, und die eigenartige Stille des Dorfes wurde nur unterbrochen vom Stöhnen der Verwundeten und dem Knacken und Prasseln des Holzes in den Flammen. Auf einem Gebiet von kaum mehr als vier Quadratmeilen lagen fünfzehntausend Franzosen, sechstausend Briten, Niederländer und Deutsche und weitere dreitausend Mann von Prinz Eugen im Tode vereint. Die Leichen wurden in dieser Nacht nicht Beute von Plünderern, die für gewöhnlich nach einer Schlacht auftauchten.

Marlborough hatte seiner Armee den Befehl erteilt, »auf den Waffen zu schlafen«, und so kam es, dass überall auf der Ebene um Höchstädt die Lebenden bei den Toten schliefen, erschöpft und doch vom Sieg beseelt. Hier und da verriet der orangefarbene Schein eines Lagerfeuers, dass einige Männer noch die Kraft besaßen, den Triumph gebührend zu feiern. Die Zahl der toten Pferde war beinahe so hoch wie die der Soldaten. Die Tiere, die noch nicht verendet waren, wieherten und schnaubten vor Schmerz. Cutts' Division und der britische linke Flügel hatten über zweitausend Mann im Kampf um Blenheim verloren, und Steel hatte seine Bemühungen aufgegeben, herauszufinden, wer aus seinem Regiment noch am Leben war.

Inzwischen wusste er von Slaughter, wie viele Grenadiere

gefallen waren. Mehr als ein Dutzend, sieben weitere wurden vermisst. Er wusste auch, dass Cussiter, Taylor, Hansam und fünfzehn andere Verwundete wieder kämpfen würden. McCance, Collins und zehn andere wären dazu nicht mehr in der Lage.

* * *

Steel stand auf der Anhöhe und schaute hinüber zu den Dörfern, die in die französische Verteidigung eingebunden gewesen waren. Der Feind hatte über dreitausend Zelte zurückgelassen, in denen es sich für die Nacht zumeist die Offiziere bequem gemacht hatten. Auch Steel trat nun in eines der Zelte, in dem sich Slaughter und Louisa aufhielten, und betrachtete die Habseligkeiten, die der frühere Besitzer auf einem kleinen Tisch zurückgelassen hatte: ein Buch mit Gedichten, ein Brief an die Ehefrau, drei Flaschen Rotwein, eine Pfeife, Spielkarten und jede Menge Proviant. Gemüse und Kräuter zumeist. Slaughter schüttelte verwundert den Kopf.

»Was haltet Ihr von all diesem Zeug, Sir? Und ich dachte, *wir* wären gut ausgestattet.«

»Das hier, Sergeant, nennt man wohl Beute. Euer französischer Soldat ist ein geborener Plünderer. Ihr könnt sicher sein, dass nichts von alledem hier rechtmäßig erworben oder gar bezahlt worden ist. Sie haben alles den armen Bauern weggenommen. Aber wir können es jetzt wohl kaum zurückbringen, oder? Wie seid Ihr denn so als Koch, Jacob?«

»Wisst Ihr, mit dem Kochen hab ich's nie so gehabt, Sir. Frauenarbeit, würde ich sagen.«

Louisa musste lachen.

»Oh, ich kann ein schönes Stück Fleisch frikassieren, wenn's nur darum geht. Aber alles andere ist bei mir verloren, Mr. Steel.«

»Ich wünschte, ich hätte Euch nicht damit belästigt«, meinte

Steel mit einem Grinsen. »Wer mag denn dann wohl der Kompaniekoch sein, was glaubt Ihr? Nein, lasst mich raten.«

»Nun, ich wette, dass Corporal Taylor uns ein nettes Ragout aus all diesen Sachen machen könnte.«

»Dann solltet Ihr nach ihm Ausschau halten, Jacob. Soll das etwa alles verderben?«

Henry Hansam, den rechten Arm in einer Schlinge, steckte den Kopf zum Zelt herein. »Jack, hast du schon gehört? Wir haben Marschall Tallard und vierzig Generäle gefangen genommen. Vierzig, Jack! Und fast einhundertdreißig Standarten. Aber es kommt noch besser. Die Guards haben an die hundert Ochsen entdeckt, schon gehäutet und alles. Sie wurden heute früh den Franzosen geliefert. Ich sehe mal nach, ob ich uns einen davon sichern kann.«

»Seht Ihr, Jacob, ich sagte ja, dass das Glück uns hold sein würde. Ihr solltet Corporal Taylor vom Krankenlager holen. Heute Abend gibt es ein schönes Rindfleischragout.«

Ihr Lachen wurde unterbrochen, als einer von Marlboroughs Läufern eintraf. »Lieutenant Steel. Der Captain-General wünscht Euch zu sprechen, Sir. Und zwar sofort, wenn Ihr könnt, Sir.«

* * *

Steel folgte dem Jungen über die platt getretenen Felder. Von Zeit zu Zeit streckte ein Verwundeter ihm einen Arm entgegen, aber der Bote drängte so sehr, dass Steel keine Zeit blieb, sich um die armen Kerle zu kümmern.

Sie gingen an den Leichen aus neun Bataillonen französischer Infanterie vorbei – jene Männer, die versucht hatten, Marlboroughs Zentrum aufzuhalten. Die Toten lagen noch in der alten Rechteckformation, niedergemäht von Colonel Bloods Kartätschenbeschuss aus kurzer Distanz. Steel konnte nicht anderes, immer wieder schaute er im weichen Mondlicht auf die Gesichter der Toten. Die Männer kamen ihm unglaublich jung vor. Viele von ihnen mochten nicht älter als sechzehn gewesen sein.

Endlich erreichten sie die Mühle am Rande Höchstädts, in der die Franzosen ihr Schießpulver gelagert hatten. Genau dort hatte der Herzog sein Nachtlager aufgeschlagen.

Der Läufer hielt Steel die Tür auf. Der Qualm von Pfeifen hing in Schwaden unter der Decke des ovalen Raums, in dem die versammelten ranghöheren Offiziere laut durcheinanderredeten: Deutsche, Niederländer und Männer aus den Kaiserlichen Truppen. Steel entdeckte Hawkins und einige andere Briten, darunter auch Prinz Eugen. Doch in der Mitte der Offiziere stand Marlborough. General Lumley, der gefeierte Kommandeur der Kavallerie, war in bester Redelaune.

»So etwas habt Ihr nie gesehen, meine Herren. Die beste Kavallerie Frankreichs flieht wie eine Braut in der Hochzeitsnacht. In gestrecktem Galopp in die Donau. Wie viele dort ertrunken sind, weiß Gott allein.«

Marlborough blickte ernst drein. »Ja, Lumley. Eine Tragödie, dass so viele tapfere Soldaten ein so schmähliches Ende gefunden haben.«

Colonel Hawkins hüstelte. »Hier ist Mr. Steel, Euer Hoheit.«

»Ah, Mr. Steel.« Marlboroughs Miene hellte sich auf.

Steel salutierte vorschriftsmäßig. Marlborough lächelte, durchquerte den Raum und nahm zwei Gläser Wein von einem Silbertablett, das auf einem Sideboard stand. Die Bediensteten des Herzogs hatten sich alle Mühe gegeben, das neue Quartier ihres Herrn mit Möbeln auszustatten. Marlborough trat zu Steel und reichte ihm ein Glas.

»Ein Drink, Mr. Steel? Ihr habt die Fahne Eures Regiments gerettet, Sir, wie ich von Sir James Farquharson erfuhr. Lord Cutts hier glaubt, dass Ihr seine Brigade durch Euer beherztes Handeln gerettet habt.«

Cutts nickte gutmütig in Steels Richtung.

»Das war eine edle Tat, Steel. Gentlemen, entschuldigt mich für einen Moment. Ich hätte da noch eine Kleinigkeit mit dem Lieutenant zu besprechen.«

Marlborough ließ die Generäle mit ihren Geschichten von der französischen Niederlage allein und zog sich mit Steel in eine Ecke der großen Mühlenkammer zurück. »Ihr habt eine Fahne gerettet, Steel, und womöglich auch eine Brigade. Aber bei Gott, Ihr habt auch *mich* gerettet. Colonel Hawkins übergab mir die Papiere, die Ihr wiedergefunden habt. Keine Sorge, es fehlt nichts. Das habt Ihr gut gemacht, Steel. Und was ist aus Major Jennings geworden?«

»Er ist tot, Euer Hoheit. Ich habe mich persönlich darum gekümmert.«

Marlborough nickte. »Auch dafür habt Ihr meinen Dank. Ich stehe tief in Euer Schuld. Allerdings kann ich da vermutlich etwas für Euch tun, um Euch angemessen für Eure Dienste zu entlohnen.« Er rief durch den Raum. »Colonel Hawkins. Ich denke, Ihr habt da ein Papier für Mr. Steel.«

Hawkins verschüttete etwas Wein, als er durch den Raum eilte. »Ja, Sir, in der Tat.«

Er griff in seinen Uniformrock und holte ein gefaltetes Dokument hervor. »Hier ist es.«

»Gebt es dem Lieutenant ruhig, James«, meinte der Herzog.

Hawkins reichte Steel das Papier, das dieser sogleich auseinanderfaltete.

»Ihr müsst wissen«, fuhr Marlborough derweil fort, »dass Euer Auftrag nicht so gelaufen ist, wie ich es mir gewünscht hätte. Aber Ihr habt es vollbracht. Und Ihr habt es sehr gut gemacht, Mr. Steel. Oder sollte ich besser sagen, *Captain* Steel?«

Steel überflog die Zeilen.

Seine Hoheit der Herzog von Marlborough befiehlt, dass der weiter unten Bezeichnete unverzüglich zum Captain der Gre-

nadiere in Sir James Farquharsons Regiment ernannt wird. Die Ernennung gilt mit sofortiger Wirkung.

Das Dokument schloss mit Marlboroughs Unterschrift.

»Natürlich muss jede Beförderung«, fuhr der Herzog fort, »noch von Ihrer Majestät Queen Anne ratifiziert werden. Aber wegen dieser Formalie solltet Ihr Euch keine Gedanken machen. Also keine Sorge. Ihr dürft Eure Kompanie Grenadiere behalten. Es sind Eure Männer. Ihr seid wahrlich ein seltener Glücksfall, Steel. Einer meiner besten Offiziere in dieser Armee. Ich werde Euch in meinen Schreiben an Ihre Majestät lobend erwähnen. Und ich könnte mir denken, dass ich schon bald wieder auf Eure Dienste angewiesen sein werde, wie, Hawkins?«

»In der Tat, Euer Hoheit«, meinte der Colonel.

Marlborough widmete seine Aufmerksamkeit wieder den anderen Offizieren. »Gentlemen, noch ein Toast auf diesen großartigen und ruhmreichen Sieg. Auf Euch, Captain Jack Steel.«

Zum historischen Hintergrund

Der Blenheim-Feldzug stellt ein Bravourstück in der britischen Militärhistorie dar. Es war allein Marlboroughs Initiative, mit der gesamten Armee zweihundertfünfzig Meilen von Flandern nach Bayern zu marschieren. Eine erstaunliche *tour de force* und eine Meisterleistung der Logistik, wenn man bedenkt, dass seine Streitmacht sich aus Soldaten aus vielen Ländern zusammensetzte. Von fünfundsechzig Bataillonen Infanterie und hundertsechzig Schwadronen Kavallerie waren nur vierzehn bzw. neunzehn britischer Provenienz.

Heutzutage steht Marlborough oft im Schatten von Wellington, aber betrachtet man die Dinge genauer, wird offenkundig, wie bedeutend Marlboroughs Leistung war. Marlboroughs Sieg bei Blenheim (bzw. Höchstädt aus deutscher Sicht) versetzte Ludwig XIV. einen herben Schlag, denn die Armee des Sonnenkönigs hatte bis dato seit fünfzig Jahren keine größere Schlacht mehr verloren. Mit einem einzigartigen Sieg rettete Marlborough das habsburgische Territorium und trieb die Franzosen in die Defensive.

In Zahlen ausgedrückt fielen den Alliierten 40 000 Franzosen und bayerische Soldaten zum Opfer oder wurden gefangen genommen, darunter 1500 Offiziere. Sechzig Geschütze und 128 Standarten der Infanterie wurden erbeutet. Die Verluste der Alliierten beliefen sich auf 6000 Tote und 8000 Verwundete. Die Nachricht vom Sieg erreichte London am 21. August, worauf in der ganzen Stadt die Kirchenglocken geläutet wurden.

Blenheim markiert das Ende einer Ära. An einem einzigen

Tag hatte Marlborough seiner Königin einen unangefochtenen Platz im Kreise der europäischen Monarchen gesichert. Er hatte bewiesen, dass eine Armee unter Führung Englands durchaus in der Lage war, die Franzosen zu besiegen. Mit neu gewonnenem Selbstvertrauen machten die Engländer sich fortan daran, ihr Weltreich zu festigen. Der Blenheim-Feldzug wurde daheim in London unweigerlich parteipolitisch ausgenutzt, doch nach der Schlacht von Blenheim/Höchstädt waren Marlboroughs politische Feinde verunsichert. Das Kräfteverhältnis im Parlament verschob sich dramatisch zugunsten der Whigs, die Vormachtstellung der High Tories war gebrochen.

Die Zukunft des Herzogs war ebenfalls gesichert. Denn Königin Anne belohnte ihn mit dem Landsitz Woodstock in Oxfordshire, wo Marlborough und seine Gemahlin Sarah den Bau eines großartigen Palastes in Auftrag gaben, der den Namen des Sieges tragen sollte: Blenheim Palace.

Die britischen Verbände in der vielsprachigen Streitmacht, die Marlborough 1704 befehligte, gingen zurück auf die Armee König Williams III. Dieser hatte den diversen Regimentern, die noch aus der Zeit der *Glorious Revolution* von 1688 hervorgegangen waren, ein neues Gepräge gegeben, das uns auch heute noch modern anmutet. Doch es war Marlborough, der die Armee nach seinen Vorstellungen formte, sie zu »seiner Armee« machte. Er kümmerte sich um das Wohlergehen des gewöhnlichen Soldaten, sorgte für Uniformen, Schuhwerk, Proviant und Vorräte. Auf diese Weise schuf er eine Armee, die besser ausgerüstet und geführt war als jede andere Streitmacht Europas.

Zudem hatte Marlborough die Armee stark vergrößert. Im Jahre 1697, nach dem Frieden von Rijswijk, war die britische Truppenstärke von 50 000 Mann auf 23 000 verringert worden. Als der Konflikt mit Frankreich erneut ausbrach, wurden eilig neue Regimenter ausgehoben. 1702 war die Truppenstärke bereits auf fast 32 000 Mann angewachsen, vier Jahre später gar wieder auf 50 000 Mann. 1709 führten die Briten 70 000 Soldaten ins Feld. Zu dieser neuen Armee, die ihresgleichen erst wieder in Kitcheners »new army« im Jahre 1915 sieht, gehört Sir James Farquharsons Regiment of Foot.

Obwohl die Offiziere und Männer aus verschiedenen Teilen des Landes kamen und unterschiedlichen sozialen Schichten angehörten, blieb Farquharsons Regiment schottisch. Zur Zeit von Blenheim war man von der Realunion Englands und Schottlands noch drei Jahre entfernt, von einer »britischen« Armee konnte streng genommen nicht die Rede sein. Daher verfügte Königin Anne über zwei Armeen: eine englische und eine schottische. Es gab noch keine gemeinsame Fahne, den »Union Jack«, und folglich kämpfte Farquharsons Regiment unter dem schottischen Andreaskreuz. Obwohl der historische Kontext des Buches und die Details getreu wiedergegeben werden, ist das Regiment selbst erfunden. Als Vorbild diente das »First Regiment of Foot Guards«, bei dem sowohl Marlborough als auch Steel dienten. Ich vermute, dass die heutigen »Grenadier Guards« jede Übereinstimmung als Kompliment auffassen werden.

Seit den 1670er Jahren wurde von den dreizehn Kompanien, die auf dem Papier die Stärke jedes Regiments bildeten, eine zur Grenadier-Kompanie ausersehen. Die Grenadiere waren Stoßtruppen: die Vorläufer der deutschen »Sturmtruppen« des Ersten Weltkriegs. Die Männer waren die größten im Regiment und sofort an ihrer Kopfbedeckung zu erkennen: hohe, schmale Mützen, die an die Mitra eines Bischofs erinnerten. Diese Kopfbedeckung erlaubte es den Grenadieren, die kleinen Granaten, die sie in ihren Taschen am Bandelier trugen, in Richtung Feind zu schleudern. Doch eine solche Mütze eignete sich eher für militärische Paraden in Whitehall, sehr zur Freude der Schaulustigen, und gewiss nicht so sehr im Durcheinander eines Schlachtfeldes. Aber die Männer trugen ihre Grenadiersmützen mit Stolz.

Trotz aller Vorkehrungen, die Marlborough getroffen hatte, stellte die Beschaffung von Brot und Mehl für die marschierenden Alliierten ein ernstes Problem dar. Daher waren sogenannte Furage-Einheiten, von denen Steel eine befehligte, von großer Bedeutung.

Marlborough ließ tatsächlich weite Teile Bayerns niederbrennen, auch wenn er diesen Befehl nur ungern gab, wie wir aus Sir Winston Churchills Biografie über den Herzog und aus Marlboroughs eigener Korrespondenz wissen. Es mag eine von Marlboroughs Fehleinschätzungen gewesen sein, da die brennenden Dörfer und Städte den Kurfürsten Max Emanuel von Bayern nicht dazu brachten, sich von den Franzosen loszusagen. Die Brände riefen natürlich den Zorn der Bevölkerung hervor, und wir wissen von Bauern, die in Horden durchs Land streiften und auf Rache sannen. Verständlicherweise stellt dieser Befehl Marlboroughs in der bayerischen Geschichte eine schändliche Episode dar.

Die im Buch genannten Orte entstammen historischen Karten und existieren noch heute, wenn auch bisweilen unter anderen Namen. Einige topographische Details hingegen habe ich frei erfunden und den jeweiligen Gegebenheiten meiner Story angeglichen.

Colonel James Hawkins und die Männer aus Steels Regiment sind frei erfunden. Die anderen Offiziere aus Marlboroughs Generalstab aber und die meisten ranghohen Offiziere sind historischen Personen nachempfunden. Bei den französischen Romanfiguren ist allein Clerambault historisch, auch wenn die »Grenadiers Rouge« tatsächlich existierten und sich aus den verschiedenen sozialen Schichten zusammensetzten, wie es im

Buch beschrieben ist. Sie haben jedoch nicht die Gräuel in Sattelberg angerichtet. Wenige Jahre zuvor, wie Hawkins richtig bemerkt, haben die Franzosen im Zuge des Pfälzischen Erbfolgekrieges den Menschen in der Pfalz und ihren eigenen Landsleuten in ähnlicher Weise zugesetzt.

Marlborough hatte in Königin Anne eine große Bewunderin, aber populär war er im eigenen Land nicht. Während er den Feldzug leitete, versuchten die Tory-Politiker in England beharrlich, Marlborough zu Fall zu bringen – insbesondere Lord Nottingham, Lord Rochester and Sir Edward Seymour, die am liebsten den Herzog von Ormonde an Marlboroughs Stelle gesehen hätten. Steels Auftrag, die belastenden Dokumente zu beschaffen, ist frei erfunden, aber typisch für die politischen Intrigen jener Tage. Vorbild dafür ist eine wahre Begebenheit aus dem Jahre 1696, als Sir John Fenwick eine Verschwörung gegen William III. plante. Obwohl Marlboroughs bekanntester Biograf, Sir Winston Churchill, leugnete, der Herzog habe Sympathien für die Jakobiten gehegt, vermuten andere Historiker, dass Marlborough, um sich nach allen Seiten abzusichern, den im Exil lebenden König James II. um Verzeihung bat, da er, Marlborough, sich auf die Seite Williams von Oranien geschlagen hatte. Ob dies nun stimmt oder nicht, der Herzog wurde jedenfalls namentlich in das Verfahren hineingezogen.

Höchst interessant ist, dass sich im Kreise der Männer, die John Fenwick dazu bringen wollten, Marlborough als Verräter zu verunglimpfen, Charles Mordaunt hervortat, der zukünftige Earl of Peterborough und Vater von John Mordaunt der Foot Guards, des Helden am Schellenberg. Seltsamerweise wurde Charles Mordaunt ein enger Freund der Marlboroughs, auch wenn er dem Herzog Jahre später wieder feindlich gesinnt war. Fenwick wurde im Januar 1697 enthauptet, und Marlborough konnte sich glücklich schätzen, nicht dasselbe Schicksal zu erleiden. Es ist denkbar, dass Marlborough noch bis April 1704 mit den exilierten Jakobiten paktierte, doch Winston Churchill tut diesen offenkundigen Kontakt erneut als anti-jakobitische Spionage ab.

Bei den Beschreibungen des Feldzuges und der Schlacht von Blenheim/Höchstädt habe ich mich bemüht, möglichst nah an den historischen Fakten zu bleiben. Tatsächlich eroberten die Gens d'Armes bei einem Angriff auf Rowes Brigade eine Regimentsfahne, die daraufhin von Hessen zurückgewonnen wurde. Es handelte sich natürlich nicht um die Fahne Farquharsons, sondern um die aus Rowes eigenem Regiment, danach die »Royal Scots Fusiliers« und die »Royal Highland Fusiliers«, die heutzutage leider in das »Royal Regiment of Scotland« integriert wurden. Für die künstlerische Freiheit bitte ich jenes angesehene Regiment um Vergebung.

Das Verhältnis des Markgrafen Ludwig Wilhelm von Baden-Baden zu Marlborough ist bei vielen Autoren dokumentiert. Ich habe mir jedoch wieder die Freiheit herausgenommen und angedeutet, dass der Markgraf womöglich Informationen an die Tories weitergab.

Für die Darstellungen im Buch habe ich mich, wenn möglich, der Berichte von Augenzeugen bedient. Zudem berufe ich mich auf die umfangreichen Forschungsarbeiten und Veröffentlichungen zu Marlboroughs Kriegen des leider verstorbenen David Chandler, mit dem ich in Freundschaft verbunden war. Zu meiner Schulzeit, als ich wie besessen war von Militärhistorie und allem Militärischen, verbrachte ich manch ein Wochenende im Kreise der Experten an der Königlichen Akademie Sandhurst, wo Chandler Leiter der *War Studies* war. Erstaunlicherweise sind die überschaubarsten Darstellungen des Feldzuges nach wie vor die Werke von G. M. Trevelyan (*Blenheim*, 1930) und Sir Winston Churchill (*Marlborough: His Life and Times*, 1933–1938). Darüber hinaus erwies sich Charles S. Grants minutiöse Forschung über die Armeen jener Zeit als sehr wertvoll.

Marlboroughs Sieg bei Blenheim/Höchstädt brachte indes nicht den Sieg im Spanischen Erbfolgekrieg. Es sollten noch acht weitere Kriegsjahre in Flandern, Portugal, Spanien, Italien und in Amerika folgen, darunter die blutigen Schlachten von Ramillies, Malplaquet und Oudenaarde. Steel, Slaughter und all ihre Kameraden haben noch alle Hände voll zu tun, wenn Europa je von der Geißel des Sonnenkönigs befreit werden kann. Blenheim stellte nicht das Ende dar und war auch nicht, um auf Marlboroughs berühmten Biografen zurückzugreifen, »der Anfang vom Ende«. Aber die Schlacht von Höchstädt stellt ohne Zweifel einen ruhmreichen Sieg dar.

Iain Gale